캄캄한 낮, 환한 밤

대산세계문학총서

178

캄캄한 낮, 환한 밤
—나와 생활의 비허구 한 단락

速求共眠

옌롄커　김태성 옮김

문학과지성사

대산세계문학총서 178

캄캄한 낮, 환한 밤
—나와 생활의 비허구 한 단락

지은이   옌롄커
옮긴이   김태성
펴낸이   이광호
주간   이근혜
편집   김은주 박솔뫼
펴낸곳   ㈜문학과지성사
등록번호   제1993-000098호
주소   04034 서울 마포구 잔다리로7길 18(서교동 377-20)
전화   02) 338-7224
팩스   02) 323-4180(편집) 02) 338-7221(영업)
전자우편   moonji@moonji.com
홈페이지   www.moonji.com

제1판 제1쇄 2022년 9월 27일

ISBN 978-89-320-4052-3 04820
ISBN 978-89-320-1246-9(세트)

이 책은 대산문화재단의 외국문학 번역지원사업을 통해 발간되었습니다.
대산문화재단은 大山 愼鏞虎 선생의 뜻에 따라 교보생명의 출연으로 창립되어
우리 문학의 창달과 세계화를 위해 다양한 공익문화사업을 펼치고 있습니다.

차례

일러두기

1. 이 책은 閻連科의 速求共眠(南昌: 百花洲文藝出版社, 2019)을 우리말로 옮긴 것이다.

2. 본문의 주는 모두 옮긴이의 것이다.

1장
번뜩이는 생각

1

한편으로는 명리名利를 추구하지 않겠다고 말하면서 다른 한편으로는 부와 명예를 동시에 성취할 수 있기를 갈구한다. 나는 이 고상한 허위의 협로 위에서 때로는 건강한 발걸음으로 나는 듯이 걷다가, 때로는 여기저기 마구 부딪쳐 머리가 깨지고 피가 흐른다. 마치 똥개 한 마리가 귀부인의 품 안에 기어들어가고 싶어 하는 것처럼, 노력과 요행이 나를 앞으로 나아갈 수 있게 해주는 두 날개다. 똥개는 귀부인의 발에 걸어차이면 아주 운치 있게 서글픈 울음을 울면서 몸을 돌려 돌아갈 것이다. 한적하고 사람이 없는 곳으로 숨어들어 가 막막한 표정으로 하늘을 바라보면서 사색에 잠겨 말할 것이다, 그것이 운명이라고. 그리고 결국 꼬리를 움츠리고 황량한 유랑의 들판을 외롭게 걸을 것이다. 반면에 나는 한참을 생각에 잠겼다가 자신의 상처를 핥으면서 다시금 요행의 행낭을 수습하여 또다시 몸을 돌보지 않고 명리의 길에 나서서 한 번도 단념한 적 없는 번뜩이는 사념과 상상을 기다릴 것이다. 이것이 똥개와 나의 차이점이다.

마침내 나는 또다시 리촹李撞을 생각하게 되었다.

같은 고향 사람인 이 인물은 이미 여러 차례 원형原型의 신분으로 나의 글쓰기에 등장한 적이 있었다. 내 일생의 가장 중요한 작품에서 그의 삶의 원형을 찾아볼 수 있다. 나는 또 소설과 다큐멘터리 형식으로 「캄캄한 낮, 환한 밤速求共眠」이라는 작품을 썼지만 결국 픽션으로 발표하고 말았다. 당시 내가 『인 콜드 블러드In Cold Blood』*라는 책을 읽었었다면 틀림없이 논픽션의 방식으로 그 작품을 독자들의 눈앞에 디밀었을 것이다. 그랬다면 나는 하루아침에 아주 유명해지고 폭발적으로 명성과 이익을 얻게 되었을 것이며, 아마도 오래전에 비허구의 대가가 되었을 것이다. 하지만 지금까지도 나는 문단에서의 미미한 이름과 이익을 위해 비굴하게 아첨하고 도둑질을 일삼으면서 우리에 갇혀 빛이 날 듯 말 듯, 꺼질 것 같으면서도 꺼지지 않는 기름등처럼 아슬아슬하게 살고 있다.

한 가지 잊지 말아야 할 사실은 한 시대에는 그 시대의 문학과 이야기가 있어야 한다는 것이다. 문학은 시대의 예열 속에서 먼저 뜨거워져야 많은 사람들에게 알려지고 고전으로 남을 수 있다. 따라서 훌륭한 작품은 시대의 미래를 위한 무사巫師나 점술가가 되어야 한다. 애석하게도 내가 이런 이치를 깨달은 것은 나이가 반백을 넘어서였다. 명리뿐 아니라 나는 이미

---

* 트루먼 커포티Truman Capote의 소설.

예술이라는 이 장난을 철저히 꿰뚫고 있었다. 세상의 모든 예술은 명리를 위한 양복이자 중산복*이다. 명리가 충분한 수준에 도달해야만, 아무렇게나 땅 위에 내버린 낡은 자전거도 세상 사람들에게는 행위예술의 비륜飛輪이자 선구자로 여겨지게 된다. 살바도르 달리의 그림도 그렇고 공룡이나 신선, 요괴류에 관한 영화도 그렇다. 모든 예술이 반복적으로 한 가지 법칙을 증명해주고 있다. 다름 아니라 예술의 고향은 명리이고, 명리의 고향은 예술이라는 것이다. 이처럼 모든 작가나 영화감독이 예술에서 명리로 나아가거나 명리에서 예술로 나아간다. 여기에 또 어떤 차이가 있단 말인가? 이처럼 과감하고 분명한 생각에 기초하여 50세 생일 전날 밤에 신이 하사한 것처럼 불면이 내게 영감의 거대한 세례를 가져다주었다. 6월 13일 깊은 밤이었다. 창밖의 베이징北京은 가라오케의 별실처럼 밤의 불빛과 희미한 환락에 젖어 있었다. 도시 전체가 우울과 슬픔에 덮여 있었다. 그리고 나는 침대 위에 누워 계속 몸을 뒤척이면서 또다시 번뇌와 상처, 슬픈 노래에 불을 붙이고 있었다. 손을 뻗어 수면제 약병을 찾다가 밤새 침묵하고 있던 핸드폰에 손이 닿았다.

　밤의 어둠 덕분에 핸드폰의 손전등 기능이 생각났다.

　손전등 기능 덕분에 카메라가 생각났다.

　카메라 덕분에 영화가 생각났다.

　영화 덕분에 리촹과 나의 실제 사건이 생각났다.

---

* 中山服: 중국의 혁명가 쑨원의 호를 딴 중국식 정장.

침대 위에서 벌떡 일어났다. 마치 지진 때문에 꿈에서 깬 것 같았다. 갑작스러운 습격처럼 영감이 솟구쳤다. 예고 없이 찾아온, 혹은 약속에 맞춰 찾아온 영감이었다. 아내가 지나치게 날 사랑한 나머지 내 얼굴을 한 대 후려갈긴 것 같았다. 그 얼얼한 쾌감은, 한순간도 허영을 몰랐던 사람들은 평생 깨닫거나 이해하지 못할 것이다. 심장이 쿵쾅거리고 손에서 땀이 흘러내렸다. 솔직히 말해서 30년 동안 이어진 글쓰기의 분투가 나를 시골 아이에서 이른바 작가로 변화시켜주었다. 방대한 문장을 거침없이 척척 써 내려가지만, 그 가운데는 흙과 모래가 같이 떠내려오듯이 좋은 글과 나쁜 글이 한데 섞여 있었다. 비방과 칭찬이 반반인 작품들은 한순간에 새털처럼 가벼워지고 거론할 가치가 부족한 것이 되고 만다. 파리의 먼 교외의 시골 들판에서 천신만고와 온갖 굴욕을 다 겪은 끝에 마침내 귀부인의 창문에 올라 실내의 호화롭고 사치스러운 광경과 함께 귀부인의 아름다운 육체를 보는 순간, 과거의 인생에서 느꼈던 모든 즐거움과 고통이 마땅히 가져야 할 가치와 의미를 잃어버리는 것과 같았다.

　나는 침대에서 내려왔다.

　아내가 물었다.

　"왜 그래요?"

　내가 대답했다.

　"어서 자구려."

　창문 쪽으로 다가간 나는, 세상을 걱정하며 중난하이中南海에서 걸어 나와 창안가長安街의 어둠 속을 거니는 위대한 사람들처럼, 서삼환西三環에서 남에서 북으로 향하는 야간 차량 행렬과 허공에 곧게 솟아 온통 새빨갛게 빛나는 중국중앙방송국의 텔레비전 송전탑을 바라보면서 모니터 타워처럼 나도 모르게 창문 앞 허공을 향해 손을 내저었다. 황제가 지도 위에서 손을 들어 올리며 강산의 실재를 느끼려는 것 같았다. 나는 이른바 명성을 이용하여 다시 한번 리창이라는 인물을 원형으로 한 영화를 제작하기로 마음먹었다. 시나리오와 감독, 주연을 전부 직접 맡기로 작정했다. 시나리오와 감독, 주연을 한 몸에 집중시킴으로써 자신을 빈궁하면서도 청렴하고 고상하다고 자부하는 문학의 대오에서 끄집어내 일약 세계 영화예술의 거물로 등극시킬 작정이었다. 그리하여 영화계에서 명성과 박스 오피스, 개런티, 국내 및 국제영화상 등을 위해 매일 분투노력하고 있는 수많은 감독과 연기자들을 이 영화에 완전히 굴복하게 만들 작정이었다(솔직히 말해 손을 휘두르고 나서 한순간 영화·방송계를 생각해보았다). 쓰레기장 위의 화단을 맴도는 가장 향기로운 한마디를 생각했다. 돈 냄새 속에서 꽃이 피고 그윽한 향기가 코를 찌른다는 말이었다. 문득 내가 제작하게 될 미래의 그 영화를 생각해보았다. 영화관 앞이 처음에는 아주 썰렁할지 모르지만 나중에는 대단한 열기를 보이게 될 것이다. 처음에는 적막하겠지만 나중에는 폭발적일 것이다. 미지근한 상태에서 급속하게 화산이 폭발하는 것 같은 일시적인 여정과 입소문의 폭발을 경험하게 될 것이다. 베를린국제영화제의 황금곰상, 베니스와 칸의 영화상, 그리고 오늘날 중국 영화에 아직도 텅 빈 공백으로 남아 있는 오스카 최우수외국어영화상의 사람 모양

트로피(리안李安 감독과 그의 「와호장룡臥虎藏龍」이 아니었다면 중국 영화는 창녀가 자신을 강간하려는 손님의 얼굴에 도덕의 가래침을 뱉는 격이 되었을 것이다)가 생각났다. 이렇게 사유의 주로를 달리다 보니 그 주로 위의 도미노들이 일제히 거꾸로 몸을 일으키는 것이었다. 나는 장이머우張藝謀와 천카이거陳凱歌, 구창웨이顧長衛, 장원姜文, 펑샤오강馮小剛, 자장커賈樟柯 등 이른바 중국 영화감독계의 거물들을 생각했다. 나의 그 영화가 개봉되어 일단 영화관의 체인 시스템에 진입하면 며칠 뒤, 혹은 보름 뒤에 밀물과 같은 호평에 따라 폭발하는 증시 장세 같은 박스 오피스를 기록하게 될 것이고, 아내와 애인 혹은 유명 여배우를 동반한 남자들이 줄줄이 사람들 틈에 섞여 조용히 영화관에 들어설 것이다. 그렇게 관객들 사이에 섞여 영화를 관람하면서 끊임없이 손바닥으로 자신의 허벅지를 때리는가 하면, 감정을 이기지 못해 쉬지 않고 발로 앞좌석 등받이를 차고, 입으로는 쉬지 않고 욕을 해댈 것이다.

"이런 염병할! 젠장!"

마르케스가 대학 기숙사에서 카프카의 『변신』을 다 읽고 난 뒤 화가 나서 책을 전부 바닥에 내던졌다가 다시 주워 촛불을 향해 집어 던진 다음, 책이 불에 타면서 내는 불빛을 바라보며 연신 욕을 내뱉은 것과 다르지 않을 것이다.

"이런 염병할! 젠장!"

그리고 이 순간, 저 멀리 북미의 스필버그와 프랑스의 뤼크 베송, 영국의 대니 보일, 이탈리아의 루키노 비스콘티(그가 아직 살아 있던가?), 그리고 이란의 아바스(아마 그는 이미 고인이 되었을 것이다) 등등 기라성 같은 영화감독들이 내 머릿속의 위대한 감독과 영화의 목록 안으로 밀려들어 왔다가 성을 빼앗긴 병사나 하인들처럼 성문을 막지 못하고 서둘러 성을 빠져나가 흩어지거나 말에서 떨어지고 있었다……

또 다른 기대나 희망, 가능성이 있을까?

물론 있다!

있을 뿐만 아니라 바다를 향해 나아갈 정도로 많고 봄날에 꽃이 피는 것처럼 아름다울 것이다. 세상에 가득한 절망이 예수가 십자가에 달려 인류 전체 미래의 희망과 빛이 되었던 것과 같아질 것이다. 정말로 감히 많은 말을 할 수가 없을 것이다. 내가 오늘 배수의 진을 치고 갑자기 진정과 용기를 다해 나의 이런 생각 속에 담긴 진실을 전부 대담하게 써낸다면, 아마도 모든 독자들이 나를 정신병자라고 욕할 것이다. 만일 욕을 하지 않는다면 독자들에게 정신병을 인식하지 못하는 안면신경마비나 전신마비 증세가 있기 때문일 것이다(독자들께서는 나를 용서하기 바란다. 여기에는 내 내면의 치욕과 나쁜 생각들, 사실은 손에 쥔 패를 내보이며 결판을 내듯이 5백 자 정도는 써야 했을 비열함이 생략되어 있다. 이 생략된 5백 자가 바로 내 허위의 투영이자 증거가 될 것이다). 때때로 중국의 문화 상황에서는 솔직함과 성실함이 모든 것을 훼멸하고 보류와 허위가 일과 사업을 성취하는 뿌리와 기초가 되기도 한다. 나는 이 점을 분명하게 알고 있다. 우리의 현실 속에서는 거짓말의 가치가 진실의 의미를 훨씬 능가한다. 명리의 맛을 아주 깊이 누린 바 있는 나는, 플라스틱 분재를 팔아 자신을 위해 진짜 화단을 사는 사람처럼 이른바 영화라는 예술이 돈과 명성, 정신, 영혼을 하나로 뒤섞어 분명하게 구분되지 못하게 하는 마술 상자라는 점을 잘 알고 있다. 내 눈에 보이는 현실 속에서는 세상에 오직 영화만이 영혼의 무게를 정비례의 방식으로 거대한 저울 양 끝에 올려놓고 측정할 수 있다. 나머지 다른 예술들은 이러한 정비례의 근거를 완전히 잃었거나 지금 잃고 있는 중이다. 회화가 영혼에 진입하여 가장자리의 추상에 집착하지 않는다면 영혼 존재의 물증이 될 수 있을 것이다. 그리고 추상은 세 살짜리 유아의 그림이 그 원조가 될 수 있을 것이다. 따라서 피카소의 필생의 노력은 자신의 생리적 나이를 갈수록 더 많게 하고 추상적 나이는 갈수록 더 적게 만드는 것으로 요약될 수 있다. 추상예술은 전부 엄숙한 얼굴로 하는 장난에 지나지 않는다. 그리고 내 경험에 의하면, 만일 문학이 인간의 영혼을 써낸다면 그것은 반드시 독자들에 대한 가혹한 요구를 포기해야 할 것이다. 독자와 돈주머니의 희열을 둘 다 얻고자 한다면 소설 속의 영혼을 커다란 솥에 찌는 음식에 들어간 돼지 간이나 염통 정도로 여겨야 한다. 세상은 원래 이렇다. 문학도 이렇다. 나는 바로 이런 점을 깨달았기 때문에 영화라는 예술이 사실은 홍소* 고기찜을 저녁노을로 변화시킬 수 있는 오래된 업종이라는 사실을 알게 되었다. 영화는 오늘날 유일하게 영혼을 저울로 재서 팔 수 있는 장사인 것이다. 나는 이런 전당포 업

---

* 紅燒: 고기나 생선 등에 기름과 설탕을 넣어 살짝 볶은 다음, 간장을 넣어 익혀서 검붉은색이 되게 하는 중국 조리법.

자 겸 예술 상인이 되고자 한다. 각본과 감독, 주연을 혼자 다 맡아서 하늘과 땅이 놀라 뒤흔들릴 만한 영화를 제작하여 국제 영화상들을 석권하고 박스 오피스에서도 대대적인 성공을 거둠으로써 중국, 더 나아가 전 세계의 관객과 감독, 배우들로 하여금 세계 영화에 새로운 혁명이 일어났음을 깨닫게 하고자 한다. 그리하여 옌롄커閻連科(얼마나 낯 두꺼운 짓인가!)라는 일개 개인이 50세 생일을 앞둔 시점에 하늘이 그에게 생일 축하 겸 장난으로 영감과 기회를 주어 다시 그의 서재로 돌아가 새 소설을 쓰게 했다.

미래는 알 수 없는 것이다. 현재만이 미래의 실재다. 이 점을 생각하고 인정하면서 나는 창가에서 물러섰다. 때는 마침 새벽 2시였다. 머릿속이 고도로 맑아지면서도 흥분을 떨칠 수 없었다. 텅 빈 머릿속의 공간을 차지하고 있던 망설임이 흔적도 없이 사라져버렸다. 한편, 이러한 흥분에 대한 두려움이 사람들을 40도가 넘는 고열에 시달리게 하는 것처럼 나를 혼란스럽고 흐릿한 회전 속으로 밀어 넣었다. 나는 욕실에 들어가 아주 오랫동안 냉수욕을 했다. 그런 다음 옷을 입고 날이 밝기를 기다렸다.

2

따뜻하게 데운 우유와 빵, 양상추 샐러드를 먹고 커피를 마셨다. 마지막으로 직접 녹차를 한 잔 우려 마신 다음, 아침 7시

서삼환에 자동차들이 몰려 길이 막히기 시작하는 광경을 바라볼 수 있었다. 비가 오기 전 불어난 개미 떼가 통로로 몰려드는 것 같았다. 이른 아침의 냉기 덕분에 나의 그 화끈한 영감을 다시 생각하게 되었다. 그 영화의 가능성을 증명하기 위해 나는 창가에서 조용히 아침 7시부터 8시까지, 그리고 다시 8시부터 8시 십몇 분을 거쳐 8시 30분까지 서 있었다. 내 두 손을 내려다보니 여전히 격동과 흥분의 액체를 쥐고 있었다. 그러고 나서 각본과 감독, 주연을 혼자 도맡아 진행하는 영화가 가져다줄 명名과 이利의 이중 가능성을 확신하게 되었다.

8시 31분, 나는 가장 낮은 자세로 고온 속에 냉기가 함유된 세 가지 일을 했다.

1. 구창웨이 스튜디오의 시나리오 작가이자 기획 담당자인 양웨이웨이楊薇薇에게 문자 메시지를 보내 구창웨이의 최근 작업 상황에 관해 물어보았다.

2. 양웨이웨이가 구 감독이 새로운 시나리오를 찾느라 안절부절못하고 있다는 답신을 보내오자, 나는 구창웨이에게 장문의 문자 메시지를 보냈다.

존경하는 구 감독님, 잘 지내시지요? 어젯밤에는 잠이 오지 않아 완전히 날밤을 새웠습니다. 그러다가 마침내 영감이 떠올랐지요. 아주 신기한 영화 이야기를 생각해냈습니다. 제 생각에는 이 이야기의 박스 오피스가 「타이타닉」이나 「아바타」를 뛰어넘을 것이라고 단정하기는 어렵지만 그 예술적 가능성은 우리 모두가 좋아하는 이란 영화감독 아바스의 「체리 향기」에 비견할 만하다고 생각합니다. 직접 만나서 얘기 나눌 수 있기를 기대합니다.

구 감독은 아주 빨리 답신을 보내왔다.
"정말이에요?!"
내가 대답했다.
"낮 12시에 늘 만나던 곳에서 만납시다!"

3. 이는 많은 사람들에게 뜻밖의 일이었지만, 나 자신에게는 가장 적합한 선택이었다. 일이 순조롭게 이루어질 거라는 생각이 들었다. 나는 위챗*으로 장팡저우蔣方舟와 대화 및 토론을 진행했다.
내가 물었다.
"팡저우, 큰돈 벌고 싶지 않아?"
장팡저우가 대답했다.
"얼마나 큰 돈인데요? 10만 위안요? 20만 위안?⋯⋯ 아니면 백만 위안쯤 되나요?"
"천만 위안."
"옌 선생님, 혹시 몸에 열이 있으신 건 아니지요?"
"정말이야. 나와 함께 영화 한 편 찍는 일을 생각해본 적 있

---

* 微信: 중국에서 가장 광범위하게 사용되고 있는 SNS 시스템.

어? 팡저우가 여주인공을 맡아줘. 내가 시나리오를 비롯해 나머지 모든 걸 도맡아 할 테니까…… 우리 둘 다 개런티는 없어. 영화 제작비로 투자하는 셈 치자고. 나중에 박스 오피스를 배분하면 되지 않겠어?"

"……"

"아는지 모르겠지만 요즘 중국 영화 박스 오피스가 거의 폭발 수준이야. 올해 영화 박스 오피스 총액이 2백억 위안을 넘어설 거라고 전망하는 사람도 있다니까. 게다가 내년에는 전국 박스 오피스가 최소 260억 위안이 될 것이고, 후년에는 3백억 위안을 돌파하게 될 거라는 전망도 있지. 한번 계산해봐. 금년에 영화를 찍어 내년에 개봉하고 우리 두 사람의 노력과 구창웨이의 호소력에 힘입어 중국 영화 박스 오피스 260억 위안 가운데 1퍼센트 정도만 가져온다 해도 2억 6천만 위안이 되는 거야. 2퍼센트를 차지하게 되면 5억 2천만 위안이 되고, 3퍼센트면 7억 위안이 되지…… 보수적으로 계산한다 해도 우리가 영화를 한 편 찍어 3억 위안의 박스 오피스를 기록하는 것이 충분히 가능하지 않겠어? 우리 영화는 투자액이 그리 많지 않아. 신scene을 최대한 줄여서 집중시키면 돼. 대신 이야기가 재미있고 인물들이 풍부해야겠지. 중국에서 개봉하기 전에 먼저 외국의 대형 영화제에 출품해서 평가를 받을 거야. 국제적으로 잘 알려진 영화상을 받는다면(틀림없이 받게 될 거야) 어떤 결과가 나타나겠어? 한 사람 앞에 겨우 천만이나 2천만 위안 정도만 떨어지겠어?"

"……"

"발자크와 도스토옙스키가 평생 원고료를 받기 위해 글을 썼다는 사실을 잊지 마. 톨스토이는 귀족이었고 먹고 입는 것에 전혀 걱정이 없었기 때문에 위대한 작품을 써낼 수 있었다는 사실을 잊지 말라고."

"……"

"……"

결국 우리는 이렇다 할 쟁론을 이어가지 못했다. 그녀는 이 일과 관련하여 내 생각을 묵인하고 내 말에 설복되었다. 어쩌면 그녀는 마음속으로 '한번 해보자'는 태도를 갖고 있었는지도 모른다. 요컨대 어떤 사람이 지나치게 조숙하여 천재로 인식될 경우, 필연적으로 그(그녀)에게는 단순함, 심지어 멍청함이 수반될 것이다. 진정한 바보가 감추고 있는 지능이 영원히 사람들에게 발견되지 않는 것과 마찬가지다. 장팡저우가 바로 그런 사람이다. 그녀가 종이 위에 쏟아놓는 재능이 사람들에게 인정과 찬사를 받을 때, 그녀의 인품에 담긴 단순함은 사람들에게 이용당하기 십상이다. 문학을 사랑하여, 발자크와 도스토옙스키가 어둠 속에서 금화를 찾다가 여명 속에서 눈앞에 위대한 문학의 길이 깔려 있는 것을 발견했음을 나는 인정한다. 그리고 삶을 사랑하여, 당연히 영화의 여주인공을 시험해보고, 생활의 또 다른 맛을 시도하여 사람 자체의 단조로움을 풍부하게 변화시켜보고자 한다. 내가 군대에서 복무할 때 군 전체에서 선발된 우수 지도원이었다는 사실을 아는 사람은 거의 없다. 이른바 사상 공작이라는 것은 동쪽으로 가는 사유를 서쪽의 궤도로 옮기는 것에 다름 아니다. 게다가 소비의 시대에 명리라는 것은 파는 쪽이기도 하고 사는 쪽이기도 하다. 그리고 명리를 획득한 모든 사람은 이름을 사는 사람이 아니면 이익을 파는 사람이다. 그런데 이런 명리 사이에서 농간당하는 사람은 없을까? 이른바 이익과 승패는 사실 누가 명리의 펀드매니저가 되느냐에 달려 있는 것이고, 이른바 정숙함과 고상함은 명리를 팔 때 어떤 언어와 구실을 사용하느냐에 달려 있는 것이다.

나는 머지않아 모습을 드러내게 될 나의 이 영화에서 자신이 가장 크고 중요한 펀드매니저이자 모든 사안의 총감독이라는 사실을 잘 알고 있다. 다른 모든 사람들, 예컨대 구창웨이(중국의 제5세대 감독으로 추앙되는 예술의 산지기)나 장팡저우(재능이 단순함을 완전히 가리고 있는 갓 대학을 졸업한 작가), 양웨이웨이(항상 자신의 성정에 좌우되는 우수한 시나리오 작가이자 영화 기획자), 귀팡팡郭芳芳(영화에 큰 포부를 갖고 있지만 운명에 의해 다른 쪽으로 옮겨 간 훌륭한 영화감독), 그리고 단지 나의 고향 친구라는 사실 때문에 필연적으로 생활의 현실에서 나와 영화예술 속으로 걸어 들어가야 했던 실제 인물 리창과 먀오쥐안苗娟, 그리고 그들의 아들 리서李社와 마이쯔麥子, 베이징대학의 리징李靜 등 모든 사람과 사물 전부가 나의 한차례 농간과 소비의 대상이 될 것이고, 내가 명名을 팔아 이利를 사고 다시 이를 팔아 명을 사는 데 사용되는 수단이 될 것이다. 그리고 결국 그들의 모든 것을 이용하여 성취를 해낸 나는 갑자기 영화「캄캄한 낮, 환한 밤」덕분에 저명한 영화감독이자 예술가가 될 것이다.

설마 이것이 불가능한 일이란 말인가?

그렇다면 어디 한번 해보자.

오전 10시, 모든 것이 나의 예비 음모의 궤도를 따라 시작되고 진행되었다. 거대한 도시 베이징은 하늘도 변함없는 그 하늘이고 땅도 여전히 그 땅이었다. 건물과 거리, 나무도 어제의 그 건물과 거리, 나무였다. 하지만 옌롄커라는 사람은 이미 더이상 인민대학에서 근무하는 소설가 옌롄커가 아니었다. 그는 영화감독이자 미치광이였으며 상인이자 무사巫師, 헛소문 제조자였다. 예술의 적이자 명리의 설계사였다. 이 사회의 독버섯이자 영혼의 가짜 약 제조자였다. 그리고 이른바 교수와 농민, 이상주의자와 야심가, 가장 성실하지만 간사한 사기꾼과 이른바 사회적 양심의 대변인…… 이 모든 사람의 모든 것을 합친 것이 바로 나였다. 또한 이 모든 것의 모든 것이 내가 아니었다(그럼 미치광이이거나 정신병자인가? 한차례의 낭만적 유희인가, 아니면 무뢰한 같은 정신의 여행인가?). 집에서 나온 나는 아주 예의 바른 표정으로 아파트 단지 경비원을 향해 고개를 끄덕여 인사를 했다. 그리고 내친김에 관리사무소의 청소부들이 부려놓은 커다란 검정 쓰레기봉투를 어깨 위로 들어 올려 쓰레기통에 던져주었다. 그러고 나서 서삼환의 도로변에 선 채 있는 모습 그대로의 세상을 느껴본 다음, 진실을 향해 걸어갔다.

함정에 걸려들 사람들은 모두 서삼환 쯔주교紫竹橋 서북쪽에 있는 샹그릴라 호텔에서 만나기로 약속이 되어 있었다. 우리 집에서 샹그릴라 호텔까지는 10분 남짓 걸렸다. 도로 갓길을 수십 보 걸은 다음, 거리를 가로지르는 육교를 두 번 건너면 도달할 수 있었다. 육교를 건너면서 나는 광고지를 붙이고 있는 젊은이와 인도 위에서 선글라스와 핸드폰 액정 보호 필름 따위를 파는 중년의 사내를 보았다. 그리고 갑자기 나타나 그들 옆에 좌판을 벌이고 있는 점쟁이도 보았다. 점쟁이의 나이는 대략 예순 남짓 되어 보였고 머리가 다 벗어져 남은 머리칼이 얼마 되지 않았다. 그늘을 찾아 다리 인도 위에 쭈그리고 앉은 그는 앞에 하얀 천을 한 장 깔았다. 천 위에는『주역周易』이 한 권 놓여 있었다. 나를 본 점쟁이가 놀란 표정으로 일어서더니 자기 자신도 놀라 얼굴이 창백해질 정도로 끔찍한 한마디를 던졌다.

"선생, 오늘 밖에 돌아다니시다간 큰 재난을 당하실 수 있습니다!"

나는 그의 앞으로 가까이 다가서며 말했다.

"괜찮아요. 나는 전문적으로 사람들에게 재난을 가져다주는 사람이거든요."

그가 놀란 표정으로 말을 받았다.

"제가 한 말은 농담이 아닙니다."

내가 그를 향해 차가운 웃음을 던지며 말했다.

"나는 진실을 말할 뿐만 아니라 정말로 말한 그대로 행동에 옮기지요."

그러고 나서 나는 그들 앞을 지나쳐 내 갈 길을 갔다. 샹그릴라 호텔로 향하는 길을 걸은 것이다. 긴 얘기를 간단히 줄이자면(이는 모든 글쓰기의 요령이기도 하다) 우리는 샹그릴라 호텔 로비 북쪽의 카페에서 만났다. 구창웨이와 장팡저우, 양웨이웨이, 귀팡팡(테이블 하나를 채우기에 딱 알맞은 인원수였다) 그리고 나까지 다섯이었다. 모두들 악수를 하고 안부 인사를 나누었다. 아주 친절하면서도 예의가 있었다. 4월의 봄바람 같았다. 카페 맨 북쪽 유리창 아래, 구창웨이와 양웨이웨이가 테이블 서쪽 소파에 앉고 귀팡팡과 장팡저우(그녀의 신분은 아직 여주인공이 아니라 시나리오 작가였다)가 그들 맞은편인 동쪽 소파에 앉았다. 그리고 나는 주석이자 총통으로서 긴 테이블 맨 끝에 앉아 유리창 밖의 유실수와 잔디밭, 까치 두 마리, 그리고 꽃나무 위에서 뛰어노는 참새 무리를 바라보고 있었다. 짹짹, 지지배배거리며 새들은 뭔가 요란하게 얘기를 주고받고 있었지만 한 마디도 유리를 뚫고 들어오지 못했다. 이리하여 모두들 친절 뒤의 어색한 침묵에 빠져버렸다. 아이스크림을 소리 없는 기름 솥에 튀기고 있는 것 같았다.

이때 마침 종업원이 커피를 가져왔다. 종업원의 하이힐 소리에 침묵이 걷어차여 날아갔다.

구창웨이가 커피 잔을 들고 모두를 바라보다가 나를 향해 얼굴을 돌리면서 말했다.

"옌 선생님, 어서 말씀하시지요."

뭘 말해야 할까? 할 만한 얘기가 뭐가 있을까? 하룻밤의 불면과 밤새 지속된 깊은 사유와 준비를 거쳐 나는 이미 해야 할 일을 다 해둔 터였다. 함정을 잘 파놓고 범죄의 증거가 될 만한 도구들을 다 없애버린 것 같았다. 나는 사람들을 한 번 쳐다보고 나서 노란 군용 잡낭에서 누런 서류 봉투를 하나 꺼냈다. 그런 다음 서류 봉투에서 네 부를 인쇄한 나의 실화소설

한 편을 꺼내 네 사람에게 한 부씩 나눠 주었다.

"이 소설을 한번 읽어보세요. 「캄캄한 낮, 환한 밤」입니다. 이 소설이 우리가 앞으로 가게 될 영화 창작이라는 먼 길의 출발점이 될 것입니다."

모두들 빙긋이 웃으면서 커피 잔을 받아 손에 들듯이 소설 원고를 받았다.

"소설이라고요? 그런 원고는 모두에게 이메일로 보내주셔도 됐을 텐데요."

누가 이런 원망의 소리를 내뱉었는지는 잘 기억이 나지 않는다. 하지만 이 한마디가 자연스럽게 나의 두번째 계획을 이끌어냈다.

"모두들 지금 원고를 읽어주셨으면 합니다. 다 읽은 다음에 토론을 진행하지요."

내가 눈빛으로 사람들을 한 번 훑고 나서 말을 이었다.

"제가 돈을 내 이 호텔에 방을 두 개 잡겠습니다. 방으로 가서 제 소설을 읽어주세요 ─ 조용한 책 읽기는 진정한 영혼의 호흡이 됩니다 ─ 저는 여러분이 제 소설을 들판에 나가 풀을 뽑듯이 주마간산으로 읽지 말아주시기를 바랍니다. 자, 이제 방으로 가서 소설을 읽도록 합시다! 소설을 다 읽으면 여기서 제가 점심을 사겠습니다."

모두들 일제히 구창웨이의 얼굴로 눈길을 모았다.

"제가 어떻게 선생님께 밥을 사시게 할 수 있겠습니까? 우리에게는 영화 제작진이 있지 않습니까."

이렇게 말하고 나서 구 감독은 핸드폰으로 시간을 확인하고는 정말로 내가 생각한 대로 이 5성급 호텔에 방을 두 개 잡고 호텔 안에 있는 일본 음식점에 별실을 하나 예약하여 각자 편한 대로 호텔 객실과 예약한 음식점 룸으로 흩어져 실화소설 「캄캄한 낮, 환한 밤」을 읽게 했다. (너무나 잘된 일이었다! 여기서 내친김에 한마디 더 하자면, 나는 그렇게 호방하고 손이 큰 사람이 아니다. 내가 돈을 내 객실을 잡고 점심을 사겠다고 한 것은 내가 그렇게 말해야 구창웨이 감독이 나머지 사람들에게 남아서 소설을 읽게 할 수 있을 뿐만 아니라 돈을 내서 객실을 잡고 밥을 사게 될 것이라는 계산에서였다. 그에 대한 나의 이해와 숙지에 따르면 그는 그렇게 하지 않으면 마치 자신이 누군가를 강간하기라도 한 것처럼 마음이 편치 않을 것이 분명했다.)

일은 이렇게 시작되었다. 영화 창작에 관한 장엄한 행위예술이 이렇게 통속소설처럼 죽음과 흉악한 살인을 발단으로 독자들을 강력하게 이야기 속으로 끌어들였다. 그리고 그들 몇 사람은 나로 인해 그렇게 스위치 없는 영화 창작의 고속 러닝머신 위로 밀려 올라갔다.

2장
캄캄한 낮, 환한 밤 (1)

물론 책 읽기는 영혼의 호흡과 같다. 이는 카프카의 서신집에 나오는 구절이다. 하지만 이런 열독閱讀을 제공하여 책임을 담당하게 하는 것은 또 어떤 책들이란 말인가? 어떤 소설들이란 말인가? 오늘 나는 책상 앞에 앉아서 이 소설 『캄캄한 낮, 환한 밤 — 나와 생활의 비허구 한 단락』을 기억하여 써 내려가면서 나 자신의 글쓰기가 이런 책임을 감당할 수 없다는 사실을 알게 되었다. 하지만 그때, 나는 밤새 잠을 이루지 못한 데이어 돈과 예술이 격한 싸움을 벌이는 상황에 처해 있었기 때문에 깊이 생각하지 않고 불쑥 그 말을 해버렸다. 그 말을 하지 않고는 그들이 「캄캄한 낮, 환한 밤」을 마음속에 담으리라는 믿음을 가질 수 없었다. 소설을 읽고 난 뒤에 그들이 보일 반응과 심리, 기쁨, 실망과 절망을 나는 대충 파악하고 있었고, 이에 대한 대비도 다 되어 있었다. 심지어 그들이 내 소설을 읽으면서 물을 마실지 커피를 마실지, 창가에 앉아서 읽을

지 5성급 호텔의 침대 위에 엎드려 나른한 자세로 읽을지도 바로 눈앞에 책 읽는 장면을 보고 있는 것처럼 디테일하게 얘기할 수 있었다. 그래서 그들이 소설을 다 읽고 난 뒤의 느낌과 반응에 전혀 관심을 갖지 않았고, 그들의 행위가 내가 미리 설계한(사전에 음모한) 궤도와 범위를 이탈하는지에 더 큰 관심을 두고 있었다. 길을 막고 물건을 강탈하려는 강도가 길을 가는 사람들의 주머니에 돈이 얼마나 있는지 신경 쓰지 않고 그보다는 사람들이 자신이 쳐놓은 함정과 포위망에 제대로 걸려드는지에 신경을 집중하는 것과 같다. 하지만 존경하는 독자 여러분, 돈을 주고 이 책『캄캄한 낮, 환한 밤 — 나와 생활의 비허구 한 단락』을 사서 받들어 읽을 분들에게는, 분량이 다 합쳐 3만 자도 되지 않는 작은 중편소설에 불과하지만 굳이 인내심을 갖고 끝까지 다 읽지 않아도 된다고 직접적이고 간절하게 말씀드려야 할 것 같다. 독자 여러분이 굳이 끝까지 다 읽어야 한다면 이는 소설이 아주 훌륭하기 때문이 아니라 내가 찍고자 하는 영화와 관련되어 있고, 그 영화에 출연하게 될 남자 1호와 남자 1호의 가정, 그리고 그 가족 전체의 운명, 이야기와 인물 성격의 생성과 관련되어 있으며, 그 영화 속 인물들의 성격과 문화, 가치관, 세계관과 관련되어 있기 때문일 것이다.

물론, 내가 이 세 치 혀에 의지하여 예술을 혈육의 정으로 여기는 구창웨이 감독을 예금통장처럼 손에 넣을 수 있을지, 내가 그 진실하고 성실한 사기를 통해 장팡저우의 마음을 움직여 그녀로 하여금 여자 1호의 생성과 발전, 결말을 연기함으로써 자신을 소비할 수 있게 할 수 있을지의 여부와도 관련되어 있다. 또한 보다 중요한 것은, 나의 독자들, 즉 오늘 이『캄캄한 낮, 환한 밤 — 나와 생활의 비허구 한 단락』을 받들어 읽을 존귀한 한 분 한 분이 이 중편소설에서 한 작가가 어떻게 생활 속의 실제 인물과 실제 사건을 허구 같아 보이는 소설, 반허구의 소설로 전환할 수 있는지를 읽어낼 수 있다는 점이다. 이 소설은 생활이 정말로 문학의 유일한 기초이자 토양이라는 소설 창작에 관한 상식과 잠재적 법칙에 대한 한 가지 증명이 될 것이다. 이 중편소설을 다 읽고 나면 여러분은 내가 소 다섯 마리와 호랑이 두 마리의 엄청난 힘으로 어렵사리 찾아낸 글쓰기 상식의 의미와 무의미에 관한 한마디를 이해할 수 있을 것이다.

자 그럼, 어서들 읽어보세요. 반드시 인내심을 갖고 올리브 열매를 음미하듯이 끝까지 다 읽어야 합니다. 그래야만 열독이 커피의 의미와 하나로 연결될 수 있으니까요.

캄캄한 낮, 환한 밤 (실화소설)

1

한 가지 일이 발생했다.

리李씨 집안의 둘째 리쫭이 먀오苗씨 집안의 넷째 먀오쥐안을 강간했다. 이를 가장 먼저 발견한 사람은 훙洪씨네 첫째였다. 그는 바보라서 마을 사람들 모두 홍 바보라고 불렀다.

홍씨네 첫째는 정말 바보였다. 그는 강간 장면을 보고서 마구 도망치면서 큰 소리로 말했다. 혼자 중얼거리는 것 같았다. 때는 4월 3일이었다. 햇빛이 께느른하게 비치고 있고, 사람들은 대부분 집 안에 틀어박혀 멍하니 한가한 시간을 보내고 있었다. 문 앞에 나와 수다를 떠는 사람들은 얼마 되지 않았다. 마을 어귀에서는 한 무리의 사람들이 모여 물건을 놓고 가격을 흥정하고 있었다. 그러다가 주머니에서 돈을 한 움큼 꺼내 채소 한 다발로 바꿔 가지고 돌아갔다. 정말 지겨운 일이었다. 이때 홍씨네 첫째가 사람들 주변으로 다가오자마자 망설이지 않고 입을 열었다.

그가 말했다. 리씨네 둘째는 깡패예요.

마을 사람들이 말했다. 돈 1마오*로 살 수 있는 건 성냥 한 갑밖에 없다니까.

그가 말했다. 리씨네 둘째가 옷을 홀라당 다 벗었어요.

마을 사람들이 말했다. 채소를 심어야 할 것 같아. 올해 채솟값이 크게 오를 것 같다고 하더라고.

그가 말했다. 강간당하는 여자는 먀오씨네 넷째예요.

마을 사람들이 말했다. 전부 집으로 돌아가자고. 가서 낮잠이나 잡시다. 봄만 되면 이렇게 몸이 노곤하다니까.

그렇게 모두들 가버렸다. 발걸음 소리가 터덕터덕 잘게 부서져 흩어졌다. 잠시 후 대문 닫는 소리가 연자방아를 돌리듯 마을을 울렸다. 분위기가 한없이 침울했다. 비가 오기 전에 마을을 뒤덮

---

* 10마오毛가 1위안元이다.

고 있던 먹구름이 덜거덕거리며 밀려가는 것 같았다. 후퉁*에서 걸어 나온 개가 마을 거리에 서서 홍씨네 첫째가 큰 소리로 뭔가 떠들어대는 모습을 바라보고 있었다.

홍씨네 첫째가 말했다. 리씨네 둘째는 정말 깡패예요.

개가 다른 데로 눈길을 돌렸다.

홍씨네 첫째가 말했다. 그가 먀오씨네 넷째 딸을 강간하고 있어요.

개는 혀를 길게 빼고 다른 곳으로 걸음을 옮겼다.

홍씨네 첫째는 지금 마을 동쪽 홰나무 숲속에서 일이 벌어지고 있다고 중얼거리다가 외치기를 반복하고 있었다.

개가 마을 동쪽의 홰나무 숲을 향해 달려갔다. 몸 뒤로 희미하게 먼지가 일었다. 꺼져가는 담배가 연기를 내뿜고 있는 것 같았다. 홍씨네 첫째는 개의 그림자가 멀리 사라져가는 것을 보고서 얼굴에 이해할 수 없는 조용한 표정을 짓더니 천천히 걸음을 옮겨 집으로 돌아갔다. 후퉁 안에서는 토담을 허물어버리고 새 기와집에 올릴 벽돌을 굽는 냄새가 가득했다. 땅바닥은 온통 돼지 똥과 닭똥 천지였다. 좁고 긴 후퉁 안에 사람 하나 없고 새 한 마리 없었다. 홍씨네 첫째는 앞뒤를 살펴보았다. 갑자기 어디서 흘러나오는지 날카로운 울음소리가 들렸다. 자줏빛과 흰빛이 뒤섞인 소리가 그의 등 뒤에서 들려오고 있었다. 소리는 비스듬히 허공을 관통하고 있었다. 그러더니 잠시 후에 자신의 숨소리가 들릴 정도로 사방이 조용해졌다. 옆집에서 노상 들려오는 풀무 소

---

* 胡同: 중국 베이징 등의 북부 도시 시내에 산재해 있는 작은 골목.

리 같았다. 개가 거리 밖 나무 아래 서서 고개를 들어 사방을 둘러보다가 갑자기 파리처럼 들판을 향해 날듯이 뛰어가는 모습이 보였다. 이때, 바보인 훙씨네 첫째의 눈에 여자 둘이 또 다른 거리로 걸어 나오는 모습이 보였다. 옆구리에 낀 대나무 바구니에 옷이 담겨 있었다. 빨랫방망이를 들고 마을 뒤에 있는 바러우산耙耬山 아래 계곡으로 빨래를 하러 가는 것이었다. 이리하여 그는 황급히 여자들 뒤를 따라가 길을 가로막고는 앞으로 팔짱을 끼고서 리씨네 둘째가 먀오씨네 넷째를 강간하고 있다고 말했다.

아낙네들이 말했다. 훙 씨는 아이를 병원에 데려가지도 않나 봐.

훙씨네 첫째가 말했다. 옷을 홀랑 다 벗고 저 앞 홰나무 숲에서 그러고 있어요.

아낙네들이 말했다. 잘 치료하면 가업을 이루고 아이도 낳을 수 있을 텐데.

훙씨네 첫째가 말했다. 한번 가보세요. 정말 홰나무 숲 안에 있다니까요. 제가 먀오씨네 넷째의 울음소리를 들었어요. 아낙네들은 더 이상 아무 말도 하지 않고 팔짱을 끼고서 버티고 있는 그의 옆으로 몸을 비켜 스치듯 지나가버렸다. 그 후통 담벼락에서 그녀의 대나무 바구니에 스친 진흙 조각이 상처의 딱지처럼 떨어져 내렸다. 몸을 돌려 빨래하러 가는 두 여인을 바라보면서 훙씨네 첫째는 집으로 달려갔다. 쿵쾅쿵쾅 발걸음 소리가 요란하게 폭발하면서 마을 거리가 몹시 시끄러웠다. 그의 집은 거리 남쪽에 있었다. 모퉁이를 두 개 돌아 집에 도착한 그는 어깨로 대문을 밀어 열었다. 아버지가 마당에서 소에게 여물을 먹이고 있었다. 여물과 소똥 냄새가 마당에 가득했다. 그의 온몸에 흥분과 분노가 가득한 것을 느낀 아버지는 몸을 돌려 그를 오래 바라보았다.

그가 말했다. 리씨네 둘째는 깡패예요.

아버지가 눈을 휘둥그레 뜨고 그를 쳐다보았다.

그가 말했다. 그놈이 먀오씨네 넷째의 옷을 홀랑 다 벗겼어요.

아버지는 몸을 돌려 다시 막대기로 여물을 휘저으러 갔다.

그가 또 말했다. 제가 먀오씨네 넷째의 울음소리를 들었다고요.

여물을 휘젓던 아버지의 막대기가 움직이지 않았다.

이리하여 그는 목소리를 더 크게 높여 리쫭이 먀오씨네 넷째를 강간하고 있다고 말했다.

아버지가 몸을 돌려 막대기로 그의 머리를 후려치며 말했다. 집에 들어가 쉬어. 오후에 낮잠은 안 자고 어딜 싸돌아다니는 거야. 바보 첫째는 멍한 표정으로 아버지를 바라보다가 손을 들어 이마를 짚어보더니 손에 따듯하고 끈적거리는 것이 느껴지자 말했다. 아버지, 절 얼마든지 때리세요. 하지만 리씨네 둘째가 정말로 먀오씨네 넷째를 강간하고 있단 말이에요. 바보 첫째는 원래 뭔가 이어서 얘기를 하려 했다. 예컨대 홰나무 숲 주변에서 리씨네 둘째가 남의 옷을 벗기는 광경을 보았다고 말하고 싶었다. 하지만 아버지가 그의 배를 걷어차는 바람에 잠시 비틀거리다가 하마터면 땅바닥에 넘어질 뻔했다. 이때 소가 음매 하고 울었다. 거칠고 무거운 울음이었다. 울음소리는 탁한 물줄기처럼 아주 길게 이어졌다.

아버지는 다시 가서 소의 여물을 휘젓기 시작했다.

홍씨네 첫째는 마당에 잠시 서 있다가 다시 집 밖으로 나갔다. 마을 거리는 너무나 조용했다. 마을이 아예 없는 것 같았다. 해는 하얗고 붉은 빛이었다. 사람들 몸이 간지러울 정도로 따스했다. 오래된 돼지똥과 닭똥은 말라비틀어졌고 새 돼지똥과 닭똥은 햇볕을 받아 수증기를 내뿜었다. 희미한 수증기가 흔들리면서 위로 올라왔다. 훙씨네 첫째는 거리 담장에서 흙을 반 줌 파내 피가 흐르는 이마에 붙여 지혈을 한 다음, 옷에 앉은 회색 먼지를 탁탁 털어냈다. 그러고는 다시 마을 동쪽의 홰나무 숲을 향해 갔다.

마을 뒤 산허리에 있는 숲은 그리 크지 않았다. 하지만 숲 안에는 물이 가득 찬 샘이 몇 군데 있어 주변에 홰나무와 잡초가 무성해 빽빽한 수풀 몇 덩이가 이어져 있었다. 4월 초라 잎이 가득 자라 있고 숲속에는 하루 종일 빛이 들지 않고 축축했다. 초목이 왕성하다 보니 온통 초록빛이었다. 훙씨네 첫째는 이곳을 한가롭게 거닐다가 리씨네 둘째가 먀오씨네 넷째의 옷을 벗기는 모습을 본 것이다. 먀오씨네 넷째는 채소 바구니를 들고 있었다. 때는 산나물을 캐는 계절이었다. 리씨네 둘째가 그녀의 옷을 벗길 때, 채소 바구니가 땅바닥에 떨어졌다. 바구니에는 둥그렇게 삼끈이 매달려 있었다. 푸른 산나물 한 줌이 바구니 바닥에 깔려 있었다. 그는 홰나무 숲 가장 높은 곳에 서 있었기 때문에 리씨네 둘째가 뭐라고 말하는지 제대로 듣지 못했다. 그저 먀오씨네 넷째가 너무 놀라 얼굴이 창백해진 채 몸이 마비되어 움직이지 못하고 리씨네 둘째가 옷을 다 벗기도록 가만히 있는 모습을 보았을 뿐이다. 그 뒤에는 어떻게 됐을까? 훙씨네 첫째가 마을을 향해 달리기 시작했다. 그리고 사람들에게 알렸다. 그러고는 또다시 혼자 숲으로 돌아갔다.

숲으로 돌아가는 길에 그는 작은 나무를 하나 꺾었다. 홰나무였다. 가지를 석 자 정도로 잘라낸 그는 이를 손에 들고 황급히 홰나무 숲을 향해 달려갔다. 그는 리씨네 둘째의 등 뒤로 다가가 아버지가 자신을 때린 것처럼 막대기로 그의 머리를 내려치고 싶었다. 하지만 그가 홰나무 숲 한쪽으로 에돌아 그 자리에 도착해보니 리씨네 둘째와 먀오씨네 넷째의 모습이 보이지 않았다. 눌린 풀 위에 핏자국만 남아 있었다. 피는 풀 위에 검고 비릿하게 남아 있었다. 피 냄새와 풀 비린내가 숲에 가득했다.

2

먀오씨네 넷째는 열네 살이고 키가 컸다. 초등학교도 마친 터였다. 그녀는 울면서 집으로 돌아가 숲속에서 있었던 일을 얘기하고 바지를 벗어 엄마에게 보여주었다. 아버지는 밭에 나갈 준비를 하다가 이런 얘기를 듣고는 농기구를 땅바닥에 내던지고 물 마실 때 쓰는 사발을 하나 집어 던져 깨뜨리고는 문지방에 앉아 애먼 담배만 뻑뻑 피워댔다. 엄마는 안채에서 "이 짐승 같은 새끼! 짐승 새끼!" 연달아 소리를 질렀다. 소리치고 욕하면서 물을 끓였다. 그러고는 마을 어귀에 있는 가게에 가서 술을 샀다. 집으로 돌아온 그녀는 문을 굳게 닫아걸고 더운물과 술을 섞어 딸의 아랫도리를 잘 닦아주었다. 딸이 아파서 소리를 질러대자 엄마는 제발 소리치지 말라고, 절대 소리치면 안 된다고 타일렀다. 엄마의 말에 딸은 눈물을 흘렸다. 몸을 부들부들 떨면서 엄마가 안팎을 다 닦을 때까지 그대로 몸을 내맡겼다. 소독을 마치고 더운물

에 몸을 푹 담가 씻긴 다음 딸을 침대에 뉘어 재웠다. 그러고는 밖으로 나와 남편 앞에 몸을 웅크리고 앉아 말했다.

이제 어떡하지요?

남편은 아무 말도 하지 않고 담배만 피워댔다. 마당에 담배 연기가 자욱했다.

딸의 일생이 달린 일이에요.

남편은 담배를 끄고 몸을 일으켜 어디론가 가려고 하다가 다시 몸을 돌려 아내에게 말했다. 입단속 잘해. 절대로 이웃 사람들에게 말하면 안 돼.

먀오 씨가 문을 나섰다. 마당을 나온 그는 대문을 꼭 닫고서 뚜벅뚜벅 거리를 걸었다. 길을 가다가 마주친 사람이 뭔가를 물었지만 그는 대답하지 않고 뚜벅뚜벅 가던 길을 갔다. 물어본 사람이 의아한 표정으로 그의 등 뒤에 서서 한참을 움직이지 않았다. 그는 리씨네 집을 찾아간 것이었다. 리씨네 집은 서쪽 거리 한가운데 있었다. 농사를 지으면서 장사를 겸하고 있는 그는 진鎭의 대로에서 가게를 운영하고 있었다. 한 칸 반짜리 건물에 한 칸은 점방으로, 반 칸은 창고로 쓰면서 낫과 삽, 써레, 쟁기, 괭이 같은 농기구와 밧줄, 문고리, 자물쇠, 망치, 도끼 등을 팔았다. 닷새에 한 번씩 장이 섰다. 장이 서는 날이면 리 씨, 즉 리린李林은 진에 나가 가장 넓은 도로에서 장사를 했다. 장이 서지 않는 날에는 문을 닫고 밭에 나가 농사를 지었다. 리씨네는 사사로이 약재를 만들어 파는 장사로 떼돈을 번 사람들 같지는 않았지만 마을 거리에서는 꽤나 부러움을 살 정도로 넉넉했다. 작년에는 새 집을 짓기도 했다. 지붕까지 건물 전체를 벽돌로 올렸고 흙은 조금도 보이지 않았다. 땅바닥마저도 시멘트로 덮여 있었다. 시멘트 사이사이에는 유리를 박아 집 한가운데에 빛나는 연꽃 한 송이를 조형해놓았다. 금년에 리린은 집을 한 채 더 지을 계획이었다. 이번에도 흙은 전혀 사용하지 않고 집 전체를 벽돌로만 지을 작정이었다. 이때 그는 마당에서 집터를 다지면서 구덩이를 파고 있었다. 당장이라도 공사를 시작할 것 같았다. 먀오 씨가 문을 밀고 들어서더니 다시 몸을 돌려 대문을 걸어 잠갔다. 리린이 땅을 파고 있는 것을 본 그는 마당 한가운데 섰다. 얼굴에 자줏빛이 한 겹 덮여 있었다.

댁의 둘째 어디 있소?

리린이 하던 일을 멈추고 말했다. 집에 없어요. 그 애를 왜 찾으시는 건가요?

당신이 그놈 아버진가요? 우리 집에 좀 가보십시다!

리린은 삽을 한쪽으로 던져놓고 물었다. 무슨 일이 있나요?

당신이 키운 짐승 놈이 우리 딸을 어떻게 만들었는지 가서 보란 말이오.

리린이 멍한 눈빛으로 먀오 씨를 쳐다보았다.

우리 넷째 말이오. 올해 열네 살도 채 안 된 아이란 말이오.

정신을 차린 리린의 얼굴이 놀라움에 창백해졌다. 그가 말했다. 먀오 형, 우리 두 집안은 서로 원한이 있는 것도 아니잖습니까? 제가 기른 아이는 제가 잘 압니다. 녀석이 되는대로 행동하긴 하지만 중학교까지 마쳤는데 쉽게 그런 일을 저지르진 않았을 겁니다. 그렇게 말씀하시는 건 현장을 잡으신 겁니까, 아니면 직접 보신 겁니까? 리린이 이렇게 묻고 말하는 사이에 그의 이마에 식은 땀이 솟아나고 있었다. 먀오 씨를 쳐다보던 그는 재빨리 등받이 없는 걸상을 하나 가져다가 아주 예의 바른 태도로 먀오 씨의 엉덩이에 받쳐주었다. 먀오 씨는 앉지 않았다. 그의 목에 시퍼런 핏줄이 굵게 드러나 있었다. 그가 말했다. 꼭 현장을 잡아야 하는 것도 아니고 직접 봐야 하는 것도 아니오. 당신 아들을 잡아다가 물어보면 될 테니까 말이오.

리린이 아내에게 나가서 아들을 찾아오라고 시켰다.

두 남자는 그렇게 마당에 말없이 서 있었다. 한동안 그렇게 어색하게 서 있다가 리린이 먀오 씨에게 담배를 한 개비 건넸다. 먀오 씨는 담배를 받지 않고 자기 담뱃대에 잎담배를 재워 피우면서 비스듬히 눈길을 던져 리린을 쳐다보다가 권했던 담배를 거둬들이는 그의 손이 약간 떨리는 것을 발견했다. 그의 목에 솟았던 푸른 핏줄은 많이 가라앉아 있었다. 진하던 얼굴빛도 반쯤 흐려졌다. 마음도 약간 가벼워지는 것 같았다. 그는 리린이 평생 먀오 씨 집안에 미안함을 가져야 했던 일이 뭐가 있는지 생각해보았다. 하지만 아무리 생각해도 머리에 떠오르는 것이 없었다. 경작하는 밭이 서로 붙어 있는 것도 아니었고 거주하는 집도 서로 거리 양쪽 끝에 자리 잡고 있었다. 땅을 가지고 다툰 적도 없고 집 문제를 가지고 싸운 적도 없었다. 리린은 또 촌장이나 생산대장을 맡은 적도 없었기 때문에 분배 문제에서 불공평도 있을 리 없었다. 하지만 리린은 진에서 가게를 운영하고 있었고, 그는 그 가게에서 괭이를 하나 산 적이 있었다. 다음 날 괭이에 균열이 있는 것이 발견되어 교환하러 갔지만 리린은 바꿔주려 하지 않았다. 그러면서 흙이 묻었기 때문에 그 괭이를 다른 사람에게 다시 팔

수 없다고 했다. 균열이 괭이 날에 있는 것이 아니니 4, 5년 사용해도 부러지지는 않을 거라고 했다. 하지만 실랑이 끝에 결국 리린은 괭이를 다른 것으로 바꿔주었다. 먀오 씨는 또 애써 자신이 리 씨에게 은덕을 베푼 일이 있는지 생각해보았다. 배 속 내장까지 다 훑어 뒤집어 까보고 담배를 아주 무겁고 거칠게 깊이 빨아봤지만 기껏 생각나는 것이라고는 작년에 밀을 추수할 때 수레를 밀어준 것이 고작이었다. 그날 비가 내리자 리린이 밀을 수레에 실어 산비탈까지 나를 때, 그가 뒤에서 수레를 비탈 꼭대기까지 밀어주었던 것이다. 사실대로 말하자면 정말로 두 집안은 서로 얽히고설킨 게 없었다. 원한도 없고 억울함도 없었으며 은덕이나 원망도 없었다. 이 점이 먀오 씨로 하여금 약간 김이 새게 만들었다. 리린이 먀오 씨에 대해 원한이 있고 자신은 리 씨에 대해 은덕이 있다면 딸이 강간당한 일을 구실로 간단히 정리할 수 있을 터였다. 하지만 두 집안 사이에는 한 치의 은원도 존재하지 않았다. 때문에 그는 리씨네 아들이 자기 딸을 강간한 사건을 더 확대할 구실을 찾을 수도 없었고, 이 일로 리린을 과거의 일에 대해 후회막급하게 만드는 상황으로 몰고 갈 수도 없었다. 그는 자신과 리 씨 집안 사이에 그동안 아무런 은원 관계를 만들어놓지 못한 것을 후회했다. 그리하여 얼굴에 후회와 원망의 표정이 가득한 채 눈길을 한쪽으로 돌리는 수밖에 없었다.

아들을 찾으러 간 리린의 아내는 돌아오지 않았다.

마당 안에는 아주 깊고 먼 정적만 남았다. 끝없이 오랜 정적이었다. 참새들이 새로 파낸 붉은 흙을 터파기한 바닥으로 쓸어 넣고 있었다. 쩍쩍 참새들이 울어대는 소리만 마당에 가득했다.

먀오 씨가 담뱃대 안의 재를 털어내며 느닷없이 말했다. 나는 당신 아들이 어디로 갔는지 당신이 모른다는 사실을 믿지 못하겠소.

리린이 가볍게 고개를 들면서 말했다. 저도 그 녀석의 바짓가랑이를 붙잡아둘 수가 없었습니다.

먀오 씨가 눈의 흰자위를 드러내면서 차가운 눈빛으로 그를 바라보았다. 우리 딸은 열네 살이오. 마을 사람들을 제대로 알아보지도 못하는 나이란 말이오.

리린이 담배를 신발 바닥에 비벼 껐다. 제가 키운 아들놈이 어떤 덕성을 갖고 있는지는 저도 잘 모릅니다.

먀오 씨가 몸을 반쯤 돌리면서 말했다. 리린, 내 말 잘 들어요. 정부에서 조사하면 물증이 다 나올 수밖에 없어요.

리린이 벌떡 일어섰다. 정부에 알릴 필요 없습니다. 제가 아들놈에게 대들보에 목매어 죽으라고 하면 되니까요.

잠시 망설이던 먀오 씨는 벌컥 화를 내며 그 집에서 나와버렸다. 문을 나서면서 그는 리린네 집 대문을 세게 밀어 닫았다. 닫혀야 할 문이 다시 튕겨 나왔다. 리린은 손님을 배웅하지도 않고 마당 한가운데 계속 서 있었다. 얼굴의 잿빛이 더욱 굳어져 푸른빛으로 바뀌고 있었다.

먀오 씨는 리씨네 집에서 나와 마을 거리에 잠시 서서 주위를 둘러보았다. 누군가 급히 소를 몰고 쟁기를 메고서 마을 밖을 향해 가고 있었다. 훙원신洪文鑫이라는 사람이었다. 훙원신은 밭을 다 갈고 나면 그에게 며칠 소를 빌려주기로 약속한 바 있었다. 그는 소를 빌려 뒷산 언덕의 황무지를 개간할 생각에 하루 종일 소를 쓰는 대가로 10위안을 주기로 했다. 그는 문득 이 가격이 좀 비싼 것 같다는 생각이 들었다. 바깥 마을에서는 대부분 8위안인데 훙씨네만 10위안을 받고 있었다. 그는 훙원신을 쫓아가 소 사용료를 8위안으로 깎아달라고 얘기해보기로 마음먹었다. 하지만 몇 걸음 가다 말고 침대 위에 누워 있을 딸이 생각나 또 잠시 망설였다.

3

먀오씨네는 이곳 가오톈진高田鎭의 서쪽 거리에서 그다지 대단한 집안이 아니었다. 리씨네처럼 부유하지 못했다. 하지만 잘 따져보면, 먀오씨네 넷째 딸은 남들과 다를 바 없이 길게 땋은 머리를 하고 있어 겉으로는 별로 권세가 없이 평범해 보이지만, 큰딸은 진의 중심가로 시집을 간 뒤로 사정이 크게 달라져 있었다. 먀오씨네 사위의 친척 중에는 진의 중심가에 있는 파출소에서 일하는 사람도 있었다. 직위는 그리 높지 않지만 하는 일이 고위 간부의 통지를 받아 의심이 가는 사람들을 잠시 관리하는 일이었다. 이 일은 법률과 직접적으로 관련되기 때문에 사람들은 항상 대단히 중요한 직업이라고 여겼다. 따라서 먀오씨네도 상당한 권세를 지닌 집안이라고 할 수 있었다. 그래서 먀오씨네와 친척 관계를 맺고 싶어 하는 사람들도 적지 않았다. 사람들은 우연히 먀오씨네 집 근처를 지나가게 되면 일부러 모퉁이를 돌아 그 집에 들러 물을 한 그릇 얻어 마시기도 했다.

마을 사람들은 먀오씨네 친척의 친척이 파출소에서 일한다는 사실을 누구나 다 알고 있었다. 먀오씨네도 사람들에게 자신들의 친척이 파출소에서 사람을 잡아들이는 일을 전문적으로 하고 있다고 즐겨 말하곤 했다. 게다가 둘째와 셋째가 고등학교에 다니고 있고 성적이 우수했다. 학교도 도시에 있는 학교였다. 당장은 집안 형편이 어려운 편이지만 안목이 있는 마을 사람들은 모두 먀오씨네의 앞날이 아주 훤하다는 걸 예견하고 있었다. 바로 이런 사실들 때문에 먀오 씨는 의기양양하게 리씨네 집을 나오면서 대문을 아주 세게 밀어 문짝이 제대로 닫히지 않고 다시 튕겨 나오게 했던 것이다.

집으로 돌아오니 해가 서쪽으로 기울기 시작하면서 마당이 주홍빛으로 물들고 있었다. 먀오 씨는 마당 한가운데 앉아 계속 담배를 피워댔다. 아내가 다가와 사정을 물었지만 그는 대답 대신 넷째 딸이 어떠냐고 되물었다. 아내가 말했다. 아픈 건 좀 가라앉은 모양이에요. 하지만 우리가 말도 안 하고 그냥 넘어갈 수는 없잖아요?

먀오 씨가 어금니를 앙다물고 말했다. 염병할, 안 되면 리씨네를 고발해버리고 말겠어.

아내가 말했다. 큰사위한테 가서 말하려고요?

집 안에 들어가서 딸이 누워 있는 침대로 다가가 재차 확인하기 위해 묻자 딸은 리씨네 둘째가 틀림없다고 말했다. 먀오씨네 아버지는 아내에게 달걀을 열 개 남짓 보따리에 싸라고 하고는 이를 들고 다시 집을 나섰다.

아내가 잠시 망설이다가 말했다. 그냥 빈손으로 가요. 달걀은

팔 데가 있단 말이에요.

먀오 씨가 말했다. 당신이 뭘 알겠어.

아내가 말했다. 다음 달에 둘째랑 셋째가 오면 학비를 마련해야 한단 말이에요.

먀오 씨가 말했다. 다음 장날에 나무를 베어다 팔면 되지 뭐.

이리하여 그는 달걀 보따리를 들고 큰 거리를 향해 나갔다. 서쪽 거리는 큰 거리에서 상당히 가까워 수백 미터밖에 되지 않았다. 하지만 그는 사람들과 마주치고 싶지 않아 마을을 에돌아갔다. 마을 밖에서 그는 홍원신이 산비탈에서 쟁기질을 하고 있는 모습을 보았다. 그의 바보 아들이 쟁기 뒤를 따르고 있었다. 한 걸음 갈 때마다 허리를 한 번씩 구부렸다. 쟁기질을 하면 아들이 뒤에서 화학비료를 뿌리는 것 같았다. 이리하여 먀오 씨는 재빨리 홍씨네가 쟁기질을 하는 쪽으로 몇 걸음 다가갔다.

홍원신이 쟁기를 거두고 일어서 밭머리를 바라보았다. 홍씨네 바보가 먀오 씨를 보더니 손에 들고 있던 화학비료 자루를 땅바닥에 던져놓고 큰 걸음으로 밭머리를 향해 다가왔다. 홍원신이 갑자기 당황한 표정으로 재빨리 아들 뒤를 쫓아오면서 말했다. 이리 돌아와서 쉬어. 쓸데없이 헛소리 늘어놓지 말고! 그러고는 자신이 먼저 다가와 먀오 씨의 앞을 가로막고는 밭 안으로 들어오지 못하게 했다. 그가 자기 아들에게 가까이 다가가지 못하도록 막은 것이었다.

—무슨 일 있으세요?

—큰 거리에 사는 큰딸 집에 좀 가보려고요.

—별일 있는 건 아니지요?

―소 빌리는 날짜를 좀 상의할까 합니다.

두 사람은 홍씨네 첫째에게서 멀리 떨어진 채 소를 빌리는 날짜에 관해 얘기했다. 아울러 바깥 마을의 사용료 시세에 관해서도 얘기했다.

먀오 씨가 말했다. 바깥 마을에서는 소 사용료가 하루에 전부 8위안이라고 하네요.

홍원신이 말했다. 그럼 우리도 하루에 8위안으로 하지요.

먀오 씨가 또 말했다. 걱정하지 마세요. 먹이는 충분히 줄 테니까요.

홍원신이 말했다. 짐승이잖아요. 배만 부르면 되지요 뭐.

먀오 씨는 이렇게 또 갈 길을 재촉했다. 남의 집 작은 밀밭 사이를 걸으면서 발이 밭이랑을 디뎠다. 몇 걸음 걷다가 홍원신이 한마디 덧붙이는 소리를 들었다. 넷째 딸 쥐안이 집에 있을 테니 무슨 일이 있으면 딸한테 가보세요.

먀오 씨가 갑자기 멍한 표정을 지으며 다시 몸을 돌리면서 말했다. 그 아이는 아직 선생님이 내준 숙제를 다 못 했어요.

홍원신이 갑자기 한마디 더 던졌다. 하루에 8위안으로 하지 말고 6위안에 해요. 그는 또 뭔가를 얘기하려고 하다가 바보 아들이 이쪽으로 오는 것을 보더니 황급히 몸을 돌려 아들을 막아섰다.

홍 씨가 소 사용료를 8위안에서 6위안으로 깎아주리라는 건 생각지도 못한 일이었다. 먀오 씨는 다시 길을 걸으며 가는 길 내내 홍원신이 아주 좋은 사람이라고 생각했다. 역시 공부를 좀 한 사람은 달랐다. 책을 읽으면 이치에 통달하게 되어 탐심이나 망상을 갖지 않게 되는 것 같았다. 이런 생각을 하다 보니 홍원신과 리린을 한데 놓고 비교하게 되었다. 리린의 안 좋은 점을 찾을 수는 없었지만 리린이 훙원신에 비해 나은 점도 찾을 수 없었다. 자신의 첫째와 둘째, 셋째를 생각해보니 모두 한때 훙원신의 학생이었다. 그는 반평생 민간 학교의 교사로 일했고 매달 수십 위안의 돈으로 가족을 부양했다. 그런데 첫째가 갑자기 바보가 되더니 날이 갈수록 증상이 심해졌다. 그런 그가 자발적으로 소 사용료를 하루에 6위안으로 깎아주겠다는 것이었다. 이에 대해 먀오 씨는 약간 미안한 생각이 들었다. 남의 소를 쓰면서 정말로 하루에 6위안만 줘서는 안 될 것 같았다. 적어도 7위안은 줘야 할 것 같았다. 이런 생각을 하던 그는 그렇게 마음을 먹었다. 하루에 7위안씩 주기로 결정한 것이다. 이렇게 마음을 정한 그는 진 중심가를 걸어갔다. 이날은 진 거리에 장이 서지 않는 날이라 거리를 오가는 행인들이 아주 적었다. 가게들도 대부분 문을 닫았다. 패션 의류와 구두, 혁대, 양말을 파는 상점만 문을 열었고, 술과 담배, 과쯔* 등을 파는 작은 노점 몇몇이 수레 위에 좌판을 펼쳐놓고 장사를 하고 있었다. 그가 노점들 수레 쪽으로 가까이 다가가 앞을 바라보니 리린의 농기구 잡화점이 눈에 들어왔다.

먀오 씨는 노점 앞에 서서 그 집 가게 문이 닫혀 있고 간판이 새것으로 바뀌어 있는 것을 발견했다. 붉은 바탕에 흰 글씨로 쓰여 있지만 재료가 무엇인지는 알 수 없었다. 간판은 햇빛 속에서 찬란하게 빛나고 있었다. 아주 멋진 간판이었다. 리린네 농기구 가게임을 분명하게 알 수 있었는데도 그는 길 가던 사람에게 간

---

* 瓜子: 수박씨나 해바라기씨, 호박씨 등을 가미하여 볶은 중국인들의 주전부리.

판을 가리키며 물었다. 이곳이 리씨네 가게 맞나요?

길 가던 사람이 그 간판을 보고 말했다. 리씨네 신세기新世紀 농기구점이에요.

먀오 씨는 '신세기'라는 세 글자의 의미를 알지 못해 그저 '창타이昌泰'나 '성위안盛源' 같은 의미의 상호일 거라고 생각했다. 그렇게 간판 아래 잠시 서 있던 그는 가래침을 한 번 뱉은 다음 달걀 보따리를 들고 걸음을 옮겼다. 중심가의 대로는 동서 방향으로 뻗어 있어 해가 질 때면 서쪽 일대가 핏빛으로 물들어 온통 붉게 빛났다. 그는 그 붉은빛을 보고 싶지 않았다. 그 붉은빛이 넷째 딸의 사타구니를 생각나게 했기 때문이다. 이리하여 그는 고개를 거리 한쪽으로 돌려 문을 닫았거나 닫지 않은 가게들을 바라보며 걸었다.

딸의 집은 대로 서쪽에 있었다. 농사를 지을 뿐만 아니라 시골에서 당면을 사다가 파는 소규모 장사도 병행하고 있었다. 때로는 집 앞에 침대를 하나 내다가 그 위에 당면 다발을 쌓아놓곤 했다. 형편이 진에서 가장 좋은 편은 아니었지만 그다지 처지는 편도 아니었다. 집도 리린네와 다르지 않았다. 5년 전에 지은 집이었다. 시멘트로 마감한 마당에는 계절에 맞는 화분 몇 개가 놓여 있었다. 먀오 씨가 딸네 집에 도착해보니 사위는 집에 없었다. 그가 달걀을 내려놓고 앉자 딸이 말했다. 딸네 집에 오면서 그런 물건은 가져오지 않으셔도 돼요. 그가 딸에게 사위는 어디 있는지 물었다. 딸이 갑자기 울기 시작했다. 그러더니 남편은 자기와 싸우고 나서 시댁으로 가버렸다고 했다. 왜 싸웠냐고 묻자 다름이 아니라 그가 당면을 팔면서 실수로 거스름돈으로 10위안을 더 내주어 하루 장사가 허사가 되고 말았기 때문이라고 했다. 그녀가 남편에게 몇 마디 했더니 버럭 화를 내면서 솥을 집어 던지고 현성*에 있는 시댁으로 가버렸다는 것이다.

먀오 씨가 한숨을 내쉬었다.

딸이 말했다. 집에 무슨 일 있어요?

그가 말했다. 아무 일 없어.

딸이 말했다. 아무 일도 없는데 이런 시각에 그렇게 심각한 표정으로 절 찾아올 리가 없잖아요?

그는 그냥 딸이 보고 싶어서 왔다고 말했다. 딸과 간단히 집안 얘기나 나눠볼까 해서 왔다고 했다. 딸의 배가 이미 북처럼 많이 불러 있는 것을 본 그는 출산일이 언제인지 묻고 나서 딸네 집 마당을 몇 바퀴 돌고는 월계화 화분 몇 개에 물을 주고 이내 다시 집으로 돌아왔다.

4

홍원신은 이미 먀오 씨의 얼굴에서 뭔가 순탄치 못한 일이 있다는 것을 간파했다.

먀오 씨가 가고 나자 그는 바보 아들에게 재삼 리씨네 둘째가 먀오씨네 넷째 딸을 강간한 일에 관해 물었다. 아들이 확실하다는 태도를 보이자 그는 땅에 몇 번 괭이질을 하다가 평소보다 조

---

* 縣城: 지방 행정구역인 현의 사무소 소재지인 도시.

금 일찍 일을 마치고 괭이를 챙겨 집으로 돌아왔다. 홍씨네 집은 가오톈에서 제법 큰 집안이라 성묘를 하러 갈 때면 가족들이 까마귀 떼처럼 잔뜩 모이곤 했다. 홍원신은 열여덟 살 때부터 마을에서 아이들에게 베이징에 톈안먼天安門이 있다는 것을 비롯하여 다양한 것들을 가르치기 시작했다. 무려 30년 동안 이런 교학을 그치지 않았다. 마을에서 서른다섯이 넘은 사람들 가운데 글을 터득한 사람은 전부 그의 제자였다. 그런데 어느 날, 아들이 나무 위에 올라갔다가 떨어지고 말았다. 정신이 혼미해진 아들은 그대로 바보가 되었다. 이에 그는 시골 강단에서 물러나 나무 몇 그루를 팔아버리고 갓 태어난 소를 몇 마리 샀다. 그렇게 소를 키우면서 농사를 짓기 시작했다. 소가 한창나이가 되어 우시장에 내다 팔면 한 마리만 팔아도 학생들을 가르치던 때의 두 배 수입을 챙길 수 있었다. 그는 돈을 모아 아들을 병원에 데려가볼 계획을 갖고 있었다. 때가 무르익어 아들을 병원에 데려가려고 하던 차에 리씨네 둘째가 먀오씨네 넷째를 강간하는 사건이 발생한 것이다. 그는 이 일이 아들을 병원에 데리고 가는 일보다 더 중요하다고 생각했다. 그래서 아들에게 빨리 집으로 돌아가라고 해놓고 자신은 리린네 집을 찾아갔다.

리씨네 집에 도착한 홍원신은 대문을 열고 들어가서는 자연스럽게 대문을 닫아걸었다.

리씨네 두 부부는 침울한 표정으로 집 안에 앉아 있다가 홍원신이 들어오는 것을 보고는 얼른 등받이 없는 걸상을 내주었다.

걸상을 받아 앉은 홍원신은 담배도 한 대 건네받아 몇 모금 빨다가 느닷없이 물었다. 둘째는 집에 없나요?

리린이 말했다. 어디 가서 죽었는지 도무지 안 보이네요.

홍 씨가 말했다. 먀오 씨가 진으로 갔어요.

리린이 홍 씨를 향해 눈을 휘둥그레 떴다.

홍 씨가 말했다. 이 일에 대해 정말 모르시는 건가요?

리 씨가 말했다. 먀오 씨가 여기 왔었어요.

홍 씨가 잠시 생각에 잠겼다가 말했다. 법률에 따르면 이건 작은 일이 아니에요.

리 씨도 잠시 생각해보고 나서 말했다. 우리 둘째 이 짐승 놈이 정말로 그런 짓을 저질렀을까요?

홍 씨가 말했다. 우리 집 큰애가 봤대요. 홰나무 숲에서 그랬다는군요. 핏자국도 있대요. 이 바보 녀석이 다른 사람들한테도 얘길 한 모양이에요. 이렇게 말하는 홍원신의 어투에서 우물에 돌을 빠뜨린 것 같은 미안함과 자책감을 느낄 수 있었다. 이 말을 들은 리린은 잠시 얼굴이 굳어졌다가 다시 천천히 풀렸다. 한 가지 일의 결과가 나온 데 이어 최종적으로 분명하게 증명된 것 같았다. 다음 단계는 정말로 그런 일이 있었느냐의 여부가 아니라 그 일에 어떻게 대처해야 하느냐는 것이었다. 이리하여 그는 홍원신을 집 안으로 끌고 들어가 두 사람이 마주 보고 앉았다. 그가 말했다. 홍 선생님, 선생님은 그래도 학식이 있으신 분이잖아요. 정말로 이런 일이 있었다면 대체 앞으로 어떤 일이 벌어지게 될까요?

홍 씨가 말했다. 이 일을 덮을 수는 없을 겁니다.

리 씨는 말이 없었다.

홍 씨가 또 말했다. 먀오씨네 넷째가 열네 살이 아니라 네 살이라 해도 한눈에 알아볼 수 있거든요.

리 씨가 물었다. 그럼 이제 제가 어떻게 해야 할까요?

홍 씨가 잠시 생각에 잠겼다가 다시 입을 열었다. 우선 둘째가 어디에 있든지 집에 돌아오지 못하게 하세요. 돌아왔다가는 먀오 씨의 손에 맞아 죽고 말 테니까요. 이 일은 백 년에 한 번 있을까 말까 한 추문이에요.

리린이 고개를 푹 숙였다.

홍 씨가 얘기를 계속했다. 먀오 씨의 친척 가운데 진에서 법률 관련 직업을 갖고 있는 사람이 있어요. 그리고 먀오 씨가 이미 진으로 갔고요. 게다가 먀오 씨의 다른 딸들은 전부 학교에 다니고 있지요. 여기까지 말하고 나서 홍원신은 더 이상 아무 말도 하지 않았다. 모든 것이 무언의 가장자리에 있는 것 같았다. 잠시 침묵하던 그는 리린의 사정에 공감하면서 긴 한숨을 내쉬었다. 그러고는 담배를 피우면서 어두워진 하늘을 바라보았다. 밖에서 바보 아들이 자신을 부르는 소리가 들리자 그는 곧 작별 인사를 건네고 밖으로 나왔다. 리린은 몸을 돌려 홍원신을 배웅하다가 갑자기 그에게 잠깐만 기다려달라고 했다. 리린은 이렇게 밖에 나왔다가 다시 집 안으로 들어가 침대 밑에서 소를 끄는 고삐와 소가죽 채찍 두 개, 새 쟁기날 하나를 들고 나와서는 말했다. 홍 선생님, 이것들 좀 가져다 쓰세요. 소를 키워 밭을 가시려면 이런 것들이 꼭 필요하실 겁니다.

홍 씨가 말했다. 아니에요. 이런 거 필요 없습니다.

리 씨가 말했다. 그러지 말고 가져가세요.

이렇게 잠시 실랑이를 하다가 홍 씨는 끝까지 거절하지 못하고 물건들을 받아 들고 대문을 나섰다.

리린은 훙원신이 물건들을 손에 들고 대문을 나서자 잠시 서 있다가 마을 뒤에 있는 홰나무 숲으로 갔다. 황혼의 어둠 속에서 홰나무 숲은 아주 낮고 가지와 잎이 마구 뒤엉켜 있었다. 그는 작은 오솔길을 따라가면서 수시로 몸을 낮춰 가지들을 살폈다. 오솔길이 끝나는 지점에 수풀이 우거져 있고 샘물이 하나 있었다. 샘물가에는 정말로 작은 풀밭이 있었다. 그리고 그곳에 쑥과 잡초가 눌린 자국이 있었다. 꺾이고 잘린 쑥과 잡초 줄기들이 샘물가에 흩어져 있었다. 푸른 담요 같았다. 그리고 비릿한 피 냄새가 새로 난 풀 냄새처럼 그 자리를 덮고 있었다. 자세히 음미해보면 그것이 피 냄새임을 분별해낼 수 있었다. 허리를 구부려보니 정말로 눌린 쑥과 잡초 위에 핏자국이 짙은 청색과 검정색으로 남아 있었다. 땅 위에도 온통 핏자국인 것 같았다. 핏자국 옆에 먀오씨네 대나무 바구니가 놓여 있고, 바구니 바닥에는 꽃양배추와 소첨엽小尖葉, 큰조뱅이 같은 푸르고 여린 산나물들이 깔려 있었다.

바구니 옆에 서서 핏자국을 내려다보던 그는 자신을 원망해야 할지, 아들을 원망해야 할지 몰라 혼란스럽기만 했다. 결국 리린은 갑자기 짐승 같은 아들을 욕하면서 손바닥으로 자신의 뺨을 한 대 후려쳤다. 그러고는 맥없이 바구니 옆에 주저앉았다.

5

먀오 씨가 진 중심가에서 집으로 돌아왔을 때는 이미 하늘에 별들이 떠 있었다. 서쪽 거리에는 푸른빛이 넓고 두텁게 깔려 있고 사람들의 발걸음 소리가 아주 멀리 그윽하게 울려 퍼졌다. 집에 도착하자 아내가 큰사위를 만났느냐고 물었다. 그는 대답 대신 넷째 딸이 아직도 아프냐고 되물었다. 아내가 말했다. 지금 자요. 국수 한 그릇 먹고는 곧장 잠이 들었어요. 부부가 얘기를 주고받는 사이에 누군가 문을 두드렸다. 아내가 나가 문을 열어보니 찾아온 사람은 리린이었다.

먀오 씨는 아직 배가 고픈 상태였고 넷째 딸의 일을 어떻게 진행하고 결말을 지어야 할지 모르는 터였다. 큰사위는 집에 없었고 파출소에서 일한다는 친척도 그다지 가까운 친척이 아니라 막무가내로 찾아가 이 일을 상의할 처지가 아니었다. 결국 공연히 진의 중심가까지 가서 헛걸음을 하고 돌아온 것이 후회스러웠다. 하지만 이때 뜬금없이 리린이 찾아온 것이다. 그는 바구니 가득 서양 달걀을 들고 왔다. 그가 진에 가져갔던 것보다 훨씬 많았다. 게다가 맥유정麥乳精 두 병과 분유 같은 건강보조식품도 가져왔다. 그가 찾아온 것이 오히려 먀오 씨의 마음속에 불을 질렀다. 사건의 결말에 대해 분명한 방침이 선 것 같았다. 그는 방 한가운데 앉아 미동도 하지 않았다. 리린은 물건들을 탁자 위에 올려놓고는 슬픈 표정과 어투로 말했다. 먀오 형, 저 리린이 사죄드립니다.

먀오 씨는 아무 말도 하지 않고 고개만 쳐들고는 문밖의 별빛과 달빛을 바라보았다. 그러고는 담뱃대에 담배를 채웠다 털어내기를 반복했다. 리린은 먀오 씨와 정면으로 마주 앉아 있었다. 몇 자밖에 안 되는 거리를 사이에 두고 리린이 말했다. 둘째 놈이 아직 집에 돌아오지 않았습니다. 찾을 수도 없고 집에 돌아오지도 않는 걸 보니 이 짐승 놈이 나쁜 짓을 저지른 게 분명한 것 같습니다. 나쁜 짓을 저지르고서 감히 집에 발을 들여놓지 못하는 것 같습니다. 저 리린은 평생을 조심하면서 살아왔는데 이렇게 가문을 더럽히고 천리天理를 파괴하는 패륜아를 낳아 기르게 될 줄은 몰랐네요. 녀석이 돌아오면 여러 번 살가죽을 벗겨도 이 분노와 원망을 다 풀 수 없을 것 같습니다. 둘째 놈이 돌아오면 반드시 댁으로 보내 마음껏 때리고 찢어 죽일 수 있게 하겠습니다. 그래도 저희 리씨 집안사람들은 눈물 한 방울 흘리지 않을 겁니다.

여기까지 말했을 때 먀오 씨가 입을 열었다.

나는 그놈을 때릴 생각이 없소. 우리 두 집안 사이에 무슨 원한이 있는 것도 아니잖소.

리린의 얼굴 위로 한 가닥 달빛처럼 푸른빛이 스쳐 지나갔다.

먀오 형은 그놈의 큰아버지뻘 되는 분이시니 이런 일이 없었더라도 때리고 싶을 때는 얼마든지 때리실 수 있습니다.

먀오 씨가 차가운 웃음을 지어 보였다. 자식을 키우면서 어떻게 남이 자기 자식을 때리는 걸 용납할 수 있겠소?

리린이 손바닥으로 얼굴을 한 번 쓸고는 고개를 푹 숙이면서 말했다. 먀오 형이 저보다 두 살 위시니 제 얼굴에 침을 뱉으셔도 저는 할 말이 없습니다.

먀오 씨는 흥 하고 콧방귀를 뀌고는 담뱃재를 탁탁 털면서 말했다. 우리 먀오씨 집안은 마을에 의지할 곳이 없소. 침을 뱉을 때도 알맞은 자리를 골라서 뱉어야 하지요.

리린이 말했다. 저희 리씨 집안도 가오톈에서 그리 대단한 집안이 아닙니다. 이번에 둘째 놈이 죽는다 해도 리씨 집안에서는 마음 아파할 사람이 없습니다. 그런데 일을 당한 따님이 겨우 열네 살이라는 사실에 삼촌뻘 되는 저로서는 평생 미안할 따름입니다. 이렇게 말하면서 리린은 집 안을 기웃거려 보았다. 먀오 씨가 잠시 망설이다가 말했다. 쥐안은 저쪽 방에 있어요. 이 말에 리린은 먀오 씨 곁을 에돌아 서쪽 곁채로 다가갔다.

안채에는 먀오 씨 혼자만 남았다. 그의 아내는 줄곧 부엌에서 남편에게 먹일 밥을 준비하고 있었다. 이때, 줄곧 쪼그려 앉아 있던 리린이 서쪽 곁채 안으로 들어갔다. 방 안의 불빛은 그다지 밝지 않고 누렇기만 했다. 그 황혼 속에서 먀오 씨는 리린을 향해 비아냥거리는 듯한 말을 했지만 리린이 이를 다 참아내자 마음이 평온하게 가라앉으면서 그에 대한 동정심이 생겼다. 몇 년 전에 그가 진에 있는 리린의 가게에 쟁기를 교환하러 갔을 때, 약간의 실랑이가 있긴 했지만 결국 새것으로 바꿔주지 않았던가? 그 쟁기를 생각하니 어쨌든 리린이 같은 거리에 사는 사람이고, 아들이 짐승 같긴 하지만 리린 자신은 무척 좋은 사람이라는 생각이 들었다. 이리하여 리린을 따라 함께 서쪽 곁채에 들어가 잠시 서 있었지만 넷째가 이미 깊은 잠에 빠진 터라 얼른 물러 나와 마당 한가운데 등받이 없는 걸상을 두 개 가져다 놓고 앉았다. 달빛이 가는 실처럼 주위를 감싸면서 흐느적거리는 소리가 들렸다. 이미 밤길을 걸어 돌아가야 할 시각이라 산등성이에서 한기가 내려오고 있었다. 사각사각 마을 밖의 농작물이 자라는 소리가 들릴 정도로 마을 안은 고요하기만 했다. 밀이 거리 안팎을 걸어 다니고 있는 것 같았다. 이 계절에 새로 자라난 오이와 채소들도 강가에서 몰래 밀어를 주고받는 것 같았다. 먀오 씨는 담배 한 대를 다 피우자마자 또 한 대를 재워 피웠다. 그러다가 마지막으로 리린이 단호한 어투로 말했다. 먀오 형, 우리 둘째 놈은 짐승입니다. 그놈은 사람이 아니에요. 그놈을 감옥에 보내주세요! 따님이 저의 성의를 받아준다면 제가 따님의 양아버지가 되겠습니다.

먀오 씨는 탄식 같은 한숨을 내쉬긴 했지만 따스한 어투로 말했다. 둘째가 어디에 있든지 마을로 돌아오지 못하게 해요. 우리 큰사위가 성격이 거친 데다 그의 친척이 법률을 다루는 직위에 있기 때문에 이런 사실을 알면 큰 사달이 나고 말 거요.

리린이 야무지게 담배를 한 모금 빨았다가 달빛 속에서 연기를 토해내며 말했다. 먀오 형, 저는 절대로 둘째 놈을 용서하지 않을 겁니다. 먀오 형께서도 마음 약하게 먹지 마십시오. 감옥에 몇 년 들어가 있는 게 둘째 놈한테도 좋은 일일 겁니다.

먀오 씨가 말했다. 댁에도 아들이 하나뿐이니 나로서도 그렇게 극단적인 방법을 취하고 싶진 않소.

리 씨도 말했다. 따님을 생각하면 저희 집안의 앞길을 완전히 막는 게 마땅합니다.

마침내 둘 다 말이 없어졌다. 대신 두 마음이 서로 통하고 있었다. 리린이 5백 위안을 꺼내 달빛을 빌려 먀오 씨 옆에 내려놓으며 말했다. 우선 이걸로 따님을 병원에 데려가도록 하세요. 사나흘 뒤에 제가 돈을 좀더 마련하겠습니다. 그러면서 이 돈은 자신의 둘째 아들 그 짐승 놈하고는 아무 관련이 없는 돈이라고 했다. 때려야 하면 때리고 욕을 해야 하면 욕을 하고 비판해야 하면 비판해야 한다고 했다. 이 돈은 둘째의 속죄를 위한 것이 아니라 자신이 아저씨로서 조카뻘 되는 먀오 씨의 딸에게 주는 것이라고 했다.

돈이 아니라 그의 말이 주요했다. 먀오 씨는 적잖이 감동했다. 돈은 그가 앉았던 걸상 옆에 놓여 있었다. 한 무더기나 됐다. 그는 돈을 집어 들어 리린의 무릎 위에 내려놓으면서 말했다.

가져가요. 돈은 우리 집에도 있어요.

리린이 돈을 집어 들어 다시 먀오 씨에게 내밀면서 말했다. 너무 적어서 그러시는 건가요?

먀오 씨가 말했다. 만 위안이나 10만 위안도 많은 돈이 아니고 1펀*이나 반 펀도 적은 돈이 아니에요.

리린이 말했다. 제가 내일 천 위안을 더 드리겠습니다. 돈이 진에 있는 가게에 있거든요.

먀오 씨가 또 말했다. 5천 위안을 더 준다 해도 먀오씨 집안에서는 받지 않을 겁니다.

리린이 약간 굳은 표정으로 말했다. 정부에서 판결을 내려 배상액이 결정되면 그대로 배상하겠습니다.

먀오 씨가 돈다발을 노려보면서 말했다. 내가 이런 상황에서 돈을 바란다면 우리 넷째한테 면목이 서겠어요? 사람이 중요하지 돈은 아무것도 아니에요!

리린이 다시 돈다발을 먀오 씨에게 내밀면서 말했다. 이건 제가 따님에게 꼭 주어야 하는 치료비입니다.

먀오 씨가 말했다. 상처는 거의 다 나았소. 그 정도 비용은 우리가 해결할 수 있어요.

먀오 씨의 말뜻을 알아차린 리린이 말했다. 먀오 형, 그 짐승 놈

---

* 100펀分이 1위안이다.

을 잡으면 먀오 형께 처분을 완전히 맡기겠습니다. 이 돈은 정말로 저 리린이 따님에게 주는 약간의 성의 표시입니다. 이 돈을 안받으시면 마음속으로 저 리린을 용서하지 않으시는 걸로 알겠습니다. 이렇게 말하면서 그는 돈을 걸상 위에 내려놓고 일어서서 나오려고 했다. 먀오 씨는 여전히 돈을 거절하다가 리린의 표정이 너무 안 좋은 것을 보고는 걸상 위에 놓인 돈을 그대로 놔두었다. 리린은 한밤중이 되어서야 집으로 돌아갔다. 대문을 열어 리린을 문밖까지 배웅하고 나서 주위를 둘러보니 달빛은 점점 흐려지고 거리와 후통이 전부 어둠에 잠겨 있었다. 먀오 씨는 황급히 잠시만 기다리라고 말하고는 집 안에 들어가 손전등을 하나 들고 나왔다.

손전등에서 환한 빛줄기가 쏟아져 나왔다. 리린은 손전등으로 앞을 비춰가며 집으로 돌아갔다.

6

밤새 아무 말도 없었다.

다음 날, 먀오 씨는 아침 일찍 밭을 둘러보고 돌아와서는 마을 사람들을 만나 뭔가를 의논하고 나서 앞을 향해 걸어갔다. 모든 사람이 그를 아주 친절하게 대하면서 둘째와 셋째의 학교 성적과 학비를 물어보았다. 그러면서 그의 딸들이 앞길이 구만리 같다고 칭찬했다. 넷째의 일을 언급하는 사람은 없었다. 아무도 그 일을 거론하지 않았지만 먀오 씨의 마음속 그늘이 완전히 사라진 것은 아니었다. 딸은 이제 갓 열네 살인데 장차 어른이 되면 어떻게 해야 한단 말인가? 리씨네를 고발하는 것은 인지상정에서 멀어지는 것 같았다. 그렇다고 리씨네를 고발하지 않자니 먀오 씨의 유약함과 무능이 극명하게 드러나는 것 같았다. 진 사람들이 모르면 그나마 좋겠지만 누구든지 이런 사실을 알면 먀오씨네를 우습게 볼 것이 분명했다. 이렇게 근심과 걱정이 가득한 마음으로 집으로 돌아갔다. 아침 식사를 하면서 먀오 씨는 밥그릇을 들었다가 국물만 몇 모금 마시고는 다시 밥그릇을 발밑에 내려놓았다.

아내가 다가와 말했다. 일도 일이지만 밥은 먹어야 하잖아요.

그가 말했다. 내가 지금 밥이 넘어가겠어?

아내가 그의 앞에 주저앉았다. 어제 리린이 앉았던 바로 그 자리였다. 등받이 없는 걸상에 앉은 그녀는 한참 있다가 입을 열었다. 리씨네 둘째가 평소에 보면 아주 영민하게 생겼더라고요. 어쩌다 이렇게 됐는지, 정말로 마음속에 귀신이 들어가 있나 봐요.

먀오 씨가 눈살을 찌푸렸다.

그녀가 또 말했다. 이 일만 아니었다면 사돈을 맺었어도 좋았을 텐데 말이에요.

그가 한숨을 내쉬며 말을 받았다. 천고千古의 원한이야. 천고의 원한이라고.

아내가 자리를 떴다. 그는 리씨네 남매 둘을 생각했다. 딸은 시집을 갔고 둘째는 학교에 다니고 있었다. 아주 평안한 세월을 보내고 있었다. 고등학교에 진학하지는 못했지만 리린은 돈을 대서 아들에게 재수를 시킬 작정이었다. 하지만 아들은 체면을 따지면서 재수를 하려고 하지 않았다. 그냥 집 안에서 하는 일 없이 빈

둥거리고 있었다. 하는 일 없이 놀면서 어른이 되어가고 있었다. 한번은 먀오 씨가 우물에 물을 길으러 간 적이 있었다. 그때 리씨네 둘째도 우물가에 있었다. 그는 먀오 씨 대신 우물에서 물을 두 통 길어주었다. 말과 행동이 공부깨나 한 사람 같았다. 그때 그는 리 씨한테 이런 아들이 있는 데다 사람도 좋고 집도 좋으니 가정을 이루고 출세하는 데 걱정이 없겠거니 생각했었다. 그때 자기 집 둘째와 셋째가 생각났었다. 둘 중 누구든지 시험에 낙방하여 집으로 돌아오면 리씨네로 시집을 보내 사돈을 맺는 것도 나쁘지 않겠다고 생각했었다.

넷째는 그런 생각에서 제외되었었다. 아직 너무 어렸기 때문이다.

지금 그는 또다시 당시를 생각하고 있었다.

한참 생각에 잠겨 있는데 누군가 문안으로 들어서더니 큰딸과 사위가 왔다고 전해주었다. 거리 입구에서 사람들과 얘기를 나누고 있다는 것이었다. 나가서 내다보니 정말로 딸과 사위가 수레를 밀면서 이쪽을 향해 오고 있었다. 그는 얼른 아내에게 밥과 음식을 준비하라고 일렀다. 문 앞에서 딸과 사위를 맞으면서 그가 물었다. 무슨 일로 이렇게 아침 일찍 찾아온 거냐? 딸이 말했다. 어제 아빠한테 무슨 일이 있었던 것 같아서 마음을 놓을 수가 있어야지요. 그래서 도시에 가 있는 남편을 불러 같이 온 거예요.

식사는 마당에서 했다. 조촐한 밥상이었다.

식사를 하면서 딸이 물었다. 집에 무슨 일 있어요? 엄마가 뭔가 얘기를 하려고 하자 먀오 씨가 눈을 크게 뜨면서 아무 일도 없다고 말했다. 딸이 넷째 여동생은 학교에 갔느냐고 물었다. 그는 아침 일찍 나갔다고 말하고는 조용히 식사를 계속했다. 잠시 밥상 앞에 앉아 있던 먀오 씨는 밖으로 나가 문가에 섰다. 얼굴에는 약간 당혹스러운 표정이 스쳤다. 밭에 나가는 마을 사람들 몇몇이 지나가자 다가가 얘기를 나누고 싶었지만 적절치 않다는 생각이 들어 서로 몇 마디만 간단히 주고받고 말았다. 그러고는 곧장 리 씨네 집을 찾아갔다.

리씨네 집에는 리린 혼자 집을 지키고 있었다.

마당에 들어선 그가 먼저 가볍게 헛기침을 한 번 하자 리린이 문까지 나와 맞아주었다. 얼굴에 하얀 놀라움이 한 겹 덮여 있는 리린이 웃으면서 그에게 식사를 대접하겠다고 말했다.

먀오 씨가 말했다. 난 먹었어요.

리린이 말했다. 그럼 만터우*라도 좀 드시겠어요?

먀오 씨가 말했다. 다른 식구들은 없나요?

리린이 말했다. 아직 둘째를 찾지 못했습니다.

먀오 씨가 말했다. 못 찾은 게 더 잘된 일일지도 모르지요.

리린이 먀오 씨에게 등받이 없는 걸상을 하나 내주고는 그의 얼굴에 시선을 집중했다.

먀오 씨가 말했다. 아이 엄마는 어디 가셨나요?

리린이 말했다. 친척집에 갔습니다.

먀오 씨가 말했다. 리 씨도 나가서 잠시 숨도록 하세요. 우리 딸과 사위가 친정에 왔어요. 그 사실을 알면 한바탕 소란이 벌어질

---

* 饅頭: 소가 들어 있지 않은 찐빵으로 중국 북방지역의 주식이다. 다른 음식을 얹어 먹는다.

거요.

놀란 리린은 미동도 하지 못했다.

마오 씨가 말했다. 지금 당장 나가서 몸을 숨기도록 하세요. 이렇게 말하고 나서 그는 곧장 밖으로 나왔다. 리씨네 대문을 닫는 것도 잊지 않았다. 문밖에서 양 떼를 몰고 지나가던 사람이 마오 씨에게 물었다. 마오 아저씨, 식사하셨어요? 그는 웃는 얼굴로 가볍게 고개를 끄덕이며 말했다. 리 씨에게 가게에서 가래 하나만 좋은 걸로 가져다 달라고 했어. 리린이 뤄양洛陽에서 강철 가래를 잔뜩 구입해 왔다고 하더라고.

리씨네 집에다 딸과 사위가 온 사실을 알린 마오 씨의 얼굴에서 당황한 표정은 찾아볼 수 없었다. 그는 마을 거리를 빠르지도 느리지도 않게 걸었다. 마음속으로는 집에 돌아가 딸과 사위에게 둘러댈 말을 생각하고 있었다. 사위는 성격이 거친 편이라 그의 딸과 결혼하기 전에는 진에서 사람들과 다투기 일쑤였다. 시골 사람의 팔을 부러뜨려 파출소에 며칠 갇혀 있었던 적도 있지만 친척 덕분에 별 고생은 하지 않고 벌금만 내고 풀려났었다. 그가 리씨네를 그냥 놔두지 않을 것이라는 예상에, 리린이 집을 나서면서 대문을 잠갔으면 상황이 그나마 훨씬 낫겠다는 생각이 들었다.

그러나 집에 도착해보니 마당에는 작은 밥상이 그대로 남아 있고 사람들은 온데간데없었다. 집 안에서 엉엉 우는 소리가 들려왔다. 그가 밥상 앞에 서 있는 사이에 사위가 집 안에서 나와 대문을 닫더니 다시 밥상 앞에 앉았다.

해는 중천에 떠서 발갛게 마당을 비추고 있었다.

사위가 말했다. 아버님, 이게 어떻게 된 일입니까?

그가 말했다. 무슨 일 말인가?

사위가 말했다. 넷째 일 말입니다.

알고 보니 그는 다 알고 있었다. 먀오 씨는 그 자리에 앉아 안채 쪽을 바라보다가 마당을 두리번거렸다. 얼굴에 난감한 표정이 밀랍처럼 한 겹 누렇게 덮여 있었다.

사위가 물었다. 고발하실 건가요?

먀오 씨가 담배를 꺼냈다.

사위가 말했다. 그놈을 고발하시면 제가 가서 찾아오겠습니다.

먀오 씨가 천천히 담배에 불을 붙였다.

사위가 말했다. 혹시 그 짐승 놈을 그냥 놔두려 하신다면 그건 좋은 해결 방법이 못 될 겁니다.

먀오 씨는 놀란 마음으로 이 말을 의심하면서 사위의 얼굴을 뚫어져라 쳐다보았다.

자네는 이 일을 어떻게 처리하는 게 좋을 것 같나?

리씨네 둘째 놈 말인가요?

그래, 리씨네 둘째 말일세.

인정하던가요?

인정했네.

거리 서쪽에서 가장 큰 그 집 맞지요?

그렇네. 바로 그 집이네.

진에 있는 농기구점도 그 집에서 운영하는 것 맞지요?

자네도 알고 있군. 몇 년째 운영하고 있지.

그 집 둘째 놈이 몇 살이나 먹었나요?

열일곱이라고 하더군.

자식이 그놈 하나뿐인가요?

큰딸이 있긴 하지만 이미 시집을 갔네.

그렇다면. 사위가 잠시 말을 멈추더니 밥상 위의 젓가락으로 밥상 위의 물을 찍어 수많은 동그라미를 그리기 시작했다. 동그라미를 그리면서 말을 이었다. 이미 일이 벌어진 터이니 가장 좋은 방법은 그 집 둘째와 우리 넷째가 약혼을 하게 하는 겁니다.

먀오 씨가 눈을 휘둥그레 뜨고 사위를 쳐다보았다. 햇빛이 사위의 얼굴을 희미하게 비췄다. 그가 말을 할 때, 얼굴의 밝은 빛이 햇빛 속에서 미세하게 움직이는 수면 같았다. 먀오 씨는 한참 동안 말을 하지 못하다가 그의 얼굴 위에서 햇빛이 옮겨 가고 마당의 오동나무 그림자가 옮겨 가고 나서야 한참이나 움직이지 않은 몸을 움직이며 말했다. 리 씨가 약혼에 동의할까?

사위가 말했다. 그 집 생각에 맡기실 건가요?

그가 말했다. 약혼을 했는데 이 일이 지나가고 나서 리 씨가 결혼을 질질 끌다가 후회하게 되면 리 씨를 어떻게 할 방법이 없지 않나?

사위가 말했다. 조금 일찍 결혼을 시키는 겁니다. 리씨네도 감히 넷째를 함부로 대할 수 없을 겁니다. 리씨네 집안 형편을 보면 넷째가 시집가서 어렵게 살 것 같지도 않고요. 말을 마친 사위는 다시 그릇을 집어 들고 남아 있던 국 반 그릇을 다 마셔버렸다. 국을 마시고 나서 또 말했다. 저는 리린과 장사를 같이 한 적이 있어요. 사람은 나쁘지 않습니다.

먀오 씨가 말했다. 리린은 나쁘지 않지. 하지만 우리가 먼저 혼사 애기를 꺼내는 건 먀오씨 집안의 굴욕이 아닐 수 없네.

사위가 그릇을 입가에서 멈춘 채 말했다. 물론 리씨네가 먼저 혼사 문제를 제시하게 해야겠지요.

7

사위는 왔다가 얼마 있지 않아 돌아갔다. 떠나기 전에 그가 말했다. 내일은 진에 장이 서는 날이에요. 당면을 햇볕에 말려둬야 하거든요. 햇볕에 말리지 않으면 축축하고 흐물흐물해져서 잘 안 팔려요. 먀오 씨는 그렇게 사위를 돌려보내는 수밖에 없었다. 사위의 말에 대해 그는 마음속으로 정식으로 찬동하고 있었다. 사위를 문밖에까지 배웅하고 뒷모습이 멀리 사라진 뒤에야 먀오 씨는 눈을 내리깔고 깊이 생각에 잠겼다. 뜻밖에도 몇 년 장사를 하더니 사위가 제법 말을 할 줄 알게 된 것 같았다. 말에 논리가 있었다. 먀오 씨 자신의 생각과 완전히 일치하는 말이었다. 문득 그가 얼마 전까지만 해도 사람들에게 그다지 인정받는 사람이 아니었다는 생각이 들었다. 떠나면서 그는 한마디 덧붙였다. 모든 일은 아버님이 결정하세요. 제가 필요하실 때는 언제든지 말씀만 하시면 곧장 달려오겠습니다.

먀오 씨는 사위의 말에 큰 위안을 얻었다.

먀오 씨는 문 앞에 서서 멀리 펼쳐진 바러우산맥을 바라보았다. 전후좌우로 두루 살펴보니 날씨는 청명하고 도처에 햇빛과 흰 구름이었다. 구름은 하늘 위에 얇게 떠서 환하게 빛났다. 가장자리에 솜털처럼 삐죽한 부분이 보였지만 전체적으로 흰 비단을 쫙 펼쳐놓은 것 같았다. 황갈색이었던 산등성이는 계절에 맞게 초록으로 물들어 있었다. 밀 새싹의 푸른 숨결도 물처럼 흐르고 있었다. 이 계절에는 사람들의 가슴이 확 트였다. 거리 입구에서 조금만 가면 자기 집 밭에 도달할 수 있었다. 산허리에 걸려 있는 그의 밭은 삼각형이라 위쪽은 좁고 아래쪽은 넓었다. 깃발 같았다. 아주 좋은 밭은 아니었지만 작물의 생장은 나쁘지 않았다. 풍성한 수확을 기대할 수 있었다. 젓가락 크기로 자란 밀은 밭 지면을 거의 다 덮고 있어 조금만 멀어지면 갈색 땅이 전혀 보이지 않았다. 먀오 씨는 이 삼각형 밭 꼭대기에 서 있었다. 풀 냄새가 밀려와 마음을 편안하게 해주었다. 어제부터 마음속에 쌓이기 시작한 번뇌와 우울이 조금씩 녹아 사라지는 것 같았다. 딸을 생각하면 불행하긴 하지만 리씨 집안과 혼인 관계를 맺는 것이 오히려 좋은 일이 될 수도 있었다. 리린 이 사람은 똑똑하면서도 선량함을 잃지 않았고 농민으로서의 본분을 그대로 간직하고 있었다. 예컨대 쟁기를 교환해준 일이나 어제저녁에 보여준 진심을 보면 알 수 있었다. 5백 위안의 돈을 내려놓고 가볍게 떨던 손을 보면 알 수 있었다. 게다가 그는 자신처럼 단순히 농사꾼의 본성만 갖추고 있는 것이 아니라 진 중심가의 변화함도 갖추고 있었다. 대강大綱과 세목細目의 구별이 없어도 수많은 사람들이 갑자기 큰돈을 벌었고, 또 수많은 사람들이 종일 바쁘게 돌아치면서도 돈은 벌지 못했다. 하지만 리 씨는 수시로 품목을 바꾸면서 장사를 했다. 설이 다가오면 옷을 팔고 제철에 맞는 채소도 팔았다. 사계절의 품목이 정해져 있지 않았다. 리린은 이렇게 잡다한 농기구와 밧줄, 채찍, 삽과 쟁기, 괭이와 낫, 도끼와 망치 등을 취급하는 것을 자신의 장사로 확정하기 시작했다. 계절에 따라 조금씩 나가는 물건들이지만 자신이 독점하고 있는 터라 문을 여는 이상 손님들이 마구 몰려오는 성황은 기대하기 어렵더라도 문을 닫아야 할 정도의 썰렁함도 없으리라는 것이 그의 생각이었다. 삶과 세월은 문 앞을 흘러가는 물처럼 그렇게 이어져갔고 집 뒤에는 산이 버티고 있었다. 집이 근본이었다. 비교하자면 리씨네보다 더 호화롭게 집을 지은 사람도 있지만 그의 집에 미치지 못하는 사람들이 훨씬 많았다.

리씨네는 확실히 형편이 좋았다.

어쩌면 이것이 넷째 딸의 결혼을 위한 인연인지도 몰랐다.

산등성이에서 내려온 그는 홍원신과 그의 아들이 산등성이 아래 밭에서 또 호미질을 하고 있는 것을 보고는 리 씨의 둘째가 아무리 안 좋다 해도 홍씨네 첫째보다는 낫다는 생각이 들었다. 홍씨네 첫째가 바보이긴 하지만 누군가는 그에게 시집을 갈 것 아닌가? 이런 생각에 그는 홍 씨에게 아무 말도 건네지 않고 부자의 모습을 바라보면서 산등성이 아래를 향해 걸어갔다. 뒷산 골짜기에는 홍씨네 채마밭이 있었다. 홍씨네 첫째가 산허리의 그 홰나무 숲 가장자리로 가는 것이 보였다. 그가 걸음을 멈추고 홰나무 숲을 가리키며 아버지에게 몇 마디 얘기하자 홍원신이 아들의 허리를 한 대 걷어찼다. 그러고는 부자 두 사람이 모퉁이를 돌아 걸어갔다.

먀오 씨는 집으로 돌아왔다.

큰딸은 친정에서 한동안 머물 작정이라 때마침 집 앞에서 기다리고 있다가 리린이 집에 와 있다고 했다. 그가 무슨 일로 왔느냐고 물으며, 무슨 일로 왔든지 간에 절대 좋게 대해주어선 안 된다고 말했다.

먀오 씨가 딸을 바라보았다.

딸이 말했다. 적어도 그 집에서 만 위안은 가져와야 한다고요.

먀오 씨가 고개를 돌려 땅바닥에 야무지게 가래침을 뱉었다.

딸이 말했다. 아빠, 지금은 옛날과 달라요.

아빠가 말했다. 바쁘다더니 집에 가보지그래.

딸이 말했다. 진 중심가에서도 이런 일이 있었는데 첨부터 2만 위안을 요구했어요. 우리는 만 위안만 요구한다 해도 리씨네를 크게 봐주는 셈이라고요. 이 돈을 넷째 몫으로 저축해두고 아무도 쓰지 않으면 넷째의 살림 밑천이 되는 거지요.

딸 옆을 벗어나 대문 안으로 들어선 먀오 씨는 더 이상 딸과 한마디도 주고받지 않고 집 안으로 들어갔다. 정말로 리린이 앉아 있었다. 그가 누렇게 뜬 얼굴로 둘째를 찾았다고 말했다. 그의 둘째는 누나 집에 숨어 있었다고 했다. 감히 돌아오진 못했다고 했다. 그러면서 먀오 씨에게 자신의 큰딸 집에 가서 그 짐승 놈을 매달아놓고 때려죽여 달라고 했다.

먀오 씨가 말했다. 너무 무정하시군요. 우리 먀오씨 집안에서는 의를 중시하지 않을 수 없어요.

리린이 말했다. 제가 한발 늦었군요. 사위분을 그냥 가시게 했네요.

먀오 씨가 리린에게 눈짓을 보냈다. 두 사람은 안채에서 나와 다른 곁채로 가서 한자리에 앉았다. 리린이 말했다. 먀오 형, 이 일을 이렇게 끝내선 안 될 것 같습니다. 사위분께 이 짐승 놈을 잡아다가 한번 단단히 혼을 좀 내달라고 해주세요. 팔이 하나쯤 부러져도 좋습니다. 먀오 씨가 말했다. 이미 벌어진 일인데 자식을 때린다고 없던 일이 되겠습니까? 내가 걱정하는 건 우리 넷째가 평생 어떻게 살아가야 하느냐는 겁니다.

리린은 말이 없었다.

두 사람은 함께 앉아 담배만 피워댔다. 창문으로 쏟아져 들어온 햇빛이 담배 연기를 금빛으로 물들였다. 나방 한 마리가 햇빛 속을 날면서 수시로 금빛 연기 속으로 뛰어들었다. 나방의 날갯짓 소리가 들렸다. 연기가 갈라지는 소리도 들렸다. 꽃을 수놓는 가는 실을 자르는 소리 같았다. 그렇게 오래 앉아 있던 리린이 고개를 들어 먀오 씨의 얼굴을 쳐다보며 잠시 생각에 잠겼다가 입을 열었다. 먀오 형, 어떤 생각을 갖고 계신지 말씀해보세요.

먀오 씨가 말했다. 정말 시집을 갈 수 없다면 평생 독수공방하는 수밖에 없겠지요.

리린이 먀오 씨의 손 위로 눈길을 던지면서 말했다. 먀오 형, 제가 염치없는 말 한마디만 하겠습니다.

먀오 씨가 반짝이는 두 눈으로 리린을 쳐다보았다.

리린이 말했다. 저희 둘째가 죄를 지었으니 그놈에게 소나 말이 되어 평생 먀오 형을 모시고 따님을 모시게 하면 어떻겠습니까?

마음이 뜨거워지는 말이었지만 먀오 씨의 얼굴에는 오히려 먹구름이 가득했다. 그는 침대에서 몸을 일으켜 탁자에 몸을 기대고 있다가 다시 바닥에 쭈그리고 앉아 한참이나 손으로 머리를 감싸 쥐고 있었다. 끝내 생각이 정해지지 않는지, 수심이 가득한 표정으로 고개를 들어 말했다. 형씨, 이 일은 우리 두 사람이 해결할 수 있는 게 아니라서 형씨의 둘째가 형씨 말대로 할지도 모르겠군요.

리린도 몸을 일으키며 말했다. 먀오 형, 하시고 싶은 얘기가 있으면 기탄없이 다 하세요.

먀오 씨가 말했다. 댁의 둘째 같은 아이를 도무지 믿을 수가 없어요.

리린은 가버렸다. 말을 더 하지는 않았다. 먀오씨네 집 마당을 가로질러 나오면서 남긴 발걸음 소리가 무척이나 무겁고 깊었다.

날이 어두워질 때쯤 리린이 또다시 먀오씨네 집을 찾아왔다. 먀오씨네 식구들은 아직 저녁 식사를 하지 않은 터였다. 큰딸이 부엌에서 바쁘게 돌아치고 있었다. 마당의 닭과 돼지가 요란한 소리를 내고 있다가 리린이 다시 오자 이내 조용해졌다. 먀오 씨는 돼지우리에 깃을 깔아주고 있었다. 새 흙 냄새가 분홍빛으로 마당을 떠다니면서 퇴비 냄새와 섞여 집 전체에 사람 사는 일상의 숨결이 가득했다. 리린의 얼굴에는 땀방울이 맺혀 있어 지는 햇빛 속에서 반짝였다. 그가 급하게 달려왔으며 약간 흥분하고 있다는 것을 알 수 있었다. 그는 딸네 집에 가서 일을 원만하게 해결한 터였다. 먀오씨네 마당에 들어서면서 그는 주머니에서 한 가지 물건을 꺼내 들고는 먀오 씨를 불렀다.

먀오 씨가 돼지우리에서 나오면서 말했다. 안으로 들어갑시다.

리린이 안채의 창문을 바라보면서 말했다. 곁채로 가시지요.

먀오 씨가 곁채 문을 밀어 열면서 큰 소리로 말했다. 여보, 밥을 한 그릇 더 준비하도록 하구려.

리린은 곧장 안으로 들어가지 않고 주저하면서 말했다. 형수님도 잠깐 오라고 하시지요.

먀오 씨가 안채 창문을 향해 아내를 불렀다.

먀오씨네 곁채는 아직 초가집으로, 원래 큰딸이 거처하던 곳이었다. 큰딸이 시집을 간 뒤로 방이 하나 남게 되자 일상생활의 잡동사니들을 쌓아두었다. 하지만 아직 침대도 그대로 있고 긴 의자도 하나 남아 있었다. 큰딸이 친정에 오면 여전히 이 방에 머물렀고 손님이 와도 이 방에서 묵게 했다. 어지럽게 방치되었던 방은 이미 큰딸이 깔끔하게 정리해놓은 터였다. 침대 위에는 새 침대보가 깔려 있고 의자도 물걸레로 깨끗이 닦아놓았다. 바닥에도 먼지 한 톨 찾아볼 수 없었다. 서쪽으로 나 있는 창문으로 석양빛이 한 다발 쏟아져 들어오고 있었다. 방 안에서는 대들보에 걸린 거미줄의 맑은 색을 볼 수 있었다. 세 사람은 안으로 들어가 먀오 씨는 침대에 걸터앉고 리린은 의자에 앉았다. 여주인은 옆방 문가에 서 있었다. 잠시 침묵이 흐르다가 리린이 손에 들고 있던 작은 보자기를 손바닥에 올려놓고서 말했다. 딸네 집에 가서 둘째 놈을 만나 호되게 욕을 퍼부으면서 흠씬 패주고 왔습니다. 얼굴이 퉁퉁 붓도록 두들겨 팼지요. 그리고 마지막으로 놈에게 먀오 아저씨의 인정을 전해주었습니다. 둘째 놈에 대한 불신과 둘째 놈의 불인불효不仁不孝한 행위가 넷째 따님에게 미칠 안 좋은 후과에 관해 알아듣게 얘기해주었습니다. 둘째 놈은 제 말을 듣고는 그 자리에서 울면서 제 누나네 부엌으로 가더니 식칼로 자기 손가락을 한 마디 자르더군요. 그걸 들고 제 앞으로 와서 말하더군요. 자신이 먀오 아저씨 댁에 들어가 부지런하게 일하지 않고 효심을 다하지 않으면 손가락을 자르게 될 거라고 말이에요. 넷째 따님을 제대로 섬기지 않거나 이것저것 지적하거나 손찌검을 하는 일이 있어도 손가락을 자르겠다는 겁니다.

이렇게 말하면서 리린은 손에 들고 있던 하얀 무명 보자기를 풀었다. 한 겹 펼치자마자 붉은 핏자국이 배어난 것이 보였다. 한 겹 또 한 겹 다 펼치자 피가 무명천에 달라붙어 끈적거리는 소리가 들리는 것 같았다. 조명은 나쁘지 않은 편이었다. 아직 해가 하늘에 떠 있어 집 안의 밝기가 문밖과 크게 다르지 않았다. 하지만 오후처럼 따스하지는 않았다. 물빛 차가운 냉기가 몰려오고 있었다. 리린은 무명 보자기를 마지막까지 다 풀었다. 정말로 손가락 한 마디가 모습을 드러냈다. 피에 젖어 잔뜩 오그라들어 있었다. 푸른빛이 감돌았다. 밭에서 뽑혀 하루가 지난 무 같았다.

집 안에 비린내가 감돌았다. 창문을 밀어 열자 새벽안개가 밀려들어 온 것처럼 축축했다. 먀오 씨 아내는 이 손가락 마디를 보고는 얼굴이 한참 동안 창백해지더니 문틀에 몸을 기대고는 눈길을 먀오 씨의 얼굴 위로 던졌다. 먀오 씨의 얼굴에 약간 누런 빛이 번졌다. 종이를 붙여놓은 것 같았다. 그가 담뱃대에 담배를 채우면서 말했다. 당신네 둘째한테 어떻게 그렇게 할 수 있었습니까?

리린이 무명천 귀퉁이로 손가락을 덮으면서 자신도 생각지 못한 일이라고 말했다.

먀오 씨가 담배 연기를 훅 내뿜으면서 말했다. 이 아이도 성질이 아주 뜨겁군요.

리린이 손가락을 다시 싸면서 말했다. 손가락을 자른 건 잘한 일이에요. 자신의 잘못을 잊지는 않을 테니까요.

먀오 씨가 물었다. 어느 손가락인가요?

리린이 말했다. 식지예요.

먀오 씨가 침대 귀퉁이에서 몸을 일으키며 말했다. 농사꾼들은 어찌 됐건 계속 농사를 지어야 하겠지요.

리린이 그 작은 보자기를 다시 주머니에 넣으면서 말했다. 이 건 댁에서 좀 보관해주세요. 불인불의不仁不義한 일이 있을 때마다 녀석에게 보여주세요.

먀오 씨가 아내를 쳐다보면서 말했다. 왜 그렇게 멍하니 서 있는 거야, 어서 가서 리씨 아저씨 밥을 퍼 오지 않고? 리린이 말했다. 여기서 밥을 먹을 수 없습니다. 집에서 밥을 해놓고 기다리거든요. 그는 먀오 씨가 여러 차례 만류하고서야 겨우 남아서 함께 저녁을 먹고 돌아갔다.

8

모든 일에는 마무리가 있기 마련이다.

홍원신의 집에서는 음식을 하느라 바삐 돌아치고 있었다. 바보 큰아들은 밖으로 내보낸 참이었다. 홍 씨의 아내는 부엌에서 달그락달그락 소리를 내면서 신나게 움직였다. 리린과 홍원신은 함께 탁자에 앉아 차와 담배를 준비하고 있었다. 리린이 말했다. 홍 선생님께서 이렇게 돈을 쓰시면 안 될 것 같네요. 홍원신이 말했다. 나도 기뻐서 그래요. 이렇게 좋은 결말이 어디 있겠습니까!

리린은 먀오 씨의 넉넉함과 관대함에 큰 신세를 졌다고 말했다. 홍 선생이 말했다. 원한은 원한이고 인애는 인애지요. 이 일로 먀오 씨도 리 씨에게 큰 감동을 받은 것 같더군요. 이렇게 얘기를 주고받는 사이에 먀오 씨가 문을 밀고 들어왔다. 모두 함께 자리에 앉아 차를 따르면서 또 다른 화제를 꺼냈다. 식량에 관한 얘기였다. 먀오 씨가 말했다. 올해는 작황이 나쁘지 않아요. 비가 충분히 내린 덕에 바러우산맥만 해도 큰 수확을 거둘 수 있을 것 같네요. 이어서 밭을 가는 일에 관한 얘기가 나왔다. 홍원신이 먀오 씨에게 말했다. 소가 한가하니까 언제든지 쓰셔도 돼요.

먀오 씨가 말했다. 파종하기에는 아직 이르지요.

리린이 말했다. 언제부터 시작하든지 간에 쟁기질을 할 때는 둘째 놈 리쾅을 보내 일을 시키도록 하겠습니다.

먀오 씨가 빙긋이 웃으면서 말했다. 황무지 한 뙈기를 개간했는데 작물이 자랄 수 있을지 모르겠네요.

홍원신이 모든 사람에게 담배를 한 개비씩 돌리고 불을 붙여주다가 먀오 씨 앞으로 가서는 특별히 입김을 불어 성냥을 꺼버렸다. 그러고는 새 성냥을 꺼내 불을 붙이면서 말했다. 먀오 형님, 형님의 그 인후한 인덕에 진심으로 존경을 표합니다. 앞으로 밭을 가실 일이 있으면 언제든지 사용료 없이 제 소를 사용하도록 하세요.

먀오 씨가 진지한 표정으로 말했다. 어떻게 그럴 수 있겠습니까?

홍원신이 말했다. 형님이 제게 소 사용료로 돈을 주신다면 저를 어질지 못하다고 비웃는 걸로 알겠습니다.

리린이 말했다. 안 줘도 된다면 안 주는 거죠 뭐. 같은 마을 사람들끼리 그런 일로 돈을 주고받는 것도 낯 뜨거운 일이지요. 이때 음식이 나왔다. 접시 몇 개에 화려한 색깔의 음식들이 펼쳐졌다. 백주도 반 병 있었다. 세 사람은 세 개의 빈 그릇에 술을 따랐다. 술은 그릇 바닥만 살짝 덮었다. 세 사람은 잔을 부딪치고 나서 술을 마셨다. 홍원신의 아내가 만든 음식들은 정말 제대로 맛있었다. 맛도 좋고 색깔도 아름다웠다. 밥상 위에 펼쳐놓으니 눈도 정말 즐거웠다. 세 사람 모두 중년이었다. 그렇게 먹고 마시면서 얘기를 나누었지만 누구도 그 일에 관해서는 언급하지 않았다. 애당초 그 일이 일어나지 않은 것 같았다. 분위기는 그 계절만큼 좋았다. 4월 중춘仲春이라 어디든지 따스하기만 했다. 공기는 밝게 느껴질 정도로 투명했다. 술을 마시면서 얘기는 계속되었고 수많은 화제들이 거론되었다. 리린은 진에 있는 자신의 가게에 관해 얘기하면서 한 해에 수천 위안을 벌어들인다고 밝혀 홍 씨와 먀오 씨를 놀라게 했다. 마을에는 그가 그렇게 많은 돈을 벌고 있다는 사실을 아는 사람이 없었다. 먀오 씨는 자신의 둘째와 셋째가 홍 선생님이 가르칠 때 기초를 잘 쌓아 고등학교에서의 성적이 항상 앞에서 몇 번째를 차지한다고 말했다. 홍원신은 지금 자신이 가르치는 일은 하지 않지만 책을 읽는 습관은 버리지 못하고 있고, 며칠 전에도 책을 한 권 읽었다고 말하면서 청나라 때 장張씨 성을 가진 좀도둑이 자희慈禧 태후의 지시로 지명수배를 당하게 된 이야기를 했다.

산으로 도망친 도둑은 산 아래 마을에서 아들도 없고 딸도 없는 노인의 집에서 음식을 훔쳐 먹다가 발각되었다. 나이 든 아내가 지현*의 아문에 신고하려 했지만 노인에게 저지당해, 신고하지 않았을 뿐만 아니라 매일 밤 정성껏 음식을 만들어 문 앞에 놓아두었다. 때로는 밤에 아예 문을 잠그지 않고 집 안 탁자 위에 음식을 차려놓기도 했다. 이 도둑은 손이 무척 자유로워졌다. 전문적으로 이 두 노인의 물건을 반년 동안이나 훔쳤다. 겨울이 오자 갑자기 큰눈이 내렸다. 날씨가 몹시 추워 땅이 얼었다. 좀도둑은 춥고 배도 고파 또 노인 집에 물건을 훔치러 갔다. 문에 솜저고리가 하나 걸려 있는 것을 본 그는 얼른 내려 입었다. 솜저고리는 부드러우면서도 따듯했다. 몸에 꼭 맞았다. 솜신발도 발에 딱 맞았다. 크게 깨달은 그는 그날 밤 바로 노인의 침상을 찾아가 아들이 되겠다고 하면서 다시는 도둑질을 하지 않겠다고 맹세했다. 그렇게 열심히 농사를 지으면서 두 노인이 흙에 묻힐 때까지 효심과 지극정성을 다했다. 어느 해인가 자희 태후가 이곳을 지나가게 되었다. 이 사람이 과거에 자신이 지명수배를 내린 좀도둑이지만 반경 백 리 안에 소문이 자자한 효자가 되어 있다는 사실을 알게 되었다. 자희 태후는 노인에게 석비를 하나 하사하면서 그 위에 '인력무변'**이라는 네 글자를 새겨 무덤 위에 세워놓게 했다.

리린이 이 이야기를 듣고 나서 말했다. 정말 그런 일이 있었나요? 훙원신이 말했다. 물론 있었지요. 바로 이곳 바러우산맥에서 일어났던 일입니다. 먀오 씨가 말했다. 어느 마을요? 훙원신이 말했다. 시산西山 타오위안촌桃園村이에요. '인력무변'이라는 문구가

---

* 知縣: 고대 중국의 관직 이름으로 현의 최고 우두머리이다.
** 仁力無邊: '인자함의 힘은 끝이 없다'는 뜻.

새겨진 석비는 아직도 마馬씨 집안 묘지에 세워져 있어요. 이 일은 현지縣志와 시지市志, 성지省志에도 기록되어 있다고 하는데 제가 본 것도 지서*였습니다.

여기까지 얘기했을 때 술이 다 떨어지자 국수를 세 그릇 삶아 각자 한 그릇씩 나눠 먹었다. 먹다 남은 음식을 정리하고 탁자를 닦은 다음, 세 사람은 조용히 앉아 담배를 한 대씩 피웠다. 훙원신은 리린이 아무 말도 하지 않지만 눈가에 뭔가 자문을 구하는 듯한 표정을 짓고 있는 것을 발견했다.

리린이 눈길을 먀오 씨의 얼굴 위에 던지며 말했다. 먀오 형, 따님에게는 얘기해보셨나요?

먀오 씨가 말끔하게 치워진 탁자를 내려다보며 말했다. 말했어요.

훙원신이 물었다. 동의하던가요?

먀오 씨가 말했다. 그 애는 아직 어려서 모르는 게 많아요.

리린이 물었다. 어떻게 하는 게 좋을까요?

먀오 씨가 말했다. 씁시다.

훙원신이 집 안으로 들어가 필묵과 함께 종이를 한 장 내왔다. 폭이 일곱 치 되는 백지를 탁자 위에 펼쳐놓고 다시 들어가 날짜가 지난 신문지 몇 장과 낡은 인쇄본 안첩**을 한 권 들고 나왔다. 손이 가는 대로 몇 쪽을 넘기면서 자세히 살펴보더니 종이 위에

---

* 志書: '志'는 지방의 역사서이다. '현지'는 현의 역사, '시지'는 시의 역사, '성지'는 성의 역사이다.

** 顔帖: 중국 당나라 때의 대신이자 서예가였던 안진경顔眞卿의 서예 작품을 인쇄한 책.

글씨를 모사하기 시작했다. '장莊' 자와 '인仁' 자였다. 먼저 필획의 순서를 확인한 다음, 종이를 잘 고정시키고 써 내려갔다. 아주 천천히 썼다. 설날 문에 붙이는 대련을 쓸 때보다 더 느렸다. 한 자 한 획을 무척이나 정성 들여 썼다. 옆에서 지켜보는 리린과 먀오 씨가 보다가 지칠 지경이었다. 그의 아내가 그들을 위해 우려준 청차青茶가 다 식어버리고 나서야 그는 글쓰기를 마무리했다. 글의 내용은 이랬다.

결혼 증서

리씨네 둘째 리쟝과 먀오씨네 넷째 먀오쥐안은 계묘癸卯년 4월에 혼인을 약정한다. 신랑은 17세이고 신부는 14세로 두 사람 모두 자유롭게 선택한 일이니 죽을 때까지 후회하지 않는다. 혼례 날짜는 상황을 봐서 앞당길 수 있다. 혼례를 마친 뒤에는 신랑 신부 공히 서로를 손님처럼 존중하고 검은 머리가 파뿌리 될 때까지 아끼고 사랑하며 쌍방의 어른들께 효성을 다한다. 서로의 과실을 용서하고 아들딸을 낳아 잘 양육하며 참된 사람과 인애한 부부가 되는 것을 근본으로 삼아 남들과도 화목하게 지낸다.

증서 맨 밑에는 먀오 씨와 리 씨의 도장과 날짜가 분명하게 찍혀 있었다. 결혼 증서를 다 쓰고 나서 훙원신이 속으로 한 번 읽어보며 틀리거나 빠진 글자가 없는 것을 확인하고는 큰 소리로 한 번 낭송하더니 또 보완할 것이 없는지 물었다. 먀오 씨와 리 씨는 서로를 쳐다보면서 이구동성으로 말했다. 만족합니다. 이거면 충분해요. 홍원신은 곧 결혼 증서를 두 부 더 작성한 뒤 인주를 가져다 먀오 씨와 리 씨에게 손가락을 내밀라고 하여 세 부 모두에 각각 지장을 찍게 했다. 그리고 도장이 찍힌 부분을 입으로 후 불어 말린 다음, 세 사람이 각자 한 부씩 나눠 가졌다. 세 사람은 서로 감사의 인사를 건네고는 동시에 자리를 떴다.

자리를 뜨면서 리린이 50위안을 꺼냈다.

홍원신이 낯빛을 바꾸며 말했다. 이 홍원신이 돈을 바라고 이런 줄 아십니까?

리린이 중얼중얼 몇 마디 미안함과 감사의 뜻을 전하면서 돈을 탁자 위에 내려놓았다.

9

가을이 가까워지고 나뭇잎들이 떨어지기 시작했을 때, 먀오 씨의 넷째 딸은 아랫도리에 흔히 발생하는 여성 질병으로 인해 수업이 끝나자마자 집에서 치료를 해야 했다. 중의中醫와 양의가 다 동원되었다. 약을 쓰면 가벼워졌다가 약을 안 쓰면 심해졌고 좀처럼 차도를 보이지 않았다. 고명한 의사를 초빙해 진찰하고 또 진찰했지만 결국에는 아이를 일찍 시집보내는 것이 좋겠다는 결론을 내리게 되었다.

먀오 씨는 진에 있는 가게로 리린을 찾아갔다. 리린은 두 사람을 결혼시키는 것이 맞다고 하면서 넷째 딸이 결혼을 하면 진에 와서 가게를 보게 하겠다고 말했다. 가게에서 비교적 한가하고 깨끗한 일을 시키겠다고 했다. 그러면서 자신은 손을 떼고 다른 사업을 하겠다고 했다.

길일을 택하는 풍속에 따라 중추절 당일에 혼례를 올리기로 했다. 납채*도 빠질 수 없었다. 리린은 성내로 들어가 납채를 준비했다. 납채에는 몇 가지 색깔의 옷감과 오색 실타래, 케이크를 비롯한 다과류, 옥귀고리 한 쌍, 순금 반지 등이 두루 갖춰져 얼음처럼 맑고 옥처럼 순결하며 황금처럼 고귀한 마음을 표현했다. 납채를 받은 먀오 씨가 이를 넷째에게 보여주었다. 넷째는 무척 만족했다. 말하자면 둘째와 셋째는 아직 성내에서 공부를 하고 있는 터라 넷째가 시집을 가선 안 되는 상황이었다. 나이가 어리기 때문이었다. 하지만 상황이 이러니 큰일을 처리하는 셈 치고 리씨네에서 보내온 혼례 자금으로 옷과 침구 등을 구입하고 나무를 몇 그루 베어 불에 말린 다음, 혼수상자**를 만들었다. 진의 중심가 사람들도 자세한 사정을 알고는 동정심을 발휘하여 혼수상자 안에 수많은 선물을 넣어주었다. 이리하여 옷이나 장식품, 화장용품 같은 선물이 혼수상자를 가득 채웠다. 또 혼수상자 서랍들은 침대보와 이불, 털실 등으로 가득 채워졌다. 음력 8월 14일, 신랑 신부 쌍방이 모두 묘지에 모여 조상들께 제사를 올리는 의식을 거행했다. 15일 당일에는 진 절반이 온통 시끌벅적했다. 크고 작은 거리와 후통마다 사람들의 발걸음 소리로 가득했다.

---

* 納彩: 혼례 때 신부 집에 보내는 돈이나 예물.

** 陪嫁箱: 혼례 시 신부 쪽에서 반드시 갖춰야 할 물건 가운데 하나로 습속에 따라 보통 여덟 가지 물건을 담는다. 또한 이 상자는 길상과 만사여의萬事如意의 뜻을 담아 붉은색으로 만들어야 한다.

성내에서 공부하고 있는 먀오 씨의 둘째와 셋째, 첫째와 사위는 당연히 고향집으로 돌아와 혼례에 참석해야 했고, 그 밖에 고모와 이모, 외삼촌 등 남녀 친척들 수십 명이 먀오씨네 집 마당을 들락거렸다. 집 안의 모든 문에 혼례를 축하하는 대련이 나붙었고 나무마다 '희囍' 자가 걸려 있었다. 온통 축하와 즐거움의 붉은 기운이 가득 퍼지고 있었다. 햇빛도 무척 좋아 황금빛으로 사람들의 몸과 마음을 따스하게 해주었다. 성대하고 장중한 분위기를 살리기 위해 먀오 씨는 악대를 불렀다. 리씨네에서도 악대를 불렀다. 악사들은 하나같이 진에서 내로라하는 민간 악기의 고수들이었다. 홍원신은 먀오씨네와 리씨네 쌍방의 주재자이자 총감독으로 많은 일들을 조정하고 중재했다. 같은 마을 같은 거리에 서로 백 걸음밖에 떨어지지 않은 곳에 사는 이웃이다 보니 옛날처럼 가마도 필요 없고 지나친 구식 풍속도 지양했다. 말을 타는 것은 아직 유행하고 있었다. 일부 사람들이 돈을 벌기 위해 말을 키워 안장을 비롯한 모든 장비를 갖추고 있다가 혼례가 있는 집에 대여하곤 했다. 하지만 먀오씨네 넷째는 아직 나이가 어린 데다 아래쪽에 병이 있어 말을 탈 수가 없었다. 물론 걸어서 문안에 들어설 수도 없었다. 이에 리씨네에서는 성내의 정부 기관에서 일하는 친척에게 부탁하여 부현장의 승용차를 빌리기로 했다. 사용료는 따로 주지 않고 혼례가 끝난 다음에 기사에게 홍바오*를 하나 건네면 될 일이었다. 그 안에는 백 위안이 들어 있어도 좋고

---

* 紅包: 중국에서는 축의금이나 세뱃돈, 보너스 등을 전부 길상의 뜻이 담긴 빨간 봉투에 담아서 주는데, 이 봉투를 '홍바오'라고 한다.

2백 위안이 들어 있어도 나쁘지 않을 것이었다. 여기에 담배 한 보루와 좋은 술 한 병을 더해주면 완벽할 터였다.

해가 뜰 무렵 승용차가 현성을 출발했다. 기사는 설탕물에 재운 달걀을 하나 먹고 곧장 주례의 지휘에 따라 리씨네 집에서 차를 몰고 나왔다. 차는 음악 소리 속에서 먀오씨네 집을 향해 아주 천천히 움직였다.

먀오 씨는 리씨네 집에서 들리는 벤파오* 소리를 들었다. 큰사위가 사람들에게 각자 자기 위치를 지키라고 지시했다. 혼수상자를 멜 사람들은 멜대를 걸었고, 벤파오를 터뜨릴 사람들은 커다란 향에 불을 붙였으며, 신부를 수행할 사람들은 빨간 줄을 맸다. 이때 리 씨가 신부를 맞기 위해 막 도착했다. 거대한 행렬을 이룬 사람들 사이로 벤파오 소리와 웃음소리, 얘기를 주고받는 소리가 쉴 새 없이 귓가를 스쳤다. 원래 중추가절이라 진 한구석 가오톈에 사는 훙씨와 먀오씨, 리씨 세 성을 가진 수십 가구의 사람들 가운데 혼사에 동원되는 사람들 모두 옷을 새것으로 갈아입었다. 바쁘지 않은 사람들도 새 옷으로 갈아입었다. 아침 식사를 마치고 얼마 지나지 않아 해가 동쪽 끝에 모습을 드러냈다. 해는 노란빛으로 찬란하게 빛났다. 사람들이 모여들어 마당을 둘러쌌다. 설날보다 훨씬 빛나고 성대한 분위기였다. 벤파오가 터지면서 불에 탄 종잇조각이 날아다니고 폭음이 귀를 때리는 가운데 화약 냄새가 마구 허공을 떠다녔다. 구름처럼 모인 사람들은 시골 거리의

---

* 鞭炮: 한 꿰미에 죽 꿴 연발 폭죽으로 주로 설이나 혼례 때 길상의 의미로 터뜨린다.

중추절을 떠들썩하고 생기 넘치는 풍경으로 만들었다. 등 뒤로 보이는 산마루의 주민들과 앞뒤 마을 사람들이 전부 마을 어귀 지세가 높은 곳에 모여 가오톈가 한구석을 바라보고 있었다. 한가한 사람들은 이쪽으로 건너와 연극을 구경하듯이 한데 모여 있었다.

먀오씨네에서 모든 것이 제대로 준비되었을 때, 갑자기 사고가 터졌다. 신부가 부모 곁을 떠나려 하지 않는 것이었다. 신부는 방 안에서 엄마를 끌어안고 죽기 살기로 울어댔다. 원래는 얘기가 다 되어 있던 터였다. 나이가 아직 어리긴 하지만 혼사는 충분히 이해하고 있었다. 자신의 처지도 잘 알고 있었다. 학교의 생리 과목에서 선생님도 자세히 설명해준 바 있었다. 그녀는 이 일에 얽힌 이해관계도 다 알고 있었다. 병을 치료하기 위해 혼사 얘기가 나오자 말없이 전부 받아들인 터였다. 그런데 이날 막상 정말로 떠나게 되자 지나간 모든 약속과 승낙을 하지 말았어야 한다는 것을 깨달은 것 같았다. 때가 너무 이른 것 같았다. 그래서 방 안에서 울면서 문을 나서려 하지 않았다. 문밖에서는 요란하게 벤파오가 터지고 있고 음악 소리가 조수처럼 밀려드는 가운데 가족들이 다급하게 재촉하고 있었지만 안에서 신부인 먀오쥐안은 누가 아무리 타일러도 방을 나가려 하지 않았다.

결국 큰사위가 마당에서 먀오 씨를 찾았다.

먀오 씨는 사람들 틈 속에서 한동안 말이 없더니 얼굴이 약간 누런빛이 되어 집 안으로 들어갔다.

문밖의 음악 소리가 멈췄다. 정말 요란하게 울려대더니 신부를 불러낼 수 없게 되자 전부 잠시 쉬기로 했다. 약간의 힘을 비축했다가 신부가 문밖으로 나오면 연주를 계속할 작정이었다. 볜파오도 소리를 멈추자 갑자기 사방이 조용해졌다. 구경하던 사람들은 서로 어찌 된 일인지 묻다가 본채에서 신부가 목이 찢어지도록 울부짖는 소리를 들었다. 거대한 강물이 흘러가는 것 같았다. 모두들 신부가 정말 철이 들었다고 말했다. 엄마 아빠에 대한 사랑이 지극하기 때문에 뜻밖에도 이렇게 울어대는 것이라고 말했다.

홍원신은 원래 리린네 집에서 리린이 계획한 대로 일을 처리하고 있다가 사태가 다급해지자 황급히 먀오 씨 집으로 달려와 물었다. 어떻게 된 일이에요?

큰사위가 말했다. 밖으로 나오려 하질 않아요.

홍원신이 말했다. 그렇게 몇 차례 울어야 사악한 기운을 피할 수 있어요. 길상을 도모하는 것일 뿐이에요. 하지만 마냥 울고만 있으면 안 돼요. 저쪽에서는 음식이 다 식고 있단 말이에요.

큰사위가 말했다. 정말로 나오려고 하질 않아요.

잠시 멍한 표정을 짓던 홍원신이 큰사위에게 악기를 연주하는 사람들은 계속 악기를 연주하고 볜파오를 터뜨리는 사람들은 계속 볜파오를 터뜨리고 혼례 준비를 하는 사람들은 계속 준비를 하게 하라고 당부했다. 그리고 신부의 시중을 들기 위해 깔끔하게 단장한 여자 둘을 문밖으로 불러내서는 마당에서 신부를 기다리게 했다. 그러고는 자신이 들어가 넷째를 데리고 나오겠다고 했다.

큰사위가 물었다. 정말 넷째를 데리고 나오실 수 있겠어요?

홍원신이 말했다. 나는 30년이나 아이들을 가르쳤어요. 안 가르친 과목이 없지요.

그런 다음 본채 안으로 들어갔다. 신부는 여전히 서쪽 방에 있었다. 홍원신은 안으로 들어가자마자 사람들을 전부 밖으로 내보냈다. 방 안에는 먀오 씨와 넷째 딸, 그리고 홍원신 세 사람만 남았다. 먀오씨네 큰딸조차도 마당에 나가 기다리게 했다. 마당에는 사람들이 많았다. 주례를 보조하는 사람과 벤파오를 담당하는 사람, 손님들을 맞고 배웅하는 사람, 신부 댁의 일반 하객들 등이 전부 목석처럼 멍한 표정으로 본채 쪽을 바라보고 있었다. 손님들을 맞기 위해 온 리씨네 가족과 친척들도 문밖에서 마당 안을 바라보고 있었다.

극도로 조용했다. 마당 안의 가을 낙엽 떨어지는 소리도 들을 수 있었다. 먀오씨네 넷째 딸의 울음소리와 "나 시집 안 갈래. 시집 안 갈 거야!"라고 떼를 쓰는 소리가 아주 맑고 선명하게 창문 밖으로 흘러나와 차가운 달처럼 거리에 가라앉았다. 마을과 모든 마을 사람의 마음속에 가라앉았다.

하지만 그녀의 울음이 계속되면서 소리는 점차 작아졌다.

소리가 작아지더니, 더 이상 울지 않았다.

홍원신이 방 안으로 들어가고 어느 정도 시간이 지나자 뜻밖에도 그녀가 정말로 울음을 그쳤다.

이내 먀오씨네 넷째 먀오쥐안이 집 밖으로 나왔다. 차가운 모습도 아니었다. 빨간 비단 저고리를 입고 있어 약간 통통한 느낌을 주었다. 머리에는 새빨간 두건을 쓰고 발에는 빨간 비단신을 신고 있었다. 몸 전체가 빨간 비단 속에 묻혀 있고 허리에 단 구리 거울만 하얗게 반짝거렸다. 방에서 나온 그녀는 붉은 달 같았다. 신부는 더 이상 울지 않았지만 엄마는 딸이 떠나는 것을 바라보면서 방 안에 앉아 소리 없이 눈물을 흘리고 있었다. 사람들은 다른 건 신경 쓸 겨를도 없이 훙원신에 대해서만 놀라움을 금치 못했다. 마당에 가득한 사람들의 눈길이 붉은 신부를 향했다가 다시 훙 선생에게로 향했다. 그가 먀오쥐안에게 어떤 가르침을 주었는지 모르지만 이렇게 기꺼이 시집을 가기로 마음을 고쳐먹었기 때문이다. 이때 허공에 볜파오의 폭발음이 울리고 음악 연주가 다시 시작되었다. 모두들 손님들을 접대하고 신부를 보살피느라 바삐 돌아치기 시작했다. 신부의 발밑에 빨간 양탄자가 깔렸다. 신부와 손님들을 배웅하는 외침 소리 속에 천 발의 긴 볜파오가 터졌다. 주례의 우렁찬 목소리가 볜파오 소리 속에서 오르락내리락했다.

신부가 승용차를 타고 떠났다.

큰사위가 외쳤다. 출발—

맨 앞에 있던 먀오씨 집안의 남자아이 하나가 빨간 목합 한 쌍을 메고 있었다. 목합 위에는 붉은 깃털을 지닌 암탉과 수탉이 한 마리씩 앉아 있었다. 이것이 바로 허난河南의 혼례 풍속에 등장하는 계매합鷄媒盒이다. 계매합이 맨 앞에 서고 바로 뒤에 혼수가 줄을 지었다. 탁자와 의자, 옷장, 화분 틀, 이부자리 들을 전부 사람들이 손에 들고 있었다. 모두 붉은색이었다. 맨 뒤에 따라오는 상하이표 승용차도 붉은색인 데다가 붉은 꽃을 매달고 붉은 천을 얹어 더더욱 붉어 보였다. 악대는 승용차 앞뒤에서 일제히 음악을 연주했다. 생笙과 나팔에도 붉은 비단 리본이 매달려 있었다. 그 뒤로는 신부를 보내는 손님들과 맞이하는 손님들이 긴 행렬을 이루어 따라가면서 큰 덩어리로 한데 뭉쳤다가 다시 긴 줄 모양

을 이루곤 했다. 무척 어수선한 행렬이었지만 어지러움 속에 질
서가 있었다. 모두들 이 혼례에 무척 만족하면서 먀오씨네 혼수
가 나쁘지 않다고, 리씨네도 돈을 많이 썼다고 말했다. 그러면서
신부에게 진짜 반지를 사준 것 같다고 덧붙였다. 먀오씨네와 리
씨네 모두 후퉁 하나를 사이에 두고 있다 보니 계매합을 메고 가
는 향도*는 일부러 진 밖의 도로로 길을 에돌아갔다. 진의 외부
도로는 그해에 새로 닦은 길이라 붉은 모래가 깔려 있고 폭도 충
분히 넓었다. 승용차는 위쪽으로 아주 편안하게 달렸다. 악대는
계속 길을 걸으면서 발밑에는 전혀 신경을 쓰지 않았다. 오로지
하늘을 향해 고개를 들고서 햇빛을 받으며 연주를 이어갔다. 눈
이 부셨지만 술에 취했거나 미친 것처럼 연주를 계속했다. 두 악
대가 똑같이 「선경에 들다入仙境」라는 악곡을 연주했다. 피리 소
리와 새 울음소리가 꽃향기와 어우러졌다. 생을 연주하는 소리가
맑은 물처럼 길게 흘렀고 퉁소 소리 속에는 맑은 바람이 가볍게
떠다녔다. 해는 노랗게 빛나면서 민간 음악의 흐름 속에서 수시
로 반짝거렸다. 길가의 나무와 집들이 모두 음악 소리 속에서 쉬
지 않고 흐르는 물처럼 그윽하게 움직였다.

홍원신은 붉은 양탄자를 옆구리에 끼고서 차 옆으로 걸었다.
양탄자를 옆구리에 끼고 있다는 것은 혼례의 모든 과정에서 대표
역할을 한다는 의미로서 대단한 권력을 상징했다. 그가 가면 차
도 가고 그가 멈추면 차도 멈췄다. 그의 걸음이 빨라지면 차가 속
도를 냈고 그의 걸음이 느려지면 차도 속도를 줄였다. 가는 길 내

---

* 向導: 행렬의 맨 앞에서 길을 열고 인도하는 사람.

내 길상의 의미로 홍첩*을 뿌리면서 풍습에 따른 각종 의식을 거행했다. 오래된 참죽나무를 만나거나 비를 막기 위한 석교石橋를 보면 붉은 양탄자로 가렸다가 차가 천천히 지나가면 다시 거둬들였다. 사악한 기운을 피하고 시간의 힘에 순응하기 위한 이런 행위들이 모두 진지하고 세심하게 이루어졌다. 거리 입구의 홍씨 성을 가진 어느 집에 이르렀다. 문 앞이 널찍한 공터라 마을의 반장**으로 쓰이고 있었다. 반장에는 홰나무가 열 그루 남짓 있었다. 큰 것은 굵기가 사발만 했고 작은 것은 팔뚝만 했다. 홍원신은 이 나무들을 일일이 전부 붉은 담요로 덮어놓았다. 이 나무들을 본 어떤 사람이 혼례가 있다는 것을 알아채고는 물었다. 홍 선생님, 나무를 가리실 필요 없어요. 백 년 된 늙은 홰나무도 아니잖아요. 그가 웃으면서 말을 받았다. 그래도 덮어야지요. 큰 힘이 드는 일도 아닌데. 그러면서 길가의 홰나무를 전부 붉은 담요로 덮었다. 새로 싹이 난 작은 홰나무는 굵기가 손가락 정도로 가늘었지만 그래도 붉은 천으로 감싸주었다.

홍원신은 이렇게 마흔일곱 그루의 홰나무를 천으로 덮었다.

이렇게 마침내 리씨네 집에 이르렀다.

벤파오 소리는 갈수록 더 요란해졌다. 악기의 연주도 더욱 가열되었다. 마을 거리 전체가 붉은 벤파오의 바다가 되었고 누렇게 빛나는 민간 음악의 소리와 울림에 젖어 있었다. 사람들이 산처럼, 조수처럼 몰려들었다. 한동안 「선경에 들다」와 「도원에 들

---

* 紅帖: 혼사를 비롯한 모든 경축 행사의 초대장을 말한다.
** 飯場: 농촌 사람들이 한데 모여 밥을 먹는 공터.

어서다進桃園」를 연주하더니 또 금세 「봉조황鳳朝凰」의 연주가 이어졌다. 사람들은 승용차를 에워싸고 신부가 차에서 내리기만을 기다리면서 벤파오 소리처럼 환호했다. 마을 전체가 끓어오르기 시작했다. 먀오씨네와 리씨네뿐만 아니라 다른 집들도 전부 대문을 잠그고 집을 나와 리씨네 대문 앞으로 모여들었다. 먀오쥐안이 머리에 쓰고 있는 개두* 아래로 노란 얼굴이 드러났다. 차 문이 열리고 리씨네 대문 앞에 오곡 알갱이들이 뿌려졌다. 신부를 보필하는 두 명의 혼례 보조원이 함께 한 뭉치 목화솜을 들어 올리듯이 먀오씨네 넷째를 양옆에서 감싸고서 인파의 틈새를 뚫고 리씨네 마당 안으로 들어섰다.

사람들은 우르르 그 뒤를 따라 들어갔다.

벤파오 소리가 울리고 악대의 연주가 더욱 요란해졌다.

세상 물정을 잘 아는 기사는 혼자 차 안에 남아 담배를 피웠다. 리씨네 집에서 하늘과 땅에 절을 올리는 광경을 구경하는 마을 사람들의 환호성이 들려왔다. 그렇게 혼례는 막을 내렸다.

10

밤이 되자 가오톈 서쪽 거리의 사람들 모두 신방으로 몰려가 소란을 피우기 시작했다.

먀오씨네 집안에는 사람이 하나 줄었지만 큰사위가 대신 남아

---

* 蓋頭: 중국 전통 혼례에서 신부가 머리에 쓰는 붉은 두건.

빈집의 정적을 메우고 있었다. 달이 막 떠올라 마을 전체가 환하게 밝아오자 먀오 씨는 마당에 탁자를 하나 내놓고 그 위에 사과와 감, 석류, 파인애플, 붉은 대추 등을 늘어놓았다. 오색의 과일을 가득 담은 다섯 개의 쟁반 사이에 여러 날 동안 소중하게 보관해온 수박도 올려놓았다. 수박 앞에는 무게가 족히 한 근은 나갈 것 같은 커다란 월병*을 하나 세워놓고 그 양쪽으로 삶은 청대콩을 한 접시씩 놓아두었다. 먀오 씨의 아내가 향에 불을 붙이고 종이말[紙馬]을 태우면서 달에게 제사를 올렸다. 큰사위와 큰딸도 다가와 탁자 앞에 앉았다.

먀오 씨가 말했다. 어쨌든 한 가지 일을 해치운 셈이군.

큰사위가 말했다. 저는 진에 선물과 간식, 통조림 등을 전문적으로 파는 식품점을 하나 열까 합니다.

먀오 씨가 물었다. 할 수 있겠나?

큰사위가 말했다. 뤄양이나 정저우鄭州의 고급 상품들을 전문적으로 취급할 생각입니다. 잘될 것 같습니다.

큰딸이 물었다. 밑천은 있어요?

큰사위가 말했다. 우선 리씨네서 좀 빌리지 뭐. 쉽게 빌려줄지 모르겠지만 말이야.

먀오 씨가 말했다. 그에게 돈이 있기만 하면 틀림없이 빌려줄 걸세. 이제는 모두가 친척이니까 말일세.

먀오 씨 아내가 다가와 월병을 잘라 나눠 주자 모두 함께 먹기 시작했다. 달은 크고 둥글고 밝았다. 마당 안에 희미한 달그림자

* 月餅: 중국인들이 추석(중추절)에 먹는 둥근 달 모양의 케이크.

가 구름처럼 떠다녔다. 월병을 먹으면서 가족들은 해마다 달을 감상할 때 이야기하는 속담을 나눴다. 큰딸은 큰사위와 함께 집으로 돌아갔다.

모두들 즐겁고 기쁜 중추절을 보냈다.

11

홍씨네 첫째가 외삼촌 댁에 가서 며칠을 보내고 마을로 돌아왔을 때는 이미 먀오씨네와 리씨네의 혼사가 끝나고 사흘이 지난 뒤였다. 마침 점심 식사 때가 되었다. 햇빛은 없고 하늘이 몹시 흐린 것이 금방이라도 비가 올 것만 같았다. 구름이 하늘을 가득 채우면서 천천히 떠다니고 있었다. 사흘 전에 요란하게 터지면서 하늘을 가리던 벤파오의 종잇조각들이 빨강과 초록, 노랑, 회색으로 땅바닥을 한 겹 뒤덮고 있었다.

바보인 첫째는 외삼촌 댁에서 돌아오면서 사과를 몇 개 가져왔다. 거리 입구에 서서 길 위에 가득한 종잇조각들을 바라보는 그의 얼굴에 의혹이 아주 두껍게 내려앉았다. 이때 마을 사람 하나가 걸어왔다. 밥그릇과 등받이 없는 의자를 하나 들고 있었다. 바보가 물었다. 추석이 지났나요?

마을 사람이 되물었다. 자네는 월병을 먹지 않았나?

그가 대답했다. 외삼촌 댁에서 먹었어요. 사과도 몇 개 얻어 집으로 가져가는 길이에요. 그는 사과 보따리를 높이 들어 마을 사람에게 보여주었다. 그리고 또 8월 15일에 마을에서 왜 벤파오를 터뜨렸냐고, 설에나 터뜨리는 거 아니냐고 물었다.

마을 사람이 말했다. 먀오씨네 넷째와 리씨네 둘째가 결혼을 했거든.

그는 그 자리에 멈춰 서서 움직이지 않았다. 얼굴에 의혹이 무겁게 내려앉았다. 종이처럼 두껍게 달라붙었다. 잠시 후 그는 또 땅바닥에서 미처 터지지 않은 붉은 볜파오를 두 개 주워 들었다. 그렇게 볜파오를 들고 거리로 들어섰다.

거리의 어느 후퉁에서 양 떼가 걸어 나왔다. 후퉁을 품고 있는 흰 구름 같았다. 양 떼를 모는 사람은 그의 동족 연장자였다. 양 떼가 바지를 스치고 지나가는 순간, 그가 양 떼를 가로막고 말했다. 아저씨, 리씨네 둘째와 먀오씨네 넷째가 정말 결혼을 했나요?

양을 몰던 사람이 말했다. 너희 아빠가 중매를 섰잖아.

그가 물었다. 아저씨 그거 아세요?

양을 몰던 사람이 물었다. 뭘 말이냐?

그가 말했다. 리씨네 둘째는 깡패예요.

양을 몰던 사람이 말했다. 집에 가서 밥이나 먹도록 해라.

그는 여전히 두 사람의 결혼을 믿지 못하는 것 같았다. 정말이에요. 리씨네 둘째가 먀오씨네 넷째를 강간했단 말이에요.

양을 몰던 사람이 그의 곁을 지나쳐 가다가 다시 고개를 돌려 물었다. 네가 봤어?

그가 말했다. 봤어요. 바로 저기 홰나무 숲에서 그랬어요.

양을 몰던 사람이 말했다. 쓸데없는 소리 하지 말고 집에 가서 밥이나 먹도록 해라. 말을 마친 그는 양 떼를 쫓아가 울타리 안으로 몰아갔다. 홍씨네 첫째는 의혹이 풀리지 않은 표정으로 그 자리에 서서 양 떼가 마을 입구에서 북쪽으로 모퉁이를 도는 모습을 바라보고 있었다. 거리 어귀 한구석에 자리하고 있는 마을의 반장에서는 사람들이 모여 밥을 먹고 있었다. 이때 홍씨네 첫째가 사과 보따리와 벤파오 불발탄을 들고 반장 한쪽으로 다가왔다.

한 아낙이 물었다. 외삼촌 댁에 가 있었어?

그가 말했다. 그거 아세요? 리씨네 둘째는 깡패예요.

아낙이 말했다. 외삼촌 댁에 며칠이나 가 있었어?

그가 말했다. 리씨네 둘째가 먀오씨네 넷째의 옷을 홀라당 다 벗겼어요.

마을 사람들 중에 일부는 계속 밥을 먹고 일부는 그를 쳐다보았다. 눈빛이 무척이나 진지했다.

그가 말했다. 홰나무 숲에서 그랬어요. 제가 거기에 똥을 누러 갔다가 다 봤어요.

마을 사람들이 말했다. 봐라, 너희 아빠가 와서 밥 먹으라고 널 부르고 있잖니.

그는 마을 거리를 힐끗 쳐다보고서 아무도 없는 것을 확인하고는 다시 진지하게 얘기를 이어갔다. 정말이에요. 제가 이 눈으로 똑똑히 봤단 말이에요. 먀오씨네 넷째가 울려고 하자 그가 뭐라고 하니까 금세 울음을 삼켜버렸어요. 그러더니 옷을 하나도 남김없이 다 벗겨 두번째 샘물 옆에 놓았어요. 제가 마을로 돌아올 때는 먀오씨네 넷째가 날카롭게 질러대는 비명 소리가 들렸어요.

마을 사람들은 그의 말에 귀를 기울이지 않았다. 밥 먹는 소리만 갈수록 해일처럼 거세졌다. 그를 쳐다보는 사람도 없고 상대해주는 사람도 없었다. 흐린 날 장터 얘기를 하는 사람도 없고 작물과 풀 뽑기에 관해 얘기하는 사람도 없었다. 홍씨네 첫째는 한동안 혼자 중얼거리다가 재미가 없었는지 결국 걸음을 옮기기 시작했다. 몇 걸음 가서 반장을 막 벗어나려 할 때, 맞은편에서 먀오씨가 하얀 라오몐*이 담긴 그릇을 받쳐 들고서 걸어오고 있었다. 라오몐에는 노릇노릇한 달걀도 들어가 있었다. 향긋한 기름 냄새가 후통을 따라 빠르게 번져나갔다. 먀오 씨를 보자 홍씨네 첫째는 얼른 그 자리에 멈춰 섰다. 먀오 씨가 가까이 다가오자 그가 말했다. 먀오 아저씨, 말씀드릴 게 있어요. 리씨네 둘째 리쾅은 정말 형편없는 놈이에요.

먀오 씨가 멈춰 섰다.

그가 말했다. 리쾅은 깡패라고요.

먀오 씨가 화끈거리는 얼굴로 말했다. 밥 먹어야지. 어서 집에 가봐라.

그가 앞으로 한 걸음 더 다가가자 먀오 씨에게 더 가까워졌다. 그가 말했다. 리쾅이 넷째를 꼬드겨서 욕보였어요. 저 홰나무 숲에서요.

먀오 씨가 손을 약간 떨면서 말했다. 너희 엄마가 너 주려고 아주 맛있는 걸 해놨어. 어서 집에 가보도록 해라.

먀오 씨의 안색을 살피던 그가 진지한 모습으로 잠시 멈췄다가 말을 이었다. 제가 증인이에요. 제가 직접 다 봤다고요. 그놈이 넷

---

* 撈麵: 중국 한족 특유의 국물 국수로 약 천 년의 역사를 지니고 있으며 지역마다 고명과 맛이 다르다.

째의 옷을 홀랑 다 벗겼어요. 넷째는 그러지 못하게 하려고 발버둥 쳤지만 그놈이 협박해서 넷째를 홰나무 숲으로 끌고 가 욕보였어요. 숲 한가운데 있는 그 샘물 옆에 넷째의 핏자국이 아직도 선명하다고요.

먀오 씨의 얼굴이 백지장처럼 하얘졌다. 죽음의 빛이었다. 손에 들고 있던 밥그릇이 땅바닥에 떨어졌다. 하얀 라오몐이 그의 바짓가랑이와 신발 위로 쏟아졌다. 반장에는 개 한 마리가 몸을 웅크리고 있었다. 리린네서 키우는 개였다. 개가 재빨리 사람들 사이를 뚫고 달려와 먀오 씨의 발 위에 떨어진 국수를 먹으면서 그의 바지를 핥았다. 홍씨네 첫째는 약간 어리둥절한 표정으로 고개를 숙여 정신없이 국수를 먹고 있는 개를 힐끗 쳐다보다가 개의 허리춤을 냅다 걷어찼다. 개는 날카롭게 짖으면서 재빨리 달아났다.

반장에 모여 있던 사람들이 우르르 다가와 먀오 씨의 밥그릇을 수습하면서 이구동성으로 말했다. 바보잖아요. 전부 헛소리예요. 마음씨 착한 사람 하나가 밥그릇을 내려놓고 얼른 홍씨네 집으로 달려갔다. 홍 씨가 달려 나와 아들의 뺨을 두 대 후려치고는 황급히 집 안으로 데리고 들어갔다. 그러면서 먀오 씨에게 말했다. 뒤쪽 산등성이 땅을 아직 갈지 않으신 것 같더군요. 내일 갈도록 하세요. 밭을 다 가시면 소를 팔 생각이거든요. 소를 팔아 뤄양에 가서 아들놈 병을 치료해볼까 해요. 이렇게 한가한 계절을 이용해야지요.

먀오 씨가 말했다. 병 치료가 먼저지요. 소는 다른 집에서 빌리겠습니다.

홍원신이 말했다. 왜 제 소를 쓰지 않고 남의 걸 쓰세요? 그냥 제 소를 쓰도록 하세요.

그러고는 바보인 첫째를 데리고 집으로 들어갔다. 거리에 있던 사람들은 여전히 식사를 계속하면서 서거나 앉은 채 장터의 물가에 관해 얘기했다. 어디에 가게가 하나 더 생겼다는 둥, 고깃값이 또 올랐다는 둥, 소금과 식초, 간장값이 올랐다는 둥, 일상의 다양한 얘기들을 주고받았다. 그러는 가운데 훙원신의 집에서 바보 첫째의 거칠고 우렁찬 울음소리가 들려왔다. 사람들은 훙원신이 또 첫째를 두들겨 패고 있다는 것을 알았다. 아주 심하게 때리는 것 같았다. 바보인 첫째의 울음소리는 강물과 산맥처럼 크고 높았다.

며칠 후 먀오 씨가 소를 다 쓰고 나자 훙 씨는 정말로 소를 장터에 내다 팔았다. 나쁘지 않은 가격에 팔고 나서 첫째를 데리고 뤄양으로 진료를 받으러 갔다. 떠나던 날은 9월 초아흐레, 중양절重陽節이었다. 좋은 날을 고른 셈이었다. 얼마 후 초겨울이 찾아왔다. 또 얼마 후 찾아왔던 겨울이 물러갔다. 겨울이 가자 봄이 왔다. 봄이 오자 먀오씨네 넷째 쥐안이 아기를 낳았다.

사내아이였다. 아이에게는 리서李社라는 이름을 지어주었다.

94

3장
レストランにて

1

　존경하는 독자 여러분, 여러분 모두 이 소설 「캄캄한 낮, 환한 밤」을 완독하셨겠지요? 또 어떤 느낌을 받으셨는지요? 제 글쓰기가 너무도 유치하고 서투르다고 생각하시나요? 단어와 문구를 구사하는 능력이 황토와 모래알처럼 거칠고 조잡하다고 생각하시나요? 그런가요, 안 그런가요? 그렇든 안 그렇든 간에 이 소설에 대해 너무 일찍 어떤 결론이나 평가를 내리지 마시기를 당부드립니다. 어쨌든 이 소설은 29년 전에 쓴 습작이고 그 내용은 30여 년 전의 사실이기 때문입니다. 이는 제 일생에서 처음으로 실존하는 사람의 실제 이야기를 소설 속에 옮긴 첫번째 시도이기도 합니다. 어쩌면 허구의 깃발을 달고 써 내려간 첫번째 비허구 작품이라고 할 수도 있겠지요. 대부분의 경우 한 작가가 글쓰기를 진행하면서 실제의 경험에서 벗어나지 못한다는 것은 위대한 작품을 쓸 수 없게 만드는 가장 큰 장애물이 됩니다. 소설 「캄캄한 낮, 환한 밤」의 성패도

전적으로 실제로 일어났던 사실에서 벗어날 수 있느냐의 여부에 달려 있습니다. 다행히 우리는 지금 이런 문제들을 토론할 필요가 없습니다. 전에도 말씀드린 바 있지만, 이 작품을 「아Q정전」과 비교하지는 말아주시기 바랍니다. 이 작품은 단지 우리가 곧 크랭크인하게 될 영화를 위한 불만족스럽지만 방대한 복선일 뿐입니다. 소설 속의 인물 리창과 그의 아버지, 먀오쥐안과 그의 부모, 시골 지식인 훙원신과 그의 바보 아들, 그리고 가오톈진의 모든 사람, 길가에 서 있거나 들녘에서 허리를 구부리고 일하는 사람들, 강가에 쪼그리고 앉아 빨래를 하거나 물을 긷는 사람들, 진의 장터에 가서 물건을 사고파는 사람들 가운데 어떤 사람들이 우리 이 영화의 주인공이 될 수 있을까요? 제가 남자 1호 역을 맡고 싶긴 하지만 과연 누가 그 역할을 맡게 될까요? 만약 장팡저우가 여자 1호를 맡게 된다면 남자 1호는 또 누가 될까요? 구창웨이 감독은 앞으로 이 영화에서 감독 구창웨이가 아닌 어떤 배역의 연기자가 될 것입니다. 궈팡팡과 양웨이웨이, 그리고 제가 이미 계획하고 있는 아마추어 연기자들도 있습니다. 그들은 또 누가 누구에 의해 해석될까요? 존경하는 독자 여러분, 여러분은 『캄캄한 낮, 환한 밤 — 나와 생활의 비허구 한 단락』에서 장차 이 영화의 가장 큰 피해자와 수혜자가 누구일지 이미 알아채고 계신 것은 아닌가요? 사실은 이렇습니다. 피해자는 바로 구창웨이와 장팡저우, 그리고 다른 모든 사람입니다. 한편 수혜자는 오로지 저 한 사람뿐이지요! 욕망이 극도로 팽창되어 있는 바로 저 옌롄커입니다. 사정이 정말 이렇습니다. 처음 이 영화를 찍겠다는 영감에서부터 시작하여 마지막까지의 모든 과정이 전부 제가 다른 사람들에게 깔아놓은 지뢰밭입니다. 인생이란 바로 이런 겁니다. 모든 교류는 수렁이자 함정이지요. 바로 이런 이유 때문에 수많은 사람들이 개나 고양이와 교류하는 것이 사람과 교류하는 것보다 훨씬 더 가치 있다고 생각하는 겁니다. 개나 고양이에게서 훨씬 더 진실한 보답을 얻을 수 있기 때문이지요. 수많은 사람들이 저와 구창웨이 감독이 서로를 무척 아낄 뿐만 아니라 형제처럼 진실한 관계라는 사실을 잘 알고 있습니다. 그렇다면 지금이 바로 제가 이런 우정과 가족 같은 의리로부터 뭔가 수확을 챙겨야 할 계절일 겁니다. 사실을 말씀드리자면 저는 결코 그가 감독을 맡지 못하게 할 겁니다. 대신 그가 감독으로서 발휘할 수 있는 모든 재능과 능력, 선량함을 제가 직접 이용하고 소비할 겁니다(저는 그가 자금과 제작진을 모두 갖추고 나면 에둘러서 내막을 공개하고 그의 손에 들려 있는 메가폰을 제 손으로 옮겨 올 계획입니다. 내막을 어떻게 공개할 것인지, 그의 감독 지위를 어떻게 저에게로 돌릴 것인지에 관한 이유와 모략은 아직 제대로 계획을 세워놓지 않았습니다). 저는 그에게 선량함과 나약함이 그의 일생에 가장 큰 적이라는 사실을 깨닫게 해줄 생각입니다. 또한 그에게 이 세상에 그 혼자 존재하는 것이 아니라 주위에 다른 사람들도 있다는 사실을 알게 해줄 겁니다. 장팡저우 같은 사람도 있으니까요. 그는 어린 시절에 뜻을 이루었고 안팎으로 뛰어난 지혜를 발휘했습니다. 하지만 그가 소년 시절에 가졌던 지혜는 이제 이 영화 속에서 저의 명예와 이익을 위한 은행이 될 것입니다. 양웨이웨이와 궈팡팡, 리징 등도 하나같이 탁월한 재능과 비범한 인성을 지니고 있지만 그들의 재능도 저의 도마 위에 잘게 썰린 고기가 될 것입니다.

저의 계획 속에 있는 아주 작은 정보 하나를 밝히겠습니다. 저는 구창웨이에게 끝까지 감독의 역할을 맡기지 않을 뿐만 아니라 저의 이 영화에서 출연료를 한 푼도 받지 않는 카메오나 경력을 갖춘 보조출연자 정도의 역할을 하게 할 겁니다. 물론 그를 통해 천카이거나 장이머우 등 훨씬 더 많은 감독(연기자가 아님)들도 이 영화에 카메오로 출연하게 할 생각입니다. 평샤오강도 마찬가지고요. 저는 오랜 친구인 류전윈劉震雲(헤이, 나의 형제여!)을 통해 평샤오강도 꼬셔서 제 스태프로 들어오게 할 작정입니다. 따라서 독자 여러분께서 오늘 이 소설「캄캄한 낮, 환한 밤」에 대해서는 토론하지 않는 것이 어떨까요? 독자 여러분께서는 저와 함께 그들을 상대로 장차 크랭크인될 이 영화에 관해 토론하는 것이 더 바람직할 겁니다. 그리고 제가 어떻게 한 편의 소설과 한 가지 사건, 그리고 실존하는 인물들을 예술영화, 기대하건대 대단한 걸작 영화로 전환시키는지 보아주시기 바랍니다.

그들이 왔네요 ─ 독자 여러분, 여러분의 주의력을 모아주세요. 그들이 왔습니다.

곧 크랭크인할 영화의 엔진이자 위대한 예술의 씨앗인 구창웨이와 장팡저우, 귀팡팡, 양웨이웨이가 일본 음식점을 향해 흩어져 걸어오고 있었다. 이 일본 음식점은 샹그릴라 호텔 중앙 로비 2층에 있었다. 인테리어는 당연히 일본 스타일이라 소박하고 조용하며, 바람이 불면 쓰러질 것 같은 연약한 아름다

움을 지니고 있었다. 목재로 이루어진 살구색 둥근 아치형 문 양옆으로 왼쪽에는 크고 붉은 국화가 새겨져 있고, 오른쪽에는 '菊'(국) 자가 칼 아래의 피처럼 쓰여 있었다. 아치형 문의 둥근 현판에는 일본어로 'レストラン'(레스토랑)이라는 몇 글자가 쓰여 있었다. 이 일본 문자들이 '국화 음식점'을 뜻할 것이라는 생각이 들었다. 나는 국화 음식점 안쪽에 있는 별실 'きくえん'(기쿠엔菊園)에서 꽃이 조각된 유리 창문을 사이에 두고 그들이 걸어오는 모습을 바라보고 있었다. 네 명이 한 줄로 나란히 걸어오고 있었다. 맨 앞에 있는 구 감독의 얼굴에는 책을 다 읽은 뒤의 희열이 전혀 나타나 있지 않았지만 그렇다고 어떤 불쾌함이나 답답함이 표정으로 드러나 있지도 않았다(내가 생각한 그대로였다). '그냥 한번 읽어보았을 뿐'이라는 표정이었다. 길을 잘못 들었다가 오히려 멋진 풍경을 구경하게 된 것 같은 표정이었다. 모두들 이전에도 이 'レストラン'에 와서 식사를 한 경험이 있어서 그런지 아주 익숙하게 입구와 통로를 찾아 곧장 'きくえん'을 향해 걸어왔다. 크지도 작지도 않은 룸 안에는 약간 높게 다다미가 깔려 있었고, 한가운데는 밑이 움푹 파인 테이블과 좌석이 갖춰져 있었다. 나무를 조각해 조성한 사방 벽면에는 일본의 통속적인 기모노 그림이 몇 장 걸려 있고, 구석에는 일본 도예 작품들이 진열되어 있었다. 그 밖에 다른 것은 전혀 없었다. 거론할 만한 어떤 것도 없었다. 다른 것에 대해서는 나도 전혀 관심이 없었다. 나는 오로지 그들이 소설을 읽고 난 뒤의 반응이 지나치게 실망스럽고 절망적이지 않을지, 내가 그들을 위해 설치해놓은 궤도와 틀을 벗어나지나

않을지에만 관심이 집중되어 있었다. 다행스럽게도 오후 12시 반이라는 시각에 그들은 내게 지나친 불안과 실의를 보이지는 않았다. '그냥 소설 한 편 읽어봤을 뿐이에요.' 구 감독을 제외한 다른 사람들의 얼굴에도 이런 식의 표정이 드러나 있었다. 그들은 음식점에 들어서기 전에 이미 의견을 교환하여 생각을 배열하고 조합한 것 같았다. 모든 사람의 얼굴에 전혀 대수롭지 않다는 평온함과 이래도 좋고 저래도 좋다는 듯한 옅은 빛깔이 감돌고 있었다. 안으로 들어와 자리를 잡고 앉아서도 누구 하나 먼저 소설의 장점과 단점에 대해 얘기를 꺼내지 않았다. 모두들 이구동성으로 말했다. "아, 배고파죽겠네. 빨리 식사합시다!" "아, 배고파죽겠다. 빨리 주문들 하자고요!"

이런 말로써 내가 필연적으로 겪게 될 실망과 절망을 피해가려는 것 같았다.

이 집 아주 좋네요. 훌륭해요!

기모노 차림의 종업원이 들어와 일본어로 "어서 오세요. 환영합니다!"라고 두 마디 인사를 건네면서 메뉴판 몇 개를 나눠주었다. 내가 그들에게 소설을 나눠 준 방식과 다르지 않았다. 모두들 메뉴판을 들춰 보면서 재빨리 의견을 모아 주문할 음식을 통일했다. 모두들 일본식 된장국 한 그릇과 장어덮밥, 보리차 한 잔씩을 주문하는 걸로 통일하고 별도로 간단한 일본 요리 몇 가지를 주문했다. 종업원이 나가자 룸 안에는 순식간에 어색함과 고요함이 깔렸다. 뇌우가 몰아치기 직전에 하늘 가득 나타나는 쥐 죽은 듯한 적막 같았다. 약간 춥게 느껴질 정도의 에어컨 바람 때문인지 모두들 과장된 동작으로 팔짱을 끼면서 몸을 부르르 떨었다.

"너무 춥네요!"

귀팡팡의 이 한마디가 모두에게 결국 할 말은 해야 한다는 사실을 일깨워주었다. 피할 수 없다면 속 시원히 말하는 것이 나은 방법이었다.

그렇게 말을 하기 시작했다. 물론 가장 먼저 입을 연 사람은 구창웨이였다.

"옌 선생님, 오늘 우리 모두를 놀리려고 부르신 건 아니지요?"

이렇게 묻는 구 감독의 얼굴에 온화하고 선량한 미소가 걸려 있었다. 천년 동안 변치 않는 미륵불처럼 너무나 자애롭고 자연스러운 얼굴이었다. 나무라는 것도 아니고 칭찬하는 것도 아닌 한마디를 뱉으면서 그는 내 앞에 놓인 컵에 물을 따라주었다. 보리차의 진한 탄내와 향기가 아주 빨리 방 안을 가득 메우기 시작했다. 호수 위로 던져진 돌멩이가 수면 위로 튕겨 나가면서 잔잔한 물결이 퍼지는 것 같았다. 아주 자연스럽게 또다시 모든 사람의 시선이 내게로 향했다. 일찌감치 준비를 마친 나는 전혀 놀라거나 당황하지 않고 태연한 모습을 보였다. 성루 위에서 성문이 다 열린 채로 무수한 적군을 바라보면서 거문고를 튕기고 있는 제갈량 같았다. 그들 모두 나를 바라보고 있었고 나 역시 더없이 평온한 눈빛으로 그들을 바라보았다. 하지만 나의 평온함이 그들에게는 더더욱 강력하고 이해하기 어려운 것이었다. 범죄자가 법관을 향해 미소를 지을 때, 법관이 범죄자와 법정을 향해 이해할 수 없는 표정을 짓고 있는 것과 다르지 않았다.

그들은 오히려 더 이상 가만히 있지 못했다. 어쩌면 나의 평온함이 그들의 평온함을 격파하는 바람에(격노케 한 것인지도 모른다) 그들은 평온함을 유지하면서 동정과 위로의 눈빛으로 나를 바라볼 수 없게 된 것인지도 모른다. 법관이 더 이상 범죄자의 선량하고 부드러운 미소를 수용할 수 없는 것과 마찬가지였다. 종업원이 금세 일본식 된장국을 받쳐 들고 들어와 한 사람 앞에 하나씩 놓아주었다. 구 감독이 먼저 된장국을 한 모금 마시고는 또다시 내 얼굴로 눈길을 돌렸다.

"옌 선생님, 선생님은 이 「캄캄한 낮, 환한 밤」이 훌륭한 영화 이야기가 된다고 생각하십니까?"

나는 대답하지 않았다. 대신 구 감독의 얼굴에서 다른 사람들의 얼굴로 눈길을 돌렸다. 다른 사람들에게도 마음속에 담아두고 있던 얘기들을 꺼내놓게 하고 싶었다. 각자 한두 마디씩만 해도 나쁘지 않을 것 같았다.

귀팡팡이 말했다.

"선생님은 우리 모두를 영화계의 백치로 보시는군요. 선생님 소설에 등장하는 홍원신의 바보 아들처럼 말이에요."

"외람될지 모르지만 제 생각을 솔직히 말씀드리지요."

맞은편에 앉아 있던 양웨이웨이가 자세를 똑바로 고쳐 앉으면서 말했다.

"이 소설은 정말이지 영화로 각색하기에 적절하지 않은 것 같습니다. 이야기와 인물, 장소가 전부 농촌 풍속극의 수준을 벗어나지 않아요. 이 영화에 투자하느니 차라리 대로변에 돈을 뿌리는 게 더 나을 거예요."

"소설로 따지자면 아주 재미있고 훌륭한 소설이라고 할 수 있을 것 같아요."

장쾅저우가 말했다.

"중국 시골의 어느 민간 이야기 같은 현실을 절묘하면서도 그럴듯하게 서술하여 아주 강한 화면감을 조성하고 있거든요."

마침내 모두들 이야기를 쏟아놓기 시작했다. 모든 사람의 얼굴에는 무거운 짐을 벗어던진 듯한 홀가분한 표정이 떠다니고 있었다. 장어덮밥 4인분과 회, 겨자, 초밥 2인분도 전부 상에 올랐다. 종업원이 나가자 나는 모두를 향해 한 번씩 웃어 보이고는 여전히 아무 말도 하지 않은 채 먼저 앞에 놓인 장어 한 조각을 집어 입으로 가져갔다. 이런 모습이 모두를 초조하게 만들었다. 사람들이 쏟아낸 말들이 전부 틀렸거나 착오가 있어서 애당초 내가 반박하거나 부연하여 설명할 가치가 없는 것 같았다.

구 감독이 마침내 더 참지 못하고 위쪽은 검정색이고 아래쪽은 빨간색인 일본식 칠기 젓가락을 테이블에 탁 소리가 나도록 내려놓으면서 말했다.

"옌 선생님, 우리 모두를 놀리시려는 거라면 시간을 다시 잡는 게 어떻겠습니까?"

나도 진지한 태도를 보이면서 커튼을 열어젖히듯 웃음을 거둬들이면서 말했다.

"그건 소설이 아니라 비허구의 기실문학*입니다. 그 안에 나

---

* 紀實文學: 실제로 있었던 인물과 사건을 기록하고 기념하는 문학. 실화문학.

오는 인명이나 지명도 전혀 바꾸지 않았지요. 이야기의 구성과 디테일도 대부분 실제로 있었던 일입니다. 심지어 백 퍼센트 진실이라고 할 수 있지요. 20여 년 전에 저는 제 고향의 실존 인물과 실제 사건을 토대로 「캄캄한 낮, 환한 밤」을 썼습니다. 단지 발표할 때는 허구소설로 발표했을 뿐이지요. 20여 년이 지나고 나니 이 작품을 어느 출판사의 간행물에 발표했는지도 기억이 나지 않았습니다. 하지만 어젯밤 저는 이 소설 때문에 밤새 뒤척이면서 잠을 이루지 못했어요. 소설에 나오는 인물과 이야기 때문에 잠을 설친 것입니다."

구 감독이 젓가락을 들고 음식을 먹기 시작했다.

"실존하는 모든 사람의 실제 이야기들이 영화로 각색하기에 적절한 것은 결코 아니지요……"

나는 그의 말에서 무례함과 불경함을 감지해낼 수 있었다.

"구 감독님, 제가 말을 다 마칠 수 있게 해주셨으면 좋겠습니다. 다른 사람이 말을 할 때 중간에서 말을 자르는 건 예의가 아니니까 말이에요!"

젓가락이 그의 입가에서 그대로 멈춰버렸다. 그는 나의 태도가 이처럼 온화하면서도 강력하고 차가우면서도 날카로울 거라고는 생각지 못한 것 같았다. 잠시 멍한 표정을 짓던 그는 젓가락을 다시 테이블 위에 내려놓고는 가슴 앞쪽으로 팔짱을 꼈다. 그러고는 몸을 꼿꼿이 세운 채 나를 뚫어져라 쳐다보았다. 그런 단정함과 엄숙함의 문명 속에 언제든지 나와 말다툼을 벌이거나 몸싸움을 벌일 수 있는 폭발력(아주 좋은 표현이었다. 너무나 훌륭한 표현이었다!)이 노출되고 있었다. 이처럼 돌발적인 교착 상태에 표정들이 얼어붙어버린 다른 사람들 역시 그를 쳐다봤다가 나를 쳐다봤다가 하면서 된장국 같은 빛깔의 굳은 얼굴을 하고 있었다.

"저는 여러분에게 「캄캄한 낮, 환한 밤」을 영화로 각색하라고 한 적이 없습니다."

나 역시 몸을 좌우로 움직여 바른 자세를 취하면서 말했다.

"제가 하고 싶은 말은 「캄캄한 낮, 환한 밤」에 나오는 먀오쥐안을 강간한 리촹이 지금 베이징대학교 교정의 북쪽에서 일하고 있다는 겁니다. 여러분 중에 누구도 그런 사실은 미처 생각지도 못했겠지요. 저와 같은 고향 사람인 이 농민공은 이미 중년의 나이가 되었지만 베이징에서 몇 년째 막일을 하고 있어요. 줄곧 건축공사팀을 따라다니며 베이징대학교와 칭화대학교, 인민대학교 교정에서 보수 공사를 하기도 하고 건물을 올리거나 담을 쌓는 일을 해왔지요. 게다가 대학교에서 막노동을 하다 보니 뜻밖에도 우연히 베이징대학교의 뛰어난 재원인 한 여성을 사랑하게 되었다는 겁니다. 나이 차가 스무 살이 넘는데도 말이지요. 제 고향에서는 글씨도 몇 자밖에 쓸 줄 모르던 농민공이 재색을 겸비한 베이징대학의 한 대학원생을 좋아하게 된 거예요. 그는 그 여학생을 죽기 살기로 좋아했어요. 목숨도 버릴 정도의 극단적인 사랑이었지요. 베이징에서 벌어진 리촹의 이런 이야기를 영화로 각색하는 데 대해 여러분은 어떻게 생각하시는지 궁금합니다.

가장 촌스럽고 지식수준도 가장 낮을 뿐만 아니라 가장 가난하고 가장 못생긴 북방의 중년 남자 하나가 중국에서 가장 유명한 명문 대학교에서 가장 아름답고 전도유망한 남방 여자 대학원생을 사랑하게 되었다는 겁니다. 두 사람 사이에 어떤 일이 있었을까요?

이 이야기가 정말로 일어났었고 합리적인 논리를 갖고 있다면 이는 천 년에 한 번 나올까 말까 한 최고의 영화 시나리오가 될 수 있지 않을까요? 도대체 어떤 농민공이기에 그런 용기를 발휘하여 베이징대학의 여성 인재를 쫓아다닐 수 있었던 건지 궁금하네요. 생각이 단순한 것 같지만 실은 내면세계가 풍부하고 성격이 복잡하면서도 비틀어져 있는 리좡 같은 농민공만이 할 수 있는 일일 거예요. 다른 사람이라면 감히 그렇게 하지 못했을 겁니다. 그럼 여러분이 소설 「캄캄한 낮, 환한 밤」을 읽고 나서 리좡의 사랑에 대해 하고 싶은 질문이 있으신가요? 젊었을 때 먀오쥐안을 강간해 자신의 결혼을 쟁취한 청년 사내가 중년에 이르러서도 이런 일을 벌였다는 사실에 논리적으로 기초가 성립되지 않는다는 의심이 들지는 않았나요?

「캄캄한 낮, 환한 밤」의 이야기 자체로는 좋은 영화가 되지 못할 것 같습니다. 하지만 좋은 영화의 기초와 토양이 될 수는 있을 겁니다. 더 나아가 베이징대학교에서 벌어진 리좡의 기이한 연애 이야기를 우리가 써 내려간다면 우리에겐 진짜 훌륭한 연기자도 필요하지 않을 것 같습니다. 전부 우리가 직접 하면 됩니다…… 예컨대 장팡저우가 그 베이징대학교 대학생 역을 맡고(존경하는 독자 여러분, 이 순간 우리는 우선 여기서 장팡저우의 대경실색하는 반응에는 신경 쓸 필요가 없습니다. 그녀가 우리의 이야기와 서술을 중단시키게 내버려두는 것은 바람직하지 않으니까요), 류전윈에게 그 허난의 농민공 역할을 맡기는 겁니다(제가 어떻게 이런 기회를 공손하게 두 손으로 류전윈에게 갖다 바칠 수 있겠습니까? 그는 그저 저의 간판에 지나지 않습니다. 잊지 마세요. 제 목적은 각본과 감독, 연기를 한데 모아 이 세상에서 가장 위대한 '작가 영화'를 찍는 것이라는 사실을 말입니다). 이야기에 나오는 다른 인물들 역시 직업 연기자를 쓸 필요가 전혀 없습니다. 우리는 전부 비직업 연기자들을 기용할 겁니다. 베이징대학교에서 벌어진 리쾅의 기상천외한 연애는 실존하는 인물들의 실제 이야기인 만큼, 우리는 이 영화를 다큐멘터리 형식의 예술영화로 찍으면 되는 겁니다. 예술을 전부 진실로 회귀시키고 실제 생활로 회귀시키며 생활 자체의 가장 진실한 모든 것으로 회귀시키는 것이지요. 중국 영화가 예술적인 면에서 점점 더 자질구레해지면서도 박스 오피스는 점점 커지고 있으며 허구의 로맨스가 중국 영화의 거대한 추세를 이루고 있습니다. 이 시점에서 우리가 가장 진실한 예술을 허구와 경박한 게임으로 가로막혀 있는 중국 영화의 전면에 회귀시킨다면 이는 진정으로 영화를 사랑하고 예술을 사랑하는 사람들이 마땅히 해야 하는 일이 되지 않겠습니까?

가장 의미 있는 일이 되지 않겠느냐고요?

우리가 중국 영화의 혁명적인 작품을 찍지 못할 거라고 어떻게 단정할 수 있습니까?

가장 위대한 예술과 최고의 박스 오피스 기록이 영화 한 편에 동시에 존재할 수 없다고 어떻게 단정할 수 있나요? 「로마의 휴일」이나 「바람과 함께 사라지다」 「대부」 「쉰들러 리스트」 같은 영화들이 박스 오피스와 오스카상 트로피가 하나로 결합될 수 있다는 점을 계속 증명해주고 있지 않나요?"

여기까지 말했다…… 단숨에 여기까지 말하고 나서야 나는 잠시 말을 멈췄다. 물을 한 모금 마시고 싶지 않았다면 나는 얘기를 계속 이어갔을 것이다. 나는 영화의 예술성과 박스 오피스의 통일 가능성에 대해 장편의 멋진 연설을 하고 싶었다. 문학이 내게 일시적인 정신착란을 일으켰을 때, 가끔씩 국내외에서 거대하고 모험적인 강연을 진행하면서 흐르는 물처럼 쉬지 않고 말을 이어갔던 것 같은 그런 연설을 하고 싶었다. 마지막에는 나 자신도 무슨 말을 하고 있는지 몰랐지만 말을 할 때의 쾌감은 확실히 섹스의 쾌감과 다르지 않았다. 하지만 결국 그렇게 말을 이어가지는 않았다. 이성이 고삐처럼 나를 억지로 만류하는 바람에 강 한가운데서 달리는 말을 멈추듯이 말을 삼켜야 했다. 섹스 같은 타액의 분사는 혁명적인 영화를 다찍고 나서 해야 할 일이지, 이제 막 첫발을 내딛었고 아직 모든 것이 진정으로 시작되지 않은 오늘 6월 13일에 할 일은 아니었다. 나는 열려 있던 수도꼭지를 황급히 비틀어 잠가버린 듯이 말을 멈추고 시선을 또다시 네 사람의 얼굴 위로 돌렸다. 시선으로 그들의 표정에 남아 있는 저속한 기색을 수확하는 것 같았다.

네 사람 모두 내가 말한 중년의 농민공 리창이 베이징대학교에서 가장 아름답고 가장 재능이 있으며 가장 전도가 유망한 여자 대학원생을 사랑하게 된 이야기에 푹 빠져 있었다.「캄캄한 낮, 환한 밤」에 나오는 30여 년 전, 고등학교 입시에 낙방하여 공부를 접고 집에서 아무 하는 일 없이 지내다가 가오톈 진 가오톈촌의 샘물가에서 열네 살밖에 안 된 같은 마을 소녀를 강간했던 그 리창이 30여 년 뒤에 베이징대학에서 막노동을 하는 과정에서 중국 남방의 아름다운 대학원생을 사랑하게 된 것이다. 인생은 개똥 위에 잔뜩 피어난 꽃 같은 것이었다. 혹은 한 무더기의 화초가 시들고 나면 황야의 쓰레기장이 되는 것과도 같았다. 미추를 구분하고 싶어 하는 모든 사람은 사실 돼지처럼 어리석었다. 누가 사랑과 성생활을 분리할 수 있단 말인가? 성생활에 대한 욕망이 없다면 사랑의 동기는 대체 어디에 있는 것인가? 또한 순전히 성을 위한 것이라면 '사랑'이라는 두 글자는 개똥과 어떤 차이가 있단 말인가? 이 세상에서 나 말고는 그 누구도 농민공 리창과 베이징대학 여대생의 감정의 갈등에 대해 분명하게 말할 수 없을 것이다. 그리고 나 말고 그 어떤 작가도 리창이라는 인물과 그의 인생에 대해 이토록 흥미를 갖기 어려울 것이다. 누구도 리창의 인생과 운명에 대해 벽은 벽이고 벽돌은 벽돌이라고 확실한 정리를 해내지 못할 것이고, 그를 벽화처럼 일목요연하게 드러내지 못할 것이다. 결국 모두가 나의 서술에 따라 사건의 원인을 찾고 끝까지 파 내려가는 수밖에 없을 것이다.

조금 전까지 구창웨이의 얼굴에 드러나 있던 짜증과 불안은 이제 완전히(아마도) 리창과 여대생의 불가능하지만 확실히 발생한 사랑 이야기에 흡수되어 사라져버렸다. 잔잔한 깨달음과 놀라움을 담은 미소가 그의 얼굴에 가득했다. 저속한 가라오케에서 누군가의 마음 깊숙한 곳에 묻혀 있던 노랫소리를 들은 것 같았다. 그 선율 속에 미세한 붉은빛과 옅은 노란빛, 가는 털이 송송 돋아난 듯한 부드러운 빛이, 웃음과 함께 항상 침착하기만 하고 온갖 근심이 가득했던 그의 삐쩍 마른 얼굴 위로 떠다니고 있었다. 한편 신장新疆 우루무치烏魯木齊에서 태어난 양웨이웨이는 실제로 일어났던 이 이야기에 대해 격한 놀라움을 감추지 못해 얼굴이 붉은빛으로 찬란하게 불타고 있었다. 장팡저우와 궈팡팡의 경우, 이전에는 그녀들의 눈이 얼마나 큰지 몰랐다. 하지만 지금 이 순간, 그녀들은 눈을 크게 뜨고 어떤 사물과 디테일을 주목하고 있었다. 어쩌면 이야기와 줄거리의 어느 구간에서 방향을 돌렸을 때 그 사물과 이야기, 디테일의 복잡함과 방대함이 그녀들의 눈 안에 있는 실핏줄 몇 가닥에 불과했는지도 모른다.

"구체적으로 말해보세요."

구 감독이 말했다.

"옌 선생님, 선생님과 같은 고향 사람인 리창과 베이징대학 여대생의 사랑 이야기를 좀더 구체적으로 말해보시라고요."

다른 사람들 역시 모두 '구체적인 것'에 대한 요구가 점심 식사가 끝난 뒤의 식탁에 대한 갈망을 넘어서고 있었다.

(아주 좋았다. 정말 잘 돌아가고 있었다! 모든 것이 내가 설정하고 배치한 궤도 위에 있었다. 가끔씩 정상 궤도를 약간 벗어나는 부분이 있긴 했지만 아주 빨리 다시 내가 정해놓은 방향으로 이끌어 올 수 있었다.) 나는 그들이 바라는 대로 하지 않았다. 나는 그들에게 베이징대학 안에서 벌어진 리창의 사랑 이야기를 눈과 코가 달린 것처럼 생동감 넘치게 묘사하지도 않았고,

신혼부부가 침대맡에 혹은 베개 밑에 준비해둔 피임약이나 콘돔의 산지와 공장, 생산 일자와 유효 기간 및 사용법, 주의 사항, 쾌감의 정도와 부작용의 가능성 등의 설명처럼 구체적으로 말하지도 않았다(설마 그들이 바라는 구체적인 것이 이런 것들은 아니겠지? 누군가의 순수함과 고상함이 노을 가의 구름 속에서 피어나는 모란꽃과 앞으로 내달리는 백마와 같은 건 아니겠지?). 나는 이 기이한 사랑 이야기에 대해 그들이 품고 있는 성적인 갈증, 그리고 관음증적 성격을 띤 자연스러운 호기심과 탐구욕을 만족시켜주지 않았다. 대신 그들에게 소설 「캄캄한 낮, 환한 밤」을 나눠 주었던 것처럼 핸드폰을 꺼내 위챗에 저장해두었던 '진기한 이야기'를 그들 모두의 핸드폰으로 단체로 발송해 주었다.

"한번 보세요."

나는 실내에서 큰 소리로 선포했다.

"친애하는 선생님, 친구 여러분, 톨스토이는 신문에 난 어느 여성의 자살 소식으로 세계적인 명작 『안나 카레니나』를 썼고, 빅토르 위고는 누군가의 속죄하는 이야기를 듣고 역시 세계적인 명작 『레 미제라블』을 썼습니다. 그런데도 설마 우리가 이 실존하는 사람의 실제 이야기를 위대한 영화로 각색해낼 수 없단 말입니까?"

2

벌레와 봉황이 서로 사랑하는 인연은 어디서 온 것인가,
연꽃이 활짝 피면 진흙도 향기롭네

(오리지널 창작) 2016년 6월 13일. 작가: 천풍만정千風萬情

허난 서부 산골 출신의 중년 농민공이 베이징대학교에서 가장 아름다운 대학원생을 사랑하게 된 결과가 어땠는지 누가 상상할 수 있었을까?

리좡은 올해 51세로 허난 서부 푸뉴伏牛산계의 바러우산맥 출신이다. 구체적으로 말하자면 상당한 지명도를 갖추고 있는 작가 옌롄커와 같은 고향 같은 마을 사람이다. 리좡의 아내는 일 년 내내 병을 달고 살았고, 아들은 여러 해째 대입에 실패하여 재도전을 하고 있었다. 아내의 병을 치료하고 아들의 대입 시험 준비 뒷바라지를 하느라 적지 않은 비용이 들다 보니 가정 형편이 몹시 어려워지게 되었다. 하는 수 없이 일 년 내내 외지에 나가 막노동을 하던 리좡은 고향에서 아득히 멀리 떨어진 곳에서 눈바람을 맞아가며 휴일도 없이 아는 사람도 없이 힘들게 지내고 있었다. 실제 나이는 겨우 쉰하나이지만 얼핏 보기에는 예순도 넘는 것 같았다. 3년 전에 아내가 세상을 떠나자 농민공인 그는 홀로 허난의 건축공사팀을 따라 베이징으로 와서 먼지를 뒤집어쓰며 벽돌을 나르거나 쓰레기를 주웠다. 그러던 중 건축공사팀이 베이징대학에서 공사를 진행하게 되자 뜻밖에도 매일 공사장 앞을 지나가는 컴퓨터학과 대학원생 리징(실명)을 사랑하게 된 것이었다. 리징은 키가 167센티미터나 되는 늘씬한 몸매를 지닌 저장浙江성 항저우杭州 아가씨로 아버지는 저장대학교 교수이고 어머니는 항저우에 있는 중점고등학교의 특급 교사였다. 구성원 전체가 중국 전체에서 보기 드물게 인텔리들로만 구성된 가정이었다. 초등학생 때부터 중고등학교를 거치는 동안 매우 성실하게 공부한 덕에 줄곧 뛰어난 성적을 유지했던 그녀는 고등학교를 졸업하고 보장추천제를 통해 베이징대학교 컴퓨터학과에 입학할 수 있었다. 학부를 졸업한 뒤에도 역시 보장추천제로 대학원에 진학한 그녀는 전공 공부를 계속하여 작년에 특별히 우수한 성적으로 학위를 받고 베이징 북사환北四環 바오푸쓰교保福寺橋 근처에 있는 '231연구소'에 배정되어 설계기술과의 최연소 연구원이 되었다. 연구소에 출근을 하려면 매일 모교를 지나가야 했다. 매일 웨이밍호未名湖 북쪽에서 베이징대학 동문을 지나 연구개발 설계실로 향했던 것이다. 매일 웨이밍호 근처에서 건물을 짓고 벽돌을 나르던 리좡은 우연히 리징을 보게 되었다. 그녀가 가벼운 발걸음으로 공사장 앞으로 걸어와 나풀나풀 지나가는 모습을 본 순간 그는 한눈에 반해버린 것이다. 마음이 동한 그는 또다시 그녀와 우연히 마주쳤을 때 곧장 리징 앞에 무릎을 꿇고 프러포즈를 했다. 프러포즈뿐만 아니라 만약에 자신과 결혼을 해준다면 소나 말처럼 봉사하면서 살 것이고, 심지어 기꺼이 그녀를 위해 죽을 수도 있다고 했다……

이 일의 결과는 쉽게 짐작할 수 있을 것이다. 리징은 그를 북방 농촌에서 온 정신병 환자로 여겨 말을 섞지 않고 곧장 몸을 돌려 지나가버렸다. 하지만 이렇게 앞을 가로막고 사랑을 고백하는 횟

수가 한 번에 그치지 않고 두 번, 세 번 반복되자 이 일이 리징의 학교 친구들이나 연구소 동료들 사이에 웃음거리가 되리라고는 미처 생각지 못했다. 이렇게 막무가내로 앞을 가로막고 치근대는 리챵의 정신병 같은 행동을 피하기 위해 이때부터 리징은 연구소에 출근할 때 더 이상 웨이밍호 근처를 지나가지 않고 학교 밖으로 빙 돌아서 갔다. 그렇게 조용히 며칠을 보내던 어느 날 석양이 내려앉기 직전에 리징이 퇴근을 하여 거주하는 단지 문안에 들어서는 순간, 뜻밖에도 예순은 족히 되어 보이는 농민공 리챵이 그녀가 거주하는 룬쩌潤澤 단지 입구에 나타나 앞을 가로막는 것이었다. 그의 손에는 빨간색과 노란색, 초록색이 섞여 있는 줄무늬 양산이 하나 들려 있었다. 그가 말했다.

"제가 알아보니 아가씨 이름은 리징이고 이 단지 2동에 사시더군요. 그거 알아요? 요 며칠 저는 매일 일을 마치고 나서 아가씨를 기다리고 찾아다녔어요. 아가씨가 공사장 근처로 지나가지 않을 때부터 저는 완전히 정신이 나가버린 것 같았어요. 아가씨가 들고 다니는 붉은 우산은 예쁘지 않아요. 붉은 우산은 아가씨의 얼굴을 검게 만들거든요. 앞으로는 이걸 들고 다니세요. 이 양산은 색상이 밝아서 얼굴이 거울에 비친 것처럼 맑게 보이게 해줄 거예요."

이렇게 말하면서 그 양산을 리징에게 건네려 앞으로 다가갔다.

"중관촌中關村 대로변에서 몇백 명이나 되는 아가씨들을 살펴보다가 이런 무늬의 양산이 예쁘다는 걸 알게 됐어요. 어서 받으세요. 보잘것없지만 성의를 봐서 받아주세요. 그리고 제가 식사를 대접했으면 합니다. 드릴 말씀도 있고요."

물론 리징은 이 선물을 받지 않고 본능적으로 한 걸음 뒤로 물러서면서 말했다.

"분명히 말하는데, 또다시 날 이렇게 귀찮게 하면 곧장 경찰에 신고할 거예요."

리챵이 얼굴에 미소를 띠면서 말했다.

"아가씨, 제게 다른 생각이 있는 건 아니에요. 단지 아가씨랑 밥 한번 먹고 싶은 것뿐이에요. 그리고 아가씨에게 따로 할 말도 있고요…… 허락해주면 아가씨는 밥값을 안 내도 되는 것은 물론, 제가 따로 백 위안을 드릴게요. 어때요?"

리징이 고개를 돌려보니 좌우에 한 무리의 사람들이 퇴근길에 자신들을 쳐다보고 있었다. 그녀에게 모종의 모욕감을 느끼게 하는 상황이었다.

"꺼져!"

리징이 버럭 소리를 지르고서 황급히 단지 안으로 뛰어갔다. 리챵은 정말로 백 위안짜리 지폐를 한 장 꺼내 쫓아가서는 리징 앞을 다시 막아서며 말했다.

"백 위안으로 안 되면 2백 위안을 드릴게요. 어때요?"

리징이 사방을 둘러보고는 소리쳤다.

"누가 저 좀 도와주세요. 빨리 좀 와주세요!"

이때 리챵이 갑자기 그녀 앞에 무릎을 꿇고는 주머니에서 백 위안짜리 지폐를 한 장 더 꺼내면서 말했다.

"2백 위안을 드려도 안 될까요? 소리치지 말아요. 제발 소리치지 말아주세요. 제가 2백 위안을 드릴게요. 어때요?!"

리징은 리챵의 얼굴을 후려치면서 고개를 돌려 사방을 둘러싸고 있는 사람들을 향해 소리쳤다.

"이 불량배를 잡아가주세요! 누가 와서 이 깡패 새끼 좀 잡아가 달라고요!!"

이야기가 이쯤 되면 모든 결론은 누구나 상상할 수 있을 것이다. 중년 농민공 하나가 약혼 선물로 양산 하나와 초라하기 그지없는 인민폐人民幣 2백 위안의 빙례로 중국 최고 학부의 가장 아름다운 여학생에게 프러포즈를 하면서 사랑을 구한다는 사실을 수도의 인민들이 어떻게 용납할 수 있겠는가? 결과는 당연했다. 여기저기서 사람들이 달려들어 앞뒤 따지지 않고 리짱에게 침을 뱉고 호되게 욕을 했다. 따귀를 때리거나 주먹과 발로 얼굴과 몸을 가격하는 사람들도 있었다. 누구나 이 지경이 되면 사태는 끝났다고 생각하겠지만 뜻밖에도 리짱은 침과 주먹, 발길질의 세례를 받으면서도 그 자리에서 꼼짝도 하지 않은 채 무릎을 꿇고 앉아있었다. 입을 열지도 않고 반격을 가하지도 않았다. 그저 사람들 사이에 서 있는 리징만 죽어라고 바라볼 뿐이었다. 자기 집 딸을 쳐다보고 있는 것 같았다.

리징이 소리쳤다.

"꺼져요! 또다시 치근덕거리면 정말로 경찰에 신고할 거예요!"

리짱이 흔들리지 않는 자세로 말했다.

"아가씨 때문에 감옥에 가서 죽겠다는데도 저랑 식사 한번 하면서 얘기 나누는 것을 허락할 수 없다는 건가요?"

리징은 전화기를 꺼내 들고 110을 눌렀다. 리징이 전화로 설명을 다 마치지도 않았는데 벌써 경찰이 눈앞에 나타났다. 파출소가 바로 이 도로변에 있었고, 리짱이 리징에게 무릎을 꿇자마자 주민 하나가 파출소에 신고를 했던 것이다. 모든 것이 예상할 수 있는 그대로였다. 사람들이 생각한 그대로였다. 현장에 나타난 경찰은 리쾅에게 두 번 발길질을 하고 두 번 따귀를 때렸다. 세게 힘을 주었지만 뺨에 닿을 때는 가벼워 보였다. 사실 이런 암시적인 발길질과 손찌검은 리쾅에게 사태를 깨닫고 얼른 사과를 하게 한 다음, 그를 풀어주려는 의도의 소치였다. 하지만 경찰들은 리쾅이 자신들을 향해 이 정도로 불만족스러운 반응을 보이며 소리를 지르리라고는 미처 생각지 못했다.

"경찰인 당신들이 지금 사람을 때리는 겁니까! 저 아가씨를 향한 내 마음은 진심이고 그녀를 해칠 마음이 추호도 없는데, 법을 집행하는 사람들이 어째서 현장에 도착하자마자 법을 어기고 나를 때리는 거요?!"

이야기는 이렇게 전개되었다. 벌레 한 마리가 용에게 반하고 바퀴벌레가 봉황에게 사랑을 고백하는 순간, 세상은 어떤 반응을 보이게 될까? 인민과 군중, 법률과 도덕이 이런 감정에 대해 분노하지 않을 수 있을까? 리쾅은 경찰에게 끌려갔다. 파출소의 인민경찰은 리쾅의 행위를 여성을 희롱하고 사회의 치안을 해친 범죄로 규정하고 파출소에 사흘간 구류하는 동시에 3천 위안의 벌금을 물렸다. 하지만 이야기의 엽기적인 국면과 반전은 허난 출신 중년의 농민공이 베이징대학교 여학생에게 프러포즈를 하고 구혼을 하다가 공안에 의해 구류와 벌금형을 받은 것으로 그치지 않았다. 리쾅이 유치장에 갇힌 지 사흘째 되는 날, 뜻밖에도 리징이 파출소로 와서 리쾅의 벌금 3천 위안을 대신 내주고 사건 경위서와 리쾅을 위한 보증서를 썼을 뿐만 아니라 그를 음식점으로 데려가 함께 식사를 하고 이야기도 나누었다. 이때부터 두 사람은 부녀(애인) 사이처럼 나이를 잊은 교류를 유지하게 되었다……

"아침 구름 희미하게 가는 비처럼 흩어지고, 누각에 봄은 왔지만 봄의 흔적은 없었네. 버드나무와 꽃들이 흐느끼고 거리와 골목마다 진흙탕이었네. 문밖의 제비들도 나는 것이 힘겨웠네. 하지만 지금은 부드러운 바람과 밝은 해가 금빛 누각을 비추고 복숭아나무 가지에 봄빛이 가득하여 그때와 같지 않네. 작은 다리는 빗물에 잠기니 말 못 할 원한을 두 사람은 아네(朝雲漠漠散輕絲, 樓閣淡春姿. 柳泣花啼, 九街泥重, 門外燕飛遲. 而今麗日明金屋, 春色在桃枝. 不似當時, 小橋沖雨, 幽恨兩人知)."

기이한 사랑 이야기를 핍진하게 묘사했던 송나라의 유명 시인 주방언周邦彦은 사랑에 담겨 있는 씁쓸함을 가장 잘 음미했던 시인이다. 자字가 미성美成이요 호號가 청진거사淸眞居士였던 이 사랑의 대가가 오늘날 리챵과 리징의 바퀴벌레와 봉황의 만남 같은 기이한 사랑 이야기를 마주하게 된다면 어떤 감흥에 젖어 즉흥적으로 시나 사詞를 써 내려갈 수 있을까? 하지만 필자는 보통 사람으로서 이 벌레와 용, 바퀴벌레와 봉황의 사랑 이야기에 대해 사유를 펼칠 수 없었다. 게다가 미모와 재능을 겸비한 리징이 왜 파출소로 찾아가 정신병자 같은 중년의 농민공을 위해 상당한 비용을 치르면서까지 그를 구제해주었고, 그와 식사를 하고 따로 만나면서 서로 왕래하고 사랑을 하게 되었는지 도무지 이해가 되지 않았다. 필자가 파출소를 찾아가 당시 사건을 담당했던 경찰관을 취재하려 했을 때 왕창王強(가명)이라는 이름의 그 경관은 우리가 내민 기자증을 보고서 내게 한마디밖에 하지 않았다.

"취재할 만한 게 없어요. 그 리징이라는 아가씨도 공부를 너무 많이 하다 보니 정신병에 걸린 거였지요."

필자가 취재를 위해 리징에게 전화했을 때 그녀가 취재를 거부하면서 필자에게 했던 유일한 한마디는 자신의 사생활에 관심을 갖지 말아달라는 것이었다.

여기까지 쓰고 나서 필자는 위챗 플랫폼의 여러 독자 여러분께 가르침을 구하고 싶었습니다. 그들이 어떻게 서로 사랑하게 되었는지, 어떻게 서로 사랑할 수 있었던 것인지 말해달라고 부탁하고 싶었습니다. 누구든지 두 사람이 서로 사랑하게 된 논리와 구성, 디테일과 심리를 가르쳐달라고 부탁하고 싶었습니다.

인간의 사랑에 관해 관심이 있거나 필자 '천풍만정'에게 관심이 있으신 분들은 아래 QR코드를 스캔해주시기 바랍니다.

(QR코드)

조회: 101912 신고

베스트 댓글

댓글 쓰기

zhang zi:

젠장! 세상에 희한한 일이 없다면 세상을 넓다고 할 수 있겠어?

산속에 사는 사람:

세상에서 가장 훌륭한 결혼은 전부 희한한 사랑의 결과다.

해변에 사는 사람:

정말로 바퀴벌레가 봉황을 얻었단 말인가요?

좋은 영화 관객:

정말 아름다운 영화 스토리군요. 5세대 영화, 얼른 올리세요!!!

가장 노력하는 작가:

이 글에 인용한 주방언의 사는 견강부회인 것 같군요. 천풍만정 님, 역시 평생 노력하는 '작가'의 역할만 하시는 거네요.

남방객南方客:

저는 진짜 남방 사람입니다. 리챵은 북방의 돼지 새끼일 뿐이에요. 리징 씨는 절대로 자신이 우리 남방 사람의 한 떨기 수선화라는 사실을 잊어선 안 됩니다. 리징 씨가 그 냄새나는 돼지 새끼를 받아주다니 제 온몸에서 역겨운 냄새가 나는 거 같네요.

......

3

위의 위챗 이야기는 'レストラン' 별실에 앉아 있는 모든 사람들에게 좋은 영화의 시나리오 한 편이 바로 눈앞에 있다는 사실을 실감하게 해주었다. "염병할!"—이것이 모두가 바퀴벌레와 봉황의 엽기적인 사랑 이야기를 다 읽고 나서 보인 첫번째 공통된 느낌이자 표현이었다. 공동으로 소똥 위에 핀 꽃의 아름다움을 발견한 것 같았다. 리챵이 어째서 리징에게 반해 감히 사랑을 고백할 수 있었으며, 리징은 또 어떻게 결국 그와의 데이트를 허락했는지(이것이 바로 영화 속 사랑 이야기의 시작이다), 그 가장 불가사의하고 이해할 수 없는 문제가 바로 이 위대한 영화의 가장 뜻밖의 복선이자 반전의 신기함일 것이다.

"어떻게 서로 사랑할 수 있었을까요?"

내게 이렇게 묻는 구 감독의 얼굴에는 겨울철의 따사로운 햇살 같은 미소가 걸려 있었다.

"실화소설 「캄캄한 낮, 환한 밤」을 읽고서도 리쾅이 하지 못할 일이 없는 사람이라는 걸 모르시겠어요?"

내가 말했다.

"문학 속 인물이든 영화 속 인물이든 간에 리쾅처럼 그렇게 풍부하고 신기하고 잊기 어려운 인물은 찾아보기 어려울 겁니다."

장팡저우가 사람들의 얼굴을 일일이 한 번씩 쳐다보고 나서 마지막으로 내게 물었다.

"리쾅이 그렇게 할 수 있었던 것이 실제로 일어난 일이었다는 것은 둘째 치고, 이 이야기를 문학이나 영화 속으로 소환했을 때, 어떻게 독자나 관객들에게 리징도 정말로 리쾅을 사랑했다는 사실을 믿게 만들 수 있을까요?"

바로 이 부분에 모든 문학의 난제가 존재하지만 동시에 이 이야기의 가장 매력적인 부분이기도 했다. 모든 사람의 눈길이 장팡저우의 얼굴을 향했다가 다시 양웨이웨이의 얼굴로 옮겨 갔다. 장팡저우는 이제 막 칭화대학교를 졸업한 여학생이었고 양웨이웨이는 전매대학을 졸업한 여학생으로 둘 다 경력과 나이가 리징과 비슷했기 때문이다. 이리하여 모두들 두 사람에게 어떤 조건하에서 늙고 못생긴 데다 돈도 없고 지식도 없는 리쾅 같은 사람에게 반할 수 있는 거냐고 물었다. 물론 두 사람은 때려죽인다 해도 불가능한 일이라고 대답했다. 그러면서 또 두 사람은 그럼에도 불구하고 영화 혹은 예술로서 이러한 가능과 불가능을 완성할 수 있다면 이는 영화 스토리 속에서 가장 독특한 인물의 갈등과 관계가 될 것이며, 가장 독특한 사랑 이야기의 성가聖歌가 될 것이라고 말했다. 그러면서 이 성가의 사랑 이야기는 어느 정도『노트르담의 꼽추』에 나오는 에스메랄다와 기인 종지기 콰지모도의 사랑보다 더 비틀어지고 더 감동적이며 더 믿을 수 없지만 평생 잊을 수 없는 작품이 될 가능성도 있다고 말했다. 세상의 모든 사랑 이야기는 서로 대등한 수준의 집안이나 천생배필들의 사랑과는 무관하다는 것이다. 오히려 보통 사람들은 생각해낼 수 없는 기이한 연애나 사랑이어야만 인간적 사랑 이야기의 위대한 법정 증거가 될 수 있으리라는 것이 두 사람의 생각이었다. 작가나 예술가들은 실제 생활에서는 손바닥에 침을 뱉는 것처럼 너무나 쉽게 얻을 수 있는 세속적이고 감정이 넘치는 사랑을 추구하면서 예술에서는 반대로 불가능하고 왜곡된 사랑을 추구한다. 이는 모든 소설과 영화에서 남녀의 사랑에 대해 가장 역점을 두는 지극히 아름다운 부분이기도 하다.『춘희』나『안나 카레니나』「두십랑杜十娘」「로마의 휴일」「클레오파트라」「애수」「피아노」『콜레라 시대의 사랑』같은 작품들처럼 사람들이 대대적으로 거론하는 영화 및 소설사에서의 가장 감동적이고 독특한 사랑 이야기들이 리챵과 리징의 불가사의한 사랑 이야기(가능하다면)가 세계 영화사에서 또 하나의 가장 불가사의하고 위대한 이야기로 자리 잡을 것임을 증명하게 될 것이다.

구 감독이 말했다.

"하지만 그들이 어떻게 서로 사랑할 수 있었을까요?"

내가 말했다.

"그건 제가 알아서 할 일이에요. 이런 불가능을 가능으로 완성해낼 수 없다면 작가라는 사람들이 이 세상에서 또 뭘 할 수 있겠습니까?"

"약간의 가능성이라도 말해주실 수 있겠습니까?"

"저는 자신이 쓰려고 마음먹은 이야기에 관해 다른 사람에게 미리 말한 적이 단 한 번도 없습니다."

"두 사람의 사랑 외에 이 이야기에 다른 인물이나 다른 의미는 없는 건가요?"

"물론 있지요."

나는 이 이야기에 나오는 다른 인물들이 누구인지는 내가 영화 시나리오를 완성한 뒤에야 알 수 있다고 말했다. 이야기의 다른 의미 역시 내가 글쓰기를 마친 뒤에야 알 수 있다고 했다. 그러면서 나는 그에게 지금 이 이야기에서 하늘이 놀라고 땅이 울릴 사랑 이야기 외에 다음 몇 가지 의미가 있다는 사실을 몸으로 느끼지 못하는 것이냐고 되물었다.

1. 이 이야기는 중국의 빈부 격차와 각 계층의 문화 수준 차이, 남방과 북방의 지역 차이, 농촌과 도시의 차이 및 갈등을 날카롭게 반영하고 있다. 그리고 리챵은 가난과 북방, 농촌, 전무한 지식을 대변하고 리징은 도시, 부유, 고등교육, 중국의 남방을 대변한다.

2. 이 이야기는 지난 40년에 걸친 중국의 개혁·개방과 이에 따른 인민의 정신분열과 천지개벽 같은 관념의 변화를 반영하

고 있다. 리촹은 어떻게 감히 리징에게 사랑을 구할 수 있었으며, 리징은 또 어떻게 이런 사랑을 받아들일 수 있었을까? 이것이 바로 모든 사람이 영화에서 보고 싶어 하는 중국인들의 정신의 현주소이다.

3. 이 이야기는 베이징과 베이징에서 가장 유명한 최고 학부에서 발생했기 때문에, 중국의 사회 제도와 교육 상황, 권력의 영향, 사람들의 영혼에 대한 옛 베이징 문화의 침식과 자양을 표현해낼 수 있을 뿐만 아니라, 국가의 정신적 변화가 각 개인의 몸에 구체적으로 어떻게 나타나는지도 표현해낼 수 있다.

이 외에도 나는 이 이야기의 여러 가지 가능한 의미를 이야기했다. 이 가운데 어떤 것들은 모든 사람으로부터 완전한 찬동과 지지를 얻었고, 또 어떤 것들은 강렬한 회의와 반대에 부딪히기도 했다. 하지만 결국 우리는 일치된 공통 인식에 도달했다. 첫째는 이 영화를 제작할 가치가 충분한 만큼 모두들 시나리오가 빨리 완성되기를 희망한다는 것이었다. 둘째는 영화의 제목에 관한 것으로 모두들「베이징대학의 연애」와「중관촌의 사랑」「리촹과 리징」등 여러 가지 제목을 놓고 토론을 벌인 끝에 결국 잠정적으로나마「캄캄한 낮, 환한 밤」이 가장 낫다는 데에 의견이 일치했다(이는 내가 고집한 결과였다. 영화와 소설의 제목이 항상 같은 것은 모든 작가의 작품들이 영화로 각색된 뒤에 작가가 절대로 소홀히 하지 않는 파리 대가리만큼이나 보잘것없는 이익이기 때문이다). 셋째는 최대한 빨리 시나리오를 써야 하고, 그러기 위해서는 최대한 빨리 리촹과 리징, 파출소의 경찰 등 관련 인물들을 인터뷰해야 한다는 것이었다.

일차적인 자료를 확보하면 두 사람의 사랑에 담긴 논리와 심리, 내적 모순과 갈등 등을 상세하게 분석하고 정리하여 세상에서 가장 위대한 영화 스토리를 위한 가장 비옥한 토지와 양분으로 개간하고 준비해내야 했다.

이처럼 필수적인 의미와 구체적인 실시 방안에 관해 토론을 진행한 뒤에야 가장 중요하면서도 실제적인 문제가 다가왔다. 구 감독은 내가 한 달 내에 인터뷰와 글쓰기를 완성하여 영화 시나리오의 초고를 제출해주기를 희망했다. 그런데 필수적인 현장 조사와도 같은 인터뷰의 상황은 이러했다. 리창이 파출소에서 나오자마자 리징을 만나 며칠 지내며 서로의 감정이 싹트던 어느 날 갑자기 그의 아들인 리서(올해 스물한 살로 차오양朝陽구에서 경비로 일하고 있다)가 자기 아버지가 베이징대학의 여학생에게 집적대다 구류 처분을 받았다는 사실을 알게 되었다. 그러고서 곧장 차오양구에서 하이뎬海淀구까지 달려와 리창을 보자마자 두말하지 않고 아버지의 얼굴에 가래침을 뱉은 것으로도 모자라 아주 세게 뺨을 후려쳤다(리징이 따귀를 때렸을 때보다 훨씬 심하고 강해야 했다!). 그러고 나서 바로 다음 날 리창은 아무 말도 없이 떠나 고향인 허난으로 돌아갔다. 그리고 리징은 회사에서 상하이 출장을 지시하자 내친김에 고향인 항저우로 돌아갔다.

"그럼 선생님은 고향인 허난으로 가서 인터뷰를 진행하세요."

구 감독이 그 자리에서 지시를 내렸다.

"광저우는 항저우에 가서 리징을 인터뷰하면 되겠네."

내가 웃으면서 말했다.

"그러려면 왔다 갔다 공연히 출장비만 낭비하게 될 겁니다. 영화를 시작하기도 전에 돈부터 마구 쓰는 일은 없도록 합시다."

"그건 선생님이 관여하실 일이 아닙니다. 시나리오 계약서와 계약금은 스튜디오에 돌아가 최대한 빨리 처리해드리도록 하겠습니다. 선생님은 계약서에 사인만 하시면 됩니다."

이는 모두들 식사를 마치고 계산을 한 다음, 일본 음식점에서 나온 뒤에 나와 구 감독 단둘이 남았을 때 나눈 얘기였다. 음식점에서 나와 작별 인사와 악수를 나누고 마침내 모두들 흩어져 돌아갔을 때는 이미 오후 3시가 넘은 시각이었다. 구 감독이 말했다.

"옌 선생님, 솔직하게 말씀해주세요. 이 시나리오에 대해 얼마를 준비하면 될까요?"

내가 말했다.

"최고 얼마까지 주실 수 있습니까?"

"지난번 시나리오보다는 좀더 드려야겠지요?"

"적어도 두 배는 되어야 합니다."

그가 멍한 표정을 지으며 물었다.

"두 배라면 얼마를 말씀하시는 건가요?"

내가 잠시 침묵하다가 이를 앙다물고 말했다.

"3백만 위안요!"

그의 얼굴이 갑자기 누렇게 굳어져버렸다.

"오늘 하루 종일 농담만 하시는군요."

"방금 한 말은 오늘 하루 종일 한 말 가운데 가장 진지한 한

마디입니다."

"그럼 저도 진지하게 말하지요."

구 감독의 얼굴이 잠시 나무처럼 푸른빛을 띠더니 다시 입을 열었을 때는 온통 조롱과 불만의 표정이 가득했다.

"선생님, 한번 알아보세요. 중국에서 어떤 시나리오 작가가 3백만 위안을 요구한 적이 있는지 말입니다."

"그건 제가 알 바 아니에요."

나는 칼로 무를 베고 망치로 쇠바늘을 내리치는 것처럼 단호하게 말했다.

"이 영화가 중국은 물론, 세계 영화사에서 얼마나 큰 의미를 지니고 있는지는 구 감독님과 저만 알 겁니다. 시나리오 작가가 해당 시나리오 한 편으로 얻게 되는 보수는 배우들의 10분의 1이나 20분의 1에도 미치지 못하지요…… 구 감독님은 이것이 공평한 처사라고 생각하십니까? 영화가 개봉된 뒤에 찾아오는 명성도 빌어먹을 감독과 배우들에게 80퍼센트 넘게 돌아가지 않습니까?"

이런 말을 할 때의 내 표정이 어땠는지는 알 수 없다. 단지 닭 피 같은 흥분이 내 혈관을 타고, 말끝마다 욕설을 내뱉는 고위 관리나 사장이 부하 직원들 앞에서 테이블을 내리치는 것처럼 짜릿하게 흘러가는 것을 느낄 수 있을 뿐이었다. 이 구 감독, 너무나 착해빠져 지금까지 줄곧 나를 형제처럼 대했던 구창웨이는 거짓으로 친구를 사칭하는 사람을 발견하고 그를 뚫어져라 쳐다보는 듯한 눈빛으로 나를 쳐다보고 있었다. 나의 흥분이 완전히 가라앉자 그는 눈길을 다른 곳으로 돌려 천천히 두리번거리면서 말했다.

"그럼 우선 시나리오부터 쓰시고 다시 얘기하기로 하지요."

이 한마디를 가볍게 던진 그는 우울한 표정으로 인정머리 없이 몸을 돌려 나가버렸다.

그의 호리호리한 뒷모습을 바라보다가 내가 몇 걸음 쫓아가며 그를 불렀다.

"시나리오를 다 쓴 다음에 글의 품질에 따라 가격을 다시 논하는 데는 동의합니다. 하지만 먼저 선수금을 좀 주셔야 할 것 같군요."

그가 또다시 잠시 머뭇거리다가 몸을 돌리며 물었다.

"얼마나 드리면 될까요?"

"50만 위안요…… 오늘 입금해주시면 내일 곧장 고향으로 내려가 리창을 인터뷰하겠습니다."

그가 또다시 웃음을 보이다가 물었다.

"옌 선생님, 너무 덤터기를 씌우시는 것 아닌가요!"

내가 무척 부드러우면서도 차가운 어투로 말했다.

"구 감독님, 이건 정말 많은 액수가 아니에요. 감독님들은 재해 지역의 가난한 농민들을 위해 백만 혹은 2백만 위안의 성금을 내곤 하지 않습니까? 설마 예술가들이 멀리서 보면 친하지만 가까이하면 원수 같은 그런 존재란 말인가요? 진정으로 영화예술을 사랑하는 사람들에게는 오히려 그렇게 좀스럽게 굴어야 하는 건가요?"

잠시 적막이 흘렀다.

우리보다 앞서 음식점 밖으로 나온 장팡저우와 양웨이웨이가 음식점 외부에 조성된 인공 개울과 다리 위에서 우리를 기다리고 있었다. 고개를 돌려 우리 쪽을 바라보는 그녀들의 눈길이 마치 플라스틱 나무와 플라스틱 꽃으로 된 숲속에서 진짜 원숭이를 보고 있는 것만 같았다.

"그 계좌 아직 사용하고 계시지요?"

이것이 우리가 나눈 토론에서의 가장 실질적인 마지막 한마디였다. 이 말이 구 감독의 입에서 흘러나올 때, 아주 가볍지만 의미심장한 느낌이 담겨 있었다. 그의 눈빛은 더 이상 나를 관찰하거나 표정을 살피는 것이 아니라 차갑게 노려보고 있었다. 하지만 나는 그의 눈빛이나 어투에는 신경 쓰지 않았다. 고생하고 힘쓰고 심사숙고하는 파종의 계절이 지나고 이제 수확의 계절이 찾아왔는데 내가 어떻게 작물을 수확하거나 거두지 않을 수 있겠는가?

"계좌는 지난번 그대로예요."

이렇게 말하면서 나는 다시 한번 강경하게 고개를 끄덕였다. 그러자 그가 또다시 고개를 돌려 가버렸다. 큰 걸음으로 멀어져가는 모습이 단걸음에 베이징에서 광저우廣州까지 갈 심산인 것 같았다. 그를 기다리고 있는 두 사람 앞에 이르러서도 그는 걸음을 늦추거나 그녀들과 몇 마디 얘기를 나누지 않았다. 두 사람 중 어느 하나를 좀더 쳐다볼 생각도 없는 듯이 두 사람 사이를 가르듯 그대로 지나쳐 가버렸다.

4장
인터뷰

1. 리쾅

시간: 6월 14일 오후 2시 30분

장소: 리쾅의 집 마당

참석자: 리쾅과 나

환경 및 설명: 50만 위안은 누가 뭐래도 적지 않은 액수다. 한 작가가 2~3년, 혹은 8~10년의 시간을 들여 장편소설을 한 편 쓴다면, 아무리 『홍루몽紅樓夢』처럼 두꺼운 작품이라 해도 원고료로 50만 위안을 번다는 것은 상당히 어려운 일이다. 내가 50만 위안을 얘기했을 때 구창웨이 감독이 정말로 50만 위안을 덜컥 내놓으리라는 것을 진즉에 알았다면 애당초 60만이나 70만 위안을 불러야 했을 것이다. 하지만 성격 탓에 나는 감히 처음부터 60만이나 70만 위안을 요구하지 못했다. 솔직히 말해서 우리는 둘 다 기본적인 한계를 설정하고 있는 사람들이었다. 요구해야 할 것만 요구하고 요구하지 못하는 것은 도덕 바깥의 일이었다. 사람은 명예와 신의를 중시하고 개는 주인에 대한 충성을 중시하는 법이

다. 그는 아주 시원하게 내게 50만 위안을 주었고, 나는 하는 수 없이 달리는 말에 채찍질을 하듯이 고속열차를 타고 집으로 돌아가 그를 위해 일을 했다. 나 자신을 위해 일을 했다. 신앙 혹은 직책으로 말하자면 나는 가장 먼저 전장이나 재난 현장에 도착해 취재하고 인터뷰하는 기자나 작가들을 존경하고 신뢰해왔다.

알렉시예비치는 대단한 인물이었다.

풀리처상을 탄 사람들 모두 대단한 인물들이었다.

나도 대단한 인물이다. 구창웨이에게서 50만 위안을 받고 목표를 결정하여 집으로 돌아왔다. 14일 아침 8시 반에 고속열차를 타고 베이징역을 떠나 뤄양 룽먼龍門역으로 갔다. 50만 위안이 있었던 덕분에 나는 망설임 없이 비즈니스석 열차표를 샀다. 운행 시간은 대략 세 시간 반이었다. 정오 12시에 출발하여 뤄양에 도착한 다음(30년에 걸친 개혁·개방 결과 웬만한 곳은 전부 고속열차가 운행되었다) 오후 1시에 내 고향인 가오톈진 가오톈촌에 도착할 수 있었다. 물론 가장 먼저 집으로 가서 연로하신 어머니를 뵈었다. 어머니는 마을에서 줄곧 마을 친척·친지들로부터 내가 고향에 가져다준 영광으로 인한 따스한 눈빛과 인사를 누리고 있었다. 2시 20분에 나는 집에서 어머니가 나를 위해 직접 만들어주신 비빔국수를 먹고 2시 30분에 리좡의 집을 찾아갔다.

그 집은 마을 서쪽에서 북쪽으로 치우친 곳에 위치한 낡은 집이었다. 10여 년 전에 붉은 벽돌로 지은 단층 건물로 이미 많이 낡고 부서진 곳이 많았다. 집을 다 지은 다음에 시멘트로 담장을 올릴 날을 하염없이 기다리다가 늦게 담장을 올려서 그런지 더 낡고 허름해 보였다. 무너진 담장 구석이 일찌감치 빠져버린 치아 같았다. 이미 여든이 넘은 고령의 리창 어머니는 나를 보자 다른 고향 사람들과 다르지 않은 친절함과 놀라움을 보였다(나의 방문이 그 집안에 큰 빛을 가져다주기라도 하는 것일까?). 차를 내오고 물을 따라주고 등받이 없는 의자를 내주었다. 그리고 땅콩도 그릇에 담아 마당 한가운데 있는 작은 탁자 위에 놓아주었다.

리창(정말로 너무 일찍 늙은 중년이 되어 있었다)은 이제 갓 반백을 넘긴 터였지만 얼핏 보기에는 예순이 넘어 보였다. 주름 많은 네모난 얼굴 위에 아주 두껍게 내려앉은 시든 나뭇잎 빛깔을 관통해야 비로소 피부 속 깊은 곳에 있는 속살의 붉은빛을 느낄 수 있었다. 하지만 경계심 많은 두 눈, 아주 긴 시간이 지나 한 번 깜빡이는 두 눈에 담긴 열정과 정력은 확실히 덮거나 감추기 어려웠다. 치아는 전부 누런 진흙빛이라 그의 피부와 상당한 조화와 일치를 이루고 있었다. 1미터 70이 넘는 큰 키에 다소 야위긴 했지만 몸 안에 억제할 수 없는 힘이 감춰져 있었다. 나와 악수(그래도 악수는 했다)를 할 때, 그의 손에 박인 굳은살이 비단에 걸리기라도 한 것처럼 내 손바닥에 걸렸다. 그는 베이징대학교 매점에서 산 '베이징대학北京大學'이라는 네 글자가 인쇄된 목이 둥근 러닝셔츠와 우리 마을에서는 거의 입지 않는 앞뒤로 주머니가 여섯 개(커다란 주머니 위에 또 작은 주머니가 달려 있었다) 달린 회색 유니폼 바지를 입고 있었다. 패션 스타일이 꼭 민국 시기에 의치를 한 사람들이 반드시 순금 앞니를 박아 넣었던 것처럼 구태의연했다. 나를 보자 그는 먼저 어리둥절한 표정을 짓다가 나중에야 입을 열어 말을 걸었다.

"롄커, 자네가 나와 이렇게 가까웠나!"

나는 집 앞에 있는 작은 가게에서 산 싼위안三元 우유와 캉스푸康師傅 라면을 그에게 건넸다(이는 우리 고향에서 사람들을 만날 때 가장 자주 선물하는 아주 실속 있는 물건이었다). 그가 물건을 받으면서 또 말했다.

"이렇게 돈을 쓸 일이 뭐가 있나!"

그러고는 재차 인사를 건네며 반갑게 응대해주었다. 우리가 그의 집 마당 안에 자리를 잡고 앉자 암탉 두 마리가 다가왔다. 그는 껍질을 벗긴 땅콩 두 알을 닭에게 주고는 밖으로 나가는 여든 넘은 노모를 배웅했다.

나는 옆을 지나가는 노인의 뒷모습을 보면서 알 수 없는 인생에 대한 감개무량함이 샘솟았다(삼십몇 년 전에 아들의 강간죄 때문에 노심초사하다가 결과적으로 오히려 좋은 며느리를 맞게 된 노인은 요 몇 년 사이에 자신의 배우자마저 저세상으로 보냈다. 그녀에게 절대적으로 고분고분하고 근면하고 어질었던 며느리 먀오쥐안 역시 3년 전에 그녀 곁을 떠나는 동시에 이 집을 떠나 그의 아들을 홀아비로 만들었다). 문을 나서면서 그녀는 마당의 안쪽 대문을 단단히 닫아걸면서 그녀의 인생과 나의 사유를 잘라버렸다. 그렇게 나와 자신의 아들(그리고 닭 두 마리)을 또 다른 인생 안에 가둬버렸다.

이날 리좡의 인터뷰는 이처럼 의외로 순조롭게 진행되었다. 어쩌면 전혀 순조롭지 않은 상황이었는지도 모른다.

리좡:

"나는 자네가 무엇 때문에 베이징에서 여기까지 날 찾아왔는지 잘 아네."

리쾅이 입을 열어 가장 먼저 던진 한마디였다. 탁한 목소리는 높지도 낮지도 않았지만 어조는 그가 공사장에서 나르던 벽돌처럼 모나고 각이 져 있었다. 그리고 무척 강경했다. 무더기로 쌓여 있으면서도 여전히 하나하나 가지런하고 여백이 있는 그런 어투였다.

"나는 자네가 나를 취재하고 싶어 한다는 것도 알지. 자네는 나와 베이징대학의 리징 아가씨의 그 일에 대해 쓰고 싶은 것이겠지. 자네는 리징의 일을 글로 써서 큰돈을 벌고 싶은 건가?

자네는 말이야, 렌커 아우, 내가 자네보다 한 살이 위니까 당연히 날 형으로 불러야 할 걸세. 그런데 자네는 자신이 작가라는 이유로 말이야, 명예와 위신이 있어서 그런지 매년 이 마을에 돌아와 나와 마주칠 때마다 한 번도 나를 형이라고 부른 적이 없었네. 자네도 다른 사람들처럼 나를 깔보는 건가? 큰길가에서 나를 봤을 때도 그랬네. 곰곰이 잘 생각해보게. 지난 몇십 년 동안 자네는 단 한 번도 나를 형이라 부른 적이 없었어. 몇십 년 동안 직접 내 이름을 불렀지. 이런 사실을 자네도 알고 있었나? 이런 문제에 대해선 한 번도 생각해보지 않은 모양이군? 그건 말일세, 아마 자네가 이미 과거의 그 가오톈진 가오톈촌의 옌렌커가 아니기 때문일 걸세. 어렸을 때는 자네랑 내가 함께 소를 먹이러 다니기도 했었지. 어느 일요일인가 뒷산 산비탈에서 자네가 소를 잃어버렸을 때, 내가 몇 리를 쫓아가 자네 소를 찾아왔었지. 또한 자네 대신 풀을 한 광주리 가득 베어다 준 적도 있었고 말이야. 이런 일들을 자네는 다 잊었겠지?

이제 자네는 이렇게 훌륭해졌으니 당연히 기억하지 못할 걸세.

매년 설이 되면 현장과 서기가 모두 자네 집에 세배를 올리러 가긴 했지만 자네가 어떻게 어린 시절에 마을에서 있었던 일들을 기억할 수 있겠나. 닭똥을 치우고 채소를 심고, 소똥을 땔감으로 쓰던 시절의 일들을 말이야! 사람들 말로는 자네는 우리 현에서만 유명한 것이 아니라 성省 전체는 물론, 베이징에까지 상당한 명성을 날리고 있다고 하더군…… 정말 큰 인물이 되었어! 마을 사람들과 마을에서 일어났던 일들을 깡그리 무시할 정도로 훌륭한 사람이 된 것이지. 듣자 하니 자네가 쓴 글에는 우리 마을 사람들과 진 사람들의 좋은 점에 대해 서술한 것은 하나도 없고, 전부 우리 마을 사람들의 나쁜 점만 늘어놓았다더군. 자네가 우리 마을 사람들의 안 좋은 점들을 팔아 명성을 얻었다고 하더라고. 중국의 나쁜 점을 팔아서 명성을 얻었다는 말도 있고 말이야…… 정말 그런가? 이건 내가 한 말이 아닐세. 다른 사람들이 내게 한 말이지. 나는 그저 마을이나 현성에서 남들이 자네에 대해 이렇게 말하는 걸 들었을 뿐이네. 베이징에서도 자네에 대해 이렇게 말하는 사람들이 있더군.

한번은 자네가 베이징대학에서 강연을 했었지. 자네가 강연을 한다는 벽보(포스터)를 보고 곧장 옷을 갈아입고 신발도 새 것으로 갈아 신고 설을 쇨 때처럼 깨끗하고 단정한 차림을 하고서 사람들에 섞여 그 회의실에 들어갔었지. 맨 뒤쪽 벽 한구석에 앉아 자네의 강연을 한나절 동안이나 들었지만 도대체 자네가 무슨 말을 하는 건지 도무지 알아들을 수가 없었네. 대신 내 바로 앞에 앉아 있던 학생들이 자네에 대해 왈가왈부하는 소리를 들었지. 그 학생들 역시 자네가 전적으로 중국의 단점을 드러내는 것으로 명성을 얻었다고 하더군.

정말 그런 건가, 아우?

렌커, 오늘 자네가 여기 온 것도 이 리창 형의 단점을 까발리기 위한 게 아닌가? 만약 그렇다면 나는 더 해줄 수 있는 말이 없네. 자네는 자네의 그 확 트인 넓은 길을 가고 나는 내 외나무다리 길을 가는 걸세. 혹시 그게 아니라면, 우리 둘이 우리집에 잠깐 앉아서 얘기를 나눌 수 있겠지. 집안 얘기나 한가한 잡담을 나눌 수 있을 걸세. 하지만 자네는 내게 아주 솔직하게 말해줘야 하네. 자네가 나와 리징의 그 일을 글로 쓰기 위해 날 찾아온 건지 아닌지를 말일세.

참, 맞다! 이미 이십몇 년이 지난 일이 하나 있네. 내가 완전히 잊고 있다가 갑자기 또 생각이 났지. 생각이 났으니 자네에게 물어봐야겠네. 사람들이 그러는데 말이야, 나도 다른 사람한테 들은 얘긴데 말일세, 누가 말했는지는 잊어버려 기억이 나지 않네. 생각난다고 해도 자네에게 말해주진 않겠지만 말일세. 그 사람 말로는 이십몇 년 전에 자네는 아직 부대에서 붓대를 잡고 있었다고 하더군. 한데 지금은 자네가 인민대학에서 일하는 거 맞지? 교수로군! 정말 큰 인물이 됐어. 교수들 월급은 절대 적은 액수가 아닐 테니 말일세. 다시 이십몇 년 전의 얘기로 돌아가도록 하세. 이십몇 년 전에 말이야, 그 사람 말로는 자네가 나와 먀오쥐안 형수의 이야기를 글로 썼다고 하더군!

정말로 그랬었나?

정말 그런 일이 있었냐는 말일세?!

그 사람이 그러던데, 그러니까 그 글을 읽은 사람이 그러는데, 자네가 나를 강간범으로 묘사했다고 하더군. 내가 마을 밖에 있는 샘터에서 자네 형수인 먀오쥐안을 강간했다고 썼다는 거야. 내가 먀오쥐안을 강간하고 나서 감옥에 갈 것이 두려워 마을로 돌아올 엄두도 내지 못하고 마을 밖에 있는 누나네 집에 숨어 있다가 홍원신 선생을 찾아가서 일을 잘 좀 해결해달라고 부탁하여 간신히 무마되었다고 말이야. 또 자네의 글에서는 자네 형수 먀오쥐안이 내게 강간당하고 나서 집 안에서 죽네 사네 대성통곡을 했고, 그녀 집 식구들은 체면을 잃는 것은 물론, 평생 시집을 보내지 못하게 될까 두려워했다고 썼다고 하더군. 우리 집 식구들은 먀오씨네 식구들이 나를 고발해 감옥에 들어가게 될까 두려워했고 말이야. 그래서 결국 이 두 가지 두려움 사이에서 홍원신 선생이 우리 아버지와 장인어른을 한데 불러놓고 식사를 함께 하면서 상의한 끝에 내가 자네 형수를 아내로 맞이하는 걸로 결정했다고 썼다더군. 이리하여 모든 일이 커다란 경사가 되었고 나쁜 일이 좋은 일로 변했다고 말이야…… 정말 그랬나? 정말 그렇게 썼나? 자네가 그렇게 비도덕적이고 양심도 없는 사람일 리가 없지 않은가? 나와 자네 형수는 아주 어렸을 때부터 약혼을 한 상태였고 서로 아주 잘 지냈었네. 이는 마을 사람들 누구나 다 알고 있는 사실이라고! 렌커, 렌커 아우, 이 일에 관해서는 집에 돌아가서 자네 어머니한테 물어보게. 내가 결혼할 때 자네 어머니도 내가 아내를 맞는 일에 함께 나섰었으니까 말일세. 당시 나와 쥐안은 둘 다 나이가 다 찬 상태였네. 우리 둘이 마을 밖에서 몰래 만난 일을 가지고 강간이라고 할 수 있는 건가? 자네 형수가 집에 돌아가 몹시 울었던 것은 두통 때문이었는데 그걸 자네는 어떻게 내가 그녀를 강간했기 때문이라고 쓸 수 있는 건가? 이제 알겠나? 렌커 아우, 잘 생각해보게. 내가 자네 형수의 이름에 먹칠을 한 게 아니라 자네가 멋대로 이야기를 지어내 형수의 이름을 더럽힌 거란 말일세. 내 이름도 함께 더럽혔지. 결국 우리 집안 전체의 이름을 더럽힌 꼴이 되었네…… 이제 자네가 글을 써서 우리 집안의 이름에 먹칠을 한 것도 이미 이십몇 년 전의 일이 되고 말았네. 내가 화를 내려 해도 화가 나지 않으니 말일세. 어쨌든 지금 우리는 형과 아우의 관계로 함께 앉아 있지 않은가! 자네는 몇십 년 만에 처음 자발적으로 우리 집에 찾아온 데다 우리 어머니를 위해 쏸위안 우유와 캉스푸 라면도 가져왔네. 이 우유와 라면 때문에라도 나는 아무 말도 하지 않겠네. 자네가 정말 그런 이야기를 글로 쓴 적이 있었는지만 말해주지 않겠나?

그 글에서 자네가 정말로 내가 강간을 했다고 썼던 건가?

사실대로 말해주게, 아우, 자네 형인 내게 제발 사실대로 말해주게. 설사 자네가 정말로 그렇게 썼다 하더라도 어차피 우리 마을에는 자네가 쓴 이야기나 글을 읽을 수 있는 사람이 하나도 없네. 우리 마을 사람들은 전부 『황제의 딸還珠格格』이나

『백사전白蛇傳』『사조영웅전射雕英雄傳』 같은 소설을 읽지. 자네가 쓴 어떤 글도 대단하게 여기는 사람이 없고, 그걸 읽는 사람은 더더욱 찾아볼 수 없지. 까치가 문 앞에 있는 나무 위에서 지저귀는 것과 다르지 않네. 듣기에는 까마귀의 울음소리와 다른데다 그 안에는 희소식을 알리는 울음소리가 섞여 있지. 하지만 사실은 말일세, 자네도 잘 생각해보게. 사실은 까마귀나 까치나 다 같은 부류일 뿐이네. 염병할, 둘 다 새가 아니냔 말일세! 둘 다 과일이나 양식을 훔쳐 먹는 새가 아니냔 말일세! 그래서 말인데, 나는 자네가 쓴 개똥 같은 글에서 내가 강간을 했다고 하든, 하지 않았다고 하든 별로 신경 쓰지 않네. 게다가 자네 형수 쥐안이 죽은 지 이미 3년이나 되었으니 자네 형수가 관심을 갖고 싶어도 그럴 수 없을 테고 말이야. 하지만 자네는 내게 사실대로 말해줘야 하네. 정말로 그 글, 그 이야기를 썼던 건가? 내게는 아이가 하나 있기 때문에 이러는 걸세. 내 아이, 그러니까 자네 조카 리서가 올해 또 대입 시험을 봤다네. 방금 시험이 끝났지. 대학에 합격하면 녀석은 평생 외지에 나가 살게 될 걸세. 마음껏 바깥세상을 떠돌면서 살게 될 거란 말일세. 그런 녀석이 그 글, 그 이야기를 읽는다면 어떻게 되겠는가? 녀석 주변에 있는 사람들이 자네가 엉터리로 지어낸 이야기를 읽고 또 그걸 사실로 여기게 된다면 어떻게 하냔 말일세?! 자네는 돈을 벌기 위해, 자네들이 말하는 원고료 혹은 윤문료를 벌기 위해, 돈과 명성을 얻기 위해 그러는 거라고 하겠지만, 그럼 다른 사람들은 어떻게 살라는 건가? 자네 조카인 리서는 앞으로 어떻게 공부를 하고 어떻게 이 세상을 살아가란 말인가?

그래서 하는 말일세. 렌커, 제발 내게 사실대로 말해주게. 자네가 정말 나와 자네 형수의 일을 글로 썼나? 우리를 좋은 사람으로 썼나, 아니면 나쁜 사람으로 썼나? 우선 그 일부터 얘기하고 나서 오늘 자네가 찾아온 목적에 대해 얘기하기로 하세.

말해주게. 자네가 쓴 그 글의 제목이 뭔가? 어디에 가서 찾고 살 수 있는 건가? 자네 조카에게 사서 읽어보고 내게도 한 번 읽어달라고 할 생각이네. 말해보게. 자네가 그 글을 써서 얼마를 벌었는지 말일세. 말해보라고. 도대체 얼마를 벌 수 있었기에 자네가 같은 고향 마을 사람들의 오랜 정리를 저버리고 세상의 모든 똥바가지를 고향 사람들 머리 위에 쏟아부었는지를 말해보란 말일세. 왜 그런 똥바가지를 자네 형수 쥐안의 머리 위에 쏟아붓고 죽어서도 오명을 짊어지게 하는지를 말일세. 왜 자네 조카 리서가 그렇게 젊은 시절부터 평생 그런 오명을 뒤집어쓰고 살아야 하는지 말해보란 말일세.

말해보게 아우, 도대체 얼마를 번 건가? 그 글의 제목이 뭔가?…… 오늘 나만 줄곧 얘기하고 자네는 날 찾아와놓고도 말 한 마디 하지 않았네. 이제는 자네가 말할 차례일세. 어서 말해보게. 이제부터는 자네가 얘기하고 나는 듣기만 하겠네.

어서 말해보게. 자네가 말을 하고 나는 듣도록 하겠네. 먼저 그 일에 관해 말해보게. 자네가 말을 다 하면 내가 다시 자네에게 베이징에서 있었던 리징과의 일에 관해 얘기해주겠네. 그건 아주 기막힌 이야기지. 썼다 하면 틀림없이 아주 좋은 글이 될걸세. 좋은 이야기지! 책으로 펴내면 돈도 많이 벌 수 있을 걸세. 하지만 자네가 먼저 그 글에서 내가 자네 형수를 강간했다고 꾸며낸 이야기부터 해야 하네.

　말해보게. 이제 자네가 말할 차례라고. 해가 이미 서쪽으로 기울어 살짝 당기기만 해도 쿵 하고 떨어져버릴 것 같지 않은가? 이제 자네가 말할 차례라고. 어서 말해보게!"

　……

2. 홍원신

　시간: 6월 14일 밤 8시 10분 전후

　장소: 홍원신의 집 실내

　참석자: 나, 홍원신 노인, 그의 아내와 큰아들

　환경 및 설명: 홍씨네 안채는 새로 지은 이층집으로 거실이 크고 환했다. 눈처럼 하얀 벽 왼쪽에는 여덟 신선이 바다를 건너는 커다란 채색 그림이 걸려 있고, 오른쪽에는 유리 액자와 상장들이 가득 걸려 있었다. 유리 액자 안에는 가족사진과 손자, 손녀의 천진난만하고 순박한 컬러사진들이 들어 있었다. 각종 상장은 손자, 손녀들이 받은 성적표와 각종 희소식의 통지문, 상장 같은 것들이었다. 정방正房 벽에는 마오쩌둥과 덩샤오핑, 시진핑 등 세 지도자의 거대한 초상화가 걸려 있었다. 초상화 바로 밑에는 홍씨 집안 조상들의 위패와 영정이 걸려 있었다. 그 가운데 맨 가장자리에 배치된 새 영정의 주인공이 바로 홍원신의 아내였다. 세상을 떠난 지 이제 겨우 석 달이 된 터였다. 그의 집 문설주에는 아

직 흰색 대련이 붙어 있었다.

그의 큰아들은 30년 전 당시에 마을 어귀에 있는 샘물가에서 리쾅이 먀오쥐안을 강간하는 현장을 가장 먼저 발견한 사람이었다. 당시에는 다소 지능이 낮았지만 지금은 그런 증상이나 흔적이 전혀 보이지 않았다. 그의 실제 나이는 리쾅보다 몇 살이나 위였지만 그보다 훨씬 더 어려 보여 이제 막 중년에 접어드는 것 같았다. 내가 자기 아버지 훙원신 노인과 얘기를 나누는 것을 보면서 그는 이웃집에서 맡기고 간 한 사내아이를 품에 안은 채 시종 아무 말도 하지 않고 미소를 짓고 있었다. 그러면서 끊임없이 몸을 일으켜 나와 그의 아버지 앞에 놓인 잔에 물을 채워주었다.

홍원신 노인:

"렌커 조카, 이렇게 우리 집을 찾아와줘서 정말 고맙네. 차 좀 들게. 차에다 백설탕을 한 숟가락 타는 게 어떻겠나? 우리 집은 모든 게 현대적이라네. 손님을 대접할 때 차만 우려내지 않고 백설탕도 탄다네. 하지만 나도 알지. 자네 같은 외지 사람들은 모두 당뇨병을 걱정하기 때문에 되도록 설탕을 먹지 않는다는 걸 말일세. 자, 어서 들게. 녹차야. 올해 수확한 차니까 해차인 셈이지. 자네가 매년 고향에 올 때마다 우리 집에 빠지지 않고 들르는 데다 빈손으로 오지 않고 항상 뭘 가져다주니 정말 고맙네……

리쾅 집안의 일이라, 내가 생각을 좀 해볼 테니 서두르지 말고 조금만 기다려주게. 그 애 아버지가 살아 있었다면 좋았을 텐데…… 리쾅은 효심이 깊은 데다 아버지를 무척 무서워했지.

자네가 리챵에게 뭔가 물으면 제대로 대답하려 하지 않을지도 모르겠지만 그 애 아버지가 얘기하라고 하면 낱낱이 다 말해줄 걸세. 그런데 이미 세상을 떴지. 죽을 때 나이가 예순다섯이었다네. 아주 독한 불치병으로 갔어. 리챵은 아버지 병 치료를 하느라 집을 짓던 것도 중도에 그만뒀다네. 자네도 그 애 집을 봤지? 원래는 이층집을 지으려고 했었는데 한창 짓고 있던 차에 아버지가 난치병이라는 검사 결과가 나왔다네. 폐암이었지. 폐암이란 사실을 알자마자 리챵은 즉시 집 짓는 일을 중지하고 아버지를 돌보기 시작했네. 십몇만 위안을 썼지. 지금도 주변의 친인척들에게 엄청난 돈을 갚고 있다네. 하지만 사람은 죽고 집도 올리지 못했지. 사람과 재물을 다 잃고 나니 사람들은 닭도 날아가고 달걀도 깨져버렸다고들 안타까워했지…… 무슨 말을 더 하겠나! 도덕을 논하겠나, 아니면 인효仁孝를 따지겠나? 사람과 재물을 다 잃긴 했지만 리챵의 효심이 온 천지에 두루 알려졌네. 리챵이 외지에 나가 괴벽스럽고 우악스러운 모습을 보인다고 탓하지 말게. 자기 가족들에게는 더없이 잘했으니까 말일세. 사람들은 그 점에 대해서는 얘기를 안 하더군. 아버지가 세상을 떠난 데 이어 아내도 병에 걸리고 말았네. 무슨 병인지 제대로 아는 사람이 없었어. 현 병원에서 검사를 했지만 아무것도 안 나왔어. 뤄양의 인민병원에서도 병명이나 원인을 찾아내지 못했네. 그의 아내 쥐안은 태어나서 성장하는 것은 물론, 리챵에게 시집가는 것까지 내가 줄곧 다 지켜보았네. 그 애는 평생 병약하고 비실비실해서 편하게 살지 못했지. 어쩌면 리챵이 전생에 먀오씨 집안에 큰 빚을 져서 이번 생에 다

갚아야 했던 건지도 몰라! 그러게 누가 젊었을 때 마을 어귀에 있는 그 샘터에서 쥐안을 건드리라고 했나? 그때 일로 평생 전생의 빚을 갚아야 했던 거지! 하늘에도 눈이 달렸으니까 말일세. 하늘은 매일 눈을 커다랗게 뜨고 사람들이 무엇을 하는지, 누가 누구에게 빚을 졌고 누가 누구에게 갚는지를 세심히 지켜보고 있다네. 이제는 세상 사정이 바뀌었기 때문에 양심의 빚은 안 갚아도 된다는 생각은 행여 하지 말게. 그건 하늘이 허락지 않을 테니까 말일세! 하늘은 매일 눈을 크게 뜨고 인간 세상을 내려다보고 있네. 사람이 무슨 짓을 하는지 다 내려다보고 있단 말일세. 이건 선인들이 하신 말씀일세. 선인들의 말씀이 틀린 적이 있었나? 리챵은 효자였고 결혼한 뒤에는 좋은 남편이었어. 하지만 리챵이 젊었을 때 먀오씨네 딸을 건드리지 않았다고 우긴다면 나한테 와서 얘기하라고 하게.

감히 나한테는 한 번도 그렇게 말한 적이 없다네.

그 애의 약점은 내 손에 쥐어져 있지. 녀석은 매일 나를 볼 때마다 빙긋이 미소를 짓는다네. 멀리서 봐도 날 홍 선생님 혹은 홍씨 아저씨라고 부르지. 젊었을 때는 어쩌다 나를 봤다 하면 부끄러워 얼른 고개를 숙이고서 길을 에돌아갔다네. 돌아가지 못할 때는 낮은 소리로 이렇게 말했지. '홍 선생님, 저는 사람도 아니에요. 하지만 선생님께서 저를 사람이 되게 해주셨지요.' 내가 자신의 은인이라고 말하고 싶은 거지. 하지만 시간이 지나서도 어떻게 매일 은인처럼 대할 수 있겠나. 나도 늙었네. 그 애도 결혼을 해서 가정을 이루었지. 다만 그 애 아내가 매번 임신을 할 때마다 유산을 했다네. 임신만 하면 유산을 했지.

결혼한 지 십몇 년이 지나도 아이가 생기질 않았어. 그러다가 첫번째 아이가 태어나자 이름을 리서라고 지었네. 하지만 그 아이도 세 살이 되기 전에 병으로 죽고 말았다네. 나중에 리챵은 그 아이를 기념하기 위해 아이가 생길 때마다 이름을 전부 리서라고 지었네. 아이가 태어나 숨을 쉬지 않아도 이름을 리서라고 지었네. 그러다가 지금의 리서가 태어났지. 한번 세어봐야겠네. 지금의 리서는 아마 넷째 아니면 다섯째 리서일 걸세. 이건 하늘이 리챵에게 벌을 내린 것인지도 몰라. 벌을 받아도 싸지. 누가 녀석에게 나이 어린 여자애한테 그런 몹쓸 짓을 하라고 했나. 하지만 하늘도 눈을 뜨고 있으니 마침내 그 집에 살아 있는 리서를 내려준 거지. 게다가 그 애는 인성도 좋고 성적도 아주 좋아. 비록 몇 년째 대학에 못 들어가고 있긴 하지만 넘치는 기개로 계속 시험을 보고 있지. 나는 그 애가 언젠가는 대학교에 들어가게 될 거라고 믿네. 그 애를 내가 가르쳤더라면 진즉에 붙었을지도 모르지. 하지만 그 애가 학교에 들어가기 전에 나는 일찌감치 아이들 가르치는 일을 그만 뒀다네. 모든 게 다 하늘이 정한 바에 따르는 거지. 방법이 없었네…… 아직도 리챵에 관해 얘기하고 있군. 사실 한나절이나 리챵에 관한 얘기를 하고 있긴 하지만 말이야. 전부 그 집안 이야기로군. 언젠가 렌커 조카 자네가 리챵에 관해 글을 쓰게 되는 날이 온다면, 절대로 그 애를 나쁜 사람으로 쓰지 않도록 하게. 그 애에게는 다른 사람에게서 찾아볼 수 없는 선량한 면이 아주 많거든…… 예컨대…… 예컨대…… 그 애 아버지는 살아 있을 때 양을 쳤지. 설을 쇨 때 리챵이 양을 한 마리 죽였네. 양을 죽일 때 양이 리챵을 쳐다보면서 눈물을 흘렸어……
그때부터 리챵은 다시는 양을 죽이지 않았네. 그해 설을 쇨 때
도 그 애는 양고기를 입에 대지 않았지…… 그런데 말이야, 리
챵 그 녀석은 참 이상한 점도 많아. 올바른 기질과 사악한 성
격을 동시에 지니고 있지. 녀석은 다시는 자기 집 양을 죽이지
않았지만 남의 집 양을 죽였네. 녀석 아버지가 계속 양을 쳤는
데도 말일세. 매년 설을 쇨 때면 그 애는 자기 집 양을 다른 집
에 보내 잡게 하고 다른 집 양을 자기 집으로 끌고 와 죽였다
네. 서로 맞바꿔 죽인 셈이지. 맞바꿔서 죽인다 해도 죽이는 건
마찬가지인데 말일세. 어쨌든 자신이 키운 양을 죽이는 것보다
는 훨씬 낫겠지. 예컨대……

예컨대…… 나한테 정말로 구체적인 걸 물어보니 뭐라고 대
답해야 할지 몰라 말문이 막히는구먼. 아무튼 리챵은 좋은 아
이일세. 괴팍하고 이상한 면이 조금 있는 것뿐일세…… 하지만
그럼에도 녀석은 참 좋은 아이야! 사실 우리 마을은 전부 좋은
사람들뿐일세. 온 세상 사람들이 다 좋은 사람들이지. 예컨대
집집마다 부유하고 풍요롭게 살면서 먹고 입을 것을 걱정하지
않는 공산주의 사회 같다면 누가 나쁜 짓을 하고 죄를 짓겠나!
감옥보다 집이 따스하고 편안하다는 걸 누가 모르겠어! 그래
서 세상에는 온통 좋은 사람들만 있다는 말일세. 나쁜 사람이
있다면 그건 우리가 그 나쁜 사람이 왜 나쁜 짓을 한 건지 모
르는 것뿐이네. 우리는 나쁜 사람이 어떤 일을 겪었고, 어떻게
나쁜 사람이 되었는지 알 수 없단 말일세. 사람은 맨 처음에는
원래 선한 품성을 갖고 태어나는 법일세. 인성은 원래 선한 거

란 말일세. 이는 조상들과 하늘이 우리에게 분명하게 가르쳐준 사실이지…… 왜 그러나? 리촹이 또 밖에서 무슨 일을 저지르기라도 했나?

무슨 일을 벌인 게 아니라면 자네가 베이징에서 여기까지 그 애를 인터뷰하러 왔겠나?

녀석이 또 무슨 짓을 저지른 게 분명해!

하지만 아무리 생각해도 무슨 대단한 일은 아닐 것 같네. 큰일이었다면 쫓아온 사람이 자네 렌커가 아니라 틀림없이 공안이나 경찰, 파출소 사람이었겠지……

아무래도 뭔가 희한한 일일 것 같군. 그렇지? 자네처럼 글을 쓰거나 이야기를 지어내는 사람들은 희한한 일이나 이상한 일에 제일 관심이 많을 테니까 말이야. 리촹이 베이징에서 아주 희한하고 이상한 일을 저지른 게 분명해. 녀석이 말하지 않으면 내가 녀석에게 말하라고 하겠네. 렌커 조카, 내 말대로 하게. 호방하게 녀석에게 돈을 좀 찔러주게. 녀석에게 자신의 그 희한하고 이상한 이야기를 자네에게 팔라고 하는 거야. 돈을 주는데 녀석이 말하지 못할 게 뭐가 있겠나? 50위안으로 안 되면 백 위안을 주고, 백 위안으로도 안 되면 2백 위안을 주게. 거기 앉아서 이야기 좀 하고 한담을 나누면서 자기가 겪었던 일을 말하게 하면 될 걸세. 2백 위안이나 3백 위안을 주는데 못 할 말이 뭐가 있겠나? 누가 말을 안 하겠냔 말일세. 살인이나 방화, 도둑질, 강간 같은 안 좋은 비밀은 말할 수 없겠지만 그런 것들 말고는 자네가 돈을 준다는데 왜 말을 안 하겠나? 자네한테 하지 못할 말이 뭐가 있냔 말일세. 자네가 명성을 얻는 것이 마을 사람들에게도 이익이 되는데 말일세. 사람들 말로는 자네가 평생 글을 써왔고, 글의 내용이 전부 우리 마을에 관한 일이라고 하던데, 기왕에 그렇다면 마을 사람에게 돈을 좀 쓰도록 하게. 이건 거래가 아니라 예의일세. 은혜를 알면 보답하는 것이 우리 중국인들의 미덕 아니겠나. 물 한 방울의 은혜도 넘치는 샘물로 보답하는 게 상식이지. 렝커 조카, 내가 자네라면 벌어들인 원고료의 절반을 뚝 떼어 마을에 초등학교를 하나 세우거나 기금회를 설립하여 마을의 일흔 넘은 노인들을 위해 경로당을 만들겠네…… 내 말만 들으면 절대로 잘못되는 일이 없을 걸세. 나는 평생, 아니 반평생을 사람들을 가르치면서 살아오지 않았나! 내가 반평생 다리를 건넌 거리가 다른 사람들이 평생 걸어간 길보다 더 길 걸세. 경험이 내게 알려준 바에 의하면 돈을 아끼지만 않는다면 이루지 못할 일은 없다네. 광고에도 '아낌없이'*라는 말이 있지 않나? 그 술 광고 말일세. 나는 그 단어가 현대인들이 하는 말 가운데 유일하게 선인들이 한 말보다 멋진 말이라고 생각하네. 자네가 돈을 아까워하지만 않는다면 리창도 아까워서 못 하는 말이 없을 걸세. 백 위안이 안 되면 2백 위안을 주고, 2백 위안이 안 되면 3백 위안을 주게. 3백 위안으로도 안 된다면 5백 위안을 주게! 말을 하는 것만으로 5백 위안을 벌 수 있는데 그 애가 무슨 말을 못 하겠나! 베이징과 광저우, 선전深圳에서 벽돌을 나르고 시멘트를 옮기느라 죽도록 힘들었던 그 애가 하루도 안 되는 시간

---

* 서더舍得: 중국의 고급 백주白酒 이름.

에 몇백 위안을 벌게 되는데 말일세……

맞아, 그 애한테 5백 위안을 주게! 자네처럼 글을 쓰는 사람들은…… 그러니까…… 생활을 중시한다고 하더군. 글이란 것이 생활에 의지하는 것이라면 생활에게 5백 위안을 주는 셈 치고 리창 그 애에게 5백 위안을 주게. 녀석에게 5백 위안을 주면 아마 자네는 천 위안을 벌게 될 걸세. 어쩌면 2천 위안을 벌 수 있을지도 모르지. 결국 돈을 버는 사람은 자네가 될 걸세. 이름[名]도 얻고 이익[利]도 얻는 거지. 명리를 동시에 얻는 일인데 어째서 적극적인 태도를 보이지 않는 건가? 녀석에게 5백 위안을 주게. 5백 위안을 주면 리창 그 녀석도 자네가 듣고자 하는 얘기를 다 털어놓을 걸세. 리창 그 녀석이 자네에게 자기 이야기를 털어놓지 않을 수도 있다는 걸 나는 믿지 못하겠네……”

……

“그냥 가려고? 좀더 앉아 있다 가지 그러나?”

……

“그럼 배웅은 하지 않겠네…… 조심해서 가게! 날이 어두우니 길을 조심하라고. 오늘 밤에는 하늘에 별도 없네…… 내 말대로 그 녀석에게 5백 위안을 주게! 5백 위안을 주면 자네에게 심장이라도 꺼내줄 걸세……”

3. 리쫭

시간: 6월 15일 오전 9시 10분

장소: 리쫭의 집 마당 안

참석자: 나와 리쫭, 그의 노모

환경 및 설명: 흐린 날이었지만 견디기 힘들 정도로 그렇게 흐리고 비가 오는 날씨는 아니었다. 그저 안개와 미세먼지가 가득하고 공기 중에 뭔가 타는 듯한 냄새가 약간 떠돌 뿐이었다. 당시 베이징의 미세먼지는 모든 사람이 마스크를 쓰고 다녀야 할 정도로 심각했다. 거리의 오염된 공기 속에서 하얀 마스크들이 떠다녔다. 허공에서 무수한 반원형 유령들이 움직이는 것 같았다. 하지만 우리 고향 사람들은 세상이 안 좋게 변해 맑은 날이 갈수록 줄어들고 있다는 사실만 알 뿐, 미세먼지가 뭔지 아는 사람은 하나도 없었다.

내가 말했다.

"중국의 절반이 미세먼지로 뒤덮여 있고 공기 중에 어떤 독소 물질이 함유되어 있는지 몰라요."

"독소가 있어야 좋지."

마을 사람들이 말했다.

"공기 중에 독소가 섞여 있는 게 얼마나 좋아. 죽어도 다 같이 죽고 살아도 다 같이 살게 되잖아."

나는 아예 입을 다물어버렸다. 6월 초여름에 우리 옛집이 왜 미세먼지로 뒤덮여 있는지 따져 묻기도 편치 않았다. 그냥 그렇게 리쫭과 함께 미세먼지 속에 앉아 있었다(어차피 집 안과 밖이 다르지 않았다. 리챵네 집뿐만 아니라 마을의 모든 집들이 문과 창문을 꼭꼭 처닫고 있는 것이 못마땅할 뿐이었다. 집집마다 낮에는 문을 닫지 않는 것이 마을의 풍속이었다). 그래서 우리는 집 밖 마당에 앉아 있었다.

리챵의 어머니는 부엌에서 솥과 그릇을 씻고 닦아 정리하고 있었다. 달그락 소리가 아득히 멀어졌던 친근함과 민간 음악을 소환시켰다. 문밖에서는 사람들이 지나가는 소리가 끊이지 않았다. 하나같이 나를 향해 고개를 돌려 인사를 건네거나 알은체를 했다. 내가 대문을 닫자고 했더니 리챵은 우리가 도둑질하는 것도 아닌데 문을 닫을 필요가 뭐가 있느냐면서 거부했다. 잠시 후 그는 내가 그의 앞에 있는 탁자에 내려놓은 두툼한 편지 봉투를 열어보았다.

"5천 위안은 너무 많아."

그가 다시 한번 아주 정중하게 말했다. 자신이 그 봉투 안에 든 5천 위안을 챙기면 천박한 인품과 탐욕을 그대로 다 드러내는 꼴이 되기라도 하는 것 같았다. 약간 사기꾼 같고 남몰래 우물에 돌을 던진 혐의를 갖게 되기라도 하는 것 같았다.

"3천 위안은 도로 가져가게. 난 2천 위안이면 충분하네."

이렇게 말하면서 그는 돈이 든 편지 봉투를 집어 2천 위안을 뺀 3천 위안을 내게 돌려주었다.

나는 봉투를 손에 든 그의 팔을 허공에서 붙잡았다.

"리챵 형, 내가 형보다 많이 벌잖아요. 게다가 형에게는 쥐안 형수의 일도 있었고. 내가 그 일을 글로 쓴 적이 있는데 확실히 이것보다 많은 돈을 벌었어요."

그가 멍한 눈으로 나를 쳐다보았다.

"미안해요. 이걸로 내가 쥐안 형수에게 미안한 마음을 전하는 셈 쳐요."

그가 팔을 허공에서 거두었다. 잠시 말이 없던 그는 직접 가서 대문을 닫고 돌아와 또다시 한참을 침묵하다가 담배를 한 개비 꺼내 불을 붙였다. 엉킨 실타래에서 실을 한 가닥 잡아당기듯이 얘기가 시작되었다.

리챵:

"어쨌든 간에 5천 위안은 너무 많아. 내가 외지에 나가 일을 할 때도 한 달에 5천 위안을 벌었던 적은 아주 드무네…… 자네의 진심이라니까 내가 양심을 가리고 자네가 주는 이 돈을 받겠네. 나도 완전히 공짜로 받는 건 아니겠지. 자네가 나를 인터뷰하고 싶다면 마음대로 질문하게. 알고 싶은 게 무엇이든 간에 전부 대답해주겠네. 자네가 5천 위안이나 되는 돈을 헛되이 낭비하게 하진 않겠네.

뭘 알고 싶은 건가? 나랑 리징의 일을 알고 싶은 건가? 그렇다면 내가 단도직입적으로 말해주지. 나는 핸드폰에서 누군가 나랑 리징의 일을 글로 쓴 것이 떠돌고 있다는 걸 알고 있네. 그 글의 내용은 전부 근거 없이 함부로 지껄인 것이더군! 자네도 생각해보게. 내가 어떻게 그럴 수 있겠나? 농민공인 데다 나이로 따지자면 리징의 아버지뻘이잖아. 내가 남의 집 귀한 딸인 리징을 찾아가 결혼을 요구할 수 있겠느냔 말일세.

사실은 절대로 그런 게 아닐세. 누가 그런 글을 썼는지 알게 되면 그자를 잡아다 주둥이를 찢어버리고 말겠네! 컴퓨터를 두드리는 그 손모가지도 잘라버리고 말겠어! 내 핸드폰에서는 그 글을 찾아볼 수가 없더군. 오래된 노키아 폰이거든(그는 주머니에서 이미 너무 닳아 칠이 벗겨진 노키아 핸드폰을 꺼내 내게 보여주었다). 우리 가오톈진에서 백 위안 주고 산 걸세. 하지만 공사판에서 일하는 젊은이들은 한 달에 빌어먹을 3천 위안밖에 못 벌면서 감히 6천 위안이나 하는 애플 핸드폰을 사가지고 들고 다니더군. 그들은 그 글을 다 읽었더라고. 게다가 공사장에서 일하는 사람들에게 읽어주기도 했지. 염병할, 십장도 듣고는 깔깔대면서 내 엉덩이를 한 대 걷어차더라고. '음흉한 두꺼비'라고 욕을 하면서 말이야. 나는 염병할, 정말로 벽돌을 하나 집어 들고 십장의 대갈통을 찍어버리고 싶었지!

하지만 어떻게 그럴 수 있겠나!

그의 머리를 찍었다가는 감옥에 들어가게 될 테니 말일세. 내가 감옥에 들어가면 우리 노모는 누가 먹여 살리겠나(그는 부엌 쪽을 기웃거렸다. 노인네는 마침 옥수수를 한 줌 집어 닭들을 먹이고 있었다)? 그리고 우리 아이 리서는 어떻게 한단 말인가?

십장을 어떻게 할 수 없으니 나로서는 그 글을 쓴 작자를 찾아내는 수밖에 없었지. 하지만 누가 그 글을 썼는지 아는 사람이 하나도 없더군. 알아내서 그자를 모함 죄로 고발한다고 해도 법원에서 누가 이런 일을 거들떠보기나 하겠나? 일개 농민공의 명예는 길거리에 버려진 해어진 신발이나 마찬가지인데 말일세. 아무나 맘대로 밟을 수 있는 게 농민공의 명예 아니겠

나. 운전기사들도 핸들을 돌려 피하지 않고 그냥 깔아뭉개고 지나갈 그런 존재가 바로 농민공의 명예라네. 명예가 더러워지고 나니 공사판의 모든 사람들이 나를 비웃더군. 그래서 버티다 못해 결국 베이징을 떠나 고향으로 돌아온 걸세.

사람이 지나가면 이름이 남고 나무가 지나가면 그림자가 남는 법이지. 내가 이런 이치를 모를 리 있겠나? 애당초 그렇게 된 일이 아니었네. 아내가 세상을 떠났고 아이도 함께 있지 않은 터에 과부를 하나 찾아서 자면 잤지, 베이징대학까지 가서 예쁜 학생을 찾을 리가 있겠나? 자네는 알고 있나? 베이징 근교에 전문적으로 농민공들에게 그 일을 해결해주는 과부들이 떠돌고 있다는 사실을 말일세…… 나도 들은 얘기이고 직접 가본 적은 없네. 정말로 가본 적이 없다고. 내 말뜻은 다급하면 그런 과부들을 찾아가볼 수는 있겠지만, 베이징대학 여학생의 몸을 어떻게 해볼 생각을 할 리는 없다는 말일세. 하물며 그 당사자가 예쁜 남방 출신 대학원생인 리징이라니! 나중에야 나는 그 아가씨가 항저우 사람이라는 걸 알게 되었네. 하늘에는 천당이 있고 땅에는 쑤저우蘇州와 항저우가 있다는 그 항저우 말일세. 내가 어떻게 리징 아가씨에게 마음을 둘 수 있단 말인가?!

이 일은 마이쯔 그 죽일 놈을 탓해야 하네. 혹시 마이쯔를 아나? 자네가 군에 입대하기 위해 집을 떠날 때만 해도 그놈은 태어나지도 않았지. 하지만 그놈 아비는 자네도 알 걸세. 마을 동쪽 목수 뤄羅 씨의 큰아들이 바로 그놈이니까 말일세. 뤄마이쯔라는 이 죽일 놈은 공부도 못해 일찌감치 학업을 때려치우고 일을 시작했지. 이곳저곳을 돌아다니면서 보고 들은 것이 많아지다 보니 뱃속에 안 좋은 생각만 가득하게 되었네. 그날, 내게 사건이 터지기 한 주 전에 공사장은 화로처럼 더웠네. 그날 우리 둘은 건물 위에서 벽돌과 시멘트를 나르고 있었지. 염병할, 나는 너무 멍청했네. 평생 막노동을 하면서 초보 노동자로 죽도록 힘든 일만 했으니까 말일세. 그때 리징 아가씨가 저 위쪽에서 걸어 내려왔네. 1년 남짓, 꼬박 1년이 넘도록 그녀는 매일 출근하면서 그 공사장 앞을 지나갔네. 나는 그녀가 웨이밍호 옆의 나무 그늘과 물을 좋아해서 매일 그곳을 지나가는 것이라고 생각했지. 오래 지나다니다 보니 사람들도 그녀를 기억하게 되었네. 게다가 항상 빨간 양산을 쓰고 다녔어. 흐린 날이나 어두운 밤이 지나고 해가 모습을 드러내는 것 같았네.

그날, 그녀가 웨이밍호 쪽에서 걸어와 또 공사장 앞의 좁은 길을 지나게 되었어. 마이쯔가 얼굴 가득 엉큼한 미소를 지으면서 말했지.

'리챵 형, 저 아래 걸어가는 저 아가씨 예쁘지 않아요?'

어쩌면 내 잘못일 거야. 그가 묻자마자 나는 그의 손가락이 가리키는 방향으로 밑을 내려다보았네. 마이쯔가 주먹으로 자신의 가슴을 치고 있더군.

'왜? 마음이 있나?'

내가 마이쯔에게 물었지.

마이쯔가 얼굴 가득 음흉한 미소를 지으면서 묻더군.

'형님에게 저 여자랑 자라고 하면 잘 수 있겠어요?'

나는 그의 가슴을 향해 주먹을 한 대 날렸네. 이 마이쯔란

놈은 웃음을 거두지 않더니 갑자기 내게 말하더군.

'염병할, 도시 아가씨들은 우리 농촌 사람들과는 자는 법도 다를 거예요. 제 말은 리챵 형님이 우리 농민들을 대신해서 저 여자랑 한번 잤으면 좋겠다는 거예요. 돈이 얼마나 들든지 전부 제가 내겠습니다.'

'저 여자가 나랑 잘 생각은 있대?'

내가 물었지.

'자네는 정말 그 짓을 안 해봤나?'

그가 또 말했네.

'저 여자랑 만날 약속만 해줘도 돼요. 함께 밥 한번 먹는 거죠. 밥값은 전부 제가 내겠습니다. 그리고 별도로 형님에게 천 위안을 드릴게요.'

나는 아무 말도 하지 않고 마이쯔를 물끄러미 쳐다보기만 했네. 그가 농담을 하는 거라고 생각했지. 하지만 그의 얼굴에 드러난 진지하고 엄숙한 표정은 성벽처럼 두텁고 성문처럼 장엄했네. 나는 아무 말도 하지 않았지. 아무 말도 하지 않았지만 사실은 마음이 움직였어. 하지만 마이쯔는 내가 감히 그렇게 하지 못할 거라고 생각했지. 나의 객기를 자극하기라도 할 생각이었는지 갑자기 말을 바꾸더군.

'그녀와 만날 약속만 해주면 밥을 먹지 않더라도, 둘이 길거리에서 시원한 사이다 한잔만 같이 마시더라도 제가 2천 위안을 드릴게요!'

이런 씨발, 갑자기 보수가 2천 위안으로 오른 거야. 자네도 알다시피 공사장에서는 소나 말처럼 죽도록 일을 해도 한 달에

3천 위안 벌기가 쉽지 않네. 거기서 식비와 담뱃값, 전화 요금 등을 제하고, 또 어쩌다 마시게 되는 맥주 한 병에 족발 한 접시 값을 제하면 한 달에 2천 위안을 손에 쥐기 어렵지. 하지만 이번에는 그 아가씨랑 함께 사이다 한잔 마실 약속만 해도 2천 위안을 손에 넣을 수 있는 것이었네. 결국 나는 그렇게 하겠다고 대답을 했지. 나는 마이쯔 녀석이 후회할지도 모른다는 생각에 천 위안을 미리 선금으로 달라고 했네. 그랬더니 이 나쁜 양아치 놈이 뜻밖에도 정말 천 위안을 내놓는 게 아니겠나!

다음 날이 바로 우리 애가 대학 시험을 치르던 날이었네…… 과정에 약간 창피한 부분이 있었어. 지금 생각하면 너무나 창피한 일일세. 당시에 나는 아예 창피하고 말고를 따질 여지가 없었지. 돈을 위해서라면 아무리 창피한 일이라도 다 할 수 있었네. 그날, 솔직히 말하자면 나는 정말로 마이쯔가 제시한 그 2천 위안을 꼭 벌고 싶었네. 그날, 또 그 시각이 되자 리징이 정말로 또 웨이밍호 옆으로 공사장을 향해 걸어오고 있었네. 가까이 다가올수록 계절에 맞게 하지 않으면 안 되는 일이 가까워져 오는 것 같았지. 때맞춰 씨를 뿌리지 않으면 한 계절을 놓치고 한 해 농사를 다 놓치게 되는 것과 마찬가지였어. 계절을 놓치고 한 해 농사를 놓치면 먹을 양곡이 없게 되는 것과 같은 상황이었네. 그녀가 올 때 나는 일찌감치 공사장 건물 아래로 내려와 길가 버드나무 뒤에 몸을 숨기고 있었네. 그녀가 가까이 다가오자 나는 재빨리 뛰어나가 거리 한복판에 서서 그녀 앞을 가로막았네. 그녀는 놀란 얼굴로 내 바로 앞에 서 있었지.

내가 말했네.

'제 부탁 하나만 들어주실 수 있나요? 시간 나실 때 저랑 식사 한 번만 함께 해주시면 안 될까요?'

나는 있는 그대로 아주 솔직하게 말했네. 지금 돌이켜보면 약간 우회적으로 얘기할 걸 그랬다는 생각이 들더군.

그랬더니 그녀가 나를 빤히 쳐다보더라고. 얼굴에는 뭐라 말로 표현할 수 없는 야릇한 표정이 가득했지. 귀신을 만나 주위를 두리번거리는 그런 표정이었네. 그러다가 주위에 온통 사람들인 것을 발견하고는 얼굴 표정이 다시 평소의 상태를 회복하더군.

'누구세요?!'

그녀가 아주 큰 소리로 물었어. 내가 강도이기라도 한 것처럼 말일세.

'저는 리챵이라고 합니다. 아가씨 학교에서 2년째 일하고 있지요. 뭔가 안 좋은 의도가 있는 건 아닙니다. 그냥 아가씨랑 밥 한번 먹고 싶어서 그러는 것뿐이에요. 아가씨는 돈을 한 푼도 쓰지 않으셔도 됩니다.'

나는 있는 그대로 솔직하게 얘기하고 나서 끈덕지게 달라붙어 놓아주지 않을 것처럼 여유 있게 웃고 있었네. 아가씨는 나를 비스듬한 눈길로 훑어보더니 내 앞을 그냥 지나쳐버리더군. 내가 뒤를 쫓아가면서 말했네.

'시원한 사이다 한잔만 함께 마셔주시는 것도 안 될까요?!'

아가씨는 고개를 돌려 '미친놈!' 하고 욕을 내뱉더군.

그렇게 가버렸네. 일은 그렇게 된 걸세. 이때 마이쯔가 등 뒤에서 걸어오더니 깔깔대고 웃으면서 천 위안을 돌려달라고 하더군. 내가 어떻게 그 아까운 돈을 돌려줄 수 있겠나! 그의 돈 2천 위안은 내 마음속에서 용처가 다 정해져 있었는데 말일세. 2천 위안 중에 내가 받은 건 천 위안뿐이었네. 나머지 천 위안은 아직 받지 않은 상태였지. 그러니 아까워서 어떻게 천 위안을 돌려줄 수 있겠나?

'내일 하면 되잖아!'

내가 마이쯔에게 버럭 소리를 지르고 나서 말했네.

'내일 그 아가씨랑 함께 식사를 하거나 아이스케이크 하나 같이 먹기로 약속하지 못하면 천 위안을 돌려줄 뿐만 아니라 내 돈 5백 위안을 더 얹어주겠네.'

자네가 듣기엔 어떤가? 완전한 도박이지. 전부 일순간 화가 나서 한 말이었네. 하지만 뜻밖에도 일은 또 그렇게 현실이 되고 말았어. 마이쯔도 나처럼 진지하게 나오리라고는 생각지도 못했네. 마이쯔가 말했지.

'약속을 잡지 못하고도 5백 위안을 더 얹어주지 않으면 형님은 내 손자가 되는 겁니다!'

나는 더더욱 진지하게 나갔지.

'내가 약속을 잡았는데도 나머지 천 위안을 주지 않으면 자네는 그 순간부터 내 증손자가 되는 걸세!'

내가 마이쯔에게 소리쳤지. 그가 나를 똑바로 쳐다보면서 말했네.

'좋아요! 약속을 잡지 못하고 내게 5백 위안을 더 얹어주지 않으면 형님이 내 손자이고, 약속을 잡았는데도 제가 천 위안

을 마저 드리지 않으면 제가 형님의 증손자입니다!'

일은 이렇게 굳어져버렸네.

호랑이 등에 탄 이상 내릴 수가 없었던 거지. 하지만 그 뒤로 며칠 동안 리징 아가씨는 일요일이라 그런지, 아니면 우리가 계속 달라붙을 거라는 걸 알고 있었는지 출퇴근 시간에 웨이밍호 옆을 지나가지 않더군. 우리는 계속 기다리는 수밖에 없었네. 눈이 아프도록 기다렸지. 출근 시간에도 기다리고 퇴근 시간에도 기다렸네. 시간은 사람의 마음을 저버리지 않는다는 말이 맞는 것 같네. 며칠 후 황혼 무렵 우리는 공사장에서 내려왔네. 학교 앞에 있는 월마트에 물건을 사러 갔네. 공을 하나 사면서 눈요기나 할 요량이었지. 우리가 무슨 돈이 있어 월마트에서 파는 물건을 살 수 있겠나? 그냥 구경만 하려는 거였지. 이렇게 어정거리고 있는데 때마침 리징 아가씨가 월마트에서 나오더군. 여전히 그 빨간 양산을 받치고서 손에는 과일과 간식을 한 보따리 들고 있었지. 그래서 난 그녀를 따라가기 시작하여, 베이징대학 서문 앞의 월마트를 지나 서문 남쪽의 후퉁까지 갔네. 알고 보니 그녀는 졸업을 하고 북사환에 있는 어느 회사에 배정되어 출근을 하고 있더군. 그리고 방을 세내 베이징대학 서남쪽 중관촌 서가의 룬쩌 단지에 살고 있었어. 그녀가 사는 곳을 안 뒤로 나는 그 천 위안을 백 퍼센트 손에 넣을 수 있을 거라고 생각했네. 그래서 황급히 돌아와 마이쯔에게 리징의 주소를 알아냈다고 말했지. 그러면서 내일 반드시 밥을 같이 먹기로 약속을 하겠다고 했어. 최소한 마이쯔에게 우리 두 사람이 길가에서 함께 냉음료를 마시거나 아이스크림

먹는 모습을 보여주겠다고 했지. 리징은 도시인이니 우리가 아이스크림을 먹자고 하든 아이스케이크를 먹자고 하든 별 차이가 없을 거라고 생각했네. 참 한심한 우리 허난 사람들이라니!

나는 마이쯔에게 나머지 천 위안을 준비하라고 했네. 그녀랑 약속을 잡으면 즉시 그 돈을 줘야 한다고 했지. 그랬더니 이 마이쯔란 놈은 나를 담장 한구석으로 몰아가서는 그러더군.

'좋아요! 형님도 내게 주기로 한 5백 위안을 준비하세요. 약속을 못 잡으면 제게 1,500위안을 줘야 한다는 것 잊지 마세요.'

일은 이렇게 된 걸세. 나는 밤새 한잠도 자지 못했네. 어떻게 하면 그녀와 약속을 잡을 수 있을까, 첫마디를 뭐라고 할까 하는 궁리만 했지. 다음 날, 공사장에서 일을 하면서도 마음은 일에 가 있지 않았네. 출근할 때 그녀는 역시 공사장 아래 웨이밍호 옆을 지나가지 않았네. 퇴근할 때 나는 마이쯔와 함께 미리 중관촌 서가에 있는 룬쩌 단지 입구의 거리공원에 가 있었지. 말이 공원이지 공원이라 할 것도 없었네. 나무 몇 그루와 화단이 하나 있는 것이 전부였으니까. 크기가 우리 집 마당만도 못했네. 거의 비슷했지. 겨우 손바닥 하나 차이라고나 할까. 우리 둘은 그곳에 숨어 있었네. 해가 질 무렵이 되자 그녀가 정말로 중관촌 서가 입구를 향해 걸어오더군. 평소 모습 그대로였네. 빨간 양산을 들고 있었지. 키는 그다지 크지 않았지만 무척이나 미인이었네. 정말 예쁜 얼굴이었어! 우리 같은 시골 사람들이 도시에 오면 눈에 보이는 모든 여자가 예뻐 보이는 그런 일반적인 아름다움이 아니었네. 날씬하고 호리호리한 몸매에 들풀로 덮인 언덕에 불쑥 피어난 한 송이 꽃 같은 그런 아름다움이었어. 그 빨간 양산의 빛이 그녀의 얼굴을 비추고 있었지. 이른 아침의 해가 옛날에 우리가 살던 집 창문에 떨어진 것 같았어. 그렇게 그녀가 다가왔지. 점점 더 가까이 다가왔네. 꼭 움켜쥔 내 손에 땀이 나더군. 땀은 갈수록 더 많아졌어. 물을 한 줌 쥐고 있는 것 같았네. 바로 이때, 리징이 내 앞에 거의 가까이 다가왔을 때, 염병할 이 마이쯔 놈이 갑자기 내게 이러는 게 아니겠나.

'리창 형, 용기가 안 나면 그만둬요. 내게 5백 위안을 더 주지 않아도 돼요. 그냥 2백 위안만 더 줘도 돼요.'

나는 녀석이 정말로 내가 2천 위안을 벌게 될까 봐 두려워서 그런다는 걸 잘 알고 있었지. 녀석은 2천 위안이 아까워서 일부러 내가 물러설 계단을 마련해주려는 것이었네. 내가 녀석을 향해 눈을 부릅뜨면서 말했지.

'자네는 자신이 놀라는 꼴이나 좀 보라고!'

그에게 욕을 한마디 해주고 나서 나무숲 밖으로 나온 나는 잰걸음으로 거의 달리다시피 그녀에게 다가갔네…… 그런데 그다음 단계는 정말 겁이 나더군. 바로 그때, 그렇게 겁을 먹고 있는 순간 리징이 내 앞에서 별로 멀지 않은 지점까지 다가온 걸세. 그래서 얼른 다가가 앞을 가로막고는 오래 준비했던 그 한마디를 던졌지.

'저랑 식사 한 번만 해주시면 안 될까요? 돈은 한 푼도 안 내셔도 되고 제가 따로 백 위안을 드릴게요.'

맞아. 바로 이 한마디였어. 이게 내가 밤새 잠도 못 자고 생각해낸 한마디였네. 이 한마디를 남몰래 속으로 백 번도 더 말했네. 수백 번은 될 걸세! 하지만 뜻밖에도 그녀는 아무 대답도 하지 않을 뿐만 아니라 오히려 놀라서 얼굴이 창백해지더군. 손에 들고 있던 물건을 땅바닥에 떨어뜨리기까지 하더라고…… 이게 뭐 그리 무서워할 일이라고? 나는 지금까지도 잘 이해가 되지 않네. 내가 그녀에게 밥을 사겠다고 하면서 돈은 한 푼도 쓰지 않게 할 것이며 식사를 마치면 또 백 위안을 주겠다고 했는데 이거야말로 횡재 아니겠나? 하늘에서 셴빙*이 떨어지는 것처럼 좋은 일인데도 그녀는 수용하지 않을 뿐만 아니라 뒤로 한 걸음 물러서더니 며칠 전에 내가 처음으로 앞을 가로막았을 때처럼 '미친놈, 또 너로구나!' 하고 욕을 한마디 내뱉고는 바닥에 떨어뜨린 물건을 주워 얼른 몸을 빼내더니 단지 안을 향해 가버리는 게 아니겠나? 어떻게 그럴 수 있는 거지? 그녀가 가버리면 나는 2천 위안을 벌지 못할 뿐만 아니라 5백 위안을 배상하게 된단 말일세. 그러니 내가 어떻게 그녀를 그냥 그렇게 보내버릴 수 있겠나? 나는 다시 한번 그녀의 앞을 가로막고 그녀를 향해 허리를 구부렸네. 고개를 푹 숙이고 말했지. 하지만 핸드폰에 쓰여 있는 글처럼 무릎을 꿇고 말한 것이 아니라 몸을 숙이긴 했지만 여전히 당당하고 뻔뻔한 얼굴로 말했네.

'밥 먹을 시간이 없으시면 저 앞에 가서 저랑 아이스크림이

---

* 餡餅: 반죽한 밀가루 피에 고기나 야채로 된 소를 넣어 굽거나 튀긴 직경 8센티미터 정도의 둥글넓적한 떡.

라도 같이 드시면 안 될까요? 돈은 제가 내겠습니다. 아이스크림을 다 드신 다음에는 제가 따로 2백 위안을 드리겠습니다. 어떻습니까?'

그녀는 누군가를 부르려는 것 같더군. 사람을 찾고 있는 것 같았네. 나는 황급히 뒤따라가면서 액수를 올렸지.

'2백 위안으로 안 되면 3백 위안을 드리겠습니다!'

그녀가 정말로 누군가를 부르더군.

'여기 있는 이 깡패 좀 잡아가세요! 이 불량배 좀 잡아가세요!'

내가 어째서 불량배란 말인가? 마음속에 안 좋은 마음이 전혀 없었는데 말일세. 이 일을 통해서 자네도 알았을 걸세. 베이징 사람들은 외지인들을 완전히 무시한다는 걸 말일세. 게다가 룬쩌 단지에 사는 사람들은 전부 베이징대학의 교수나 가족들이거든. 전부 문화인들이지. '깡패 잡아가세요'라는 말을 듣자마자 사람들은 자초지종을 따질 것도 없이 나를 불량배로 몰아버렸네. 조사도 안 하고 시비를 따지지도 않고 곧장 나를 불량배로 만들어버렸단 말일세! 염병할, 그 거리에는 공정, 평등, 자유 같은 단어들이 여기저기 가득 붙어 있더라고. 그러면서 나를 불량배로 내몰 때는 공정과 평등, 자유 같은 의미는 눈곱만큼도 찾아볼 수 없었네. 크게 잘못된 거지. 내 주위로 사람들이 우르르 몰려들더니 퍽, 파박 내 머리와 얼굴을 때리기 시작하더군. 심지어 내 몸을 향해 발길질도 날아왔네. 염병할, 게다가 내가 농민공이라는 것을 확인했으니 얼마나 괴롭히기 좋았겠나! 리징의 앞을 가로막기 전에 나는 특별히 숙소로 돌아가 좋은 옷으로 갈아입고 얼굴을 씻고 머리를 빗고 지금 신고 있는 이 검정 가죽 구두를 신고 나온 터였네. 하지만 아무리 분장을 잘해도 우리는 여전히 농민공인 거지. 사람들은 내가 농민공이라는 것을 한눈에 알아보고는 죽도록 때리더군. 두 눈에 별이 보일 정도로 마구 두들겨 맞았지. 사람들 틈새로 몰래 밖을 내다보면서 얼른 마이쯔가 와서 나를 구해주기를 기다렸지만 그놈은 그림자도 볼 수 없었네. 오히려 이런 상황을 보고 경찰이 먼저 다가오더군. 구세주가 나타난 셈이었네. 나는 지금까지도 어떻게 경찰이 그렇게 빨리 달려올 수 있었는지 이해가 되지 않네. 자네가 한번 어찌 된 일인지 유추해보게.

확실히 파출소가 룬쩌 단지에서 아주 가깝긴 했지만 아무리 가까워도 3분 안에 달려온다는 것은 불가능한 일이었거든!

렌커 아우, 내 대신 한번 생각을 해보게. 혹시 내가 나무숲을 벗어나자마자 마이쯔 그 녀석이 내가 자신의 2천 위안을 벌게 될까 봐 파출소에 전화를 걸어 신고한 건 아닐까? 나는 틀림없이 그럴 거라고 생각하네. 백 퍼센트 그가 뒤에서 계산한 거야. 그 녀석은 뱃속 가득 안 좋은 생각만 갖고 있거든. 하지만 나중에 자신은 절대 그러지 않았다고 맹세까지 하더군. 그러면서 자신은 줄곧 사람들 틈에서 나를 위해 사람들을 뜯어말리다가 경찰이 오고 나서야 사람들 사이로 숨어버렸다고 하더군. 경찰이 자기까지 잡아다 벌금을 물릴까 봐 걱정이 되어서 그랬다는 거야……

어차피 나는 그렇게 경찰에 끌려갔네.

나로서는 마이쯔가 경찰에 신고하여 나를 잡아가게 했다는 증거를 찾을 수 없었지. 파출소는 룬쩌 단지 입구에서 확실히 몇 미터 남짓밖에 되지 않았어. 사전에 그곳에 가서 주위를 잘 살펴봐야 했네. 파출소가 있다는 걸 알았다면 다른 곳에서 리징의 앞을 가로막았을 걸세. 아무도 없는 곳에서 그녀 앞을 가로막았으면 좋았겠지. 그런데 말일세…… 이 일이 불량배나 범죄 등과 한데 엮여 있을 줄 누가 생각이나 했겠나? 말썽을 일으키고 소란을 피우게 될 줄, 베이징과의 조화와 중국과의 조화로 연결될 줄 누가 알았겠나?…… 나는 그저 리징 아가씨랑 밥 한번 같이 먹거나 그녀에게 아이스크림을 사주고 싶어서 약속을 잡으려 했던 것뿐일세. 게다가 그녀에게 돈을 내게 하지도 않고 식사를 마치거나 아이스크림을 먹고 나면 백 위안이나 2백, 3백 위안을 줄 생각이었네. 자네도 한번 생각해보게. 그녀가 손해 볼 일이 뭐가 있었겠나? 그런 요구를 들어주지 못할 이유가 뭐가 있단 말인가?

에이, 자네가 말해보게. 렌커, 자네가 말을 좀 해보라고. 이 '약속'이라는 말의 의미는 식사 대접을 하겠다는 것, 그냥 얼굴 한번 맞대자는 것에 불과하지 않은가? 약속이라고 말하면 꼭 남녀가 아무도 없는 곳에서 서로 껴안고 포옹하는 것을 의미하나? 그 짓을 하는 것을 약속이라고 하냐는 말일세.

……그러게 말이지!

나는 그녀에게 약속을 하자는 것이 그녀와 밥 한번 먹는 것이고, 길거리에서 잠시 얘기를 나누는 모습을 마이쯔가 보게 하는 것뿐이라고 말했는데 그녀가 그걸 왜 남녀 관계의 일로 생각하는지 모르겠더군? 어째서 나를, 그녀를 강간하려는 불량배로 만들었는지 모르겠단 말일세. 정말로 그녀를 강간하려 했다면 공공연하고 대담하게 벌건 대낮에 단지 문 앞에서 일을 벌일 수 있단 말인가? 그것도 퇴근하는 사람들이 그렇게 많은데 말일세. 왜 그녀가 이런 이치를 모르는 건가? 베이징대학교 출신인 우수한 인재가 경찰만도 못하다는 말인가? 중국과 세상 전체를 통틀어 모든 사람이 경찰이 무식하고 야만적이라 생각하지만, 나는 이번에 붙잡혀 들어가보고 나서야 파출소의 작은 건물보다 더 좋은 곳이 없다는 걸 알았네. 경찰보다 더 문화적이고 문명적인 사람들은 없네. 실사구시實事求是적으로 솔직하게 말하자면 경찰은 나를 불량배로 여기지 않았네. 나를 더없이 잘 대해주었지! 막 파출소 안으로 들어갔을 때, 경찰하나가 뒤에서 나를 세게 밀치면서 말했네. 절대로 때린 것은 아니었네. 그냥 밀친 것뿐이었지.

'저기 들어가 쭈그리고 앉아서 반성 좀 하세요. 그리고 자신이 어떤 사람인지 생각을 좀 해보라고요. 베이징대학 여학생에게 마음이 동할 수는 있겠지만 그녀가 정말로 당신이 사랑할 수 있는 상대라고 생각한 겁니까?'

자네도 잘 들어보게. 경찰은 내게 그녀를 감당할 수 있을 것같냐고, 내가 사랑할 수 있는 여자라고 생각하느냐고 물었네. 평소 같았으면 '사랑'이라는 단어를 들으면 어금니가 시큰거리고 간지러웠을 걸세. 하지만 그때는 '사랑'이라는 말을 듣는 순간, '당신이 사랑할 수 있는 상대라고 생각한 겁니까?'라는 말을 듣는 순간, 마음속이 따스해지면서 내게 큰일이 일어나지는 않으리라는 걸 직감했네. 정말로 경찰은 나를 때리지도 않았고 욕하지도 않았네. 그저 나를 유치장 안에 쭈그려 앉아 있게 했을 뿐이야. 유치장 안에는 긴 의자가 하나 있었네. 오래 쭈그려 앉아 있다 보니 다리가 너무 아팠던 나는 몸을 일으켜 그 의자 위에 앉았네. 파출소에 들어갈 때가 대충 저녁 6시 무렵이었을 걸세. 약 두 시간이 지난 8시가 되도록 아무도 유치장으로 들어와 내게 뭔가 묻지 않았네. 그러다가 8시 10분쯤 되었을 때 나를 잡아 온 인민경찰 둘이 들어오더니 한 사람은 묻고 한 사람은 문답 내용을 기록하기 시작했지. 심문이라 할 것까진 없었네. 그저 단순한 일문일답이었고 한 사람이 옆에서 기록한 것뿐이니까. 가끔씩 내가 뭐라고 대답을 하면 두 사람은 서로의 얼굴을 쳐다보며 한바탕 웃곤 했네. 자네는 경찰들이 심문을 하다가 서로 마주 보고 웃는 것이 가능한 일이라고 생각하나? 서로 마주 보며 웃을 수 있겠냐고? 파출소 벽에는 '솔직하게 자백하면 관용을 베풀지만, 저항하면 엄격하게 원칙에 따라 처리한다'라는 표어가 붙어 있었네. 벽은 어제 막 흰 석회를 칠한 것처럼 깨끗하기만 했지. 검은 점 하나 찾아볼 수 없었어. 그 붉은 바탕에 검정 글씨로 쓴 표어도 방금 써서 붙인 것처럼 선명하게 눈을 자극했네. 나는 파출소에 들어서자마자 바로 그 표어를 보았지. 그래서 나는 모든 것을 있는 그대로 솔직하게 다 털어놓기로 마음먹었네. 베이징 사람들은 진심과 성실로 대하기만 하면 아주 훌륭한 반응을 보이지. 모두들 동정심도 갖고 있고 외지인들을 이해하려 노력하네. 게다가 상대가 농민공이라면 더 말할 것도 없어. 농민공들에게 온화하고 선량하게 이해하는 마음을 보이는 태도는 원자바오溫家寶가 총리로 있을

168

때 이미 시작되었으니 지금은 더 말할 것도 없지. 이리하여 그들은 나를 상대로 문답을 이어갔네. 나는 어느 부분에 대해서는 묻지도 않았는데 대답하기도 했지. 결국 어떤 일이 일어났는지 맞혀보게. 자네는 때려죽여도 알아맞히지 못할 걸세. 그들은 내가 거짓말 한 마디 하지 않고 아주 잘 협조해줬다면서 반 시간 남짓으로 질의를 마치더군. 대략 40분 정도 됐을 것 같네. 두 인민경찰은 심문을 마치고 펜 뚜껑을 닫더니 내게 조서 맨 밑에 지장을 찍으라고 하더군. 그러고는 나가서 나를 위해 흰 쌀밥을 사다 주더라고. 홍소육紅燒肉과 감자채볶음을 곁들인 대형 도시락이었네. 이런 젠장, 정말로 인민경찰이 돈을 들여 내게 밥을 사다 준 걸세. 게다가 특별히 큰 그릇에 감자채볶음과 홍소육을 곁들여서 말일세!

이걸 행정 구류라고 할 수 있겠나? 이건 완전히 공짜로 먹고 마실 수 있는 호텔이나 마찬가지였네!

밤에는 에어컨도 켜주더군. 너무 시원해서 마이쯔 녀석을 함께 데리고 와 하룻밤을 함께 누리게 하고 싶은 생각까지 들었네. 정말로 호텔과 다를 바 없었지. 그날 밤, 나는 사지를 쫙 벌리고 대자로 누워 정말로 리징 아가씨랑 함께 자는 것처럼 아주 편하게 잠을 잤네. 베이징에서 아주 힘들게 3년 넘게 일하면서 밥도 잘 먹고 잠도 잘 자게 된 일이 행정 구류를 당하는 파출소에서 이뤄지리라고는 꿈에도 생각지 못했지. 그때 그 방에는 나 혼자뿐이었네. 나는 그 방에서 계속 생각했지. '염병할, 날 내보내지 말아주세요. 평생 여기서 살게 해주세요. 날 평생 가둬두어도 좋아요. 그렇게만 해주시면 정말 평생 조상들을 위

해 고급 선향을 태우겠습니다……'

하지만 좋은 상황은 오래가지 않았네. 다음 날 오전 11시에 그들이 날 석방해버린 걸세. 그 글에 쓰여 있는 것처럼 사흘 동안 구류되었던 게 아닐세. 단 하루, 그러니까 하룻밤뿐이었네. 알아맞혔나? 자네는 때려죽여도 알아맞히지 못했을 걸세. 나를 풀어주면서 내게 석방서에 서명을 하라고 하더군. 붉은 지장을 찍고 그 호텔 같은 건물에서 나왔네. 그런데 입구에서 날 기다리고 있는 것은 뤄마이쯔도 아니고 내 아들도 아니었네. 마이쯔와 리서 모두 파출소에 오지 않았지. 나를 맞으러 온 사람은 뜻밖에도 리징이었네…… 리징 바로 그 아가씨였단 말일세!

정말 리징 그 아가씨였다네. 맙소사! 나는 한동안 그 자리에 멍하니 서 있었지. 내가 그녀의 앞을 가로막았을 때 그녀가 한순간 어리둥절한 표정을 지었던 것과 다르지 않았네. 나는 그렇게 어리둥절한 표정으로 사방을 두리번거렸지만 마이쯔나 리서의 모습은 보이지 않았네. 그리고 그녀가 내 앞에 서 있는 것이 나를 마중하기 위한 것이라는 사실을 믿을 수도 없었지. 그날은 날씨가 몹시 더웠네. 파출소의 각 방마다 에어컨이 켜져 있었지. 바람은 각 방에서 나와 파출소 전체와 입구를 향해 불어왔네. 나는 파출소 입구에 서서 문밖을 내다보고 있었지. 파출소 마당에 서 있던 리징 아가씨는 어제 입었던 짧은 치마에 연한 남색 반팔 상의를 입고 있었네. 등에는 우리 같은 사람은 이름을 알 수 없는 가방을 메고 있었지. 양산을 쓰지 않았기 때문에 다소 창백한 얼굴이 그대로 다 드러나 있었네. 창백하긴 하지만 여전히 아름답고 하얀 얼굴이었네. 내가 그렇게 멍하니 서 있는데 나를 잡아들였던 그 경찰, 나보다 키가 훨씬 컸던 그 경찰이 내 어깨를 툭툭 치면서 말하더군.

'어서 가봐요. 좋은 사람 만나시라고요.'

이렇게 말하면서 손가락으로 내 허리를 가볍게 찌르더라고. 나를 리징 앞으로 살짝 미는 것 같았네. 리징의 품 안으로 미는 것 같았지.

'자, 어서 가요. 나가서 얘기해요.'

이는 리징이 내게 한 말이었네. 말을 마친 그녀는 나를 힐끗 쳐다보더군. 그 눈빛은 전혀 모르는 사람을 대하는 눈빛이 아니라 여러 해 동안 만나지 못했지만 꼭 만나야만 하는, 그렇다고 그다지 친숙하지도 않은 사람을 만나는 듯한 그런 눈빛이었네. 그녀의 눈빛은 겨울나무의 가지처럼 생기가 없었지만 전혀 기운이 없었던 것은 아니었네. 그냥 나무처럼 굳어 있을 뿐이었지. 그녀는 한마디 던지고는 몸을 돌렸네. 그녀가 나를 맞으러 왔다는 사실을 믿을 수 없었던 나는 그 자리에 서서 감히 몸을 움직이지 못했지. 그러자 이번에도 또 그 키 큰 경찰이 다가와서 말하더군.

'가세요! 자유라고요. 아마도 앞으로 좋은 일이 기다리고 있을 것 같네요!'

이렇게 말하는 그의 얼굴에 무척이나 즐거운 미소가 걸려 있더군. 비웃는 것 같지는 않았네. 자신이 알 수 없는 좋은 일을 부러워하는 그런 표정이었지.

나는 그렇게 밖으로 나왔네.

그렇게 리징의 뒤를 따라갔지. 파출소 대문 밖으로 나오자 리징은 내가 자신과 일정한 거리를 두고 있는 것을 보고는 그 자리에 서서 내가 가까이 올 때까지 기다리더군. 내가 재빨리 다가가자 그녀는 또 앞장서서 나를 이끌었네. 우리는 룬쪄 단지 입구에 있는 쓰촨四川 음식점으로 들어갔네. 음식점 안은 아주 깨끗했지. 고급인지 아닌지는 알 수 없었지만 무척이나 깨끗했네. 농민공들이 아무 때나 들어와서 한 끼 먹고 나갈 수 있는 그런 음식점이 아니었단 말일세. 그렇다고 평생 한 번도 들어가보지 못할 그런 어마어마한 음식점도 아니었네. 그녀는 카운터 가까운 구석에 자리를 잡고 앉았네. 종업원이 메뉴판을 들고 와서는 그녀에게 '가족이신가 보군요?'라고 묻더군. 종업원은 그녀와 잘 아는 사이인 것 같았네. 내가 리징의 가족일 거라고는 믿지 못하는 것 같았네. 리징은 '네' 하고 대답하면서 '우리 삼촌이에요'라고 한마디 덧붙이더군. 그러고는 내게 물었네. '매운 음식 드실 수 있어요?' 나는 잘 먹는다고 대답했네. 그녀가 뭘 먹고 싶으냐고 묻기에 뭐든지 잘 먹으니까 알아서 주문하라고 했지. 그녀는 음식을 한 상 가득 주문했네. 수이주위水煮魚와 옌라러우腌臘肉, 위샹러우쓰魚香肉絲, 궁바오지딩宮保鷄丁 같은 쓰촨 음식들이었지. 전에도 먹어본 적이 있는 음식들이긴 했지만 이날 먹은 것은 전에 먹었던 것과 사뭇 달랐네. 맛이 진하거나 맵다기보다는 입에 잘 맞는 편이었지. 먹다 보니 그 맛이 입이나 혀, 배로 느껴지는 것이 아니라 마음으로 느껴지는 것 같았네. 음식 맛이 혈관을 타고 흘러 들어오는 것 같았지.

음식 맛이라는 게 입에 있는 것이 아니라 마음에 있는 것이라는 걸 난생처음 몸으로 느꼈네. 심장이 쿵쿵 뛰면서 젓가락을 쥔 손이 쉴 새 없이 떨리더군. 음식을 제대로 집을 수 없을 정도였네. 그녀는 나를 위해 맥주도 주문해주었네. 그것도 칭다오青島 맥주로 말일세. 원터치 캔에 든 맥주였지. 그녀는 자기 잔에는 바닥만 적실 정도로 조금 따르고는 내 잔을 가득 채워주었네. 그러고는 자발적으로 나와 잔을 부딪쳤지. 둘이 잔을 부딪칠 때 나는 그녀의 눈빛이 겨울날의 나뭇가지 같지 않고 봄을 맞아 연녹색으로 물들고 있는 버드나무 가지 같다는 것을 발견했네. 비췻빛으로 밝게 빛나는 것이 손을 뻗으면 그 눈빛이 손바닥 위로 떨어질 것 같았지. 그녀는 음식을 조금씩 먹으면서 내게 많이 먹으라고 권했네. 음식이 모자랄 것 같으면 더 주문해주겠다고 하면서 말일세. 그녀의 눈길 속에서 나는 감히 먹지도 못하고 마시지도 못했네. 내가 조금이라도 움직이면 그녀의 눈길이 땅바닥으로 떨어져버릴 것만 같았거든.

염병할, 내 평생에 그런 눈빛은 본 적이 없었네…… 하지만 그 눈빛이 사랑 같은 것이라고는 감히 말할 수 없었네. 우리 농민들에게는 '사랑'이라는 단어가 어울리지도 않지. 우리에게는 좋아한다는 표현이 더 적절할 걸세. 하지만 그렇다고 그 눈빛이 좋아하는 표현이라고도 말할 수 없었네. 그저 우리가 누군가를 좋아한다고 말할 때의 그런 눈빛이라고나 할까? 그때 마이쯔가 옆에 있었다면 얼마나 좋았겠나? 공사장의 농민공들이 옆에 있었다면 얼마나 좋았겠나? 꿈을 꾸는 것이나 마찬가지였지. 그녀는 쉴 새 없이 내게 음식을 집어주면서 '드세요!

어서 드세요!'라고 말했네. 네모난 테이블에 음식들이 가득했지. 접시 위의 열기가 침대 시트와 다를 바 없었네. 작은 테이블을 앞에 두고 서로 얼굴을 마주하고 있었지. 그녀는 내게 너무나 가까이 있었네. 게다가 목이 다 드러나고 가슴 윗부분이 보이는 그런 옷을 입고 있었지…… 그 얘긴 하지 않기로 하겠네. 너무 저속한 얘기가 될 테니까 말일세. 그리고 리징을 모욕하는 일이 되거든. 하지만 사정은 확실히 그랬네. 좀 뻔뻔한 얘기를 하자면 나는 나이가 많았지만 그렇게 못생긴 편은 아니었네. 감정이나 사랑 쪽으로 가서는 안 되었지만 그때는 수많은 일들을 당하다 보니 뭐든지 단정하여 말할 수가 없었네. 어쩔 수 없이 그런 쪽으로 생각하게 되었던 것 같네.

예컨대 그녀는 끊임없이 내게 술을 따라주거나 음식을 집어주었고, 내 앞에 앉은 뒤로 끝까지 눈길을 내게 고정하고 있었네. 3월 강가의 늘어진 버드나무 가지 같은 눈빛이었지.

내가 리징에게 물었네.

'어째서 파출소까지 와서 내가 나올 수 있도록 보증을 선 건가요?'

그녀가 말했네.

'아저씨 아들과 같은 마을에서 왔다는 마이쯔 씨를 만났어요. 아저씨가 나쁜 사람이 아니고 그동안 아주 어렵게 살아왔다는 걸 알게 되었지요.'

내가 말했네.

'오늘은 내가 살 테니 돈 쓰지 말아요.'

그녀가 잠시 머뭇거리다가 말하더군.

'제 한 달 치 월급이 아저씨의 반년 치 월급이랑 같아요……'

나는 그녀가 이어서 자신이 한 달에 얼마를 버는지 얘기할 줄 알았네. 그녀의 입을 쳐다보면서 월급 액수가 나오기를 기다렸지. 하지만 그녀는 내게 맥주 반 캔을 따라주고 음식을 두 젓가락 집어 주면서 묻더군.

'올해 나이가 어떻게 되세요?'

그녀는 자신이 한 달에 얼마나 버는지는 얘기하지 않았네. 그러면서 갑자기 내 나이를 묻더라고…… 심장이 심하게 뛰기 시작했네. 가슴 밖으로 튀어나올 것만 같았지. 내 나이를 물을 때 그녀의 눈길은 마치 어느 집 창문 안을 들여다보고 있는 것 같았네. 나는 몹시 당황했지. 떨리지 않던 젓가락이 다시 내 손 안에서 심하게 떨리기 시작하더군.

'내가 나이가 좀 들어 보이지만 사실은 그렇게 많지 않아요.'

나는 이렇게 대답했네. 있는 대로 솔직하게 대답했지. 나는 그런 순간에는 항상 성실이 가장 중요하다는 걸 알고 있었거든. 성실은 돈보다도 중요하지! 대답을 하고 나서 그녀의 얼굴을 쳐다보았네. 결국 그녀가 오히려 좀 쑥스럽다는 듯이 고개를 숙이더니 자기 가슴을 내려다보더군. 그러더니 너무 낮게 내려간 치마의 가슴 부위를 위로 치켜올리더라고. 옷매무새를 고친 그녀는 또다시 정중하면서도 대담하게 내게 말했네.

'아저씨는 참 괜찮은 사람 같아요. 아들 리서도 훌륭하고요. 올해 대학에 합격하지 못하더라도 계속 준비하게 하세요. 제가 도울 수 있는 일이 있으면 언제든지 얘기하시고요.'"

여기까지 얘기했을 때 리창의 어머니가 부엌에서 나왔다. 그녀는 솥을 씻고 닭들에게 먹이를 준 다음, 다시 리촹의 옷을 빨아 마당의 빨랫줄에 널었다. 리촹은 내게 얘기를 계속하고 있었다. 그의 얘기를 들으면서 나는 자신이 존재하지 않는 듯한 느낌을 받았다. 우리는 둘 다 어머니가 집에 있고 마당에서 바쁘게 돌아치고 있었다는 사실을 잊고 있었다. 그녀가 빨랫줄에 널어놓은 옷에서 물방울이 떨어지는 소리에 나와 리촹은 정신이 들었다. 우리는 동시에 노인네한테로 눈길을 돌렸다. 노인네가 빨래를 다 널고 다시 다른 일을 하러 바삐 걸음을 옮기고서야 우리는 다시 우리의 상황으로 돌아왔다. 리촹과 리징이 서로를 바라보고 있는 풍경으로 돌아온 것이다.

이 이중의 풍경으로 돌아온 우리는 잠시 입을 다물고 있었다. 잠시 조용히 있다가 리촹이 눈길을 부드럽게 내 몸 위로 던졌다. 리징의 눈길이 리촹의 몸 위로 던져진 것과 다르지 않았다.

"렌커,"

리촹은 나를 불러놓고는 다시 또 잠시 침묵하다가 말을 이었다.

"자네는 리징이 나에 대해 어떤 마음을 가졌을 거라고 생각하나? 아무 마음도 없었다면 왜 나를 파출소에서 꺼내주었겠나? 왜 내게 식사를 대접하면서 남자인 내가 돈도 못 내게 했겠나? 왜 식사를 마치고 계산을 한 다음, 내게 먹을 것을 한 보따리 사주었겠나? 그리고 왜 날 옷 가게로 데려가 깃이 좁은 티셔츠를 하나 사주었겠나? 나는 그 티셔츠가 너무 아까워 감히 입지 못하고 지금도 집에 있는 상자 안에 고이 접어서 모셔

두고 있네. 그 티셔츠를 한번 보고 싶지 않나? 보고 싶다면 내 들어가서 꺼내 오겠네…… 한번 구경해보게나…… 정말 볼 생각이 없나? 볼 생각이 없다면 그만두게. 그 티셔츠가 자네에게는 그다지 신기하지 않을 테니까 말일세……

애길 계속하자고? 알았네. 계속하지. 정말로 생각하지 못한 일은 그 뒤에 일어났네. 그러니까, 식사를 마치고 그녀는 계속 물건을 들고 나를 베이징대학의 공사장 옆에 있는 그 오래된 건물까지 바래다주고 내가 문안으로 들어서는 것까지 바라보고 있었네. 바로 그때 생각지 못한 일이 일어났지. 어떤 일인지 한번 알아맞혀보게. 헤어지면서 그녀는 물건을 내게 건네준 다음, 정말 뜻밖에도 내 주머니에 5천 위안이나 되는 돈을 쑤셔 넣어주었을 뿐만 아니라 출장 때문에 고향에 내려갔다가 주말에 돌아온다면서, 돌아오면 나와 아들 리서, 마이쯔 세 사람에게 또 식사를 대접하겠다고 하더라고. 그러면서 마지막으로 아주 정중하게 한마디 덧붙이더군.

'앞으로 저를 아저씨 딸이나 여동생이라고 생각하세요. 무슨 일이 있으면 절 찾아오셔도 좋고 전화를 하셔도 좋아요!'"

여기까지 얘기하고 나서 리챵은 리징이 그에게 준 명함을 꺼내 내게 보여주었다. 그 명함은 붉은 비단에 싸여 있었다. 붉은 비단에 싸여 그의 가슴팍 안쪽 깊은 곳의 주머니에 들어 있었다. 나는 리챵이 '베이징대학'이라는 글자가 새겨진 그 러닝 안쪽에 특별히 리징의 명함을 넣기 위한 주머니를 하나 만들었을 뿐만 아니라 그 주머니 안에 그가 자신과 리징의 기이한 연애를 위해 준비한 돈과 마음, 사진 같은 것들을 보관하고 있었을 거라고 추측했다…… 하지만 내가 그 주머니에 관해 물어보려는 순간, 리창네 집 대문이 열리면서 이웃집 사람 하나가 거리에 나가 뭔가를 담아 와야 한다면서 광주리를 빌리러 왔다. 그렇게 우리의 대화, 즉 인터뷰는 이웃집 사람이 찾는 광주리 때문에 중단되고 말았다.

4. 뤄마이쯔

시간: 6월 17일 낮 12시

장소: 베이징대학 서구西區 식당 307호 별실

참석자: 나와 뤄마이쯔

환경 및 설명: 환경에 대해서는 8평방미터 정도 크기의 작은 방 안에 창문 가까이 앉아 있었다는 것밖에 특별히 설명할 것이 없다. 창밖에는 오래된 측백나무가 몇 그루 심어져 있었다. 측백나무 아래로 학생들이 오가고 있었다. 나는 어제 고향에서 베이징으로 돌아와 있었다. 왕복 모두 비즈니스석 표를 샀기 때문에(구창웨이가 준 50만 위안이 주머니에 들어 있는 덕분에 갑자기 부유하고 사치스러운 인물이 되어 있었다) 쉴 틈 없이 연이어 인터뷰를 하고 사람들을 만나는 일이 내 유랑 인생의 여유와 관조가 되어 있었다. 이렇게 어제 돌아온 나는 오늘 또 뤄마이쯔를 만나기로 약속을 잡았다.

마이쯔는 나이가 갓 서른이 넘은 남자로 통통하면서도 다부진 몸집의 소유자였다. 몸 전체가 동글동글한 돌멩이 같았다. 말이 아주 빠르고 거친 데다 사투리 억양이 나보다도 심했다. 말을 한마디 할 때마다 욕을 몇 개씩 섞었다. 그에게는 욕이 중국산 이다* 껌 같았다. 그는 내가 리쾅의 인생과 연애를 인터뷰하는 과정에서 가장 잊기 어려운 사람이었고, 인터뷰 전체를 통틀어 가장 쉽게 대화를 이어갈 수 있었던 사람이었다.

뤄마이쯔:

"저는 선생님이 절 인터뷰하러 오리라는 걸 알고 있었습니다. 젠장, 리쾅에 대해서라면 저보다 정확하게 잘 알고 있는 사람이 없을 테니까요. 저는 리쾅의 배 속에 있는 회충과 마찬가지예요. 그가 어떨 때 절정에 올라 사정을 하는지도 알고 있으니까요. 우리는 최근 몇 년 동안 줄곧 같이 일해왔습니다. 때로는 잠도 한방에서 같이 잤지요. 저도 무좀이 있지만 그 역시 발을 씻는 일이 아주 드물었어요. 하지만 서로 그런 문제는 신경 쓰지 않았습니다. 있잖아요, 렌커 아저씨…… 나이나 항렬로 볼 때 제가 아저씨라고 불러도 괜찮겠지요? 아저씨는 우리 마을에서 저희 같은 사람들을 잘 모르시겠지만 저희 세대는 아저씨를 다 알고 있습니다. 아저씨가 아주 유명한 사람이고 중요한 일을 하고 있다는 것도 다 알고 있지요…… 하지만 마을 사람들은 전부 선생님을 이상하게 생각하고 있어요. 중요한 일을 하시면서 왜 우리 현에 와서 현장이나 서기 같은 직책을 맡지 않는지 궁금해하지요. 하다못해 진장鎭長이라도 맡으

---

* 益達: 중국에서 가장 널리 판매되고 있는 무설탕 껌 브랜드.

면 지금보다 훨씬 더 멋질 것 같다면서 말이에요. 선생님은 어디 가나 융숭한 대접을 받으면서 환영과 박수갈채의 대상이 되실 것이고, 선생님을 만나는 사람들은 황제를 대하듯이 하겠지요. 지금 선생님이 현장이나 진장, 시장 같은 직책을 맡고 있다면 얼마나 멋지겠어요! 대단히 경사스러운 일이지요! 그냥 되는대로 무슨 일이라도 맡으세요. 하다못해 공사를 맡아 빌어먹을 돈이라도 좀 챙기시라고요. 그러면 사람들이 앞다투어 선생님한테 선물도 보내올 것이고 글을 쓰는 것보다 훨씬 더 많은 돈을 버실 수 있을 거예요. 적어도 리창 같은 사람을 인터뷰하느라 돈을 써가면서 이리저리 돌아다니지 않아도 될 테니까요. 게다가 돈을 써가면서 저처럼 별 볼 일 없는 사람에게 밥을 사지 않아도 사람들로부터 신 같은 존경을 받게 되실 거라고요…… 헤헤, 절 비웃진 마세요. 저는 제가 별 볼 일 없는 사람이라는 것 정도는 잘 아니까요. 까마귀나 벌레처럼 먹는 걸 좋아하지요. 선생님은 오늘 제게 밥을 사면서 돈을 얼마나 쓰셨나요? 우리 둘이서 먹는데 음식이 이렇게나 많네요. 닭고기도 있고 생선도 있고 홍소육도 있고, 게다가 이렇게 좋은 술까지 있네요. 이 우량예五粮液는 제가 평생 처음 마셔보는 최고급 술이에요. 우량예와 마오타이茅台 중에 어떤 게 더 좋은 술인가요?…… 다음에 또 만나게 되면 마오타이를 사주세요! 약속해요. 다음번에는 꼭 마오타이를 사주시는 거예요!…… 저는 거의 보름 동안 술과 고기를 먹지 못했어요…… 헤헤, 좋은 술을 마시고 고기를 실컷 먹을 수 있다면 얼마나 멋진 인생이겠어요! 이것들…… 이 음식들…… 다 먹지 못하면 싸 가세요……

선생님이 안 싸 가시면 제가 싸 갈게요. 싸 가서 밤에 한잔 더 하게요……

본론을 얘기하지요…… 자, 본론으로 들어가자고요. 이런 염병할, 저의 이 주둥이가 맛있는 음식을 만나니 너무 흥분한 것 같네요. 결혼 첫날 신방에 들어가는 것 같은 기분이에요. 자, 본론으로 들어가시지요. 리챵에 관해 얘기하자고요……

리챵 그 좆같은 인간 말이에요, 그 인간이 하는 말을 전부 그대로 믿으시면 안 돼요. 절반만 믿으세요…… 아니, 3할 정도만 믿어도 충분할 거예요! 그 좆같은 인간의 고통과 원망으로 가득 찬 듯한 모습에 속으시면 안 돼요. 사실 그는 평소에 아주 즐겁게 지내고 있으니까요. 얼굴의 선량함이 여인의 젖가슴 같아 보이지만 사실 그 젖가슴은 폭탄이에요. 도화선에 불만 붙이면 당장 폭발하고 말지요. 저는 리챵을 너무 잘 알아요. 저 자신보다 그에 관해 더 잘 알지요. 사실대로 말하자면 저는 그와 치고받고 싸운 적도 있고 함께 가서 오입을 한 적도 있어요. 함께 공사장의 철근과 시멘트를 빼돌려 팔아먹은 적도 있고요…… 염병할, 이놈의 주둥이를 어떻게 할 수가 없네요. 빌어먹을 술만 들어갔다 하면 주머니 깊숙이 감춰두었던 사람과 일들이 전부 튀어나온단 말이에요. 있잖아요, 저와 리챵이 광저우에서 십장에게 월급을 받아내려고 각자 망치를 하나씩 들고 십장의 집으로 쳐들어간 적도 있었어요. 십장은 너무 놀라 그 자리에서 돈을 지급했을 뿐만 아니라 3천 위안씩 더 얹어주더군요.

젠장, 그때 우리 두 사람은 강도 짓의 짜릿한 맛을 보았지요.

누군가에게 발견되어 잡혀갈 것을 걱정하지만 않는다면 이 세상에 강도 짓보다 더 짜릿한 일은 없을 거예요. 염병할, 지금 돌이켜 생각해보면 제가 그나마 이성적이라 여러 차례 저지했기에 망정이지, 그러지 않았더라면 그는 정말로 강도의 길을 가게 되었을지도 몰라요! 렌커 아저씨, 제 말을 못 믿으시겠어요? 리창은 여러 차례 저에게 '염병할, 은행을 한 번만 털어도 평생 신선처럼 살 수 있을 텐데 말이야!'라고 말한 적이 있어요. 제가 멀쩡한 정신으로 지혜롭게 저지하지 않았더라면 그는 정말로 은행을 털러 나섰을지도 몰라요. 그랬다면 지금 그는 우리 고향에 가 있지 않고 감옥에 가 있겠지요!

말하자면 그는 제게 크게 감사해야 해요. 정말로 제게 감사한 마음을 가져야 한다고요! 왜 그런지 한번 알아맞혀보세요. 그가 리징 아가씨를 찾아간 것은 그의 말처럼 그 아가씨랑 밥을 한번 같이 먹거나 아이스크림을 같이 먹으면 돈을 주기로 저랑 내기를 했기 때문이 아니에요. 그녀의 몸과 마음을 강도 짓 하기 위해서였다고요. 그가 웨이밍호 근처에서 그녀를 바라보면서 직접 했던 말이에요. 저희는 웨이밍호 근처에서 건물을 짓고 있었기 때문에 리징을 자주 볼 수 있었거든요. 한번은 리징이 웨이밍호 쪽으로 걸어가고 있을 때 그가 그녀의 모습을 한참이나 바라보고 있다가 고개를 돌리면서 갑자기 제게 이렇게 말하더군요.

'이봐, 마이쯔, 저 베이징대학 여학생과 자면 어떤 맛일 것 같나? 틀림없이 염병할, 우리 고향의 시골 여자랑 하는 것과는 다른 맛이겠지?'

염병할, 렌커 아저씨, 이 촌뜨기를 좀 보세요. 대가리 속에 무슨 생각들이 들어 있는지 보시라고요. 그런데도 여기선 많은 사람들이 그가 아주 착하고 평생 바람 없는 호수처럼 잔잔하고 평화롭게 살아왔다고 생각하지요. 사실은 바람 없는 호수가 아니라 죽어서 썩어버린 물인데 말이에요. 리창의 마음은 죽은 물이에요. 그의 마음은 우기를 맞은 저희 고향의 이허伊河와 다르지 않아요. 텔레비전에서 본 황허 입구와 같지요. 아주 거칠어요! 아주 사악하기도 하고요! 그는 리징과 자고 싶어 했어요. 도시 아가씨의 몸을 맛보고 싶어 했지요. 게다가 베이징대학 학생이니 얼마나 기가 막히는 맛이겠어요…… 보세요! 보시라고요…… 렌커 아저씨도 좀 드세요. 저만 혼자 마시게 하지 마시고요…… 걱정하지 마세요. 저는 반평생 동안 한 번도 술에 취한 적이 없다니까요. 그래서 자신이 취하면 어떤 모습인지조차 알지 못한다니까요……

자! 좋아요! 본론을 얘기하지요. 리창 얘기를 하자고요…… 맞아요, 화제를 돌리면 안 되지요. 방금 리창이 리징 아가씨랑 자고 싶어 한다고 말했잖아요. 사실 그는 상당한 교양을 갖춘 여자, 도시 여자를 찾아 한번 자보고 싶었던 거예요. 정말 한심한 농민이지요. 다행히 제가 저지하긴 했지만 생각해보면 리창 형을 탓할 일만도 아니에요. 필경 리창 형은 아내가 세상을 떠난 지 3년이 지난 터였거든요. 그러니 여자를 보고 어떻게 마음이 뜨거워지지 않을 수 있겠어요? 있잖아요, 렌커 아저씨, 톈퉁위안베이天通苑北 교외 지역에 가보신 적 있나요? 그곳에 가면 전문적으로 농민공들을 위해 남녀 문제를 해결해주는 민공촌民工村이 있어요. 저는 이것이 정부의 훌륭한 인도주의 정책이라고 생각해요. 음란풍속 척결운동도 그곳은 건드리지 않거든요. 이는 아마도 농민공에 대한 정부의 이해와 보살핌의 일환일 거예요. 제가 보기에 정부는 농민공 자녀들의 진학 문제를 염두에 두고 있을 뿐만 아니라 장기간 외부에 나가 노동하는 농민공들의 남녀 문제까지 고려하고 있는 것 같더군요. 또 어디 가서 이렇게 좋은 정부를 만날 수 있겠어요?

저는 매일 정부를 욕하는 사람들이 영 눈에 거슬리더라고요.

저는 평생 정부를 욕한 적이 한 번도 없거든요. 저는 입이 아주 더러워요. 똥이나 다름이 없지요. 하지만 정부에 대해서는 항상 입을 청결하게 유지하고 있어요. 저희 마을의 맑은 샘물처럼 깨끗한 입을 유지하고 있지요……

염병할, 그런데 개혁 때문에 우리 마을 어귀 산비탈의 맑은 샘물이 다 말라버렸더라고요. 그 물이 다 어디로 흘러가버린 걸까요? 10년, 20년 동안 그렇게 왕성하던 샘물이 어떻게 전문적으로 농민공들의 남녀 문제를 해결해주는 나이 든 여자들의 몸처럼 물이 한 방울도 안 나오게 된 걸까요? 그 여자들은 물이 안 나오는데도 가격이 낮지 않았어요. 리촹은 한 번 가보고는 더 이상 가지 않더군요. 그러더니 베이징대학 여학생 리징에게 꽂힌 거예요. 이게 도둑놈 심보가 아니고 뭐겠습니까! 엄연한 범죄라고요! 제가 악착같이 막았지요…… 그러나 행동은 막을 수 있었지만 그의 마음은 막을 수 없더라고요. 그러고 나서 또 몇 달이 지났어요. 아마 반년쯤 된 것 같네요. 모두들 매일 공사장에서 죽을힘을 다해 빌어먹을 막노동에 전념하고 있을 때 리창의 그 도둑놈 심보가 꺼지지 않고 아직 살아 있을 줄 누가 알았겠어요? 어떻게 알아냈는지 그가 리징에 관한 자세한 정보를 갖고 있더라고요. 그 아가씨가 예쁘기만 한 게 아니라 공부도 잘하고 집안 조건도 저 하늘에 해당한다고 말해주더군요. 아버지는 항저우 저장대학교의 원로 교수이고 어머니는 항저우 어느 중점중학교의 특급 교사라고 하더라고요. 이 집안은, 맙소사, 전부 대단한 지식인이었던 거예요! 이런 집안을 지식인 가정이라고 하지 않을 수 있겠어요?…… 참, 렌커 아저씨, 아저씨의 학문이 더 높은지 교수들의 학문이 더 높은지 말해보세요. 아저씨처럼 마구잡이로 이야기를 지어내는 걸로 돈을 버는 직업은 정말 이상한 것 같아요. 매일 되는대로 이야기를 지어내면서 뭐든지 진짜처럼 꾸며내잖아요. 이 사회와 세상에 온갖 유언비어들이 많지만 아저씨 같은 사람들이야말로 이런 유언비어를 가장 잘 만들어내잖아요. 이런 유언비어에 의지해서 밥을 먹고 살잖아요. 하지만 그런 유언비어에는 정부도 법률도 아무런 신경을 쓰지 않는 것 같아요. 남들은 유언비어를 한마디만 지어내도 잡혀가는데 아저씨 같은 사람들은 유언비어를 책으로 만들어도 정부로부터 격려를 받고 상장과 상금을 받잖아요. 이 정부도 정말 이상하고 세상도 이상해요. 유언비어가 입에서 나오면 범죄가 되고 책으로 나오면 학문이 되니까 말이에요!

염병할, 정말 이해할 수가 없네요. 도무지 이해가 안 된다니까요!

리창의 일에 대해 저는 한마디도 지어내지 않았어요. 거짓말한 것도 전혀 없고요. 그거 아세요? 보름쯤 됐을 거예요. 리촹이 어느 날 잠을 자려고 하는데 한밤중이 되어도 잠이 안 오더래요. 그러면서 지하실에 있던 저를 밖으로 불러내더군요. 우리 둘은 베이징대학 캠퍼스 맨 북쪽에 있는 나무숲 쪽으로 갔어요. 그곳은 공터라 학생 기숙사가 없거든요. 우리는 북쪽 맨 끝에 있는 폐건물 지하실로 내려갔어요. 지하실에는 모기가 아주 많았고 자꾸 물어대는 통에 잠을 잘 수가 없었어요. 결국 우리 둘은 다시 밖으로 나와 여기저기 돌아다녔지요. 달빛이 웨이밍호의 수면처럼 밝더군요. 둘이 천천히 걷고 있을 때 리촹이 갑자기 리징 얘기를 꺼내더라고요.

'이봐, 마이쯔, 자네 그거 아나? 그 리징이라는 아가씨 집에 돈이 아주 많은 것 같아…… 부모 둘 다 아주 높은 임금을 받더군. 자기 직업도 그렇게 좋은 데다 외동딸이니 집에 돈이 아주 많겠지!'

저는 명한 표정으로 리촹을 쳐다보았어요. 모기 한 마리가 그의 얼굴에 달라붙어 있더군요. 그의 얼굴을 물고 있는 거였어요. 제가 쳐다보자 자기 얼굴을 탁 쳐서 모기를 잡으며 말하더군요.

'집안과 미모를 볼 때 이 아가씨는 정말 한번 자볼 가치가 있는 것 같아. 그녀의 도시와 문화를 한꺼번에 누린 다음 갖고 있는 재물을 전부 빼앗는 거야.'

제가 말했어요.

'미쳤어요? 감옥에 가는 게 겁나지 않아요?'

그가 말했어요.

'치밀하게 계획을 세우면 별일 없을 거야.'

제가 또 말했어요.

'어떻게 만일의 실수조차 없을 수 있어요?'

그가 잠시 생각에 잠기더니 이내 또 입을 열더군요.

'먼저 그 아가씨랑 친구가 되는 거야. 그녀를 잘 꾀는 거지. 일단 그녀가 미끼를 물면 그때 가서 그녀의 몸과 집안의 재산을 통째로 빼앗는 거야.'

렌커 아저씨, 생각을 해보세요. 이 세상이 어떤 세상입니까? 그가 먼저 그 아가씨랑 친구가 되겠대요. 정말 감히 이런 생각을 다 하다니요. 좆대가리로 오줌도 제대로 못 갈기는 사람이 자신의 덕성과 꼬락서니 정도는 볼 줄 알아야지요. 그는 나이로 따지면 그 아가씨의 아버지뻘이고 생긴 걸로 따지면 장아찌처럼 추하잖아요. 반면에 그 아가씨는 베이징대학의 월계화인 셈이지요. 학교의 꽃이라고요. 저는 이번에 공사장 막노동을 하면서 학교의 꽃이 어떤 의미인지 알게 되었습니다. 학교 전체를 통틀어 가장 예쁜 여학생을 의미하지요. 리징 아가씨가 바로 그런 사람입니다. 게다가, 학문으로 말하자면 리징은 베이징대학을 졸업한 대학원생이고 리촹은 초등학교를 나와 간신히 중학교를 졸업하고 고등학교는 입학시험에 합격하지 못해 다니지 못한 무지렁이예요. 저는 먀오쥐안이 무엇 때문에 리촹 같은 사람에게 시집을 갔는지 도무지 이해가 안 되더라고요. 그가 먀오쥐안 형수에게 도대체 무슨 짓을 한 건지 모르겠어요. 중매쟁이가 눈이 멀었을 거예요. 차라리 먀오쥐안을 우리 큰형이나 둘째 형에게 소개했으면 얼마나 좋았을까요. 우리 큰형수와 둘째 형수는 사람도 아니에요. 걸핏하면 남의 물건을 훔치고 이래저래 우리 엄마 아버지를 속여 자신들 잇속을 채우거든요. 안타깝게도 우리 큰형수나 둘째 형수가 아닌 먀오쥐안이 리쌍에게 시집을 가고 말았지요…… 아 참, 화제가 또 엉뚱한 데로 흘렀네요. 이 술은 어째서 이렇게 달콤한 건가요? 정말 맛있네요! 좋은 술이란 마시는 사람에게 말을 많이 하게 하는 술을 말하지요. 사람들로 하여금 화제를 바꾸게 하는 그런 술 말이에요. 우리 이제 화제를 다시 원래의 궤도로 돌려야 할 것 같네요…… 요컨대 한마디로 말해서 저는 그 빌어먹을 리쌍이 어떻게 먼저 리징을 꼬셔서 친구가 된 다음에 몸과 돈을 다 빼앗겠다는 생각을 했는지 정말 이해가 안 가더라고요……

어쨌든 그는 그런 생각을 했어요. 자신이 성장이나 시장의 아들쯤 되는 줄 알았나 봐요. 자신이 큰 가게의 주인이나 사장인 줄 알았을까요? 빌어먹을, 그가 정말로 그런 생각을 했다니까요. 당시 그 말을 듣고 저는 어리둥절했어요. 웃음이 터질 것 같았지요. 하지만 한밤중이라 갑자기 오줌이 마려웠어요. 그래서 웃지도 않고 말다툼도 하지 않고 재빨리 몸을 돌려 나무숲으로 달려가 시원하게 오줌을 갈겼지요. 엄청나게 많은 양이었어요. 오줌 줄기가 제가 그와 벌이려던 말다툼을 쓸어 가버린 것 같았어요. 오줌을 다 누고 나서 제가 몸을 돌리며 그에게 말했지요.

'모기도 많지 않고 날씨도 시원하니 숙소로 돌아가서 잡시다.'

그렇게 우리는 잠을 자기 위해 왔던 길을 되돌아갔지요. 어깨를 나란히 하고 걸으면서 그가 또 내게 말했어요.

'리징과 먼저 친구가 되는 방법이 어떨 것 같아?'

제가 물었지요.

'어떻게 얘기를 꺼낼 건데요?'

그가 말했어요.

'그냥 꾀는 거지 뭐.'

제가 물었어요.

'그러니까 어떻게 꾈 거냐고요?'

'방법을 생각해봐야지.'

'어떻게 방법을 생각한다는 거예요?'

'천천히 생각해봐야지.'

그렇게 우리는 숙소로 쓰고 있는 건물 아래까지 왔어요. 지하실로 내려가는 입구에 오래된 홰나무가 한 그루 있었지요. 굵기는 사발만 하지만 키는 건물 한 층 정도밖에 되지 않는 나무였어요. 그 홰나무는 일 년 내내 아무도 돌보지 않아 수관이 밑으로 축 처져 있었지요. 가지 하나가 우리 숙소 입구까지 길게 뻗어 있어 모두들 문을 드나들 때 가지에 몸이 스치곤 했어요. 그날 밤 아주 늦게 우리가 숙소로 돌아왔을 때, 저도 그 가지에 몸이 걸리고 말았어요. 염병할, 나뭇가지에 걸리면서 정신이 번쩍 들었어요. 리챵이 리징을 꼬셔서 재물도 요구하고 몸도 요구하는 일이, 염병할, 아주 멋지게 이루어져서 그의 주머니가 두둑해진다면 이 마이쯔는 무슨 꼴이 되는 건가 하는 생각이 들더군요. 하지만 돈도 몸도 빼앗지 못하면 강도죄에 강간죄까지 추가되는 셈이지요. 저는 일단 시작한 일은 끝까지 철저하게 정리하는 사람이에요. 이런 사실을 잘 아는 저는 공범이 될 수밖에 없지요! 그가 10년 형을 받으면 저는 최소한 5년 형을 받게 될 거라고요. 운이 좋아 그가 5년 형을 받으면 저는 2년 형쯤 받겠지요. 이런 염병할, 그렇게 되면 제가 뭘할 수 있겠어요? 저는 결혼한 지 몇 년밖에 안 됐는데 말이에요. 마누라가 아직 아이도 낳지 않은 터에 제가 감옥에 들어가면 다른 사람에게 시집가버리지 않겠어요?

염병할! 제게 그렇게 재수 없는 일이 생기면 안 돼요!

저는 여전히 그 나뭇가지 아래 서 있었어요. 달빛이 서쪽으로 기울고 있더군요. 달빛이 꼭 여인의 피부 같았어요. 아마 리징 그 아가씨 피부 같았을 거예요. 차가우면서도 아주 매끄러웠지요. 흰 비단이 물속에 펼쳐진 것 같았어요. 저는 리창의 얼굴을 쳐다보았어요. 나무 그림자가 그의 메마른 얼굴 위에 떨어져 있더군요. 검고 거친 천이 얼굴에 걸려 있는 것 같았어요. 제가 말했어요.

'리창 형님, 미쳤어요? 정신 나간 것 아니에요? 형님의 그런 모습으로 리징을 꾈 수 있다고 생각해요? 생각을 좀 해보세요. 돈도 빼앗고 몸도 빼앗았다고 쳐요. 그런데 그 아가씨가 신고를 하면 형님은 빌어먹을 감옥에 들어가게 된단 말이에요. 형님은 도시인과 대학생이 모두 우리 농촌 아가씨들처럼 남자들에게 아주 쉽게 속아 넘어가고 간단히 농락당할 거라고 생각해요? 체면 망가지는 것이 두려워 피해를 당하고도 신고하지 않고 조용히 있을 것이고, 기껏해야 집 안이나 들판에서 한바탕 우는 것으로 그칠 거라고 생각해요? 그 아가씨가 신고하지 않을 거라고 생각하는 거냐고요? 그 아가씨는 법률을 잘 알고 있

을 거예요. 있잖아요, 리챵 형님.'

제가 또 고개를 들고 목소리를 높여 힘주어 말했어요.

'리챵 형님, 형님은 중학교를 간신히 졸업하긴 했지만 그렇게 형편없는 학교에다 선생님들 수준도 아주 형편없었잖아요. 게다가 반에서 형님의 성적은 끝에서 몇 번째 안에 들었고요. 하지만 저는 고등학교를 졸업했고 학교와 교사 모두 훌륭했어요. 저는 공부도 아주 잘했다고요. 아슬아슬하게 합격선을 넘지 못해 대학과는 인연이 없었지만 말이에요. 지원만 잘했어도 틀림없이 전국 중점대학교에는 합격했을 거라고요. 제가 형님 아들 리서처럼 한 해 더 공부할 수 있었다면 이 베이징대학 캠퍼스에서 농민공으로 일하는 것이 아니라 이 학교 학생이 됐을지도 모른단 말이에요. 리징과 조금도 다를 바 없는 대학생 혹은 대학원생이 되었을지도 모르지요. 어쩌면 박사가 되어 있을지도 모르고요. 리징을 좋아하게 된 사람이 형님이 아니라 저였을지도 모르지요. 심지어 우리 둘이 결혼을 했을지도 모른다고요. 베이징에 일찌감치 집도 있고 차도 있고 아이도 있는 그런 삶을 살고 있을지도 모르지요……'

이런! 운명이란 게 엿 같아서요! 저는 씨발 공부도 잘하고 성격도 좋은데 대학 시험에 한 번 낙방하고는 다시는 공부를 할 수가 없었어요. 재수하는 게 창피해 아예 집을 나서서 일을 시작했지요. 그렇게 시작한 일이 오늘날 요 모양 요 꼴이 되고만 거예요. 렌커 아저씨, 말씀 좀 해보세요. 저의 이런 인생이 너무 한심하지 않나요? 저 자신이 정말 한심해죽겠어요! 그래서 말인데요, 제가 대학을 졸업하진 못했지만 리챵보다는 문화 수준도 높고 식견도 넓다고요. 그래서 제가 그에게 말했지요.

'리창 형님, 내 말 좀 들어봐요. 나는 법률을 신발 치수만큼이나 잘 알아요. 발에 신발을 신으면 맞는지 안 맞는지 알 수 있는 것처럼 아주 잘 안다고요. 그래서 말인데요, 다시는 돈도 빼앗고 몸도 빼앗는 멋진 일은 생각도 하지 말아요. 원래 법률의 문은 우리 같은 사람들에게는 아주 작은 창문에 지나지 않아요. 하지만 법을 어기는 행위가 발생하면 그 창문이 커다란 대문으로 변하고 말지요. 성문이 열리는 것 같단 말이에요.'

여기서는 '성문이 열린다'는 표현에 큰 문제는 없지요? 렌커 아저씨…… 자, 제가 작은 잔으로 한 잔 더 마시겠습니다. 이것만 마시고 더 안 마실게요…… 우리 주식으로 국수를 한 그릇씩 먹을 수 있을까요?…… 아니에요. 안 먹을래요. 돈을 아껴야지요. 저는 아저씨한테 이렇게 많은 얘기를 해드리고 이렇게 많은 소재를 제공했어요. 제 얘기를 들으면서 아저씨 눈이 계속 휘둥그레지시네요. 제가 얘기한 걸 전부 글로 쓰실 건가요? 그 글 안에는 좋은 내용만 있겠지요? 교자餃子 안에 고기소가 들어 있는 것처럼 말이에요. 전부가 알짜인 순 고기소 말이에요. 좋아요, 간단히 얘기하고 화룡점정을 하도록 하지요. 있잖아요, 렌커 아저씨, 그 뒤에 어떻게 됐는지 한번 알아맞혀보세요. 무슨 일이 일어났을까요? 아마 못 알아맞히실 거예요! 때려죽여도 못 알아맞히실 거예요. 저도 알아맞히지 못했거든요! 젠장! 이건 정말 너무나 뜻밖이면서 또 인지상정에 속하는 일이기도 해요. 제가 리창에게 말했지요.

'내가 법률의 명예를 걸고 권하는데, 낭떠러지에 이르렀으면 말고삐를 잡아채 돌아와야 해요. 깨닫고 뉘우치기만 하면 구제를 받을 수 있을 테니까요. 어느 날 감옥에 잡혀 들어간 다음에 내가 권하지 않아서 그랬다는 말은 하지 말아요. 나를, 사정을 다 알면서도 말리지 않은 공범으로 만들지 말라고요!'

그러면서 저는 또 홰나무에 가까이 다가가 잎사귀를 매만져 해가 곧 밝기 직전의 이슬을 손끝에 적셔 눈꺼풀에 발랐어요. 잠기운이 조금 가시면서 정신이 더 맑아지더군요. 그리하여 리 챵에게 아주 다정하게, 그리고 지혜롭게 말했어요. 제갈량이 유비에게 형주荊州를 취할 준비를 하라고 권하는 것처럼 리챵에게 권했어요.

'리챵 형님, 젠장, 형님은 정말 멍청하네요. 형님이라 제가 욕은 못 하지만 생각을 좀 해보세요. 형님이 멍청이들이랑 뭐가 다른지 말이에요. 제발 생각을 좀 해보라고요.'

제가 또 말했어요.

'형님의 그런 모습을 보고 리징이 친구 하겠다고 할 것 같아요? 생각 좀 해보세요. 그 아가씨랑 친구가 된 뒤에도 그녀에게 돈과 몸을 요구할 건가요? 그녀랑 잠자리를 가진 다음에는 그녀가 형님에게 백 혹은 2백 위안, 천 위안, 2천 위안을 줘야 하나요? 잠자리에서 형님이 정말로 그녀를 황홀하게 해주어서 정말로 형님처럼 한심한 사람 곁을 떠나려 하지 않는다면 그녀가 형님에게 만이나 2만 위안을 줘야 하는 건가요?'

어떻게 생각하세요? 렌커 아저씨, 저의 이 이야기와 질문에 한번 대답해보세요. 리챵이 손으로 자기 이마를 서너 번 세게 치면서 말하더군요.

'맞아, 그녀랑 친구가 되자고 해야겠어. 그러면 그녀의 돈이 전부 내 돈이 되지 않겠어? 그녀의 가산이 전부 나의 가산이 되겠지! 그러면 우리 둘 사이에는 사랑이 싹틀 거야! 결국 내가 그녀의 몸과 재산을 다 차지하는 셈이 되겠지! 사랑이 싹트는 거야. 사랑은 봄날의 꽃과 여름날의 나뭇가지처럼 왕성해지겠지. 때가 무르익었는데 내가 갑자기 그녀의 몸을 취하지 않고 그녀의 재산을 빼앗지 않기로 마음먹는다면 그녀는 울면서 몸과 재산을 전부 내게 주겠다고 애원하고 나올지도 모르지!

바로 이거야! 내가 왜 이걸 생각하지 못했지?'

리창은 또다시 발을 동동 구르더니 홰나무를 한 번 걸어차면서 말하더군요.

'이런 씨발, 바로 이거야. 내가 왜 이걸 생각하지 못했던 거야!'

그는 이렇게 같은 말을 몇 번 반복하더라고요. 염병할, 리창은 저의 총명함과 깨우침에 감사하면서 저를 끌고 지하실로 통하는 입구로 데려갔어요. 걸음을 옮기면서 감격을 감추지 못하고 흥분해서 말하더군요.

'마이쯔, 내가 리징과 어떻게 연애를 할 수 있는지는 자네가 신경 쓰지 않아도 되네. 하지만 안심하게. 이 형님이 그 아가씨를 손에 넣은 다음 그녀를 속여 천 위안을 뜯어내면 자네에게 5백 위안을 주고 만 위안을 뜯어내면 5천 위안을 주겠네. 10만이나 20만 위안을 뜯어낸다면 그렇게 많이 기대하진 말게. 이 형님이랑 반분하는 건 아무래도 무릴세. 이 형님에게는 그렇게 많은 돈도 다 쓸데가 있거든. 집도 새로 지어야 하고 여든이 넘으신 어머니도 모셔야 하거든. 게다가 리서가 대학에 합격하면 학비도 대야 하네. 대학에 못 붙더라도 약혼은 시켜야겠지. 이래저래 돈 들어갈 데가 너무 많아. 그녀에게서 10만이나 20만 위안을 뜯어내면 자네에게는 3만이나 5만 위안을 주겠네. 나머지는 전부 이 형님 몫이 되는 걸세. 나이도 내가 자네보다 훨씬 많지 않은가. 그러니 돈 들어갈 데도 훨씬 많지⋯⋯'

한번 말씀해보세요. 이 리창의 생각이 얼마나 멋집니까? 하지만 아무리 거창하다 해도 결국에는 한바탕 꿈일 뿐이지요. 꿈속에서 사정하는 몽정과 다를 바 없어요. 아주 멋지긴 하지요. 절정을 포함한 모든 과정이 짜릿하니까요. 하지만 정액을 다 쏟고 꿈에서 깨면 거대한 공허감을 주체할 수 없게 되지요. 게다가 자기 몸과 팬티, 바지가 전부 더러워지잖아요. 젠장! 리창의 그런 생각이 자다가 몽정하는 것과 뭐가 다르겠어요? 한순간의 헛된 즐거움일 뿐이지요. 이런 일을 어떻게 현실로 받아들일 수 있겠어요? 어떻게 정말로 일어난 일로 체감할 수 있겠어요? 한밤중의 지각없는 헛소리 아닌가요? 너무 깊이 잠들었을 때 터져 나오는 잠꼬대 아니겠어요?

우리 둘은 그렇게 숙소로 돌아가 잤어요. 날은 이미 환하게 밝아오기 시작했지요. 저는 이 일을 아예 마음에 두지도 않았어요. 둘 다 푹 잤어요. 돼지처럼 잘 잤지요. 그런데 리창이 이 모든 것을 사실로 받아들이고 있을 줄을 누가 알았겠어요? 다음 날, 그가 공사장 건물 아래에서 리징 아가씨 앞을 가로막는 일이 일어날 줄 누가 알았겠어요? 그가 웨이밍호 부근에서 리징을 가로막았을 뿐만 아니라 그녀가 단지 입구로 들어가는 것까지 미행했을 줄 누가 상상이나 했겠어요? 젠장, 벌건 대낮에 그가 뜻밖에도 단지 입구에서 그녀 앞을 가로막고 단둘이 밥 한번 먹고 단독으로 얘기를 나누자고, 단독으로 약속을 잡자고 제안할 줄 누가 생각이나 했겠어요?…… 한번 말씀 좀 해보세요. 이건 너무 뜻밖의 일 아닌가요? 리창을 좀 보세요. 그가 얼마나 인색하고 얼마나 멍청한지 보시라고요…… 뒤에 얘기한 일들에 대해 저는 그가 파출소에 잡혀간 뒤에야 듣게 되었어요. 경찰이 저를 불러놓고 이것저것 한나절이나 물어대더군요. 구술과 기록에 이어 마지막에는 지장도 찍었지요.

젠장, 염병할 새끼, 너무나 쪽팔리는 일이었어요. 너무나 뜻밖의 일이었지요! 쪽팔려죽겠어요. 우리 허난 사람들은 원래 전국적으로 평판이 가장 안 좋은데 리창 사건 때문에 평판이 더 안 좋아졌어요……

있잖아요, 렌커 아저씨, 리창의 일은 제가 처음부터 끝까지 하나도 빠뜨리지 않고 다 말씀드렸어요. 파출소 사람들에게 말할 때와 마찬가지로 거짓말은 한 마디도 안 했고요. 저는 리창을 두둔해야 했어요. 그의 아들 리서가 줄곧 저를 아저씨라고 부르거든요. 제가 렌커 아저씨를 부르는 것과 같은 호칭이지요. 물론 저는 없는 말이라도 해서 리창이 좀더 일찍 풀려나게 해야 했지요. 하지만 오늘 아저씨한테는 없는 말을 한 마디도 지어내지 않았어요. 거짓은 눈곱만큼도 없었다고요. 아저씨가 글을 쓰실 때 반드시 제가 한 말에 따라 쓸 거라고는 생각지 않아요. 아저씨는 없는 말을 보태서 쓰시겠지요. 입으로 유언비어를 지어내면 범죄지만 글로 써내는 것은 학문이 되잖아요. 아저씨는 어느 정도 유언비어를 지어내셔야 할 거예요. 그렇다면 가급적 좋은 거짓말을 많이 써주세요. 우리 허난 사람들을 좀 좋게 써달라고요……

리창 이야기도 좀 좋게 써주세요……

저도 좀 좋게 써주시고요. 리창과 저의 이미지가 좋고 나쁜 것을 따지려는 게 아니에요. 이는 우리 1억 허난 인구의 이미지에 관한 일이라고요. 아저씨는 베이징에 계셔서 잘 모르시겠지만 허난 사람들의 이미지 때문에 수많은 허난 사람들이 죽도록 걱정하고 있어요. 얼마 전에 성장과 성위원회 서기가 텔레비전에서 성 전체 인민들에게 훌륭한 허난 사람들의 이미지를 수립해줄 것을 호소한 바도 있지요…… 저, 있잖아요…… 렌커 아저씨, 여기 남은 닭고기와 오리고기, 생선을 정말 싸 가지 않으실 건가요? 안 싸 가시면 제가 싸 갈게요. 가져가서 오늘 저녁에 한잔 더 하게요. 리창이 고향에 돌아가지 않았으면 좋았을 걸 그랬네요. 우리는 둘이서 한 번에 백주 두 병도 거뜬히 마시거든요. 맥주는 둘이서 한 번에 세 박스도 마실 수 있지요. 한 박스에 여섯 병이니까 세 박스면 열여덟 병이네요. 당시 우리는 술을 마시면서 신나게 떠들었지요. 둘이서 여자를 맘대로 가지고 노는 것 같았어요. 절정에 도달한 것 같았지요."

……

5. 리징

시간: 6일 17일 오후 4시 35분

장소: 베이징의 우리 집과 항저우의 리징 집

참석자: 리징과 나

환경 및 설명: 리징과는 전화를 통해 인터뷰를 진행했다. 나는 우리 집 서재에 있고 리징은 항저우의 그녀 집 침실이나 발코니 혹은 거실에 있는 것 같았다.

리징:

"여보세요…… 리징 씨인가요? 미안합니다. 실례 좀 하겠습니다."

"아, 네…… 실례지만 누구시죠?"

"저는 옌롄커라고 합니다. 몇 번 전화를 드렸는데 매번 전화기가 꺼져 있거나 전화를 받지 않으시더군요. 그래서 전화를 꼭 좀 달라고 문자 메시지를 보냈던 겁니다…… 제가 한 10분 정도만 시간을 빼앗아도 될까요?"

"무슨 일인데 그러시죠?"

"저는 작가입니다…… 죄송하지만 이런 식으로 저를 소개하는 것이 실례가 되지 않을지 모르겠군요."

"아닙니다…… 작가가 누구라고 하셨죠? 옌……"

"옌롄커입니다. 이런 이름을 못 들어보신 모양이군요?"

"한 번도 못 들어봤어요."

"당대當代 작가들 가운데 어떤 사람들을 아시나요?"

"아는 작가가 전혀 없습니다. 저는 이공대생이거든요. 저희 선생님께서 수업 시간에 당대문학은 전부 쓰레기라고 하시더군요. 중국문학은 루쉰魯迅 세대에 기본적으로 이미 끝났다고 하시면서 말이에요. 당대문학에 관심을 갖느니 일본 애니메이션이나 한국 드라마에 관심을 갖는 것이 나을 거라고 하셨어요. 저희 선생님께서는 당대문학 작품을 읽는 것은 순전히 시간 낭비로서 집에 혼자 있어 무료할 때 견과류를 씹으면서 이리저리 돌아다니는 것과 같다고 하시더군요."

"아, 그러시군요…… 혹시 모옌莫言은 아시나요?"

"그분이 노벨문학상을 탄 뒤에야 그의 소설을 개작한 영화 「붉은 수수밭紅高粱」을 봤어요."

"그럼 장이머우 감독의 또 다른 영화 「인생活着」도 보셨나요?"

"제 룸메이트이자 친한 친구가 하나 있는데 그 애는 봤대요."

"좋았다고 하던가요? 그 영화의 원작자인 위화余華라는 작가에 대해서는 들어보셨나요?"

"에이, 질질 끌지 말고 어서 본론을 말씀해보세요. 무슨 일로 절 찾으신 건가요?"

"실례지만 언제 베이징에 돌아오시나요?"

"저는 2년 치 휴가를 한꺼번에 쓰고 있어요. 7월 말에나 돌아갈 것 같아요."

"아, 네…… 그럼 전화로 곧장 얘기할게요…… 실례지만……실례지만 베이징대학 공사장에서 일하던 허난 출신 농민공 리창을 아시나요?"

"……"

"죄송합니다. 정말 죄송합니다. 이 일에 관해 얘기하기 싫으시면 다른 얘기를 하도록 하지요……"

"얘기할게요!"

갑자기 그녀의 목소리가 커졌다. 자신의 거대한 목소리로 나의 핸드폰을 폭파시켜버리려는 것 같았다.

"질문하세요, 옌 작가님, 뭐든지 물어보시는 대로 다 대답해 드릴게요!"

"정말 죄송합니다…… 어쩌면 이렇게 단도직입적으로 물어보는 것이 적절치 못한 것인지도 모르겠습니다. 저는 리쾅과 같은 마을 사람이고 나이 차이도 많지 않습니다. 어린 시절에는 항상 함께 풀을 베고 소를 먹이고 밭에 씨를 뿌렸었지요."

"아, 그러시군요…… 정말로 옌롄커 선생님께서는…… 저와 리쾅의 이야기를 소설로 쓰거나 드라마로 제작할 생각이신가요?"

나는 잠시 생각에 잠겼다가 대답했다.

"그냥 호기심일 뿐입니다. 호기심 때문에 좀 알아보고 싶었던 거예요. 아시다시피 작가들은 대부분 아주 한가하고 비열한 부류이지요. 한가하고 비열한 사람들의 마음은 생활 속의 기이한 일과 사물에 대한 호기심으로 가득 차 있습니다."

"글로 쓰지 않으시면 안 되겠지요?"

"글쎄요…… 이 문제에선 최대한 리징 씨의 의견을 존중하도록 하겠습니다. 리징 씨가 쓰지 말라고 하면 저는 한 글자도 쓰지 않을 겁니다."

"정말이세요?"

"리징 씨는 베이징대학에서 공부하고 있지만 저는 인민대학에서 학생들을 가르치고 있습니다. 선생은 믿으시겠지요?"

"좋아요. 그럼…… 물어보세요. 어떤 걸 묻고 싶으신가요?…… 좀 빨리 말씀해주세요. 조금 있으면 엄마 아빠를 모시고 누구를 좀 만나러 가야 하거든요."

"정말 우리 마을의 리챵을 아십니까?"

"네, 정말이에요."

"그를 어떻게 알게 되셨나요?…… 리징 씨는 베이징대학을 졸업한 대학원생이고 그는 일개 농민공이었는데 말이에요……"

"그게 뭐가 이상해요? 왕자가 추한 오리 새끼를 사랑하기도 하고 공주가 나무꾼에게 시집을 가기도 하잖아요."

"그러니까 리징 씨 얘기는……"

"무슨 얘기를 하는 거냐고요?"

"그러니까 리징 씨와 리챵이…… 그런 관계였다는 말씀인가요?"

"어떤 관계요? 단순한 관계였어요. 그는 베이징대학교 교내 공사장에서 일하는 농민공이었고 저는 베이징대학을 졸업한 대학원생이었어요. 지금은 북사환 바오푸쓰교 근처에 있는 국영 그룹회사 산하 231연구소에서 높은 연봉을 받고 일하는 화이트칼라지요. 하지만 선생님은 이렇게 간단하고 무료한 관계에 관해 알고 싶은 게 아닐 거예요. 그렇죠?"

"네, 맞아요. 그건 물론……"

"제가 가슴속 가장 깊은 곳에 감추고 있는 생각이 뭔지 알고 싶으신 거죠?"

"네, 맞아요. 난 리징 씨가 이렇게 거리낌 없이 솔직한 태도를 보이리라고는 생각지 못했네요. 다른 남방 아가씨들과는 완전히 다르군요."

"그 말씀은 제가 약간 에둘러서 얘기해야 한다는 뜻인가요? 치약을 짜듯이 아주 조금씩 참모습을 드러내야 한다는 말씀이군요?…… 엔 작가님…… 엔 선생님, 제가 선생님을 존경하지 않는 것이 아니라, 전 정말 잠시 후에 제 엄마 아빠와 함께 어떤 환자를 만나러 가야 해요. 우리 좀 간단하고 분명하게, 줄여서 얘기하면 안 될까요?…… 선생님께 사실대로 말씀드리자면 저는 선생님 마을의 리창을 약간 좋아했어요. 그의 아이 리서도 좋아했고요. 여기서 좋아한다는 것은 나가서 함께 식사할 약속을 하는 것도 아니고 영화를 보면서 아이스크림을 함께 먹는 것도 아니에요…… 나이 차이가 너무 크지 않았다면, 세속적인 눈빛만 아니었다면 저희 엄마 아빠가 받아들일지 말지는 고려하지 않았을 거예요. 제가 생각한 것은 저와 그들 사이의 나이를 초월한 왕래가 아니었고 서로 친구가 되는 것도 아니었어요. 제가 원한 것은 그의 애인이 되거나 그와 결혼할 결심을 내리는 것이었지요……"

"……"

"여보세요…… 여보세요…… 엔 선생님, 제 말에 너무 놀라셨나요? 가장 알고 싶은 것이 제 속마음이라고 하지 않으셨나요? 최소한 열 명이 넘는 기자들이 제게 전화를 했었어요. 저를 인터뷰하고 싶다고 했지만 저는 아무 말도 하지 않았지요. 기자라는 말만 들으면 곧장 전화를 끊어버렸지요. 지금 제 마음 가장 깊은 곳에 감춰져 있는 가장 진실한 것을 말씀드리면 선생님도 놀라실 것 같네요. 선생님도 다른 모든 사람과 마찬

202

가지로 가장 세속적인 눈빛으로 저와 리쨩의 감정적 교류를 가늠하려 하시는 건가요?"

"저는…… 저는 리징 씨를 대단히 지지합니다. 저는 감정상의 문제에서나 개인 생활의 문제에서 모든 사람의 사생활은 자기 내면에서 나온 선택이기만 하다면 충분한 지지와 존중을 받아야 마땅하다고 생각합니다…… 단지…… 단지, 저는 왜 그랬는지를 알고 싶을 뿐이에요."

"왜 그랬느냐고요? 특별한 이유는 없어요. 선생님네 인민대학에서도 박사 과정 졸업생 하나가 결국 교문 앞에서 양꼬치를 파는 중년 남자에게 시집가는 일이 있지 않았나요? 그들의 나이 차이는 저와 리쨩보다 한 살 더 많았고요. 이유를 알고 싶으시다면 선생님네 인민대학의 그 박사 졸업생을 찾아가보시는 게 더 정확할 겁니다. 그들은 결혼을 했을 뿐만 아니라 아이가 이미 유치원에 다니고 있으니까요."

"저는…… 그래도 이해가 되지 않는 부분이 좀 있어요……"

"이해가 안 되시면 상상을 좀더 하세요. 선생님 같은 작가들이 가장 잘하는 일이 상상과 허구 아닌가요? 저는 선생님한테 가장 진실한 두 가지를 말씀드렸어요. 저와 리쨩이 남자와 여자라는 점과 서로 진실로 사랑했다는 점 말이에요. 이 두 가지를 이미 말씀드렸잖아요. 중간에 누락된 논리는 선생님의 상상과 허구로 보충하도록 하세요…… 죄송합니다. 옌 선생님, 엄마랑 아빠가 거실에서 절 부르고 계세요……"

"잠깐만요, 리징 씨. 잠깐만 기다려주세요…… 길어야 3분이면 돼요. 마지막 한 가지 문제가 있습니다. 리징 씨와 리쨩이 어떻게 알게 되었는가 하는 거예요. 다시 말해서 맨 처음에 어떻게 만났느냐 하는 것이지요. 언제, 어디서, 어떤 방식으로 알게 되었느냐 하는 겁니다."

"맨 처음에는……"

리징은 잠시 생각에 잠겼다가 다시 입을 열었다.

"얘기가 길어져요. 지금은 시간이 없거든요…… 맨 처음이라, 맨 처음 만난 건 2년 전이었어요. 제가 대학원을 졸업하기 전이었고 석사논문 면접 심사를 받던 날이었어요. 관례에 따르자면 그날 석사 과정과 박사 과정의 논문 심사가 끝나고 나서, 지도교수님께서 몇 해에 걸쳐 가르쳐주신 은혜에 감사의 뜻을 표하기 위해 통과된 학생들이 모두 모여 지도교수님을 모시고 식사 대접을 할 예정이었지요. 그날 저는 베이징대학교 앞 월마트 옆에 있는 태국 음식점에 별실을 하나 예약했어요. 그리고 내친김에 월마트 옆 꽃 가게에 가서 지도교수님께 드릴 꽃다발을 하나 주문했지요. 그런데 꽃 가게에서 돈을 꺼내려는데 지갑이 보이지 않는 거예요. 돈은 둘째 치고 지갑 안에는 인민폐 몇천 위안뿐 아니라 신분증과 학생증, 카드키…… 같은 것들이 전부 들어 있었거든요. 정말 죽도록 다급했지요! 이것들뿐만 아니라 지갑에는 USB도 들어 있었어요. USB에는 제가 몇 년 동안 쓴 글들이 들어 있었지요. 남들에게 보여줄 수 없는 은밀하고 사적인 글과 일기도 들어 있었고요…… 그것이 남들에게 읽히거나 천관시*의 누드 사진처럼 인터넷에 공개된다

---

* 陳冠希: 캐나다 국적의 홍콩 배우로 다수 여배우의 누드 사진을 외부로 유출

는 건 더더욱 무섭고 충격적인 일이었지요······ 그런데 이런 것들을 전부 잃어버린 거예요. 태국 음식점에 있을 때까지는 분명히 제 가방 안에 있었는데 열몇 걸음 걸어 월마트에 오니 갑자기 보이지 않는 거예요······ 너무 다급한 나머지 온몸에 식은 땀이 났어요······ 그런데 바로 이때, 리창이 밖에서 걸어 들어와 그 작은 지갑을 들고 제 옆에 멈춰 서더니 제게 건네주면서 묻는 게 아니겠어요!

'이거 아가씨 지갑 아닌가요?'

저는 지갑을 받아 들고 한동안 짜릿한 희열에 휩싸였어요. 지갑을 열어보니 없어진 게 하나도 없더군요. 돈이 한 푼도 없어지지 않은 거예요. 신분증과 학생증, USB 등도 전부 그대로 있었고요. 저는 반갑고 놀라운 눈으로 그를 쳐다보았어요. 그는 제가 황급히 꽃 가게로 뛰어오면서 입구에서 가방이 허리춤에서 획 하고 한쪽으로 쏠리면서 지갑이 떨어져 나왔다고 말해주더군요. 바로 그때 마침 꽃 가게 앞을 지나가다가 제 지갑이 꽃 가게 입구 화분 옆에 떨어지는 것을 보았대요······ 이 얼마나 통속적이고 구태의연한 스토리인가요! 옌 작가님, 하지만 생활과 현실 속에서는 이런 일이 자주 일어납니다. 이렇게 통속적인 상황 외에 다른 건 전혀 없었어요······ 이렇게 우리 두 사람은 서로 알게 되었지요. 맨 처음 만남은 어느 영화의 스토리 같았어요. 영웅이 미녀를 구한 것이지요. 이렇게 통속적이고 일상적인 방식으로 서로 알게 된 거였어요······"

해 홍콩 연예계에 큰 파문을 일으킨 바 있다.

앞에서도 얘기했지만 나는 우리 집 서재에서 리징과 전화 통화를 했다. 서재에서 리징이 전화로 얘기하는 것을 듣고 있었던 것이다. 정말로 아무런 재능이나 상상력도 없는 통속소설을 한 편 읽고 있는 듯한 기분이었다. 나 자신이 그 소설 속의 세속적인 인물이 된 것 같았다. 이리하여 나는 소설 속 인물의 어투로 소설 속 인물에게 물었다.

"이 일로 그를 사랑하게 된 건가요?"

"사랑이라……"

리징은 부정하는 듯한, 심지어 조롱하는 듯한 어투로 말했다.

"사랑을 거론할 수는 없을 것 같네요. 사랑하고는 거리가 아주 멀어요. 하지만 그에 대해 호감을 갖게 된 것은 분명해요. 아주 일반적인 호감이었지요. 물건을 잃어버렸는데 누군가가 그걸 주워서 돌려준다면 당연히 그 사람에 대해 호감이 생기지 않겠어요? 제가 느낀 호감은 바로 그런 것이었어요. 금을 주워도 자기 것으로 삼지 않은 것에 대해 은혜를 알고 보답하는 관계라고 할 수 있지요. 필경 돈이 단 한 푼도 없어지지 않았고 USB도 그 자리에 그대로 있었으니까요. 자신의 사적인 비밀을 고스란히 다시 손에 넣은 기분이었지요. 저는 지갑을 샅샅이 살펴보고 USB를 확인한 다음, 앞에 서 있는 리챵을 쳐다보았어요. 당시는 봄이고 졸업 시즌이라 거리의 여자들은 전부 다양한 꽃무늬 치마를 입고 있었지요. 제가 어떤 옷을 입고 있었는지는 전혀 기억나지 않지만 리챵이 공사장에서 노동자들이 입는 낡은 작업복 차림이었다는 것은 분명히 기억해요. 안에 솜이 들어 있는 옷인데 상의 팔뚝에 난 구멍 사이로 더러운 솜뭉치가 삐져나와 있었지요. 사실대로 말하자면 제가 우수하다거나 귀족이라는 얘기가 아니라 정말로 저는 평생 처음 이렇게 낮은…… 이렇게 낮은 계층의 농민과 함께 있게 된 거였어요. 그렇게 가까이 함께 서서 그의 몸에서 나는 이상하고 코를 찌르는 냄새를 맡게 된 것은 정말 처음이었어요. 유통기한이 지난 요구르트에서 나는 시큼한 부패의 냄새였지요…… 죄송합니다. 저는 요구르트를 무척 좋아하거든요. 매일 한 개씩 먹지요. 때문에 그런 냄새가 싫지 않았어요. 저는 그의 더러운 (더럽다고 할 수 있었어요) 작업복을 쳐다보면서 농민공들은 전부 그러려니 생각했어요. 옷은 더러웠지만 사람은 아주 깨끗했지요. 방금 머리를 감은 것 같았어요. 치아도 특별히 희었고요. 아주 희고 가지런했어요. 그렇게 희고 가지런한 치아는 학교의 남학생들에게서도 찾아보기 어려웠거든요. 게다가 짧게 깎은 머리에는 듬성듬성 흰 머리카락도 보였어요. 얼굴은 온갖 풍파를 다 겪었지만 여전히 활동하고 있는 중년의 표정이었어요. 눈빛은 감옥에서 출소를 앞두고 생명과 생활에 대한 열정으로 불타는 수인 같았지요…… 옌 선생님, 그거 아세요? 이 세상에서 가장 확실하게 젊은 여자의 마음을 움직일 수 있는 사람은 온갖 풍파를 다 겪고도 여전히 생명과 생활을 뜨겁게 사랑하는 그런 사람이라는 것 말이에요. 남아프리카공화국의 만델라는 누구나 다 아는 사람이겠지만, 중국의 추스젠*도 아시겠지요?

---

* 褚時健(1928~2019): 중국 윈난雲南 훙타紅塔그룹과 위시玉溪 훙타담배그룹 이사장. 감옥에 가는 등 온갖 풍파를 다 겪고도 노년까지 성공한 사업가로서의 명성과 지위를 지킨 입지전적인 인물로 전 국민으로부터 대대적인 추앙을 받고 있다.

1994년 중국의 10대 개혁풍운 인물 가운데 하나지요. 그는 '훙타산紅塔山' 담배를 중국의 유명 브랜드로 만들었고, 위시玉溪 궐련 공장을 아시아 제일은 물론, 세계 유수의 대형 담배 제조 기업으로 성장시켰어요. 1999년에 경제적인 문제로 쇠고랑을 차고 감옥에 수감되어 무기징역 선고를 받았고 정치적 권리마저 영원히 박탈당했지만 나중에 형기가 17년으로 감형되었지요. 2002년에는 보석으로 나와 치료를 받은 뒤에 아내와 함께 아이라오산哀牢山에서 황무지에 귤을 재배하는 일을 하청받아 진행하게 되었어요. 2012년에 85세의 고령이었던 추스젠이 재배한 귤은 전자상거래를 통해 전국에 날개 돋친 듯이 판매되었고, 이로써 '추청褚橙'이라는 브랜드를 창조하게 되었지요······ 옌 선생님, 당시 여대생들이 추스젠의 어떤 점을 좋아하고 존경했는지 이해할 수 있으세요? 그걸 이해하신다면 제가 리창을 처음 만났을 때 어떤 느낌이었는지도 아실 수 있을 거예요."

"······"

"······물론, 처음 만난 일, 그가 제 지갑을 찾아준 것만으로 그를 사랑하게 될 리는 없지요. 그를 추스젠으로 여길 수도 없고요. 하지만 그가 제게 지갑을 돌려준 다음, 저는 지도교수님께 드릴 꽃다발을 주문한 뒤 갑자기 그에게 감사 표시를 해야 한다는 걸 깨달았어요. 누군가 지갑을 주워 찾아주었는데 감사 인사조차 안 하는 건 도리가 아니지요. 어쩌면 감사하다고 한마디 한 것으로 일이 끝난 건지도 몰라요. 하지만 저는 꽃 가게에서 나와 갑자기 그에게 답례의 표시로 5백 위안을 건네고 싶어졌어요. 그래서 가게 문 앞으로 돌아가 그를 찾았지요.

꽃 가게에서 그를 찾지 못한 저는 월마트로 가서 찾아보았어요. 결국 월마트 안의 주방기구 전문 코너에서 그를 찾아내 몇 마디 감사 인사를 건넸지요. 그리고 지갑에서 5백 위안을 꺼내 건넸어요. 한번 유추해보세요. 이런 상황에서 선생님네 허난 사람들은 어떤 반응을 보였을까요? 그는 저를 뚫어져라 쳐다보고 또 돈을 힐끗 쳐다보더니 제가 전혀 예상하지 못한 한마디를 던지더군요. 죽을 때까지 잊을 수 없는 한마디였어요.

그가 쉰 목소리로 제게 묻더군요.

'당신네 도시 사람들은 농민공들이 무엇을 하든지 다 돈을 위한 거라고 생각하십니까?!'

맙소사! 그는 그렇게 실질적이면서도 고상한 질문을 던졌던 거예요. 저는 말문이 막혀버렸지요. 저는 그에게 무슨 말을 해야 좋을지 몰라 아주 오랫동안 그 자리에 서 있었어요. 잠시 후 간신히 정신을 차린 저는 또다시 몇 마디 감사의 말을 건네고 자리를 떴던 것으로 기억해요. 아주 적막하고 재미없는 상황이었지요. 동시에 웬일인지 모르지만 몹시 부끄러웠어요. 저는 천천히 주변에 모여 있는 사람들로부터 벗어나 상가 밖으로 나와 걷기 시작했어요. 그렇게 앞을 향해 걸었지요. 열몇 걸음 걸었을 때 그가 또 제 뒤에 다가와 말하더군요.

'저한테 감사하지 않고는 마음속으로 정말 견디기 어렵다면 돌아가서 제게 식칼 하나만 사다 주세요. 제 아내가 평생 부엌 일을 하고 있거든요.'

선생님네 시골에서는 주방을 부엌이라고 부르나 보죠?

리챵이 말하더군요.

'제 아내는 평생 부엌에서 일했어요. 평생 우리 집 식칼이 형편없어서 야채조차 썰기 어렵다고 탓하고 있어요.'

저는 곧장 월마트로 돌아가 특수강으로 만든 독일제 식칼을 하나 사다 주었어요. 8백 위안이 좀 넘더라고요. 그가 제게 얼마냐고 묻더군요. 저는 80위안이라고 대답했어요. 이때 그가 뭐라고 했을까요? 한번 알아맞혀보세요.

그가 말했어요.

'이제 마음이 좀 편안해졌겠군요. 농민공에게 뭔가 신세 졌다는 생각을 가지실 필요 없어요.'

그러고는 웃으면서 몸을 돌려 가버리더군요. 그 웃음이 그의 얼굴에 굳어져 있었어요. 조롱과 경멸의 의미가 담긴 웃음이었지요. 제가 8백 위안을 들여 그에게 전 세계에서 가장 좋은 부엌칼을 사다 준 것이 마치 자신에게 사람들이 한눈에 알아볼 수 있는 허위와 억지, 가짜 귀족 같은 얼굴을 하나 사준 꼴이라는 듯했어요. 그러자 제 마음이 정말로 편치 않았어요. '염병할!' 이것이 당시 제가 마음속으로 내뱉고 싶었던 가장 거친 한마디였어요. 화가 나서 견딜 수가 없었거든요. 잠시 서서 생각해보니 저는 베이징대학 학생인 거예요. 아시다시피 우리 베이징대학 학생들은 어찌 된 일인지 굴욕을 모르는 오만한 기질을 갖고 있거든요. 어쩌면 이것이 덕을 두텁게 하여 만물을 받아들인다는 '후덕재물厚德載物'의 문화인지도 모르지요. 화가 난 저는 또다시 리챵을 쫓아갔어요……

이렇게 우리 두 사람은 서로 교류하게 되었지요.

바로 이렇게 예쁘고 학문이 높아 감히 남학생들이 쫓아다니지도 못하는 베이징대학 컴퓨터학과의 대학원생이 자기 아버지뻘 되는 농민공과 왕래를 시작했고 서로 감정의 교류를 갖게 된 거예요……

자, 이제 됐어요. 옌 선생님, 정말 죄송합니다. 우리 엄마 아빠가 계속 재촉하고 있어요. 저희는 당장 병원으로 환자를 만나러 가야 해요. 제가 다니던 고등학교 선생님이세요. 암이거든요. 지금 가지 않으면 다시는 만날 기회가 없게 될지도 몰라요…… 죄송합니다. 전화 끊을게요……"

"여보세요…… 리징 씨, 병원에 갔다 돌아오시면 다시 통화할 수 있을까요? 아니면 지금 남방 지역에 출장 중인 장팡저우에게 리징 씨를 찾아가라고 할게요. 어쩌면 두 사람이 못 할 말이 없는 좋은 친구가 될 수 있을지도 몰라요……"

"더 이상 번거로워지고 싶지 않네요. 이미 선생님께 충분히 많은 이야기를 해드렸잖아요. 그렇게 많은 이야기들이 선생님의 한가한 호기심을 만족시켜드리지 못했나요? 제 얘기가 선생님의 요구를 만족시켜드리지 못한 건가요?"

"아닙니다…… 만족했어요…… 하지만 그 뒤에…… 그 뒤에 어떻게 됐는지 알고 싶어서요……"

"그다음에 제가 그와 잤는지 안 잤는지 알고 싶으신 건가요? 그와 자기 전과 후의 일에 관해 알고 싶으신 건가요?"

그녀는 또 화가 났는지 목소리가 커졌다(어쩌면 그때 병원에 가기 위해 그녀를 기다리고 있던 부모님이 그녀 바로 옆에 와 있었는지도 모를 일이었다). 거친 목소리로 묻고 나서 그녀는 주저 없이 전화를 끊어버렸다.

한편 나는 서재에서 귓가에서 떼기 전에 이미 뜨거워진 핸드폰을 손에 들고 한참 바라보다가 중간에 정지된 영화 스크린을 바라보는 것처럼 눈앞이 온통 하얘졌다. 다른 건 아무것도 없었다. 한순간에 모든 것이 사라지고 없었다.

6. 리서

시간: 6월 18일 오전 11시

장소: 차오양구朝陽區 차오양남로朝陽南路 26호 공상工商은행 앞

참석자: 리서

환경 및 설명: 리서를 찾는 것은 글을 쓰다가 피곤해진 내가 밖에 나가 산책을 하는 것처럼 쉬웠다. 배가 고플 때 음식 배달을 주문하는 것처럼 쉬웠다. 그는 차오양남로 26호 공상은행에서 경비원으로 일하고 있었다. 그해에 대학 입시가 끝나고 나서 임시로 며칠만 일하고 있는 것이었다. 경비원으로 일하는 고등학교 친구가 그를 그곳에서 일할 수 있도록 소개했다. 경비팀 팀장이 그를 살펴보고는 어깨를 탁 치면서 말했다. 키와 인상 모두 나쁘지 않군. 그러고는 흔쾌히 그를 받아들여주었다. 그는 임시직이었기 때문에 며칠 출근하다가 대학에 합격하면 9월에 그만두고 학교에 다녀야 했다. 그는 대학에 합격하지 못한다 해도 9월에는 집에 돌아가 다시 입시 준비를 시작할 생각이라고 했다. 이번에 또 도전하면 도합 사수를 하는 셈이었다. 고등학생 가운데서도 늙은 학생이 되다 보니 청춘과 수염이 스물두 살의 얼굴에 고생의 흔적

으로 드러나 있었다(리징은 이런 풍파의 느낌을 좋아했을 것이다). 그는 나이가 리징보다 어렸다(내가 생각하기에 그랬다는 것이다). 하지만 얼핏 보기에는 리징보다 나이가 훨씬 많은 것 같았다(나는 실제로 리징을 만나보기 전이었고, 바이두* 사이트에서 그녀의 사진을 찾아보고서 그녀가 확실히 예쁘게 생겼다는 것을 알았을 뿐이다. 대학원생 졸업 사진에는 대학교 1학년이나 2학년 정도밖에 안 되어 보이는 유치함과 신선함이 남아 있었다. 어쩌면 실제 모습은 사진과 다를지도 모른다는 생각이 들었다. 요즘은 사진이 인생과 과거의 미용과 화장이 되어버렸다).

리서를 볼 때마다 나는 어쩌면 리징과 리서 사이에 감정상의 갈등이 있는 것이 더 적합할 것 같다는 생각이 들곤 했다(누나와 동생의 사랑이나 젊고 잘생긴 남자 연예인에 대한 여성들의 감정 같은 것이었다). 하지만 그녀는 이런 감정을 그의 아버지 리쾅에게 갖고 있었다(도대체 있긴 했던 것일까? 어느 단계까지 갔던 것일까? 설마 두 사람이 정말로 잠자리까지 가졌던 것은 아니겠지? 그랬다면 이건 정말로 염병할, 세상의 아름다움이 연꽃이 진흙을 떠나면 죽고 마는 그런 지경에 이른 것이라 할 수 있었다). 대로에는 여느 때처럼 사람들이 오가고 있었다. 강물의 흐름이 그치지 않는 것과 같았다. 차오양구의 번화함도 하이뎬구와 별로 다르지 않은 것 같았다. 앞에는 차들이 달리고 있고 뒤쪽 사거리에 신호등이 버티고 있는 것도 다르지 않았다…… 세계는 평평하다.** 이 거

---

* 百度: 중국 최대 인터넷 포털사이트.
** 국제문제 전문가이자 『뉴욕 타임스』 칼럼니스트인 토머스 프리드먼이 위기

리의 모든 간판에 새겨진 '차오양'이라는 이름을 지우고 '하이뎬'이라는 이름을 새겨 넣으면 이곳이 바로 하이뎬구가 될 것 같았다. 우리는 공상은행 앞에 있는 홰나무 아래 서 있었다. 나무 그늘이 가느다란 물줄기처럼 우리 두 사람의 얼굴과 몸 위로 흘러내렸다. 차로에 쏟아지는 6월의 뙤약볕은 벌써부터 베이징의 8, 9월 혹서를 암시하고 있었다. 6월의 무더위 속에는 간혹 봄 끝자락의 푸른 냄새가 남아 있었으나, 8, 9월로 접어들면서 베이징의 녹음은 푸르름을 지나 몸을 파는 여자로 변해버렸다. 더위에 모든 것이 문드러지고 있었다. 고통스러운 인생만이 감당할 수 있는 더위였다.

나는 그렇게 간단히 리쫭의 아들 리서를 찾아냈다(그를 찾지 않아도 되었고 인터뷰를 하지 않아도 무방했다. 하지만 좀더 많은 사람을 인터뷰하지 않으면 구창웨이가 준 50만 위안에 대해 미안한 생각이 들 것 같았다. 아무래도 적은 돈이 아니기 때문이었다). 리서를 불러내 나무 그늘 아래 서서 그가 어울리지 않는 경비원 복장을 하고 있는 모습을 바라보았다. 그의 아버지와 리징의 전혀 어울리지 않는 사랑 이야기 같았다. 만 22세의 나이에 키는 1미터 75 정도이며 어깨와 등이 약간 굽어 있는 그는 짧게 깎은 머리가 경비원 모자 밖으로 삐져나와 있었다. 그가 모자를 벗자 머리 중간쯤에 모자에 눌린 둥그런 흔적이 남아 있었다. 얼굴은 고동색(이런 피부색은 보양을 거쳐야 신선한 고기 색깔로 변할 수 있었다)으로

에 처한 자본주의 체제의 대안을 모색하면서 쓴 책 제목이다. 이 제목에서 그는 세계가 상업의 관점에서 볼 때 모든 경쟁자들에게 공평한 경쟁의 장임을 암시하고 있다.

콧등이 곧고 눈에는 불평과 원망, 원한(어쩌면 분발과 격정인지도 몰랐다)의 무서운 빛이 서려 있었다.

나는 그를 불러내 함께 걸으면서 가벼운 인사를 나누었다. 나는 그에게 6월 상순에 있을 대학 시험에 대한 예상이 어떤지, 지원서는 냈는지 묻고 나서 마지막으로 이번에 또 합격하지 못하더라도 계속 시험을 보라고 격려해주었다. 그러면서 합격해서 대학에 다니는 과정에 어려운 문제가 있으면 날 찾아오라고 덧붙였다(이는 진심이었다. 인사치레 약속이 아니었다). 마침내 우리는 본론으로 들어갔다. 모든 작은 길이 대로로 연결되고 모든 시냇물이 바다로 흘러들어 가는 것처럼 나는 화제를 그의 아버지와 리징의 관계, 그리고 그의 아버지가 파출소에 잡혀가 구류를 살게 된 사건으로 몰아갔다. 그러자……

그러자 그의 얼굴이 보라색으로 변하더니 내 얼굴에 멈춰 있던 눈길을 저 앞에 펼쳐진 대로 위로 옮겨 갔다. 그가 입술을 앙다물었다. 깨문 입술이 한 가닥 뻣뻣한 줄로 바뀌었다. 방금 면도를 한 입술 주위가 담금질을 한 쇠 같았다. 몇 초가 지나고 또 몇 초가 지났다. 그가 고개를 돌려 하늘이 놀라고 땅이 울릴 한마디를 내뱉었다.

"저는 리챵 그 새끼를 죽여버리고 싶었어요! 그놈은 내 아버지가 아니에요! 그놈은 미친 돼지 새끼예요!"

리서:

"저는 정말로 리챵을 죽여버리고 싶었어요. 그놈에게는 아버지 될 자격이 없어요. 그놈은 그냥 미친 돼지 새끼에 불과해요.

정말 돼지 새끼예요!

......

아저씨를 속일 필요 없이 솔직히 말할게요. 제가 3년이나 연달아 대학 시험에 떨어지면서도 매년 계속 시험을 치르는 이유는 집을 떠나 리창에게서 벗어나고 싶었기 때문이에요. 아버지랑 같이 있으면 마음속에서 불이 나요. 몸에서 원한이 솟구쳐 올라와 몹시 더워지지요. 왠지는 모르겠지만 저는 어려서부터 칼로 아버지를 찔러 죽이고 싶었어요…… 아버지가 저를 안 좋게 대한 것은 아니에요. 다른 수많은 가정들과 비교하자면 다른 집 아버지들이 아이들을 대하는 것보다 더 잘해주었지요. 하지만 왠지 모르게 저는 아버지를 죽이고 싶었어요. 예닐곱 살 때부터 그랬어요. 아버지가 제게 잘해줄수록 저는 더 아버지를 죽이고 싶었지요. 여섯 살 때, 어쩌면 일곱 살 때였는지도 몰라요. 제가 처음 학교에 가던 날 아버지가 저를 업어서 학교에 데려다주었던 일이 생각나네요. 저는 아버지 등에 업힌 채 아버지 머리에 난 가마를 보고는 갑자기 돌이나 벽돌을 집어 그 가마를 내리찍고 싶은 충동을 느꼈어요. 퍽 하고 가마를 내려치면 그 뒤로 아버지가 저를 업으려 하지 않을 것이고, 기껏해야 기분이 아주 좋을 때나 안아서 데려다주었겠지요. 다시는 아버지에게 업히고 싶지 않았어요. 아버지 머리 위의 가마를 보고 싶지 않았어요. 식사를 할 때 식구들이 한자리에 둘러앉으면 저는 아버지의 등 뒤에 앉지 않고 항상 앞에 앉았어요. 아버지의 등 뒤에 앉았다 하면 가마를 보게 되거든요. 가마를 보는 순간 두 손에 땀이 날 정도로 긴장되면서 돌이나 벽돌을 찾게 돼요. 사실대로 말씀드리자면 저는 이제 스물두 살이 되었잖아요. 일곱 살 때부터 지금까지 무려 15년 동안이나 아버지를 피하고 있는 거예요. 제가 가장 두려워하는 것은 식사를 할 때 아버지가 바닥에 앉거나 우리 고향 집의 그 등받이 없는 앉은뱅이 의자에 앉는 거였어요. 아버지가 낮은 위치에 앉기만 하면 제가 그 옆을 지나가다가 머리 위의 소용돌이 같은 가마를 보게 되기 때문이지요. 그 가마를 보았다 하면 저는 학질에 걸리기라도 한 것처럼 몸이 떨리면서 저도 모르게 사방을 두리번거리며 돌을 찾게 돼요.

저는 아버지가 두려워요. 아버지가 제게 못되게 굴거나 아버지 자신이 대단해서 두려운 것이 아니라 언젠가는 제가 참지 못하고 정말로 아버지를 죽이게 될까 봐 두려운 거예요. 정말로 등 뒤에서 돌이나 벽돌로 머리를 내려치게 될까 봐, 머리 위의 그 가마를 내려치게 될까 봐 두려운 거예요. 열두 살이 되던 해에 저는 산 채로 타 죽을 것처럼 몸에 심하게 열이 난 적이 있었어요. 아버지가 저를 업고 집을 나서 진에 있는 병원을 향해 달렸지요. 엄마랑 할머니는 천천히 뛰면서 아버지를 따라잡지 못하고 뒤에서 쫓아오면서 소리쳤어요.

'촹아, 어서 달려! 촹아, 빨리 뛰어가라고!'

할머니는 이렇게 외쳤지만 엄마의 외침은 좀 달랐어요.

'좀더 빨리 달려봐요! 더 빨리 달리라고요! 빨리 달리지 않으면 우리 아이가 목숨을 잃는단 말이에요! 목숨을 잃는다고요!'

지금 그때의 장면을 생각하면 눈물이 나요. 한바탕 울고 싶어지지요. 울고 싶고 눈물을 쏟고 싶어지지만 아버지 머리 위를 돌이나 벽돌로 야무지게 내려치고 싶은 생각은 잊히질 않아요. 당시 아버지는 저를 업고서 미친 듯이 달렸고 엄마와 할머니는 뒤에서 미친 듯이 따라갔어요. 아버지는 제가 등에서 미끄러지지 않게 하기 위해 뛰면서도 쉴 새 없이 제 몸을 머리 위로 밀어 올려 반쯤 허공에 뜨게 했지요. 그렇게 힘주어 제 몸을 받친 채 달렸어요. 그렇게 미끄러져 내려갔다 올라갔다를 반복하는 사이에 저는 아버지 머리 위의 가마를 수없이 보아야 했지요. 가마를 보았다 하면 저는 돌이나 벽돌을 집어 매섭게 내리찍고 싶은 충동을 느꼈어요. 그때 일을 생각하면 학질에 걸린 것처럼 몸이 떨리곤 하지요. 열이 나도 몸이 떨리고, 아버지를 죽이고 싶은 생각이 들어도 몸이 떨려요. 당시에 저는 정말로 살지 못할 것 같았어요. 바람에 흔들리는 나무처럼 몸을 떨었지요. 당시 저는 겨우 열두 살이었어요. 열두 살의 나이에 벌써 아버지를 죽이고 싶었고 아버지가 죽기를 바랐던 거예요. 어차피 이 세상에서 저와 아버지 둘 중 하나만 그 마을에 살 수 있었으니까요. 저는 해가 제 이마 위로 떨어지기라도 한 것처럼 열이 난다면, 이는 하늘이 나를 죽이고 아버지를 살리기로 마음먹은 거라고 생각했어요. 그래서 제 머리가 불덩어리가 된 것처럼 열이 나는 거라고 생각했지요. 하늘이 저를 죽게 하기로 마음먹었다는 생각을 하니 울음이 터졌어요. 눈물이 마구 흘러내려 아버지의 등과 목을 적셨지요. 제 눈물이 목에 떨어지자 아버지는 제가 우는 걸 알고는 말했어요.

'서야, 겁내지 마라. 아빠가 있잖아. 아무 일 없을 거야.'

그래서 제가 아버지에게 물었지요.

'내가 열이 심해져 죽게 될까요?'

아버지가 말했어요.

'그럴 리가 있나. 아빠가 있잖아. 이 아빠가 죽으면 죽었지 널 죽게 하지는 않을 거야.'

그 말에 저는 마음이 편안해졌어요. 아버지는 더 빨리 달리기 시작했지요. 아버지가 나는 듯이 빨리 달리자 길가의 나무들이 휙휙 제 등 뒤로 스쳐 지나갔어요. 아버지가 나무들을 전부 죽이려는 것 같았지요. 제가 나무들을 죽이는 것 같기도 했어요. 버드나무와 백양나무들이 눈앞을 휙휙 스쳐 지나갔어요. 아버지의 눈앞에서 몸 뒤로 지나가버렸지요. 바로 이때, 저는 아버지에게 감동했어요. 감격했지요. 그때의 감동과 감격을 잊지 않은 채 아버지 머리 위의 가마를 보게 되었어요. 그 순간 또다시 벽돌이나 돌을 집어 그 가마를 내려쳐야 한다는 일이 생각났지요……

저는 제게 병이 있는 거라고 생각했어요. 렌커 아저씨, 저는 평생 아버지를 죽이고 싶다는 생각을 잊어본 적이 없어요. 그때, 열두 살 때 몸에 열이 나던 해에 아버지가 저를 구해주고 살려낸 일이 있었어요. 하지만 저는 그때도 아버지를 죽여야 한다는 생각을 잊지 않았어요. 열이 40도 가까이 올랐을 때는 정신이 혼미해져 마치 꿈속에 있는 것 같았어요. 꿈처럼 혼미한 가운데서도 아버지 머리 위의 가마가 다른 사람들처럼 시계 방향으로 돌아가지 않는다는 것을 발견했지요. 시계 반대 방향으로 돌아간 가마였어요. 아버지의 가마가 역방향이라는 것을 발견한 순간, 저는 제가 아버지를 죽이려는 이유를 깨달

앗어요. 다름이 아니라 아버지의 가마가 역방향이기 때문에 저는 등 뒤에서 돌이나 벽돌을 들어 세게 내려치고 싶었던 거예요…… 열두 살 때 몸에 열이 나 40도까지 올라갔지만 제 눈앞에는 항상 벽돌로 아버지의 머리를 내려치고 아버지가 픽 하고 바닥에 쓰러지는 모습만 나타났어요. 머리에서 피가 뿜어져 나와 땅을 온통 시뻘건 꽃처럼 물들였지요……

정말 무서웠어요. 저는 항상 그렇게 아버지를 죽이고 싶었어요. 아버지가 저를 구하기 위해 병원으로 달려가는 순간에도 저는 아버지를 죽이고 싶었어요. 아버지는 저를 업고 우리 진 동쪽에 있는 그 차가운 강물로 달려갔지요. 한겨울이라 강물의 하얀 얼음이 겨울날 머리 위에 죽은 듯이 멈춰 서 있는 하얀 구름 같았어요. 모든 자갈 위에도 한 겹씩 얼음이 얼어 있었어요. 그때 아버지가 저를 업고 강가로 가서 저를 내려놓고는 몸을 구부려 신발을 벗고 바지를 걷어 올린 다음 강물 속으로 들어가려고 할 때, 저는 또다시 그 커다랗고 둥근 역방향 가마를 발견하게 되었어요. 발열 때문인지 아니면 그 가마 때문인지 알 수 없지만 아버지가 제 앞에서 허리를 구부리고 바지를 걷어 올리는 순간, 저도 모르게 눈앞에 선혈이 낭자한 광경이 펼쳐졌어요. 우리 고향인 뤄양의 그 새빨간 모란처럼 아름답게 빨간 핏빛이었지요. 왜 그랬는지 한번 맞혀보세요. 아저씨, 왜 그랬을까요? 감히 생각하기 어려울 거예요. 정말로 생각하기 어려울 거예요. 저는 그때 뜻밖에도 저도 모르게 허리를 구부려 강가에서 아주 커다란 자갈을 하나 집어 들었어요. 자갈은 크기가 만터우나 작은 사발만 했어요. 얼음이 맺힌 채로 강가 모래 위에 얼어붙어 있었지요. 한 손으로는 모래 위의 그 자갈을 들어 올릴 수 없어서 두 손으로 간신히 집어 들었어요……정말 그 매섭게 추운 날씨에 감사했어요. 자갈 위를 한 겹 덮고 있는 얼음에 감사했어요. 하얀 종이 위에 가득한 검정 글씨 같았던 것이 생생하게 기억나네요. 저는 온몸이 고열로 뜨거워진 상태였고 손도 불처럼 뜨거웠어요. 자갈 위의 얼음이 제 손에서 물로 변했지요. 그렇게 추운 날씨가 정말 고마웠어요. 그 사발만 한 돌은 이미 완전히 얼어 있었지요. 돌 전체가 얼음이 되어 있었지요. 얼음 돌이 되어 있었지요. 자갈 표면의 하얀 얼음이 제 손안에서 녹아 물로 변했지만 아주 빨리 자갈 자체의 냉기 때문에 다시 얼음이 되었어요. 제 두 손도 그 매끌매끌한 자갈 위에 얼어붙어버렸지요. 찰싹 달라붙었어요. 손이 그 차가운 자갈 위에 얼어 달라붙었을 때 자갈의 한기가 제 손에서 몸을 뚫고 마음까지 퍼져 나갔어요. 이때 저는 잠시 온몸을 부르르 떨면서 황급히 자갈을 강가 모래 위로 던져버렸어요. 자갈을 던지는 순간, 제 손에 철썩 붙어 있던 자갈이 떨어져 나가면서 지지직 살이 벗겨지는 소리가 났어요. 손이 불에 타는 것처럼 아팠어요. 하지만 저는 돌을 던지지 않으면 아버지의 등 뒤에서 아버지 뒤통수를 향해 돌을 던지게 된다는 걸 알았어요. 등 뒤에서 아버지를 죽일 수 있었던 것이지요……

그때 저는 아버지를 죽인다는 생각에 놀라 온몸에 땀을 흘리며 아버지 옆에 서 있었어요. 강가에 박힌 채 얼어붙은 나무 말뚝 같았지요. 그러다가 아버지가 바지를 걸어 올리고 신발을 손에 들고 등에 저를 업은 채 강물 속으로 들어갔어요. 강 건너편에 있는 병원으로 달려갔던 거예요.

병원에 도착하여 의사가 체온을 쟀을 때 제 몸에는 전혀 열이 나지 않았어요. 37.5도였지요. 하늘이 흐리면 비가 오는 것처럼 정상이었어요. 해가 뜨면 세상이 따스해지는 것과 같았지요. 의사가 말했어요.

'아이에게 열이 전혀 없는데 왜 그렇게 조급해하는 겁니까?'

아버지가 제 이마를 만져보더군요. 정말 조금도 뜨겁지 않았어요.

'어째서 열이 없는 거냐?'

사람들 모두 저를 쳐다보면서 이렇게 물었어요. 저는 대답하지 않았지요. 하지만 저는 강가에서 하마터면 돌로 아버지를 죽일 뻔했던 일에 놀라 열이 사라졌다는 사실을 잘 알고 있었어요. 놀라는 바람에 고열이 사라진 것이었어요. 열이 나지 않자 우리는 모두 집으로 돌아갔어요. 열이 나지 않아서 가족들 모두 진에서 함께 식사도 했지요. 식사를 마치고 집으로 돌아올 때까지 그 한나절 동안 저는 말을 한 마디도 하지 않았어요. 말을 하지 않은 것은 하마터면 아버지를 죽일 뻔했다는 사실과 그런 생각에 억눌렸기 때문이 아니라 마음속으로 줄곧 왜 아버지를 죽이지 못했는지 아쉬워하면서 후회하고 있었기 때문이에요. 제가 왜 아버지를 죽이지 않았을까요? 이렇게 집으로 돌아가면서 아버지는 제 손을 잡고 있었고 저는 줄곧 강가에서 아버지를 죽이지 않은 것을 후회하고 있었어요…… 후회하는 동안 제 손에서는 잔뜩 땀이 났어요. 아버지는 제 손에 땀이 나는 것을 감지하고는 손으로 또 제 이마를 만져보더군

222

요. 아버지가 제 이마를 만질 때 저는 그 손을 한쪽으로 밀쳐버리고 제 손을 아버지의 손에서 빼내고는 빠른 걸음으로 아버지 앞으로 다가갔어요. 우리 가족들을 앞질러 갔지요. 뒤로 갔다가 또 아버지의 그 가마를 보게 될까 봐 두려웠어요. 정말로 돌을 들어 아버지의 가마를 내려치게 될까 봐 두려웠어요. 그렇게 아무 말도 없이 냉랭한 표정으로 걸음을 옮겼어요. 그리고 그 순간부터, 열두 살 때 열이 나 병원에 가서 진료를 하고 집으로 돌아갈 때부터, 저는 아버지 곁을 떠나기로 결심했어요. 평생 반드시 그 마을을 떠나고, 아버지 곁을 떠나야 한다고 생각했어요. 아버지 곁을 떠나지 않으면 아버지를 죽이게 될 것 같았어요. 대학 시험에 합격하지 못해 재수, 삼수, 사수를 하고 있지만 이 모든 것이 사실은 아버지 곁을 떠나기 위함이었어요. 아버지 곁을 떠나기 위해, 아버지를 만났을 때 아버지를 죽이고 싶은 생각에서 벗어나기 위해서였지요……

솔직히 말씀드리자면 그는 제 아버지가 아니에요. 그는 그저 한 마리 돼지일 뿐이에요. 일곱 살 때부터 스물두 살이 된 지금까지 15년 동안 저는 아버지를 죽이고 싶은 생각을 단 한 순간도 떨쳐버린 적이 없었어요. 열두 살 때 온몸에 열이 났던 그때부터 지금까지 10년 동안 그때 강가에서 아버지를 죽이지 않은 것을 후회해왔어요……"

여기까지 말했을 때 리서의 어투는 격앙 상태에서 점차 평정 상태로 변해갔다. 아버지를 죽여야 한다는 생각에서 죽이고 싶다는 생각으로 전환된 것이었다. 그는 얘기를 하면서 내 얼굴을 쳐다보았다. 내 얼굴에서 자신이 도대체 왜 아버지를 죽이려 하는지 그 원인(시계 반대 방향인 가마)을 찾으려는 것 같았다. 하지만 그가 나를 쳐다볼 때 등 뒤의 공상은행 입구에서 "경비원! 경비원!" 하고 그를 부르는 소리가 들려왔다. 우리 둘은 동시에 고개를 돌려 공상은행 입구를 바라보았다. 공상은행 제복을 입은 아가씨 하나가 손에 리서가 들고 있어야 할 경비봉을 들고서 큰 소리로 부르며 계속 리서를 향해 손을 흔들고 있었다. 은행 안에 무슨 일이 일어난 것 같았다(누군가 은행 털이를 시도한 것인지도 몰랐다). 여직원의 얼굴은 온통 새빨갛게 상기되어 있었고 입으로는 계속 호통을 쳤다.

"출근을 했으면 자리를 지켜야지 나가서 뭘 하고 있는 거야? 이 자리가 너의 모든 것이라는 사실을 몰라서 그래?"

그녀가 부르는 소리를 들은 리서는 재빨리 내 얼굴에서 눈길을 거둬들이더니 아무 말도 없이 은행 쪽으로 달려갔다. 몇 걸음 가다가 그가 고개를 돌려 말했다.

"앞으로 우리 아버지 리창에 관해서 제게 묻지 마세요. 제게 물으시면 저는 자꾸 열두 살이 되던 해에 아버지를 죽이지 않은 걸 후회하게 된단 말이에요!"

그러고 나서 그는 황급히 여직원을 따라 은행 안으로 들어갔다. 그때 나는 리서의 뒷모습을 응시하며 말없이 그가 말한, 자기 아버지를 살해하는 행위와 장면 속으로 들어갔다. 나는 그가 아버지를 살해하려는 동기에 대해 그다지 놀라지 않았다. 오히려 머릿속에서 극도의 흥분을 느끼며 이것이 얼마나 훌륭한 소설의 소재인가, 앞으로 리서의 이야기를 반드시 소설로 써내야 하지 않을까, 중편소설로 쓸까, 아니면 장편소설로 쓸까 하는 생각들을 만지작거리고 있었다.

5장
서류 기록철

1. 리좡 사건에서의 리좡에 관한 심문 기록

문: 이름이 뭡니까?

답: 이미 다 알지 않습니까?……

문: 말 끊지 말아요! 묻는 말에 대답만 하면 됩니다…… 이름이 뭡니까?

답: 리좡입니다.

문: 어디 사람입니까?

답: 허난입니다.

문: 좀더 구체적으로 상세하게 대답하세요.

답: 허난성 뤄양시 바러우산 아래에 있는 가오톈촌입니다.

문: '산 아래' '산 아래' 하지 마시고 구체적인 행정구역을 말하세요.

답: 행정구역이라…… 행정구역이 뭔가요?

문: 성, 시, 현, 향, 촌을 순서대로 말하란 말이에요.

답: 제 집은 허난성 뤄양시 자오난현沼南縣 취안톈진泉田鎭 가

오텐춘 제2소조小組에 있습니다. 서가西街 맨 남쪽 네번째 집입니다.

문: 신분증 번호는 어떻게 됩니까?

답: 신분증은 경찰분들이 가져가지 않았습니까?

문: 생년월일이 어떻게 됩니까?

답: 1962년 섣달 23일입니다.

문: 양력으로는요?

답: 양력이라…… 양력은 없습니다. 저희 마을에서는 생일을 전부 음력으로 따집니다.

문: 심문실의 정책은 알고 있지요?

답: 알고 있습니다.

문: 한번 말해보세요.

답: 솔직하게 자백하면 관용을 베풀지만, 저항하면 엄격하게 원칙에 따라 처리한다.

문: 범죄의 경과를 말해보세요…… 소란을 피운 과정을 다시 한번 상세하게 말해보라는 말입니다.

답: 그걸 또 얘기하라고요?

문: 얘기해요!

답: 그러니까 2년 전이었어요. 구체적인 날짜는 기억이 나지 않습니다. 아무튼 그때부터 베이징대학 웨이밍호 북쪽 공사장에서 건물을 짓기 시작했습니다. 26층짜리 건물인데 시공 품질이 그리 좋지는 못했습니다. 2, 3년간 짓다가 멈추기를 반복했지요. 게다가 문화재 보호 같은 문제도 있었어요. 그래서 공사의 진척이 개미가 이사하는 것처럼 더뎠습니다……

문: 본 사건과 무관한 것들은 잡다하게 얘기하지 마시고 오늘 오후 소란을 피운 일과 관련된 것만 얘기하라고요.

답: 알겠습니다. 하지만 방금 말한 것도 오늘 일과 관련되어 있습니다…… 저는 그 공사장에서 막노동을 하고 있습니다. 하루도 빠지지 않고 매일 일을 하고 있지요. 일요일에도 쉬지 않아요. 때로는 칭화대학교나 인민대학교 같은 곳으로 파견되어 도로를 닦거나 벽을 보수하는 등의 일을 하기도 합니다. 공사 팀은 전적으로 중관촌 일대 대학에서만 일합니다. 저는 이 공사팀을 따라 몇 년째 막노동을 하고 있지요. 보름 전에 저는 베이징대학 캠퍼스 한가운데 있는 동상 근처 노면에 난 구덩이를 메우고 있었습니다…… 그 동상의 주인공 이름이 차이위안페이蔡元培라고 하더군요. 그는 과거 베이징대학의 총장이었다고 합니다. 초대 총장일 뿐만 아니라, 그 학교를 세운 설립자라고 하더군요. 그래서 그가 세상을 떠난 뒤에 동상을 세워준 거래요. 여름이 되어 우기로 접어들면서 비가 왔다 하면 끝도 없는 장마로 이어졌습니다. 한바탕 비가 내리고 나면 그 동상 주변 바닥이 움푹 파여 구덩이가 생기곤 했지요. 구덩이가 꽤나 깊었어요. 시골에서 무덤이 내려앉은 것 같았어요. 잔디가 전부 구덩이 안으로 쓸려 들어가버렸어요. 저는 공사팀으로부터 그 구덩이를 메우라는 지시를 받고 다른 곳의 흙을 그곳으로 운반한 다음, 구덩이 안으로 쓸려 들어간 잔디를 꺼내 다시 바깥쪽에 잘 치워놓았습니다. 그러고는 먼저 흙으로 구덩이를 메워 단단하게 다진 다음, 메운 구덩이 위에 잔디를 다시 깔았지요. 그게 전부였습니다. 그 일을 하는 데 꼬박 하루가 걸

렸어요. 구덩이 위에 잔디를 다 깐 것은 황혼이 내릴 무렵이었습니다. 한 뿌리 한 뿌리 잔디를 전부 긁어모아 천천히 구덩이가 있던 자리를 덮었지요. 시골에서 밀이나 채소를 심는 것처럼 잔디밭을 조금씩 초록빛으로 채워나갔습니다…… 사실 저는 약간 게으름을 피우기도 했어요. 월급은 일한 날수를 따져서 계산하기 때문에 저는 급할 게 없었습니다. 그래서 질질 끌면서 천천히 일을 했지요. 저희 어머니가 낡은 옷을 기우시던 것처럼 아주 꼼꼼하게 잔디를 깔았습니다……

저희 어머니는 연세가 여든둘이십니다. 노안이 오셨는데도 매번 옷을 기울 때마다…… 죄송합니다. 제가 또 다른 길로 샜네요. 다시 본론으로 돌아가겠습니다. 말하자면 저는 황혼이 내릴 무렵 꼼꼼하게 잔디를 깔고 있었어요. 그때 리징이 걸어와 가까이 다가서더니 갑자기 제게 말을 거는 것이었습니다.

"정말 성실하게 일을 하시네요!"

고개를 들어보니 그녀였습니다. 당시 저는 그녀의 이름이 리징이라는 것도 알지 못했습니다. 하지만 그녀가 베이징대학 학생인 것은 한눈에 알아볼 수 있었지요. 손에 두꺼운 책을 한 권 들고 있었거든요. 손에 책을 들고 있지 않다면 그게 무슨 학생이겠습니까? 저는 제 아이가 하루 종일 손에 책을 들고 있는 모습을 아주 좋아합니다. 리징이 손에 두꺼운 책을 한 권 들고 있는 것을 보고서 저는 그녀를 향해 미소를 지었지요. 그게 전부였습니다. 그런데 이어서 그 아가씨가 자신이 바로 그곳에서 하루 종일 공부를 한다고 얘기하더군요. 하루 종일 공부하면서 제가 잠시 쉬거나 꾀를 부리지 않고 열심히 일하는 모습을 다 보았다는 거예요. 그래서 제게 말을 걸어온 거였다고 합니다. 그러고는 제 집안에 관해 묻기 시작했어요. 저는 그 아가씨한테 제 아들 리서가 공부를 아주 잘한다고 말했지요. 다른 학교는 다 안중에 없고 오로지 베이징대학에 합격하기 위해 전심전력으로 공부하고 있다고 했어요. 저는 그 아가씨에게 리서가 2년 연속 대학 시험에서 겨우 1, 2점 차이로 떨어졌다고 말했습니다. 시험에 떨어지긴 했지만 또다시 도전할 거라고 했지요. 다른 좋은 대학은 붙어도 가지 않는다고 했어요. 다른 좋은 대학의 선생님들이 우리 진으로, 마을로, 집으로 찾아와 아무리 설득해도 가지 않았다고 했지요. 오로지 베이징대학에만 가고 싶어 한다고 말했어요. 베이징대학에 홀려서 베이징대학에 들어가려고 굳게 결심한 것 같다고 했어요. 그래서 입시 공부를 계속한다고 했지요. 공부를 계속하려면 돈이 필요하겠지요. 그래서 제가 집을 나와 막노동을 하는 것도 오로지 아들이 공부를 계속 해서 베이징대학에 다니게 하기 위한 것이라고 말했습니다……

그것 말고도 그 아가씨에게 많은 이야기를 했어요. 아가씨는 무척이나 감동하는 것 같더군요. 그러더니 제 아들이 정말로 베이징대학에 합격하면 학교를 제대로 다닐 수 있도록 학비를 대신 내주겠다고 하더군요. 저는 그냥 그 아가씨가 한번 해본 소리라고 생각했는데, 다음 날 정말로 제가 일하는 공사장으로 찾아와 8천 위안을 건네리라고는 꿈에도 생각지 못했습니다. 돈을 건네면서 아들이 금년에 공부를 다시 해서 대학에 들어가든 못 들어가든 간에 올해 학비로 쓰라고 하는 거였어요……

230

세상에 정말로 이렇게 좋은 사람도 있구나 하는 생각이 들었어요. 정말로 레이펑* 같은 사람이 있었던 거예요. 리징이 바로 베이징대학교가 양성한 레이펑이었습니다. 하지만 그 아가씨가 레이펑이라고 해도 우리로서는 정말로 그 8천 위안을 받을 수 없었습니다. 천 위안이었다면 받았을지 모르겠지만 그건 8천 위안이었으니까요. 그래서 저는 돈을 아가씨에게 돌려주려고 했습니다. 아가씨가 받지 않으려 할수록 저는 기어코 돌려주려고 했지요. 몇 번이나 돈을 건네고 거부하기를 되풀이하다가 결국 얼마 못 가서 제가 그 8천 위안을 받고 말았습니다. 돈을 받았더니 그 아가씨는 또 저더러 다른 사람에게 절대 말하지 말라고 하더군요. 말하면 재미가 없어진다고 하면서 말이에요. 어쩌다 신문에 나기라도 하면 더더욱 재미가 없어진다고 했습니다…… 한번 말씀해보세요. 이거야말로 국가가 장려하듯이 좋은 일을 하고도 이름을 남기지 않는 수준 높은 문명이 아니겠습니까?……

베이징대학교는 정말 훌륭한 학교예요. 보세요, 국가를 위해 이렇게 훌륭한 여자 레이펑을 배출해냈잖아요. 저도 예전에 이런 일을 들어보기는 했지만 직접 겪어본 적은 없었습니다. 하지만 이번에 우리 조상님들의 오래된 무덤 위에 푸른 연

---

* 雷鋒(1940~1962): 후난湖南성 출신으로 아동단과 소년선봉대에 들어가 활동하였으며 1957년에는 중국공산주의청년단에 들어가 중국 각지의 농장이나 공장에서 작업하는 등 봉사 활동을 계속했다. 1960년 인민해방군에 입대, 수송대에 배속되었으며, 1962년 8월 15일 랴오닝성 푸순에서 트럭 사고로 순직했다. 그 뒤로 인민영웅의 한 사람으로 추앙되고 있다.

기가 이는 일이 일어난 것입니다. 제게 이런 일이 다 생기다니요!…… 그 아가씨는 8천 위안이라는 돈을 그렇게 아무 대가도 없이 제게 준 겁니다. 안 받을 수가 없었습니다. 하지만 일단 돈을 받았으니 어떻게든 약간이라도 감사의 표시를 해야 하지 않겠습니까? 그래서 저는 그 아가씨에게 저녁을 대접하고 싶었습니다. 우리 고향에서는 누군가에게 감사의 뜻을 표하고자 할 때면 음식을 한 상 가득 차려서 대접하거든요. 옛날에는 대개 집에서 직접 대접했지만 요즘은 대부분 음식점으로 모셔 대접을 하잖아요. 그래서 저도 따로 리징 아가씨를 음식점이나 호텔로 초대해 식사를 대접하려 했지요. 나중에 그녀가 베이징대학 대학원생이고 학부를 졸업한 뒤로 북사환 바오푸쓰교 근처에서 일을 하고 있다는 사실을 알게 되었어요. 매일 출퇴근할 때면 웨이밍호 북쪽에 있는 저희 공사장 건물 밑을 지나갔지요. 저는 매일 공사장에서 그 아가씨를 기다렸습니다. 식사한번 대접하고 싶다고 초대할 작정이었어요. 3, 4백에서 5, 6백위안 정도 쓸 생각이었습니다. 하지만 그 아가씨는 제게 돈을 쓰게 하고 싶지 않았어요. 제게 돈을 쓰지 못하게 할수록 저는 더 감동을 받아 더욱더 그 자리에서 아가씨를 기다리면서 식사약속을 받아내려고 애썼지요. 제 말을 못 믿으시겠다면 저랑 같은 마을 출신인 뤄마이쯔에게 물어보세요. 마이쯔도 저랑 같은 공사장에서 일하고 있으니까요. 게다가 그는 저랑 리징 아가씨가 특별한 관계임에 틀림이 없다면서 그렇지 않다면 제게 흔쾌히 8천 위안을 줄 리가 없다고 농담까지 하더군요. 바보가 아니고서야 누가 생면부지의 사람과 말 몇 마디 주고받고서 공짜로 8천 위안을 주겠냐면서 말이에요.

생각을 해보세요. 바로 이런 이유 때문이었어요. 그 아가씨가 정말 좋은 사람이라 제가 돈을 쓰는 것이 걱정되어 식사 대접을 못 하게 한 거예요. 식사 대접을 못 하게 하려고 며칠 뒤부터는 출퇴근할 때 아예 웨이밍호 근처 공사장을 지나가지도 않더군요.

생각을 해보세요. 바로 이런 이유 때문이었어요. 그 아가씨가 식사 대접을 못 하게 하자 저는 마음이 편치 않았어요. 제가 무슨 근거로 생면부지의 사람이 건넨 돈 8천 위안을 쓴단 말입니까? 저는 그저 그 아가씨에게 식사를 한 끼 대접하려고 했던 것뿐이에요…… 정 식사를 안 하겠다면 아이스크림이라도 함께 먹었으면 했어요. 여름이라 아이스크림이라도 대접할 수 있으면 좋겠다고 생각했지요. 그 아가씨에게서 8천 위안을 받은 뒤로 저는 줄곧 마음이 편치 않았어요. 그 아가씨는 출퇴근하면서 다시는 웨이밍호 근처를 지나가지 않더라고요…… 그래서 기다리다가 찾아 나서게 되었지요! 오늘 마침내 그녀를 만날 수 있었어요. 아주 공교로운 만남이었지요. 오늘 일찍 퇴근을 하고 월마트 근처를 어슬렁거리다가 바로 월마트 입구에서 그 아가씨를 발견한 거예요. 멀리 떨어져 있어서 확실히 알아볼 수 없었던 터라 그녀를 쫓아서 이곳 중관촌 서가의 룬쩌 단지 입구까지 오게 되었지요. 기필코 식사를 대접해야겠다고 마음먹었어요. 그렇게 많은 돈을 쓰지 못하게 하면 2백이나 백 위안만 쓰겠다고 말할 작정이었어요. 마음을 다해 성의를 표시하기만 하면 되는 거니까요. 또 거절하면 그 아가씨 앞에 무릎을 꿇고 빌 생각이었어요…… 저는 농민이잖아요. 천박하기 그지없지요. 감사의 마음을 표현할 방법이 없자 그냥 무릎을 꿇기로 한 거예요. 아가씨 앞에 무릎을 꿇고서 큰 소리로 말했지요.

"밥 한 끼 대접할 수 있게 해주세요. 2백 위안이 안 된다면 백 위안만 쓰도록 할게요!"

"아가씨한테 밥 한 끼 대접할 수 있게 해주세요. 2백 위안이 안 된다면 백 위안만 쓰도록 할게요!"

일은 이렇게 된 거예요.

이게 전부라고요!

저는 이 일이 다른 사람들에게 그토록 큰 폐가 될 줄은 몰랐어요. 어떤 사람들은 제가 리징을 가로막고 그녀 앞에 무릎을 꿇고서 간청하는 것을 보고는 저를 불량배인 줄 알고 다가와 빙 둘러싸더니 욕을 하면서 구타하기도 했지요. 어떤 젊은 친구는 제 뺨을 후려쳐 두 눈에 불꽃이 튀게 하기도 했어요…… 다행히 여러분이 일찍 달려와줘서 다행이었지, 조금만 더 늦었더라면 그 사람들이 저를 산 채로 때려죽였을지도 모릅니다. 리징마저도 나서서 "때리지 말아요! 때리지 말라고요!"라고 소리쳤지만 그 사람들은 들은 척도 하지 않고 구타를 멈추지 않았어요.

모두들 여러분 같은 베이징 사람들이 착하고 도덕적이며 문화 수준이 높다고 말하지만 오늘 이 일을 겪으면서 꼭 그렇지만은 않은 것 같다는 생각이 들었어요. 베이징 사람들의 도덕과 문화는 누구를 향한 건가요? 우리 같은 농민공들에게는…… 쳇, 모든 것이 먼 나라 이야기지요. 길을 갈 때도 농민 공들을 보면 멀찌감치 떨어져 돌아서 가잖아요. 그러면서도 우리를 불량배로 간주하여 폭행을 행사할 때는 모두들 더 가까이 다가와 걷어차거나 때리지 않으면 손해를 보는 줄 알지요…… 제 말이 틀렸나요? 두 분은 어째서 계속 배시시 웃고만 있는 건가요?……

저는 할 말 다 했습니다. 사건의 경과는 이렇습니다. 정말로 이게 다라니까요. 제가 한 말 가운데 한 마디라도 거짓이 있다면 나가서 스스로 죽겠습니다. 아니면 여러분이 날 총살시키시든가 감옥에 10년이나 20년쯤 가두시라고요!

……

문: 방금 진술한 내용은 전부 기록했습니다. 한 글자도 빠뜨리지 않고요. 한 가지 더 묻겠습니다. 제 머리 위에 있는 표어가 무슨 뜻인가요?

답: 솔직하게 자백하면 관용을 베풀지만, 저항하면 엄격하게 원칙에 따라 처리한다는 뜻 아닌가요!

문: 알면 됐어요. 다시 묻겠습니다. 정말로 추호의 거짓말도 하지 않았다고 보증할 수 있습니까?

답: 물론입니다. 제가 거짓말을 했다면 벼락을 맞아 죽게 될 겁니다!

문: 법률, 법률적으로 말하라고요.

답: 솔직하게 자백하면 관용을 베풀지만, 저항하면 엄격하게 원칙에 따라 처리한다. 제가 거짓말한 것으로 증명되면 저를 총살해도 좋습니다…… 가서 리징 아가씨한테 물어보시면 되

겠네요. 맞아요…… 리징 아가씨한테 물어보세요. 진술이 일치하면 실사구시인 셈이지요.

　문: 솔직히 말해서, 리징에 대해 별다른 의도가 전혀 없었단 말인가요?

　답: 무슨 뜻입니까?

　문: 남녀 간의 그런……

　답: 남녀 간의 그런 것이라니요? 그게 무슨 뜻인가요?…… 그게 가능한 일입니까? 두 분은 어떻게 그런 쪽으로 생각하실 수 있는 건가요?…… 저는 일개 농민공으로 나이도 그 아가씨의 아버지뻘 되는 사람입니다…… 저는 때려죽여도 그런 쪽으로 생각해본 적이 없어요.

　문: 그럼 왜 리징에게 붉은 양산을 준 겁니까?

　답: 그 아가씨에게 감사의 표시를 한 겁니다. 그 아가씨가 출근할 때 낡은 양산을 쓰는 걸 보고서 새 양산을 선물해주고 싶었던 거라고요.

　문: 그럼 리징은 왜 그때 "깡패 잡아요! 깡패 잡아요……"라고 소리친 건가요?

　답: 그 아가씨가 그렇게 소리쳤다고요? 리징 아가씨가 언제 그렇게 소리를 질렀다는 겁니까! 그 아가씨는 "귀찮게 굴지 말아요…… 귀찮게 굴지 말라고요"라고 소리쳤어요…… 아, 맞아요. 두 분이 말한 것처럼 리징 아가씨가 절 피해 웨이밍호 근처를 지나가지 않은 것이 어쩌면 제가 아가씨한테 식사를 대접하겠다고 귀찮게 굴었기 때문인지도 모르겠네요…… 그럴 수도 있을 거예요. 리징 아가씨는 제가 귀찮아서 웨이밍호 근처

를 지나가지 않은 것 같네요……

심문자: 자오창궈趙強國(가명)

답변자: 리촹 (서명과 지장)

기록원: 거샤오량葛小亮(가명, 실습생)

2016년 6월 12일 22시 30분

2. 리촹 사건에서의 리징에 관한 심문 기록

문: 아가씨, 협조를 좀 부탁드리겠습니다. 저희가 묻는 말에 사실대로 대답해주실 수 있지요?

답: 네……

문: 이름이 어떻게 됩니까?

답: 리징입니다.

문: 본적은요?

답: 저장 항저우입니다.

문: 생년월일은요?

답: 1988년 2월 18일입니다.

문: 직장은 어디입니까?

답: 서사환 중로 51호 231연구소입니다.

문: 직위는 어떻게 되나요?

답: 아직 실습 기간이라 직위는 없습니다.

문: 회사 신분증 번호는 어떻게 되나요?

답: NV2396입니다.

문: 오늘 일어난 사건의 경과를 말씀해주시지요?

답: 전부 다 말해야 하나요?

문: 상세할수록 좋습니다.

답: 사정은 이렇습니다—그러니까 보름 전인 아마 6월 1일이었을 겁니다. 회사에서 한 차례 업무 외국어 시험을 치러야 하기 때문에 저는 영어 복습을 위해 베이징대학 캠퍼스를 찾았습니다. 저는 원래 베이징대학 컴퓨터학과 학생이고, 본과와 대학원 모두 같은 전공입니다. 재학 시절에 시험을 위한 복습을 할 때면 저는 캠퍼스 내 나무숲이나 잔디밭 같은, 사람이 적은 곳을 찾곤 했습니다. 지금은 졸업을 해서 일을 하고 있지만, 책을 읽거나 복습을 할 때면 여전히 학교 캠퍼스를 찾곤 하지요. 룬쩌 단지는 학교에서 아주 가깝습니다. 6월 1일 그날도 저는 옛 총장이신 차이위안페이 선생 동상 부근에서 복습을 하고 책을 읽었습니다. 하루 종일 그 자리에서 책을 읽으며 리챵이 말없이 흙을 실어 나르고, 흙으로 파인 땅을 메우고, 잔디를 심는 모습을 지켜보았지요. 며칠 전에 비가 내려 차이위안페이 동상 부근에는 땅이 내려앉아 커다란 구덩이가 생겼습니다. 농민공인 리챵은 그날 그 구덩이를 메우는 작업을 하고 있었지요. 저는 그가 하루 종일 작업을 하면서 잠시도 쉬지 않고 일하는 데다 정오 점심 식사 때가 되자 물도 없이 차가운 만터우 두 개를 먹는 모습을 지켜보았습니다. 만터우를 다 먹고 난 그는 부근에 있던 수도꼭지를 틀어 꿀떡꿀떡 냉수를 들이켜더군요. 그 수도꼭지는 화단에 물을 주기 위해 설치된 것이었습

니다. 사실 저는 정오에 학생식당에 가서 그에게 볶음요리 두 가지와 국을 사다 주고 싶었어요. 졸업하긴 했지만 다른 학생의 학생카드를 갖고 있었고, 학교 식당의 음식은 가격이 저렴하면서도 맛있거든요. 그런 저의 생각을 말하고 싶었지만 망설이면서 머뭇거리다가 끝내 그에게 음식을 사다 주지 못했어요. 그런데 학생식당에 가서 식사를 마치고 돌아온 저는 그가 만터우를 다 먹고 수도꼭지에 엎드려 냉수를 들이켜는 모습을 보고서 그에게 뭔가 빚을 진 것 같은 느낌이 들었습니다. 조금 미안한 생각도 들었지요. 사람의 생각이란 참 희한해서 일단 그에게 뭔가 빚을 졌다는 생각이 들기 시작하자 계속 그 부담을 떨쳐버릴 수가 없는 거예요. 얼른 갚지 않으면 빚이 점점 더 늘어나는 것 같은 느낌이었지요. 그래서 처음에는 1위안을 빚진 것 같다가 나중에는 백 위안, 천 위안을 빚진 것처럼 느껴졌지요.

리창에 대한 저의 마음이 바로 이런 것이었습니다. 정오에 저는 낮잠을 한 시간 자려고 숙소로 돌아왔습니다. 잠을 자려고 누웠는데 그에게 빚을 졌다는 생각에 도무지 잠이 오지 않는 거예요. 오후에 또다시 영어를 복습하기 위해 그 자리로 가서는 줄곧 그에게 빚을 졌다는 생각이 뇌리를 떠나지 않아 수시로 그를 쳐다보게 되더군요. 그리하여 그가 그렇게 정성껏 잔디를 심는 모습을 지켜보게 되었습니다. 한 포기 한 포기 심어가다가 잔디가 옆으로 누워버리면 다시 일으켜 세워 자세를 잡아주곤 하더군요. 마치 제 고향인 항저우 교외의 농민들이 채소를 심는 것 같았어요. 결국 저는 더 이상 참지 못하고 그에게 말을 걸었습니다. 그런데 그의 집안 형편이 그토록 어려울 줄은 몰랐습니다. 그의 아들은 베이징대학이 아니면 다른 대학은 아무리 좋아도 들어갈 생각이 없다고 하더군요. 리창은 아들의 입시 공부를 뒷바라지하기 위해 외지에 나와 차가운 만터우를 먹으면서 막노동을 하고 있는 거였어요. 돈이 아까워 장아찌 한 봉지도 곁들여 먹지 못하면서 세상에서 가장 맛있는 음식이 햄이라고 여기고 있더군요…… 저는 리창의 집안 사정을 듣고 정말 큰 감동을 받았어요. 게다가 그와 그의 아들의 모든 노력이 저의 모교에 입학하기 위한 것이었지요. 그래서 저는 그의 아들의 입시 공부와 대학 진학에 뭔가 도움을 주고 싶었어요. 그래서 다음 날 그를 찾아가 8천 위안을 건넸지요. 8천 위안은 바로 저희 학교의 1년 학비에 해당되는 돈이에요. 저한테는 많다고도 할 수 없고 적다고도 할 수 없는 그런 돈이지요. 하지만 그 정도의 돈은 그다지 큰 문제가 되지 않았어요. 제 부모님 모두 교육 분야에 종사하는 고소득자인 데다 저도 일을 하면서 매월 2만 위안이 넘는 월급을 받고 있거든요. 그에게 8천 위안을 주는 것이 저에게는 그다지 대단한 일이 아니었어요. 그런데 이 8천 위안 때문에 그가 반드시 돈을 써가면서 제게 식사를 대접하겠다고 할 줄은 꿈에도 생각지 못했지요…… 그와 식사 한 끼 함께하는 것이 그리 번거로운 일은 아니에요. 하지만 이유는 모르겠지만, 저는 그에게 8천 위안이 아니라 만 위안, 2만 위안을 줄지언정 그와 함께 앉아서 식사를 하고 싶지는 않았어요……

이게 어떤 심리인지는 모르겠어요. 어쩌면 제가 뼛속 깊이 그와 같은 유형의 사람들을 무시하고 있었는지도 모르지요. 따로 그와 함께 앉아서 식사를 한다고 생각하면…… 뭐라고 할까, 그와 함께 식사를 한다는 생각만 해도…… 몸에 이가 생긴 것 같고, 벌레가 기어 다니는 것 같았어요. 그래서 그가 몇 번 웨이밍호 근처에서 제 앞을 가로막고 식사 대접을 하겠다고 할 때마다 저는 어쩔 줄 몰라 하며 당장 거절하고 황급히 몸을 돌려 자리를 피했지요. 그는 그 자리에서 세 번이나 제 앞을 가로막고 제게 식사 대접을 하고 싶다고 말했어요. 그럴 때마다 주변에 있던 사람들 모두 이상한 눈길로 저를 쳐다봤지요. 제가 잘 아는 사람이나 친척이 그런 막노동을 하는 것을 창피해하는 것처럼 비치는 것 같았어요. 그가 제 앞을 가로막지 못하게 하기 위해, 그가 큰 소리로 제게 식사를 대접하겠다고 말하는 걸 피하기 위해 저는 며칠 동안 출퇴근하면서 학교 캠퍼스를 가로질러 가지 않았어요. 학교 밖으로 중관촌 대로를 돌아 다시 북사환 갓길을 우회해 다녔지요. 그런데 오늘 그가 어떻게 알았는지 제가 퇴근하고 숙소로 돌아올 때 단지 입구에 나타난 거예요. 정말 생각지도 못한 일이었지요. 이게 바로 오후에 일어난 일의 전부입니다…… 많은 사람들이 나서서 그를 구타했고 경찰들이 달려와 그를 체포했지요……

　문: 아가씨 말씀은 그를 잡아 온 것이 우리의 잘못이라는 건가요?

　답: 아무도 잘못하지 않았어요. 한 차례 오해가 있었던 것뿐이지요.

　문: 그럼 어째서 거기에서 "깡패 잡아요! 깡패 좀 잡아줘

요!"라고 소리를 지른 건가요?

답: 깡패를 잡아가라고 했다고요?!…… 저는 소리를 지르지 않았어요. 저는 리촹한테 "제발 귀찮게 굴지 좀 말아요. 절 귀찮게 하지 말라고요!"라고 소리쳤어요.

문: 주변에 있던 사람들은 그렇게 말하지 않던데요. 사람들은 모두 아가씨가 "깡패 좀 잡아가요!"라고 소리치는 걸 들었다고 했습니다. 그래서 아가씨를 에워싸고 구해주기 위해 리촹을 구타한 거라고 하더군요…… 물론 그를 그렇게 세게 때린 점에선 사람들에게도 잘못이 있지요. 따지자면 그것 역시 범죄입니다.

답: 사람들이 범죄를 저질렀는지의 여부는 제가 관여할 문제가 아니에요. 여하튼 리촹은 정말로 범죄를 저지르지 않았어요. 그 사람은 저에게 모욕을 주려는 의도가 전혀 없었단 말이에요. 그리고 저는 정말로 "깡패 좀 잡아가요!"라고 외친 적이 없어요. 저는 정말로 리촹에게 "귀찮게 좀 하지 말아요!"라고 소리쳤을 뿐이라고요. 이는 어쩌면 제가 이미 말씀드린 것처럼 그에게 시원하게 8천 위안을 건네긴 했지만 따로 그와 함께 앉아서 식사를 하고 싶지는 않았던 심리 때문인지도 모르지요. 도시인이자 베이징 시민으로서 룬쩌 단지에 사는 주민이라면 누구나 농민공들에 대해 동정심을 갖고 있을 거예요. 하지만 이런 동정심을 가진 사람들도 일개 농민공이 도시인이자 베이징대학 학생인 사람과 함께 앉아 밥을 먹고 있는 모습을 보게 되면 더 이상 동정심이 아니라 알 수 없는 몰이해와 의심, 질투, 원망…… 으로 그를 대하게 될 거라고요. 그래서 제가 외

치는 소리를 듣고 또 리챵이 땅바닥에 무릎을 꿇고 앉아 제 손을 잡아끄는 모습을 본 사람들이 오해를 하게 된 것이지요. 제가 너무 당황해서 마음이 혼란한 가운데 불분명한 소리를 질러대자 사람들은 당연히 부랑자인 리챵이 저에게 치근대면서 욕보이고 있는 것이라 오해하고, 그를 에워싼 뒤 구타함으로써 저를 구해주었던 겁니다⋯⋯

문: 그렇다면⋯⋯ 리챵은 어째서 아가씨에게 양산을 주려고 한 건가요? 그는 정말로 아가씨에게 별 특별한 의도를 갖지 않았다는 겁니까?

답: 그건 그냥 양산이에요. 제 꽃무늬 양산이 너무 낡아서 보기 안 좋았던 거지요. 그건 그의 심미관이에요. 새 양산을 사서 선물로 주려고 했던 것이지요. 저한테 식사를 대접하려고 한 것과 같은 의도예요⋯⋯ 어떻게 말할까요, 경찰분들 역시 농민공이 제게 식사 대접을 하려고 하거나 선물을 주려고 했다는 이유로 그를 가둘 수는 없겠지요!

문: 더 하실 말씀 있나요?

답: 오늘 밤 리챵을 풀어주실 수 있나요? 별일 없으면 그를 풀어주세요.

문: 법률에는 절차라는 것이 있습니다. 아가씨가 아무 일 없었다고 말한다고 해서 당장 풀어줄 수 있는 게 아니에요.

답: 그를 풀어주지 않으면 저는 이 파출소를 나가지 않을 겁니다. 저는 저 때문에 한 사람을 아무 이유 없이 구금되게 할 수 없거든요.

문: 어휴, 이 아가씨⋯⋯ 베이징대학 대학원생이라면 법률에

대해 좀 아실 것 아닙니까! 법률 절차를 알고 있지요? 우리는 아가씨가 리챵에게 아무 잘못도 없다고 진술했다고 해서 아무 일도 없다고 단정할 수가 없어요. 우리에게는 다른 유효한 증언과 자료가 더 필요합니다. 아시겠어요?

답: 그건 저도 알아요! 하지만 오늘 사건에서 제가 한 말보다 더 효력이 있는 증언이나 자료가 있을까요!

문: ……

답: 풀어주실 거예요, 안 풀어주실 거예요? 그를 24시간 넘게 구금한다면 경찰도 불법을 저지르는 셈이 됩니다.

문: 저도 답답합니다. 아가씨는 피해자잖아요…… 도대체 두 사람은 어떤 관계인가요?

답: 지금은 무슨 관계라고 해도 상관없어요. 부녀 관계, 동료 관계, 연인 관계…… 다 돼요. 아저씨들이 그를 당장 풀어줄 수만 있다면 말이에요.

문: 일단 돌아가세요. 밤이 너무 늦었어요. 우리도 서둘러 증인 몇 명을 더 찾아 진술을 확보해보겠습니다. 정말로 아가씨가 진술한 대로라면 내일 오전에 그를 석방하겠습니다.

……

심문자: 자오챵궈

답변자: 리징 (서명, 지장)

기록원: 거샤오량

2016년 6월 12일 24시 40분

3. 리챵 사건에 관한 증명서, 보증서와 사건 종결서

증명서

우리 마을의 리챵과 베이징대학을 졸업한 리징 아가씨가 확실히 이전에 서로 알고 있었다는 사실을 증명합니다. 리챵은 6월 6일에 저에게 이 사실을 말한 적이 있습니다. 며칠 전 오후에 리챵이 캠퍼스 안에 있는 차이위안페이 동상 근처의 구덩이를 메우고 잔디를 심고 있을 때, 리징이 그곳에서 책을 읽고 있다가 리챵과 얘기를 주고받으면서 그의 집안 사정이 어렵다는 사실을 알게 되자 리챵의 아들인 리서의 입시 공부를 지원하고 싶어 그에게 인민폐 8천 위안을 주었다고 했습니다. 그는 너무 감격하여 리징에게 식사를 한 끼 대접하고 싶어 했습니다. 리징에게 식사를 대접하면서 얼마를 쓸 건지에 관해 저와 상의하기도 했습니다……

그 이후의 일에 대해 저는 아는 바가 없습니다.

증명인: 뤄마이쯔(농민공)

신분증 번호: ×××××××××××××××××

2016년 6월 13일 8시 20분

증명서

저는 2016년 6월 12일 오후 6시 20분 정도에 룬쩌 단지 입구에서 어떤 연유로 농민공으로 보이는 중년 남자 하나가 갑자기 이 단지 2동에 살고 있는 리징의 앞을 가로막았는지 알지 못합니다. 두 사람 사이에는 약간의 분쟁이 있었습니다. 리징이 큰 소리로 뭐라고 외쳤지만 너무 갑작스럽게 벌어진 일이라 구체적으로 뭐라고 외쳤는지는 잘 기억이 나지 않습니다. 게다가 저는 당시 길가에 있는 상점에서 물건을 사고 있었고, 막 밖으로 나왔을 때는 사람들이 그 중년의 농민공을 바닥에 눕혀 놓고 집단적으로 구타를 하고 있었습니다. 리징이 옆에서 다급한 목소리로 "때리지 마세요! 때리지 말라고요!"라고 소리친 것은 확실한 사실입니다.

곧이어 가도街道파출소*의 경찰들이 달려와 사람들의 집단 구타를 저지하고 그 중년의 농민공(리촹)을 데리고 갔습니다.

증명인: 류수이징柳水菁(룬쩌 단지 주민)

신분증 번호: ×××××××××××××××××

2016년 6월 13일 9시

---

* 중국 도시의 최말단 행정구역인 가도의 업무를 담당하는 사무소로서 우리나라의 동사무소와 유사한 기능을 한다.

보증서

저는 리창입니다. 본적은 허난성 자오난현 가오톈진 가오톈촌 제2소조이며 베이징대학 푸창富强 공사팀에서 일하고 있습니다. 2016년 6월 12일 오후, 리징 동지가 제 아이의 학비를 지원하겠다면서 제게 인민폐 8천 위안을 주었기에, 저는 감사하는 마음으로 거듭하여 리징 동지에게 식사를 대접하고 싶다고 제안했지만 리징 동지는 이를 받아들이지 않았습니다. 그리하여 룬쩌 단지 입구까지 쫓아가 리징 동지 앞을 가로막게 되었습니다. 행동이 거칠다 보니 약간의 오해가 생겼고, 주위 사람들에게 적지 않은 혼란을 불러일으켰습니다. 베이징의 조화로운 사회와 국태민안國泰民安에 혼란과 지장을 초래했습니다. 이번에 가도파출소의 경찰 동지들이 저를 파출소로 데려다가 잘 먹고 잘 지내면서 제대로 교육을 받을 수 있게 해주신 것에 큰 감동을 받았습니다. 앞으로 저는 이곳을 나가면 베이징의 건설 현장에서 적은 힘이나마 보태면서 땀 흘려 일하고 노력할 것을 보증합니다. 아울러 실질적인 행동으로 제19차 당대회 개최를 맞이하도록 할 것입니다. 마오 주석의 가르침과 기율을 준수하며 열심히 일하면서 올바른 사람이 되도록 노력할 것입니다. 푸른 하늘의 베이징과 조화로운 베이징을 건설하기 위해서 최선을 다해 노력할 것입니다.

경찰 동지 여러분, 걱정하지 마십시오. 저는 반드시 법과 기율을 준수하는 선량한 농민공이 될 것입니다.

보증인: 리촹 (서명, 지장)

대필인: 리징

2016년 6월 13일 오전 9시 50분

사건 종결서

　농민공 리촹이 본 파출소 관할구역인 중관촌 서가 11호 룬쩌 단지 입구에서 소동을 벌인 사건과 관련하여 그를 성실하게 조사하고 심문했으며, 각종 내막을 알고 있는 사람들의 이해와 증명을 통해 리촹과 리징이 우리 사회가 제창하는 빈곤 산간 지역의 청년들에 대한 도시인들의 학업 지원 계획을 실천한 물자 지원자와 피지원자 관계임을 확인하는 바이다. 사건의 발생에는 약간의 오해가 있었고 일정 수준의 사회 혼란을 야기한 것도 사실이다. 하지만 리촹의 과오는 비교적 경미할 뿐만 아니라 교육에 적극적으로 임하고 자신의 잘못을 인정하는 태도가 양호하여 2016년 6월 13일 10시 20분을 기점으로 그를 석방하여 베이징대학 푸창 공사팀에서 계속 일하게 함으로써 제19차 당대회 개최를 맞이하여 양호한 자연환경과 사회환경을 건설하는 데 일조하게 한다.

(룬쩌가도파출소 직인)

2016년 6월 13일

248

6장
캄캄한 낮, 환한 밤 (2)

1

솔직히 말해서 나는 팽창된 격정에 끌려 자신이 직접 시나리오와 감독, 연기까지 전부 맡은 영화를 제작한다는 사치스러운 욕망을 실현하고, 그럼으로써 중년에 이르기까지 내가 가지고 있던 명리에 대한 갈망을 실현하기 위해 많은 공부를 하고 노력을 기울였다. 물론 나는 구창웨이 감독이 내게 인민폐 50만 위안을 건넴으로써 큰 도움과 지지를 아끼지 않았다는 사실을 잊지 않았다. 그 50만 위안이 없었다면 어쩌면 일이 오늘의 상태까지 도달하지 못했을 것이다. 구창웨이 감독이 준 돈에 대해서는 무한히 감사하는 마음을 갖고 있다. 세상의 모든 사물과 모든 고상한 이상은 실현 과정에서 돈의 은혜와 지지를 필요로 한다. 이는 풍자의 역설이자 부조리이기도 하다. 오늘 이후에 일어날 일들에 대해서도 나는 『캄캄한 낮, 환한 밤 ― 나와 생활의 비허구 한 단락』이라는 작은 책을 쓰면서 내가 당시에 가졌던 열정에 대해 가소로움과 감동을 느끼는 동시에 우습다는 생각을 떨쳐버리지 못할 것이다. 심지어 나처럼 게으르고 재미없는 사람이 일시적인 충동을 위해 그렇게 긴 시간의 흥분과 격정을 바쳤다는 사실이 믿기지가 않는다. 6월 14일에 고속 전철을 타고 서둘러 고향으로 돌아가 사흘이라는 아주 짧은 시간에 리촹과 그의 어머니, 훙원신과 그의 아들, 그리고 리촹의 이웃인 하오민郝民과 린샤오펀林小芬을 인터뷰했다는 사실이 믿기지 않았다. 여기에는 식사 전후에, 그리고 잠자기 전후에 내가 어머니와 누나들과 나눈 이야기, 리촹과 리촹 일가의 일상과 이상한 일들, 뜻밖에 발생했던 일들과 이미 예상했던 일들에 대한 어머니와 누나들의 담론, 그리고 가오톈 사람들의 다양한 의론과 예측은 포함되지 않았다. 내가 그 사흘이라는 짧은 시간에 거의 한나절의 시간을 할애하여 나의 학교 친구이자 전우였던 사람과 함께 자전거를 타고 우리 마을을 출발하여 왕복 56리나 되는 바러우산맥 깊은 곳에 있는 타오위안춘桃園村을 찾아가 세상에 거의 드러나지 않아 아무도 모르는 일을 취재하고 인터뷰한다는 것은 더더욱 상상할 수도 없는 일이었다. 이 은밀하고 진실한 사건은 나중에 영화 시나리오 「캄캄한 낮, 환한 밤」의 창작에서 가장 중요한 스토리가 되었고, 신기한 캐릭터들이 대거 등장하게 되는 동기가 되었다. 그 사건은 내가 은행을 찾고자 할 때 금고의 열쇠를 손에 쥔 것과 다름없었다. 그때, 솔직히 말하자면, 그 영화에서 내가 직접 연기하려 했던 남자 1호인 리촹이라는 인물은(내 필력이면 충분히 날카롭지 않을까? 내가 영화 인물의 갤러리에 위대하고 불후한 캐릭터 하나를 추가할 수 있지 않을까?) 내 마음속에서 나 자신인 것처럼 아주 활발하고 생생하게 이 세상을 살아가고 있었다. 하지만 아무리 그렇다고 해도 구창웨이를 비롯한 이 영화 관계자들에게 나의 성실함과 진지함을 증명하고, 선수금 50만 위안이 헛되지 않다는 인식을 주기 위해 나는 16일 저녁 무렵 서둘러 베이징으로 돌아가 17일에 곧장 영화 속 캐릭터들의 생활의 원형이 되고 있는 뤄마이쯔와 리챵의 아들 리서를 인터뷰했다. 그리고 뜻밖에도 적절하거나 부적절한 경로를 통해 룬쩌파출소를 찾아가 사건을 처리하는 인민경찰을 상대로 진실과 거짓, 허와 실을 망라하여 한나절이나 얘기를 나눌 수 있었다. 아울러 부탁과 설득을 통해 리챵 사건의 가장 일차적인 심문 기록 전부와 기타 서류 및 자료들을 열람할 수 있었다(이를 전부 핸드폰으로 촬영한 다음, 추호의 가공도 가하지 않고 있는 그대로 소설 속에 복제하는 것이 불법일까?). 마지막으로 인민경찰 친구는 주머니를 털어 내게 식사를 대접했다. 그러는 과정에서 그들은 당시 내 은행카드 안에 50만 위안이 조용하고 달콤한 잠을 자고 있고 언제라도 깨어나 소비의 환호성을 지르게 될지 모른다는 사실을 전혀 눈치채지 못했…… 요컨대 해야 할 일은 다 했고, 있어야 할 자료는 다 있는 셈이었다. 이제 나는 책상 앞에 앉아서 나의 영화 시나리오 「캄캄한 낮, 환한 밤」을 쓸 수 있게 되었다.

6월 20일, 나는 서재에 앉아 영화 시나리오 스토리의 대강을 써 내려가기 시작했다.

6월 21일, 이야기에 등장하는 주요 인물들의 윤곽을 썼다.

6월 22일 오전, 구창웨이와 장시간 전화 통화를 하여 시나리오 창작에서 반드시 주의해야 할 사항들을 논의하고 일부 원칙적인 문제들을 확정했다. 예컨대 시나리오의 예술성과 심사의 통과를 보장할 수 있는 기교적 요소 같은 것들이다. 예컨대 심사 통과가 보장된다는 전제하에서 유일무이한 이야기를 위해 노력하고 유일무이한 주요 인물들의 전기를 창조한다는 것이다. 또한 인물들 사이의 대화를 최대한 가다듬고 축소하는 대신 디테일과 심리 변화를 이용한다는 것이다. 절대로 인물들이 모든 것을 말로 서술해내게 해서는 안 된다는 것이다. 우리는 서로 얘기를 나누면서 무척 즐거웠다. 미리 상의하지도 않았는데 모든 생각이 일치하는 것 같았다. 하지만 전화를 끊고 나서 나는 우리 두 사람이 통화하는 동안 창작의 요점과 주의 사항 등을 적었던 메모지를 동그랗게 뭉쳐서 쓰레기통에 던져버렸다. 이어서 아무 볼일도 없으면서 까닭 없이 장팡저우, 양웨이웨이와 만나기로 약속을 잡았다. 그들을 만나서 베이징대학 동문과 마주하고 있는 청푸로成府路에서 식사를 했다. 그 자리에서 나는 스승을 존중하는 그녀들의 습성을 이용하여 재미없는 얘기를 늘어놓으면서 허풍을 떨고 호언장담을 했다(나는 작품을 쓰기 시작할 때마다 먼저 이런 청중들을 만나 호언장담을 늘어놓는 안 좋은 습관을 갖고 있다). 그러고 나서 집으로 돌아와 글을 쓰기 시작했다. 아주 빨리 원고지에 캐릭터들의 윤곽을 설명하는 글을 써냈다.

캐릭터

리쾅: 허난성 시골 사람으로 나이는 쉰 남짓이지만 겉모습은 훨씬 더 늙어 보인다. 생활과 살아온 경력이 그의 온몸에 초조와 불안, 그리고 뭔지 모를 근심과 고민을 잔뜩 씌워놓았다. 생명에서 오는 이러한 분위기는 항상 현실에 대한 원한을 발산할 기회를 기다리는 것 같다. 그리하여 그의 생활과 생명의 역정 속에는 괴이하고 우악스럽고 근거를 알 수 없는 히스테리가 가득 차 있다. 하지만 결과적으로는 항상 내면의 흐름 때문에 평화롭고 조용한 방향으로 흘러간다. 예수가 부활한 뒤에 아주 편안하고 조용하며 너그럽고 위대하게 변한 것과 같다.

리징: 나이는 스물네 살로 베이징대학 컴퓨터학과를 갓 졸업한 대학원생이다. 항저우 출신으로 예쁘고 재능이 넘치며 집중력이 뛰어나지만 감정과 성격에 있어서는 약간 고집스럽고 민감한 편이다. 그녀는 자신의 고집을 알기 때문에 무척 민감하고, 또 민감하기 때문에 고집스럽다. 하지만 또 동시에 오늘날의 청년 여성 특유의 부드러우면서도 강인하고 자제력을 잃지 않는 아름다움도 지니고 있다. 이야기 속에서의 모습은 리쾅과 비슷하면서도 또 그와는 완전히 다른 불안과 초조감을 갖고 있다. 하지만 이 모든 결함들이 비너스의 떨어진 팔처럼 그녀의 본질적인 단순함과 선량함, 그리고 천사 같은 아름다움을 가리진 못한다. 그리고 이와 동시에 리쾅과 마찬가지로 운명 속에서의 서로의 유사한 점과 다른 점이 우리 이 위대한 시대의 풍부하고 복잡하면서도 불확실한 갈등을 더 극명하게 드러내주고 현실과 미래

의 갖가지 가능성을 드러내준다.

그다음…… 그다음 영화 이야기 속의 다른 인물과 스토리는 나의 글쓰기를 통해 꼭지가 망가진 수돗물이 되고 말았다. 일단 열렸다 하면 흐름을 막으려 해도 막을 수 없었다. 나는 오전에도 글을 쓰고 오후에도 썼으며 밤에도 계속 이어서 썼다. 한 컷 또 한 컷, 한 가지 또 한 가지 스토리를 이어갔다. 그 속도는 상상하기 어려웠다. 글쓰기의 쾌감도 상상하기 어려웠다. 나는 그렇게 빠른 속도로 흘러가는 글쓰기가 그동안 내가 진행했던 대량의 인터뷰와 생활의 축적에 의존하고 있는 것인지, 아니면 명리가 팽창시킨 창작의 열정 혹은 명리가 기초하고 있는 동기에 의존하는 것인지 알 수 없었다. 사흘 뒤인 6월 25일 새벽 2시, 시나리오의 마지막 한 페이지에 '탈고'라는 두 글자를 적고 나서 나는 아주 길고 편안한 한숨을 내쉬면서 두껍게 쌓인 원고지 뭉치를 바라보았다. 허리가 뻐근하고 등이 아픈 절정의 즐거움을 느낄 수 있었다. 병사 하나가 전장에서 약으로 부상병을 구하고 전투 전체를 위대한 승리로 이끈 것 같은 기분이었다. 그러고 나서 그 병사가 개선하여 꽃다발과 훈장, 그리고 영웅에 대한 무한한 칭찬과 찬미를 받는 것 같은 기분이었다.

6월 25일 오전, 나는 시나리오를 한 번 읽어보고 간단한 보완과 수정을 거쳐 오후에 사람을 시켜 양웨이웨이에게 보내 타이핑을 하게 했다. 26일 저녁, 메일함에서 결점 하나 없이 완벽한 양웨이웨이의 시나리오 파일을 받을 수 있었다(대단히 유감스럽게도 동시에 시나리오에 대한 그녀의 찬사는 받지 못했다).
나는 밤새 교열과 수정 작업을 진행했다. 다음 날, 나는 이 수
정된 시나리오를 구창웨이와 장팡저우(그녀는 마침 남방 지역
에 출장 중이었다), 그리고 궈팡팡에게 보냈다.

이미 파종이 끝났으니 수확이 다가올 차례였다. 수분과 햇
빛, 옥토와 자양, 계절과 제초, 봄바람과 비, 이슬, 또 무엇이 필
요할까? 지금쯤 구창웨이와 장팡저우, 궈팡팡, 양웨이웨이 등
은 마음을 차분히 가라앉히고 저 책과는 다른 영화 작품의 시
나리오를 읽고 있을 것이다. 진실하면서도 의외인 리창과 리징,
리서, 마이쯔, 그리고 장화張華(이 캐릭터의 일부 스토리는 허구
다) 등의 운명을 읽고 있을 것이다. 그렇다면, 이 책『캄캄한 낮,
환한 밤 — 나와 생활의 비허구 한 단락』의 독자 여러분, 현재와
당시의 그들과 마찬가지로 여러분도 베이징 중관춘 서가 룬쩌
단지에서 리창 일가와 리징 등에게 일어났던 일들을 다룬 영화
이야기를 읽어주시기 바란다.

2

캄캄한 낮, 환한 밤 (영화 시나리오)
— 실제 인물과 사건을 바탕으로 하여 각색했음

(설명: 베이징대학 부근에서 일어났던 이 이야기와 인물, 사건, 환
경 등은 전부 현실 생활에 실제로 존재했었다. 하지만 촬영 및 예술

적 필요에 따라 실제 이야기의 시간과 장소, 스토리 전개에 대해 부분적인 이동과 집중, 가공, 상상 등의 작업을 진행했다.)

캐릭터

리챵   허난 시골 사람으로 나이는 쉰 남짓이지만 겉모습은 더 늙고 초라해 보인다.

리징   베이징대학 컴퓨터학과를 갓 졸업한 대학원생으로 스물네 살 전후의 남방 아가씨이다.

장화   모 기업 산하 231연구소의 소장으로 나이는 마흔 정도이다.

우민후이 리징의 대학원 절친으로서 베이징대학 부근의 숙소에 함께 거주하고 있다.

마이쯔   리챵과 함께 일하는 농민공으로 나이는 서른 남짓 되었다.

십장   마이쯔와 리챵의 공사팀 십장으로 나이는 마흔 전후이다.

리서   리챵의 아들로 나이는 스물한 살이다.

우궈창   졸업한 리징의 선배이다.

자오밍   리징의 학교 선배이다.

경찰, 장화의 아내, 가게 종업원, 남학생 친구 등 약간 명.

1. 베이징대학 교문 앞 사거리 / 정오 / 밖 / 해가 뜨겁다

그해 한여름의 어느 날, 베이징의 날씨는 이상고온으로 유난히 더웠다. 도로 위의 거의 모든 자동차 유리창에 차광막이 씌워져 있고, 모든 여성 행인들은 햇볕을 피하기 위해 양산을 들고 있다.

베이징대학 교문 앞 어느 사거리에서 농민공 리챵이 막대기로 커다란 자라 한 마리를 팔려고 높이 들어 올리고 있다. 막대기를 쥔 그의 왼손 식지 한 마디가 잘려 있는 모습이 선명하게 눈에 들어온다. 남들이 모르는 어떤 이야기를 말해주고 있는 것 같다. 그는 길가에 서서 지나가는 사람들을 향해 큰 소리로 외치면서 자라를 판다. 행동거지가 근처의 건물이라든가 교문을 드나드는 베이징대학 학생들의 모습과 극도의 부조화를 이루고 있다.

리챵: 자, 자라 사세요. 끝내주는 보양식 자라가 왔습니다!

리챵: 자라가 왔어요······

리챵은 사람들이 무리 지어 다가올 때마다 큰 소리로 외치지만 길 가는 사람들은 그를 거들떠보지도 않고 바쁜 걸음을 재촉한다.

리징이 아주 멋진 새 자전거를 타고 베이징대학 부근의 후통에서 나온다. 날씨가 너무 더워서 그런지 리징이 햇볕을 피하기 위해 얼굴에 천으로 된 가리개를 하고 있다. 리징이 리챵 앞에 가까이 오자 갑자기 그가 커다란 자라 한 마리를 그녀 앞으로 내민다. 깜짝 놀란 리징이 자전거에서 떨어진다. 하마터면 다리를 다칠 뻔한다.

리챵: 이거 안 사실래요? 싸게 드릴게요. 2백 위안이에요.

리징이 화난 표정으로 그를 쳐다보다가 자전거를 끌면서 리챵에게서 멀어진다.

리쫭이 리징을 쫓아간다.

리쫭: 아가씨— 150위안에 드릴게요! 한 마리 사다가 윗분들께 선물하세요. 하루 종일 운세가 좋을 겁니다…… 일 년 내내 운세가 좋아져요. 아니, 평생 운세가 좋을 겁니다!

리징은 황급히 자전거를 타고 가버린다.

리쫭은 얼굴 가득 땀을 흘리며 실망한 표정으로 길 한가운데 서 있다.

소형차 한 대가 달려오더니 리쫭 앞에서 급브레이크를 밟는다.

리쫭은 자라를 사러 온 사람인 줄 알고 얼른 자라를 들고 다가간다.

리쫭: 자…… 자라가……

기사: (대로하여) 죽고 싶어?! 빨리 비켜!

리쫭은 황급히 길가로 돌아온다.

리쫭은 무척이나 막막하고 무기력한 표정으로 오가는 사람들과 거리를 바라본다.

등 뒤의 건축공사장 옥상에서 마이쯔가 큰 소리로 그를 부른다.

마이쯔: 리쫭— 일 안 할 거예요?

리쫭은 자신을 부르는 소리를 듣고는 뜨겁게 내리쬐는 해와 공사장을 바라보다가 결국 재빨리 일터로 돌아간다.

2. 베이징대학 인근 오피스텔 / 낮 / 밖 / 나무 그늘 거리

멋지고 세련된 현대식 오피스텔 앞에 '231기계연구소'라는 간판이 붙어 있다. 회전문 밖의 환경은 아주 청결하고 도처에 푸른 잔디밭이 펼쳐져 있다. 잘 다듬어진 화초들이 나란히 늘어서 자태를 뽐내고 있다.

연구소 소장 장화가 직접 고급 승용차를 몰고 와 차에서 내린다. 차는 브랜드가 잘 알려지지 않은 명품인 것 같다. 주차장에 차를 세워놓고 나오는 그의 눈에 멀리 출근하고 있는 리징의 모습이 보인다. 그 순간 그의 얼굴에 망설이는 듯한 표정이 역력하다. 잠시 옆으로 몸을 피한 그는 다시 걸음을 옮기려다가 또다시 주저하며 몸을 돌려 로비에서 리징을 기다린다.

리징이 얼굴 가득 미소를 짓고 있다.

리징: 소장님, 그 기계 데이터 전부 계산해냈어요. A 아이템은 32735이고 B 아이템은 49780.2예요.

리징이 공식과 데이터가 가득 적힌 자료를 내밀지만 장화는 주저하면서 받지 않는다.

장화: (겸연쩍어하면서) 리징 자네에게 정말 미안해…… 오늘부터 자네는 더 이상 출근하지 않아도 되네.

리징이 놀라서 멍한 표정을 짓는다.

장화: 이유는 묻지 말게— 석 달 치 임금을 더 지불하도록 하겠네. 석 달 치 장학금도 함께 말이야.

말을 마친 장화는 재빨리 몸을 돌려 가버린다.

리징은 그 자리에 멍하니 서 있다. 아직 정신이 돌아오지 않은 것 같다.

3. 연구소 / 낮 / 안

연구소 안은 아주 밝고 깨끗하고 현대적인 모습이다.

리징이 어리둥절한 표정으로 걸음을 옮긴다.

리징이 연구소 소장 사무실 문 앞에 잠시 서 있다가 문을 밀어 열고 들어간다.

리징을 본 장화가 황급히 손에 들고 있던 전화기를 내려놓는다.

리징은 정중하게 그 데이터 자료를 장화 앞에 내려놓고는 냉담하면서도 단호한 어투로 묻는다.

리징: 저에게 이러시는 이유를 말씀해주셔야 할 것 같은데요!

장화: (머뭇거리면서) ……자네한테 반년 치 임금과 반년 치 장학금을 지급하기로 했네.

리징: (단호하게) 저는 돈을 원하는 게 아니라 일을 원합니다. 반년 전에 제가 연구소에 들어와 인턴을 시작할 때, 저를 학교에 남게 해주시기로 얘기가 다 되지 않았나요? 제 성적과 태도가 나쁘지만 않으면 연구소에서 금년 연구원들의 베이징 호구戶口 취득에서 저에게 우선권을 주기로 했잖아요.

장화는 달리 대응할 방법이 없어 아무 말도 하지 않는다. 결국 잠시 침묵하다가 밖으로 나가버리는 수밖에 없다.

잠시 후 리징도 곧장 장화를 따라 나간다.

4. 화장실 / 안

장화가 화장실에서 침착하게 손을 씻고 몇 번 비빈 다음 건조기에 말린다.

장화가 화장실 문 유리를 통해 밖을 내다본다.

하지만 장화는 화장실 문을 열고 나오다가 리징이 여전히 남자 화장실 밖에 서서 고집스럽게 자신을 기다리고 있는 것을 발견한다.

리징: 제 동료들 모두 업무 실적이 떨어졌어요. 그들 모두 제가 연구소에 취업해서 출근하게 된다고 알고 있습니다. 지금 저를 자르시면 제 하루 한 해가 망가지는 것이 아니라 제 일생이 망가진단 말입니다!

장화는 더 견디지 못하고 고개를 숙인 채 자리를 뜬다.

리징이 그를 바짝 뒤따른다.

리징: 제가 연구소에 온 지 반년이 되었습니다. 국내 데이터의 심사뿐만 아니라 국외 데이터의 심사와 번역을 할 때 항상 신중하고 조심스러운 작업 태도를 유지했고 0.01의 오차도 범하지 않았습니다. 사무실에서의 문서 비서 업무뿐만 아니라 소장님 집안 일까지 가정부처럼 나서서 도와드렸지요. 소장님 가족 대신 마당 청소를 하고 장을 보고 아이들을 돌봤습니다……

장화는 리징의 말을 들으면서 계속 걸음을 옮긴다. 걸음이 더 빨라진다.

리징이 두 걸음 차이로 바짝 뒤따른다.

리징: (큰 소리로) 장 소장님― 소장님 댁의 인테리어 공사 때 모든 배관 공사도 저의 계산을 통해 이루어졌어요. 소장님 부인이 사용하시는 생리대도 부인의 요구에 따라 어렵사리 맞는 사이즈를 찾아 제가 사다 드렸다고요!

장화가 걸음을 늦춘다. 하지만 사무실로 돌아가지 않고 잠시 생각에 잠긴다. 그러더니 다시 리징을 피해 모퉁이를 돌아 차고

쪽으로 간다.

리징이 차고까지 계속 쫓아가서는 장화가 차를 타고 멀리 가버리는 모습을 바라본다.

5. 베이징대학 부근 공사장 / 낮 / 밖

온통 어수선한 환경이고 소음도 대단하다.

리챵이 시멘트 포대를 하나하나 교반기 앞으로 지고 가 던져놓는다. 그의 앞에는 끊임없이 회색 먼지가 일고 있다.

그가 팔리지 않은 자라를 길가 작은 나무에 걸어둔다. 리챵이 다시 걸음을 옮기려다가 작은 막대기로 자라의 머리를 툭툭 쳐본다. 자라가 재빨리 머리를 움츠린다.

리챵이 햇볕 아래 있는 자라를 집어 옆에 있는 다른 나무의 그늘에 걸어둔다. 아울러 자라를 위해 시멘트 포대로 나무에 차양막을 만들어준다.

멀리서 마이쯔가 손을 입에 나팔 모양으로 대고 그를 부른다.

마이쯔: 리챵— 거기서 자라랑 뭐 하는 거예요? 여기 있는 기계들 날라야 한단 말이에요.

6. 연구소 차고 / 안

시간이 한참 지나 해가 이미 서편으로 기울기 시작한다. 하지만 해는 여전히 뜨겁다.

장화가 마침내 차를 몰고 돌아와 크고 깨끗한 지하 차고로 들어선다.

장화가 차에서 내려 차를 잠그고는 뭔가를 걱정하는 듯이 좌우를 살핀다.

장화가 안심하고 지하 엘리베이터 쪽으로 걸어간다.

뜻밖에도 리징이 어느 기둥 뒤에서 불쑥 나타나 장화의 앞을 가로막는다.

리징이 앞뒤를 살피며 지하 차고에 다른 사람이 없는지 확인한다. 잠시 침묵하던 그녀가 갑자기 생경한 어투로 말한다.

리징: 장 소장님, 저를 자르지 말아주세요. 베이징 호구를 신청할 수 있게 해주세요. 그럼 기꺼이 제 몸을 드릴게요. 제가 소장님을 모시고……

장화로서는 너무나 뜻밖의 말이었다. 그 한마디에 한참을 멍하니 서 있던 장화가 황급히 걸음을 옮긴다. 리징이 자리를 뜨려는 장화를 보고는 재빨리 몇 걸음 다가가 앞을 가로막고는 마지막 카드를 꺼내놓는다.

리징: (낮은 목소리로, 그러나 확실하게) 저 아직 처녀예요.

놀란 장화가 재빨리 엘리베이터 입구로 몸을 피한다.

장화는 엘리베이터 버튼을 누르고 해명 반, 조롱 반의 의미를 담아 큰 소리로 말한다.

장화: 아직 처녀라고? 어쩌지! 오늘 돌아가서 너의 처녀를 박살 내버려— 자신을 깨뜨려야 현실 사회가 0.1이나 0.2의 문제가 아니란 걸 알게 될 거야. 그러면……

장화가 말을 끝내기도 전에 엘리베이터가 도착하여 문이 열리자 그는 말을 끊고 엘리베이터에 탄다.

리징이 아무도 없는 고급 차 차고 안에 막막한 표정으로 서 있다.

리징이 갑자기 엘리베이터 안에 있는 장화를 향해 용수철이 팅

기듯 대로하여 큰 소리로 외친다.

리징: 장화 — 당신이 해외 유학파라고 해서 세상에 당신밖에 없는 게 아니야. 모든 걸 당신 맘대로 할 수 있는 게 아니라고— 내 말 잘 들어. 내가 평생 고향으로 돌아가 초등학교 교사가 되는 한이 있더라도 다시는 당신한테 부탁 같은 것 안 해. 더 이상 연구소에서 일할 생각 없다고!

리징의 이 한마디가 땅에 떨어지자 장화는 얼른 엘리베이터 문을 닫는다.

하는 수 없이 무력하게 그 자리에 멍하니 서 있던 리징이 엘리베이터를 향해 발밑의 벽돌을 매섭게 걷어찬다.

7. 베이징대학 부근 / 리징이 방을 임대하여 사용하고 있는 단지 / 낮 / 밖

해가 뜨겁게 내리쬐고 있는 가운데 분위기가 조용하고 무겁게 가라앉아 있다.

단지의 자전거 주차장에 자전거들이 길게 줄지어 세워져 있다.

리징이 몹시 상심한 표정으로 자전거를 끌면서 돌아온다.

리징이 줄 맨 앞에 자전거를 세워놓고 자물쇠를 채운다. 그러고는 아무런 생각 없이 그 자리에 멍하니 서 있다.

리징이 갑자기 자기 자전거를 힘껏 밀어버린다. 자전거가 다른 자전거 두 대에 부딪쳐 넘어지는 것을 보고는 몸을 돌려 가버린다.

옆에서 스케이트보드를 가지고 놀던 남자아이가 놀라 휘둥그레진 눈으로 리징을 바라본다.

리징이 몸을 돌려 집을 향해 걸어간다.

스케이트보드를 가지고 놀던 아이의 눈길이 멀리까지 계속 리징의 뒷모습을 따라가다가 이내 능숙한 솜씨로 스케이트보드를 타고 자리를 뜬다.

이때 부딪혔던 어떤 자전거가 불안하게 서 있다가 넘어지기 시작한다. 길게 늘어선 자전거들이 도미노처럼 와르르 넘어지기 시작하더니 도저히 수습할 수 없는 속도로 마지막 한 대까지 다 넘어져버린다.

자전거들이 넘어지는 소리를 듣자 리징이 몸을 돌려 다 넘어질 때까지 멀리 서서 바라본다.

8. 리징의 숙소 / 낮 / 안

아파트 계단. 리징이 계단을 걸어 2층으로 올라간다.

리징이 문을 열려고 하는 순간 안에서 문이 열린다.

리징의 동창생 우민후이吳敏慧와 그녀의 남자친구가 안에서 나온다.

우민후이는 아무렇지도 않은 표정이지만, 그녀의 남자친구는 약간 긴장하고 수줍어하는 모습이다.

리징이 뜻밖이라는 듯이 얼른 한쪽으로 비켜서며 두 사람을 바라본다.

우민후이: (소개한다) 내 새 남자친구 쓰마하이司馬海야. 그리고 이쪽은 내 절친인 리징이고.

리징과 쓰마하이가 서로 고개를 끄덕이는 것으로 인사를 대신한다.

우민후이가 남자친구를 잡아끌고 나가려 한다.

우민후이: 리징, 미안해! 방금 전까지 어디로 가야 할지 몰랐어…… 오늘 저녁에 우린 호텔에 묵을 거야. 방은 너에게 남겨줄게.

두 사람이 가고 나자 리징이 집 안으로 들어온다. 또다시 우민후이가 외치는 소리가 들려온다.

우민후이: 집을 낭비하지 마!

이 집은 아파트식 숙소이다. 비교적 넓은 공간에 침실과 거실이 갖춰져 있다. 벽에는 백 위안짜리 인민폐를 묘사한 추상화가 걸려 있어 눈에 확 띈다.

집 안으로 들어온 리징이 다탁 위에 남은 과일과 수박 껍질을 둘러보다가 바닥에 나뒹구는 우민후이의 슬리퍼를 보고는 발로 걷어차 문 뒤로 보내버린다. 아울러 우민후이의 남자친구가 사용했던 슬리퍼를 벽에 가지런히 세워놓는다.

몸을 돌리던 리징의 눈에 갑자기 창문 아래 테이블에 놓인 빈 콘돔갑이 들어온다. 리징이 짜증을 내며 발로 테이블을 걷어차고는 티슈를 한 장 뽑아 손가락으로 콘돔갑을 집어서 쓰레기통에 던져 넣는다. 그런 다음 몹시 피곤한 듯 자신의 침대에 가서 눕는다.

리징이 본능적으로 뭔가를 감지하고는 다시 몸을 일으켜 어지럽게 흐트러진 담요를 들어 펼친다. 갑자기 아주 깨끗한 침대보 위에 손이 가는 대로 던져놓은 책 몇 권(만델라의 『자유를 향한 머나먼 길』과 다른 책들)과 섹스를 하면서 흘린 지저분한 얼룩 자국이 눈에 들어온다.

리징은 무슨 일이 있었는지 알 것 같다. 화가 난 그녀가 소리를 지르거나 욕을 할 요량으로 씩씩거리며 발코니로 간다. 그 순간 절친과 남자친구는 다정한 포즈로 이미 저 멀리 걸어가고 있다. 결국 하는 수 없이 시끄러운 거리와 베이징대학의 쪽문을 바라보다가 안으로 돌아온다.

리징이 침대맡에 멍하니 서 있다.

리징이 또 본능적으로 자신의 베개를 들춰본다. 베개 밑에서 우민후이와 그녀의 남자친구가 섹스를 할 때 사용했던 화장지와 화장지 밖으로 삐져나온 콘돔이 눈에 들어온다. 리징이 더 참지 못하고 완전히 폭발한다. 갑자기 베개와 그 지저분한 휴지 뭉치를 바닥에 던져버린 그녀가 침대 시트를 잡아당겨 바닥에 던져놓고는 발로 밟는다.

리징이 약간의 히스테리 증상을 보인다. 다탁 위에 놓인 15센티 정도 길이의 과도를 보더니 그 칼을 집어 침대 시트를 한 번 또 한 번 힘주어 긋는다.

찢어진 침대 시트 위에 여러 개 구멍이 드러난다.

리징이 한참이나 침대 시트에 칼질을 하다가 과도를 던져놓고 다시 침대 시트를 북북 찢는다.

리징이 방을 닥치는 대로 어지럽게 만들면서 자신을 괴롭히느라 지쳐 결국에는 온몸에 땀을 흘리며 바닥에 주저앉는다.

리징이 건너편에 있는 우민후이의 깨끗하고 정결한 침대보를 바라본다. 침대맡에는 그녀가 세 명의 남자친구와 각각 따로 찍은 세 장의 사진이 붙어 있다. 리징이 이 사진들을 바라보면서 아무 말도 하지 않고 바닥에 던져진 베개를 집어 들고는 얼굴의 땀을 닦는다. 너무도 억울한 마음에 두 눈에서 눈물방울이 떨어진다.

9. 베이징대학 부근 / 낮 / 밖

고층 빌딩과 오가는 사람들의 흐름, 차량의 행렬과 소란함.

베이징대학 교문을 드나드는 학생들……

10. 리징의 숙소 / 낮 / 안

리징이 한바탕 울분을 쏟아놓고 나서 방바닥에 나무처럼 앉아 있다.

리징이 울분과 초조감에서 점차 안정을 되찾는 것 같다.

몸을 돌린 리징이 에어컨 리모컨을 집어 에어컨을 켠다.

에어컨 바람 속에서 리징이 눈길을 자신이 넘어뜨린 쓰레기통 위로 던진다. 마침 그 콘돔갑이 쓰레기통 맨 위에 걸려 있다.

리징의 눈길이 그 콘돔갑 위로 떨어진다.

실내가 이상할 정도로 무겁고 조용하게 가라앉아 있다.

리징이 아득한 눈빛으로 콘돔갑을 응시한다……

리징이 응시하자 쓰레기통 위에 걸쳐 있던 그 콘돔갑이 때마침 저절로 방바닥 위로 떨어진다.

리징이 방바닥 위에 떨어진 콘돔갑을 응시하면서 미동도 하지 않는다.

마지막으로 리징이 약간 피곤한 듯한 표정으로 바닥에 쭈그리고 앉아 콘돔갑을 집어 잠시 살펴보다가 천천히 다시 내려놓고는 뭔가 생각이 났는지 핸드폰을 꺼낸다.

리징이 잠시 주저하다가 생각을 정한 듯, 핸드폰 안의 주소록을 뒤지기 시작한다.

리징의 눈길이 우궈창吳國强이라는 이름 위에 멈춘다.

리징이 결국 우궈창에게 전화를 건다.

11. 베이징대학 교문 앞 / 밖

우궈창은 젊고 잘생긴 얼굴에 선글라스를 끼고 있다. 부잣집 아들 같은 모습이다. 그는 스포츠카를 몰고 베이징대학 교내로 들어서고 있다.

벨이 울리자 우궈창이 발신자 이름을 확인하고는 전화를 받는다.

우궈창: (얼굴 가득 미소를 지으며) 리징, 2년 만이네…… 내게 자발적으로 전화를 다 걸다니! 웬일이야?

12. 리징의 숙소 / 안

리징이 전화기를 마주하고 주저하면서 잠시 말을 하지 않는다.

전화기에서 우궈창의 목소리가 들린다.

우궈창: 말을 해. 새로 만난 남자친구가 나만 못한 모양이군? 나보다 일도 못하고, 나만큼 돈도 많지 않고, 쿨한 점수도 나보다 낮고…… 당연하지. 나는 베이징 사람이니까.

리징은 듣고 있다가 결국 먼저 전화를 끊어버린다.

13. 베이징대학 캠퍼스 안 / 밖

우궈창이 차를 몰고 베이징대학 안으로 들어서자 전화가 끊어진다.

우궈창: (중얼거리듯이) 미친년!

우궈창이 핸드폰을 옆자리에 던져놓는다.

14. 리징의 숙소 / 안

리징이 계속 자신의 핸드폰 안에 있는 주소록을 뒤적거린다.

리징이 마침내 어느 번호로 전화를 걸기로 마음먹는다.

전화를 받는 사람은 웨이밍호 옆을 걷고 있는 그녀보다 나이가 몇 살 많은 박사 과정 학생 자오밍趙明이다.

리징이 전화로 아주 단도직입적으로 대단히 솔직하게 얘기한다.

리징: 자오밍 씨, 저 후배 리징이에요. 자오밍 씨를 제 방에 초대하고 싶어요. 지금 당장요— 지금 당장이어야 해요! 제 숙소에 지금 저 혼자 있어요……

이 말을 들은 자오밍이 황급히 좌우를 둘러보더니 길가로 몸을 숨긴다.

자오밍: 리징, 왜 그래? 무슨 일 있어?

리징: 일이 있어요. 급한 일이에요— 남자가 필요해요. 제 숙소에 좀 와주셨으면 좋겠어요…… 지금 곧장요. 1분도 기다릴 수 없어요!

자오밍이 놀라서 전화기를 귀에서 약간 떼고는 핸드폰을 응시하다가 좌우를 두리번거린다. 그러다가 다시 핸드폰을 귀에 가져다 댄다.

자오밍: 리징, 이런 농담 하는 거 아니야. 게다가 난 이미 결혼한 몸이잖아……

리징: 올 거예요, 말 거예요? 걱정하지 말아요. 책임지라고 하지 않을 테니까요. 지금 저는 남자랑 함께 있고 싶은 것뿐이에요. 그냥 커피 한잔 하면서 얘기만 나눠도 좋아요. 얼굴을 마주하고 싶단 말이에요.

자오밍: (회피하는 듯한 어투로) 나 아직 박사논문을 완성하지 못했어. 지금 논문 때문에 상의하려고 지도교수를 찾아가는 길이야……

리징은 말이 없다.

자오밍: 리징…… 리징……

리징이 또다시 전화를 끊어버린다.

리징이 또 다른 번호로 전화를 건다.

상대가 전화를 받지 않는다.

리징이 또 전화를 건다. 상대는 받지 않는다.

리징 전화의 주소록이 아주 빨리 맨 마지막 줄에 이른다.

리징이 잠시 주저하다가 마지막으로 맨 처음에 걸었던 우궈창에게 다시 전화를 건다.

15. 베이징대학 교내

우궈창이 차를 몰고 베이징대학 캠퍼스를 빠져나오고 있다. 이때 그가 선글라스를 벗는다. 아주 우아하고 교양 있는 사람 같아 보인다. 그의 옆자리에는 외모가 아주 평범한 여학생 하나가 타고 있다. 그가 한창 공을 들이고 있는 신입생인 것이 분명해 보인다.

핸드폰이 울리자 우궈창이 리징이라는 발신자 이름을 확인하고는 버튼을 하나 누른 다음 사환로를 향해 차를 몬다.

16. 리징의 숙소

리징은 우궈창이 전화를 받지 않는 것을 확인하고 "상대방이 서비스 구역에 있지 않다"는 안내음을 듣고서도 고집스럽게 다시 그에게 전화를 건다.

우궈창은 전화벨 소리를 듣고 길가에 세워진 '공항 방향'이라는 표지판을 보면서 하는 수 없이 전화를 받는다.

리징: 우궈창, 너를 위해서 나 박사학위 포기했어. 학교에 남게 될 가능성도 포기했어…… 지금 너를 만족시켜주고 싶어. 너랑 애기를 좀 나누고 싶어. 그런 다음 나의 모든 것을…… 다 포기해버릴 거야!

우궈창이 리징의 뜻밖의 태도에 갑자기 군자로 변한다.

우궈창: 리징, 사람 잘못 봤어. 나 우궈창은 사랑 말고는— 가장 순수한 사랑 말고는 아무것도 필요하지 않은 사람이야. 성性과 롤리타의 몸 같은 건 필요하지 않다고. 있잖아, 사랑이 없으면 성이란 양귀비 같은 것일 뿐이야.

말을 마친 우궈창이 핸드폰을 수신 거부 상태로 전환한 다음 옆에 던져놓는다.

우궈창의 옆에 있는 여학생이 특별히 존경하는 눈빛으로 그를 바라본다.

한편 리징은 이 순간에 핸드폰을 응시하며 아무 말도 하지 않는다.

핸드폰에서는 계속 우궈창의 위선적인 말이 들려온다.

우궈창: 리징, 불가능할 것 같아. 나는 너를 만족시켜줄 수 없어. 우리는 둘 다 베이징대학 졸업생이야. 둘 다 중국에서 가장 훌륭한 지식인들 가운데 하나라고.

리징이 결국 더 참지 못하고 핸드폰을 침대 위로 던져버린다.

핸드폰에서는 여전히 우궈창의 목소리가 흘러나온다.

우궈창: (한껏 조롱하는 어투로) 핸드폰을 침대 위에 던져버린 거야? 그러지 마— 내 말 들어. 성과 관련해서는 이 세상에 누구도 너에게 몸을 바칠 사람이 없어. 몸을 옥처럼 잘 간수하는 것이 우리 문화의 원시적 발원지처럼 소중한 덕성이야. 네가 처녀의 몸을 간직하고 있다면 너는 우리 중화민족의 위대한 전통 미덕을 간직하고 있는 셈이지! 조국을 위해, 우리 민족을 위해 네 몸을 옥처럼 잘 간직해야 해……

리징이 우궈창의 모욕에 완전히 붕괴되고 만다. 그녀가 다시 핸드폰을 집어 문 앞 벽을 향해 던져버린다.

이번에는 핸드폰이 바닥에 떨어지면서 뚜뚜 소리가 난다.

리징이 방 안에 서서 이를 간다. 너무 화가 났는지 두 주먹을 꼭 쥔다. 하지만 그녀가 발을 동동 구를 때 발끝에 차인 것은 그 콘돔갑이다.

리징이 고개를 숙여 그 콘돔갑을 내려다본다. 한참을 응시하면서 미동도 하지 않는다.

17. 공사장 / 밖 / 해가 뜨겁다

뜨거운 해가 하늘에 떠 있다. 작은 나무 그늘에 매달려 있던 자라는 또 극렬하게 내리쬐는 햇볕 아래서 천천히 머리를 뺀다.

맨살을 드러낸 리쭹의 등이 땀범벅이다. 얼굴에는 먼지가 가득 달라붙은 채 시멘트를 나르고 있다.

리쭹이 십장과 또 다른 두 사람이 다른 곳에서 걸어오는 것을 본다.

리쭹이 시멘트를 멘 채 자라 옆에서 십장을 기다린다.

십장이 가까이 다가오자 리쭹이 더듬거리며 말한다.

리쭹: 저기요— 이 자라 가져다 드실래요? 아주 끝내주는 보양식이에요.

십장은 그를 거들떠보지도 않는다.

리쭹: 공짜로 드릴게요. 돈 안 받아요.

십장이 그를 힐끗 쳐다보더니 무시하듯 그 옆을 지나간다.

결국 리쭹이 시멘트를 멘 채 십장을 쫓아간다.

리쭹: (숨을 헐떡거리며) 저기요 십장님, 제게 8천 위안을 안 주셨잖아요…… 우선 5천 위안만 빌려주실 수 없나요?

십장: (미지근한 어투로) 돈을 빌려달라고? 매일 돈을 빌려달라고 찾아오는 사람이 부지기수야! 요구하는 대로 다 빌려줬다면, 염병할, 난 지금쯤 거지가 되고 말았을 거라고!

리쭹이 아무 말 없이 십장이 밀어져가기를 기다린다. 그가 어깨에 멨던 시멘트 포대를 던져버린다. 갑자기 먼지가 피어오른다.

리쭹이 그 먼지 속에서 한참을 멍하니 서 있다가 결국 몸을 돌린다. 그러고는 어수선한 공사장 계단을 통해 천천히 위로 올라간다.

18. 리징의 숙소 / 안

리징이 문을 등지고 책상 앞에 앉아 있다.

책상 위에 놓인 그녀의 컴퓨터 모니터에 가장 큰 폰트로 글이 두 줄 올라온다.

인생이 끝나는 자리에서
누가 나와 함께 잘 것인가?

리징이 이 문구를 응시하면서 빠르게 키보드를 두드린다. 두 줄의 문구가 바뀐다.

인생이 끝나는 자리에서
빨리 같이 자고 싶다

19. 건물 옥상 공사장 / 해가 뜨겁다 / 밖

십몇 층 건물 꼭대기에서 십장이 젊은 농민공 마이쯔에게 뭔가 지시를 내린다.

리쾅이 천천히 다가와 애걸한다.

리쾅: 저기요…… 십장님…… 이렇게 하시지요. 다섯 달 치 임금을 미리 지급해주시면 제가 지금부터 열 달 치 일을 아주 열심히 해드리겠습니다. 열 달 동안은 임금을 단 한 푼도 요구하지 않겠습니다.

십장이 또 리쾅을 힐끗 쳐다보더니 고개를 돌려 가버린다.

리쾅: (따라가며) 제가 1년을 공짜로 일해드리면 안 되겠습니까?!

십장이 공사용 리프트 카를 타고 건물을 내려가면서 차분한 어투로 대답한다.

십장: 나는 자네들을 착취하지 않아. 그러니 자네들도 내게 손해를 끼칠 생각 말게.

리쫭이 아무 말도 하지 못하고 나무처럼 서 있다.

리프트 카가 천천히 사라진다.

리쫭이 맥이 빠진 채 옥상에 서서 뜨겁게 내리쬐는 해를 바라보다가 하늘과 건물 아래 번화한 거리 풍경을 바라본다. 그러다가 마지막으로 눈길을 베이징대학 교문 쪽으로 돌린다.

교문에는 학생들의 물결이 끊이지 않는다.

요란한 굉음이 들리면서 망연자실해 있던 리쫭이 정신을 차린다. 고개를 돌려보니 마이쯔가 비계飛階 위의 목판을 메어 한쪽으로 밀어놓고 나서 그 자리에 앉아 담배를 피우는 모습이 눈에 들어온다.

리쫭이 마이쯔에게 다가가다가 도중에 땅바닥 위의 수도 호스를 집어 들고 벌컥벌컥 물을 마신다.

리쫭이 다가와 마이쯔 옆에 앉는다.

젊은 마이쯔가 리쫭에게 담배를 한 개비 건넨다.

마이쯔: 십장을 "저기요……"라고 부르면 안 돼요. '왕王 사장님'이라고 불러야 한다고요.

리쫭은 그 말을 이해하지 못한다.

마이쯔가 교활하게 웃으면서 옷을 입지 않은 리쫭의 등에서 햇볕에 타 벗겨진 허물을 한 조각 뜯어내 햇빛에 비추면서 아무 말도 하지 않는다.

리쾅이 마이쯔가 자기 등에서 벗겨낸 허물을 들고 있는 것을 힐끗 쳐다보고는 다시 건물 아래 선명하게 내려다보이는 베이징대학 교문을 바라보다가 뜬금없이 힘주어 중얼거린다.

리쾅: 염병할, 정말로 사람 하나 죽이고 싶어지네.

마이쯔가 깜짝 놀라며 손에 집고 있던 리쾅의 등짝 허물을 던져버린다.

마이쯔: 정말 사람을 죽이고 싶어요?

리쾅이 마이쯔를 쳐다본다.

마이쯔가 주머니에서 담뱃갑을 꺼내 안에 돈이 들어 있는지 확인하기 위해 들여다보더니 배터리를 끼워 사용하는 구식 핸드폰을 꺼내 배터리 케이스를 열고는 그 안에서 백 위안짜리 지폐를 한 장 꺼내 리쾅에게 내민다.

마이쯔: 정말로 사람을 죽이고 싶다면서요? 이걸로 칼을 한 자루 사라고요.

잠시 적막이 흐른다. 리쾅이 갑자기 마이쯔의 돈을 빼앗아 햇빛에 대고 진짜인지 가짜인지 살펴본다.

마이쯔: 진짜 돈이니까 걱정하지 말아요.

20. 월마트 상가 입구 / 밖 / 일몰 무렵

베이징대학 근처의 월마트 앞 광장에 수많은 사람들이 오가면서 대단한 활기를 띤다.

리쾅과 마이쯔가 어깨를 나란히 하고 상가 안으로 들어선다. 두 사람은 세면을 하고 간단히 얼굴과 옷차림을 정리했지만 사람들 틈에서는 여전히 농민공의 모습이 두드러진다. 상가 입구 문 앞에서 두 사람은 사탕수수와 파인애플 등을 파는 상인과 탁월한 예술가처럼 빙글빙글 돌려가며 파인애플을 깎는 길고 날카로운 칼을 발견한다. 이리하여 두 사람은 파인애플을 파는 노점 앞으로 다가가 선다.

상인: 사실 거예요?

리쾅: 네, 살게요. 전부 사고 칼까지 살게요. 파실 거지요?

상인: (어리둥절한 표정으로 웃는다) 형님, 이러지 마세요. 우리는 문밖에 나가는 것도 쉽지 않다고요……

마이쯔: (리쾅을 밀치면서) 안에 들어가면 좋은 칼이 많아요.

상가 문 앞에 이르러 두 사람은 또 상가 바로 옆에 있는 전문가 아파트를 발견한다. 수많은 사람들이 한데 몰려 있다. 길거리 연극을 구경하고 있는 것 같다. 리쾅이 호기심에 그쪽을 향해 다가간다.

마이쯔: 형님, 도대체 칼을 살 거예요, 말 거예요?

리쾅이 눈길을 거둬들이고 마이쯔와 함께 상가 안으로 들어간다.

21. 상가 / 안

리쾅과 마이쯔가 두리번거리면서 월마트 슈퍼 안으로 들어선다.

마이쯔는 이곳을 리쾅보다 비교적 잘 아는 것 같다. 그가 리쾅을 안내하면서 곧장 칼이 진열된 코너로 간다.

마이쯔: 이쪽, 이쪽이에요……

마이쯔가 리쾅을 데리고 칼이 있는 코너 앞으로 간다.

두 사람은 다양한 크기와 모양의 식칼 중에서 적당한 것을 찾는다.

사람을 죽이기에 안성맞춤인 강철 칼 하나가 마이쯔의 눈에 들어온다.

마이쯔: 이거 어때요?

리챵: (칼을 들고 몇 번 움직여본다) 그래, 이걸로 하지!

두 사람은 칼을 들고 계산을 하러 간다. 계산대 앞으로 가자 종업원이 두 사람을 번갈아 훑어본다.

마이쯔: (눈치 빠르게) 조리용이에요. 이분이 조리사거든요.

종업원: 신분증 좀 보여주세요— 칼을 사시려면 신분을 등록해야 하거든요.

마이쯔가 신분증을 꺼내려다가 뭔가 생각났는지 리챵을 쳐다본다.

마이쯔: 깜빡 잊고 안 가져왔네. 형님 신분증 있지요?

리챵이 주저한다.

마이쯔가 직접 손을 내밀어 리챵의 상의 양쪽 주머니를 더듬는다. 두번째 주머니를 더듬어 빨간 종이로 만든 낡은 지갑을 꺼낸다. 빨간 종이는 주름이 가득 잡힌 삼호三好학생* 상장용 종이다. 게다가 '삼호학생'이라는 네 글자가 여전히 지갑 맨 앞에 희미하게 남아 있다.

마이쯔가 지갑을 열어보니 안에는 리챵의 신분증과 약간의 잔

---

* 중국 정부가 초중고등학교 학생들에게 부여하는 영예 칭호로 인품, 성적, 체력 등 세 가지가 상대적으로 우수한 학생들에게 부여한다.

돈이 들어 있다.

마이쯔가 종업원에게 리쨩의 신분증과 자신의 돈 백 위안을 내민다.

칼을 사고 나서 마이쯔가 칼을 리쨩의 허리춤 뒤쪽에 꽂는다. 두 사람은 그렇게 상가 출구 쪽으로 걸어간다.

22. 전문가 아파트 건물 / 일몰 무렵

리쨩과 마이쯔가 상가에서 나온다. 두 사람은 또 자신들도 모르는 사이에 전문가 아파트 건물 앞에 사람들이 모여 있는 현장을 지나게 된다. '전문가 아파트'라는 고색창연한 편액이 눈에 확 띈다. 이곳을 드나드는 사람들은 실력이 출중한 국내외 지식인들이라는 것을 쉽게 알 수 있다.

사람들 무리 속에 잔뜩 치장을 한 리징이 서 있다. 완전히 다른 사람이 된 것 같다. 그녀는 요염하게 아름다우면서도 단아한 모습이다. 치마 차림으로 사람들 사이에 아무 말도 하지 않고 서 있다. 그녀의 가슴 앞에는 운동선수들이 운동회 입장식 때 들고 나오는 것 같은 팻말이 하나 세워져 있다. 팻말에는 눈에 확 띄는 상장 양식이 붙어 있고, 그 위에는 아주 가지런하게 인쇄한 시구가 하나 쓰여 있다.

가까이 오세요. 빨리 저랑 같이 자요.

리징의 얼굴에는 아무런 표정도 없다. 행위예술이라도 하는 것처럼 미동도 하지 않고 서 있다.

전문가 아파트를 드나드는 사람들 중에는 중국인도 있고 외국인도 있다. 그 가운데 몇몇 사람들이 핸드폰을 꺼내 리징을 사진에 담는다. 어떤 사람은 사진을 찍은 다음, 이를 위챗으로 다른 사람에게 보내기도 하고, 또 어떤 사람은 아예 거들떠보지도 않고 총총히 가던 길을 가기도 한다.

아파트 입구에 가까이 다가온 리챵과 마이쯔가 사람들 틈새로 이 모습을 바라본다.

리챵이 리징을 알아보았는지 사람들을 헤치고 들어가 팻말에 쓰인 시구를 낮은 목소리로 읽는다.

리챵: 가까이…… 오세요. 빨리 저랑…… 저랑……

리챵: (슬그머니 마이쯔에게 물으며) 뒤에 뭐라고 쓰여 있는 거야?

마이쯔: 같이 자자는 말이에요.

리챵: 그게 무슨 뜻이야?

마이쯔: (리챵의 귀에 대고) 한번 하자는 거예요. 지금 당장 누구든지 그녀에게 가까이 다가가면 곧장 한번 자주겠다는 뜻이에요.

리챵은 믿지 못하겠다는 듯이 마이쯔를 쳐다보다가 또 리징과 그 팻말을 바라본다.

마이쯔: 정말이에요. 한번 가서 시도해봐요.

이렇게 말하면서 마이쯔가 리챵을 사람들 속으로 가볍게 민다.

리챵이 몸을 돌려 마이쯔를 한 대 때린다.

마이쯔: (신비한 표정으로) 안 가요? 평소 같으면 도시 아가씨랑 한번 자려면 만 위안을 주고도 단추 하나밖에 풀어주지 않을 거라고요.

리쾅이 이 말을 들으면서 마이쯔를 쳐다보다가 다시 고개를 돌려 리징을 바라본다.

마이쯔가 기회를 놓치지 않고 리쾅을 사람들 사이로 다시 한번 민다.

사람들의 눈길이 신속하게 리쾅에게로 옮겨 간다.

리쾅이 사람들을 쳐다보고 또 너무나 뜻밖의 모습을 하고 있는 리징을 바라보면서 본능적으로 허리춤에 끼워져 있는 식칼을 만져본다. 잠시 멍하니 서 있던 그가 뜻밖에도 리징을 향해 다가간다.

리징이 긴장하기 시작한다.

구경하는 사람들이 갈수록 많아진다.

리쾅이 리징 앞에 가까이 다가가 선다.

사람들 중에 누군가 소리친다: 한 걸음 더, 한 걸음 더 앞으로!

리징: (팻말의 문구를 읽으면서) 가, 까, 이 오세요. 빨리…… 저랑 같이 자요.

리징이 긴장으로 약간 불안한 모습을 보인다. 하지만 눈빛은 여전히 리쾅에게 집중되어 있다.

리쾅이 시구를 다 읽은 다음, 사람들이 희롱하는 소리 속에서 한 걸음 더 가까이 다가가 리징 바로 앞에 선다.

사람들이 일시에 조용해진다. 모두들 이 순간 리징의 모습을 숨죽여 바라보고 있다.

기이한 정적 속에서 리징이 사람들을 바라보면서 얼굴의 땀을 닦는다. 그러더니 너무나 뜻밖에도 몸에 메고 있는 명품 백에서 쪽지를 하나 꺼내 리쾅에게 내민다. 그런 다음 팻말을 들고 물건들을 수습하여 조용히 사람들 사이를 빠져나간다.

리촹이 고개를 숙이고 그 쪽지에 적힌 문구를 읽는다.

오늘 저녁 8시, 중관촌 서가 룬쩌 단지로 오세요.

2동, 2라인, 201호예요.

리촹이 고개를 들어보니 리징은 이미 사람들 사이를 번개같이 빠져나가 저 멀리 걸어가고 있다. 그는 이상하다는 생각에 그 자리에 서서 다시 한번 쪽지를 읽는다.

사람들이 신속하게 흩어져버린다.

마이쯔가 다가와 리촹 옆에 서서 웃는다.

마이쯔: 이런 제장, 도화운*이네요!

리촹: (쪽지를 마이쯔에게 건네며) 5백 위안에 자네한테 팔게.

마이쯔: 금이나 은을 살 수는 있어도 형님의 도화운을 살 수는 없어요.

리촹이 쪽지를 슬그머니 주머니에 쑤셔 넣는다.

리촹: 염병할, 수도인 대도시는 확실히 우리 시골과는 다르구먼!……

이렇게 말하면서 두 사람은 자리를 뜬다.

23. 베이징대학 부근 / 황혼 무렵

어둠 속에서, 갑자기 가로등이 켜지기 시작한다.

---

* 桃花運: 애정 방면의 좋은 운.

작은 구멍가게에서 리쫭이 사과 몇 개와 콜라를 사고 있다. 그가 그 삼호학생용 상장을 접어 만든 지갑에서 잔돈 한 다발을 꺼내 계산을 한 다음, 물건을 들고 낡은 건물을 향해 걸어간다.

구멍가게 문 앞 화단에 젊은이들이 앉아 맥주를 마시고 있다. 리쫭이 가게에서 나와 그들을 쳐다보고는 사과를 한 개 꺼내 먹으려다 잠시 망설이더니 사과를 다시 봉지 안에 집어넣는다.

어느 낡은 건물 앞에 도착한 리쫭이 모퉁이를 돌아 지하실로 들어간다.

24. 지하실 / 황혼 무렵 / 안

지하실은 지저분하고 어수선하다. 복도 깊은 곳에 있는 어느 방에서 젊은 농민공 몇 명이 마작을 하고 있다. 그들은 제각기 앞에 잔돈을 수북이 쌓아놓고 있다. 그 가운데 스물한 살인 리서는 안경을 끼고 있고 동작이 어색하다. 갓 노름을 배운 풋내기 티가 확연하다.

누군가 리서에게 재촉한다: 빨리 패를 내놔!

리서가 옆에서 구경하고 있는 사람에게 묻는다: 어떤 걸 내줘야 할까?

구경하던 사람이 패를 하나 지정해준다.

리쫭이 지하실 복도를 걷고 있다. 어두운 불빛 속을 걸으면서 그가 아들을 부른다.

리쫭: 리서— 리서—

마작을 하는 방에서 리서가 자신을 부르는 소리를 듣고도 대답하지 않고 여전히 어떤 패를 낼지 몰라 망설이고 있다.

또 다른 젊은이: (리서를 쿡 찌르며) 너희 아빠가 찾잖아. 어서 가봐. 내가 대신 쳐줄 테니까.

리서가 마지못해 마작 판에서 일어선다.

리챵이 걸음을 옮기면서 계속 부른다: 리서— 리서—

리서가 방에서 나온다.

리서: (화를 내면서) 왜 이렇게 불러대는 거예요!

부자 두 사람이 지저분한 복도에 서서 서로를 노려본다.

리챵이 사과와 콜라를 아들에게 건넨다.

리서는 힐끗 보고는 받지 않는다. 부자 관계가 좋지 않은 것이 확연히 드러난다.

리챵이 비닐봉지를 다시 아들 앞으로 내민다.

리서가 마침내 마지못해 사과와 콜라를 받아 손이 닿는 대로 벽에 박힌 못에 걸어둔다.

부자가 서로를 바라보며 대치한다.

리챵: (부탁하듯이) 벌써 8월 하순이야. 9월 1일이면 개학이잖아. 돌아가서 다시 공부 시작하는 게 좋지 않겠니?

리서는 목을 꼿꼿이 세우고 말을 하지 않는다.

리챵: 네 엄마가 살아 있을 때, 가장 큰 소원이 네가 대학에 들어가는 거였어.

리서가 갑자기 고개를 들고 작은 목소리로 차갑게 말한다.

리서: 내 앞에서 엄마 얘기 꺼내지 말아요. 한 번만 더 엄마 얘기 꺼냈다가는 칼로 찔러버릴 수도 있으니까!

말을 마친 리서는 사과와 콜라가 든 그 비닐봉지를 내려 리챵의 면전에 세지도 않고 약하지도 않게 내던지고는 가버린다.

리쫭은 그 자리에 그대로 서 있다.

리쫭: (큰 소리로) 오늘이 네 엄마 세번째 기일이야. 밤 12시에 우리 중관촌 대로에 가서 엄마에게 지전을 태워주자꾸나!

리서가 문 앞에서 걸음을 늦추더니 뒤돌아보지 않고 방 안으로 들어가버린다.

리쫭: (투덜거리듯이) 염병할 놈, 사람 새끼가 아니야!

리쫭은 복도에 잠시 서 있다가 사과 봉지를 집어 들어 리서가 묵고 있는 방 문에 걸어두고는 말없이 자리를 뜬다.

25. 거리 / 밤 / 밖

리쫭이 혼자 좁은 후퉁 위를 걷는다.

아주 젊은 귀부인 하나가 리쫭의 눈에 들어온다. 손에 고양이 사료 봉지를 들고 단지 입구에서 고양이들에게 먹이를 주고 있다.

리쫭이 길가에 서서 그 모습을 바라본다.

리쫭: (중얼거리듯이) 젠장, 내 사는 꼴이 고양이나 개만도 못한 것 같군……

리쫭이 또 거리를 따라 앞을 향해 걷다가 화원 광장에 이른다. 많은 사람들이 광장무*를 추고 있다. 모여서 술을 마시고 있던 젊은이들이 보이지 않는다. 술병과 다 마시지 못한 술은 그대로 남아 있다.

---

* 廣場舞: 대도시를 중심으로 소규모 지역사회 주민들이 자발적으로 모여 간단한 도구를 이용해 음악에 맞춰 함께 춤을 추는 사교 활동. 중국 대도시 공원에서 흔히 볼 수 있다.

리쫭이 「가장 빛나는 민족풍民族風」이라는 제목의 광장무를 구경하다가 자신도 모르게 그 자리에 주저앉는다. 음악을 듣고 춤을 구경하다가 또 자신도 모르게 젊은이들이 남기고 간 맥주를 마시기 시작한다.

맥주를 마시면서 리쫭은 찰싹 붙어서 춤을 추고 있는 남녀 한 쌍을 응시하다가 뭔가 생각난 듯이 주머니에서 리징이 주고 간 쪽지를 꺼내 읽어본다. 그러고는 고개를 돌리다가 눈앞에 보이는 표지판을 하나 발견한다. 표지판의 문구는 쪽지에 적혀 있는 것과 같은 '중관촌 서가'이다.

리쫭은 또 눈길을 광장에서 춤을 추면서 교제하는 남녀에게로 돌리더니 갑자기 손에 든 맥주병을 화단 옆으로 세게 던져 깨뜨려버리고는 자리에서 일어선다.

리쫭이 생각을 정하고 여전히 그 쪽지를 손에 든 채 서가 깊숙한 곳을 향해 걸어간다.

26. 리징의 숙소 건물 아래 / 밤 / 밖

리징이 단지 입구에서 조심스럽게 뒤를 돌아보고 있다. 경계심을 갖고 뭔가를 관찰하는 것 같다.

리징의 전화가 울린다.

리징이 전화를 받아 잠시 상대의 애기를 듣는다.

리징: 정말 위챗으로 보내요…… 우리 엄마 아빠가 모르기만 하면 돼요…… 그, 그 사람이…… 지금 9시 반이에요. 제가 강탈을 피한 것 같아요. 다시 말하자면 농민공 한 명인데 아마 중관촌 서가가 어딘지도 모를 거예요.

리징이 말하면서 마지막으로 주위를 둘러보고는 단지 안으로 들어간다.

리징의 눈에 한 노인의 모습이 들어온다. 노인은 낮에 그녀가 넘어뜨린 그 자전거들을 전부 하나하나 일으켜 세우고 있다. 그녀가 핸드폰을 끄고 그쪽으로 다가가 선다.

리징이 불빛 아래서 마지막 자전거 몇 대를 일으켜 세우는 노인의 모습을 바라본다. 그 긴 줄의 자전거들이 단정하게 나란히 세워져 있다. 리징이 핸드폰으로 시간을 확인하고는 자신의 숙소 건물로 들어간다.

27. 리징의 숙소 / 밤 / 안

리징이 문을 열고 들어가 조심스럽게 잠금장치를 잠근다.

리징이 선 채로 집 안을 둘러본다. 우선 "빨리 저랑 같이 자요"라는 문구가 적힌 팻말을 문 뒤로 치워놓고 이어서 방과 침대를 정리하기 시작한다. 잘 준비를 하는 것 같다.

문을 두드리는 소리가 들린다.

리징이 경각심을 보이며 벽에 걸린 시계를 본다. 이미 10시에 가까워져 있다. 이리하여 약간 경계하면서 문 뒤로 가서 귀를 기울인다.

또 두 번 문 두드리는 소리가 들린다.

리징: 누구세요?

문을 두드리는 소리는 빠르지도 않고 느리지도 않다. 상당히 예의를 갖춘 것 같다.

리징: 우민후이?……

리징이 조심스럽게 문을 열고 문틈으로 밖을 내다본다.

기회를 놓치지 않고 문이 열린다.

리쾅이 갑자기 문 앞에 나타난다. 손에는 길을 찾느라 들고 있던 쪽지가 여전히 들려 있다. 어디서 용모를 다듬었는지 약간 깔끔하면서도 우스꽝스러운 모습이다.

리징이 문안에서 놀란 표정을 짓는다.

리쾅이 문안으로 고개를 들이밀고 안을 살피더니 몸을 들여놓는다. 그러고는 자연스럽게 문을 닫는다.

리징이 다가가 지혜롭게 다시 문을 열어놓는다.

리쾅이 다시 억지로 문을 닫고는 문 뒤에 세워져 있는 팻말을 힐끗 쳐다본다. 그런 다음 의자를 당겨 문 앞에 앉는다. 리징이 다시 문을 열지 못하게 막은 채 집 안을 여기저기 대충 훑어본다.

리쾅: 이 집은…… 수백 만 위안은 있어야 살 수 있겠지요?

리징: 세 든 거예요.

리쾅: 세 든 거라고요? 임대료가 한 달에 만 위안쯤 하나요?

리징: 8천이에요.

리쾅: 맙소사!…… 나 같은 사람은 죽어라고 두 달을 일해도 낼수 없는 돈이네요.

리징이 무슨 말을 해야 할지 몰라 그 자리에 서서 움직이지 않는다.

리쾅이 마지막으로 눈길을 다탁 위로 던진다. 다탁 위에는 손이 가는 대로 던져놓은 10위안짜리 지폐가 한 장 놓여 있다. 그는 그 10위안짜리 지폐를 바라보다가 다가가 노선을 적은 쪽지를 지폐 옆에 내려놓는다.

리징이 쪽지에 쓰인 문구를 읽자 리챵이 빙긋이 웃는다.

리챵: 가, 까, 이, 오세요. 빨리…… 저랑 같이 자요. 에이, 난 중학교밖에 안 나왔어요. 내가 아는 바로는 같이 잔다는 것은…… 그걸 의미하지요.

리징이 약간 불안한 모습을 보인다.

리챵이 다시 집 안을 둘러본다.

리챵의 눈길이 그 10위안짜리 지폐에서 벽에 걸린 백 위안 지폐를 묘사한 추상화로 옮겨 간다.

리챵이 두 가지 지폐를 몇 번 번갈아 보다가 갑자기 웃는다. 신대륙을 발견하기라도 한 것 같은 표정이다.

리챵: 아…… 이 그림은…… 돈을 그린 거네요?!

리징: (경계하면서) 아저씨……

리챵: (미안한 듯이) 미안해요…… 일이 있어서 좀 늦었어요.

리징: 아저씨, 제가 장난을 친 거예요. 그 일을 진심으로 받아들이시면……

리챵이 고개를 돌려 그 팻말을 바라보더니 생경한 태도를 보인다.

리챵: 하지만 나는 장난이 아니에요. 하고 싶어요! 나는 평생 한번 하겠다고 말한 것은 반드시 실행하는 편이에요! 게다가 난 마누라가 죽은 지 3년이나 됐어요. 지난 3년 동안 한 번도…… 그걸 못 했단 말이에요.

리챵이 자신의 말을 완전히 진심으로 받아들인 것을 확인한 리징은 다른 응대 방법을 생각한다.

리징: (물을 따르며) 아저씨, 우선 물 한 잔 드세요.

리징이 일회용 종이컵을 리쾅 앞에 놓아준다. 종이컵을 놓으면서 다탁 위에 놓여 있던 백지 한 장을 밑으로 떨어뜨린다. 백지 밑에는 수박 반 통과 길이가 15센티쯤 되는 독일제 과도가 하나 놓여 있다.

리쾅의 눈길이 단번에 그 과도를 향한다.

리징: (눈치 빠르게) 수박 좀 드세요. 부족하면 제가 아래 내려가서 더 사 올 테니까요.

리쾅이 밖으로 나가려는 리징을 가로막는다.

리쾅: 그럴 필요 없어요!

리쾅: (그 칼을 바라보면서) 오늘은 날씨가 너무 더웠어요. 날이 더우면 사람들은 짜증이 나기 마련이지요. 나는 짜증이 나면 갑자기 살인을 생각하게 돼요. 원래는 상가에 칼을 사러 가는 길이었는데 전문가 아파트 앞에서 아가씨를 만나게 된 거예요―가까이, 오세요. 빨리 저랑 같이 자요―이게 시구인가요?

리쾅이 모호하게 말한다.

이 말을 들으면서 리징의 얼굴에 천천히 초조한 표정이 번진다.

리쾅: 오후에…… 돈 문제 때문에 갑자기 사람을 하나 죽이면 얼마나 좋을까 하는 생각을 했어요. 그런데 뜻밖에도 아가씨를 만나게 된 거예요.

리징: ……

리쾅: 나는 무슨 일이든지 한번 하겠다고 하면 반드시 실행하는 편입니다. 아가씨도 말을 했으면 반드시 실행해야 할 겁니다. 실행하지 못하면 나의 살의에 부딪히게 되니까요.

리징: 아저씨, 살인은 목숨으로 보상해야 하는 일이에요. 함부로 살기를 부리고 살인을 하면 안 되는 거라고요.

리쾅: (더욱 진지하게) 나는 정말 사람을 죽이고 싶어요. 내가 거짓말을 하고 있다고 생각하는군요!

리징이 공포감에 사로잡혀 말을 하지 못한다.

리쾅: 나 같은 사람은 사는 게 고생이라 죽는 것이 더 속 시원할 거예요. 죽기 전에 사람 한두 명 죽이는 게 얼마나 즐거운 일이겠어요?

리징이 리쾅을 바라본다.

리쾅: (웃으면서) 아가씨는 죽이고 싶은 사람이 없나요? 있으면 말해봐요. 내가 가서 대신 칼을 휘둘러줄 테니까.

리징이 의심스러운 듯한 눈빛으로 리쾅을 쳐다본다.

리쾅: 사람을 죽이고 싶은데, 또 누굴 죽여야 하는지 모르겠어요— 정말 힘들어요!

리징: (고개를 돌리고 생각에 잠긴다) 아저씨, 정말…… 사람을 죽이고 싶으세요?

리쾅: (건성으로) 꿈속에서도 사람을 죽이고 싶다니까요.

리징: 그럼, 좋아요. 아저씨, 저를 좀 도와주세요. 가서 우리 연구소의 장 소장을 좀 죽여주세요.

리쾅이 갑자기 어리둥절한 표정을 짓는다.

리징이 명함을 한 장 꺼내 건넨다.

리징: 가서 이 사람을 죽여주세요. 죽이고 돌아오면…… 해달라는 대로 다 해드릴게요.

리쾅: (잠시 생각해보고 나서) 정말 내가 해달라는 대로 다 해준

단 말이지요?!

리징이 수긍한다는 뜻으로 고개를 끄덕인다.

리쫭: (명함을 보면서) 방금 한 얘기를 다시 한번 해봐요.

리징: (한 글자씩 또박또박) 가서 그를 죽이고 돌아오면 아저씨가 해달라는 대로 다 해드린다고요!

리쫭이 리징을 뚫어져라 쳐다본다.

리징: 우리 기관은 북사환 중관촌 이교二橋 남쪽에 있어요. 22층짜리 유리 건물이지요. 입구에 '231연구소'라는 간판이 붙어 있어요. 연구소는 1층에 있지요. 지금 소장은 아직 사무실에 있을 거예요. 건물 안으로 들어선 다음 회전문에서 오른쪽으로 꺾어져 10미터 남짓 가면 그의 사무실 문패가 붙어 있을 거예요. 저 대신 그를 죽이고 돌아와서 제 몸을 달라면 몸을 드리고, 돈을 달라면 돈을 드릴게요.

리쫭이 대단히 진지한 표정으로 듣고 있다.

리징: 가세요! 이 건물 뒤쪽 후통을 가로지르면 그 유리 건물로 곧장 연결될 거예요. 우리 소장은 중간 정도 키에 네모난 얼굴을 하고 있고 나이는 마흔이에요. 오늘은 ××표 붉은색 체크무늬 셔츠를 입고 있을 거예요.

리쫭이 그녀의 얘기를 들으면서 마침내 다탁 위에 있는 과도를 집어 들고는 천천히 수박을 둘로 자른다.

리쫭: 내가 그 사람을 죽이고 돌아왔는데 아가씨가 약속을 지키지 않으면 어떻게 하지요?……

리징: 저를 죽이세요!

리쫭이 정말로 명함을 내려놓고 과도를 집어 들고는 문 쪽으로 간다.

리챵이 문 쪽으로 가서 다시 고개를 돌린다.

리챵: 내가 돌아왔는데 아가씨가 문을 잠그고 열어주지 않으면 어떻게 하지요?……

리챵이 위협하는 듯한 표정으로 손에 든 칼을 가볍게 흔든다.

리징이 또다시 수긍의 의미로 고개를 끄덕이며 명함을 내민다.

리징: 바오푸쓰교 남쪽 22층 유리 건물이에요……

리챵: 베이징대학 근처에는 내가 모르는 곳이 없어요. 칭화대학이랑 인민대학도 있잖아요. 이곳 대학들은 아주 익숙해요.

이렇게 말하면서 리챵이 다시 칼을 수건으로 싼 다음 문을 열고 나선다.

리징이 집 안에서 탁 탁 타닥 계단을 내려가는 발걸음 소리를 듣고 있다.

28. 발코니 / 밤 / 밖

리징이 놀란 표정으로 황급히 발코니로 나가본다.

리징이 발코니에서 리챵이 정말로 건물 뒤쪽 거리로 나서 연구소를 향해 큰 걸음으로 걷기 시작한 것을 확인한다.

리징이 잠시 멍한 표정을 짓고 있다가 방으로 돌아와 놀란 표정으로 집 안을 정리한 다음, 옷을 갈아입고 밖으로 나간다.

29. 가도파출소 / 밤 / 밖

불빛 속에서 파출소의 커다란 간판이 선명하게 보인다.

리징이 빠른 걸음으로 걷는다. 신고하기 위해 뛰듯이 빠른 걸음으로 걸어간다.

리징이 파출소 입구에 도착하여 두리번거리다가 빠른 걸음으로 들어간다.

30. 파출소 마당 안 / 밖

마당 안은 썰렁하고 조용하다. 한 줄로 늘어서 있는 작은 건물들 입구마다 '호적실' '치안 처리반' '중대사건 처리반' 등의 팻말이 붙어 있다. 오토바이 몇 대가 마당 안에 나란히 세워져 있다.

리징이 파출소 마당에 들어선 다음, 황급히 팻말들을 살피면서 어느 방으로 들어가야 좋을지 몰라 두리번거린다.

리징이 머뭇거리고 있는 사이에 갑자기 경적 소리가 들려온다. 그녀가 고개를 돌려보니 경찰차 두 대가 빠른 속도로 파출소로 들어온다.

리징이 황급히 뒤로 물러선다.

경찰차가 갑자기 멈춰 서고 마흔 살쯤 되어 보이는 경찰과 스무 살 남짓 되어 보이는 젊은 경찰이 범인을 압송하여 차에서 내린다. 범인은 중년의 남자로 고개를 숙이고 있다. 잔뜩 겁먹은 표정으로 수갑을 찬 채 막막한 표정으로 서 있다.

젊은 경찰이 다가가 범인의 등을 가볍게 떠민다.

젊은 경찰: (사나운 목소리로) 가요!— 어서 심문실로 가라고!

범인은 걸으면서 다리를 절룩거린다. 알고 보니 한쪽 다리가 불편한 장애인이다. 걸음을 옮길 때마다 극도의 고통을 느끼는 것 같다.

이때 나이 든 경찰이 다가와 범인의 팔을 잡고 심문실로 들어간다.

리징이 이런 광경을 바라보면서 범인이 다리를 절며 걸음을 옮길 때마다 손에 찬 수갑이 부딪쳐 나는 딸그랑 소리를 듣는다.

리징이 그들이 심문실로 들어가는 모습을 끝까지 바라본다. 그러더니 뭔가 생각이 바뀐 듯, 잠시 주저하더니 천천히 몸을 돌려 밖을 향해 걸어간다.

또 다른 경찰이 세숫대야를 받쳐 들고 나와 화단 뒤쪽으로 물을 뿌리다가 대문 입구를 지나는 리징을 발견한다.

경찰: (리징을 부르며) 아가씨— 무슨 일 있어요?

리징이 몸을 돌린다.

경찰: 신고할 일 있으면 이리 오세요.

리징이 황급히 몇 번 손사래를 치면서 자리를 뜬다.

31. 거리 / 밤 / 밖

리징이 파출소에서 나와 천천히 집으로 돌아가고 있다.

리징이 핸드폰을 꺼내 전화를 걸기 시작한다⋯⋯

32. 연구소 강의실 / 안

참신하고 현대적인 실내에 불이 환하게 밝혀져 있고 연구소의 젊은이들이 모두 수업에 전념하고 있다.

장화가 파워포인트로 화면 가득 각종 함수 도안과 포물선, 데이터 등을 띄워놓고 레이저 포인터로 화면 위의 데이터를 가리키고 있다.

장화: 미안합니다. 시간이 좀 지났네요. 마지막으로 우리 업무

에서 가장 자주 상용되는 중요한 TT값에 대해 설명하겠습니다. 이것이 TT값의 근거와 계산 방법입니다……

전화가 울린다.

장화가 가서 전화를 받는다.

33. 거리 / 밤 / 밖

리징이 전화를 걸고 있다.

리징: (다급하고 간절한 목소리로) 장 소장님, 지금 빨리 연구소에서 나가세요. 어디든지 좋으니까 빨리 연구소에서 벗어나시라고요. 안 그러면……

장화: (짜증을 내며) 리징, 난 지금 수업 중이란 말이야. 더 이상 수업을 방해하지 말아줬으면 좋겠어.

장화가 화를 내듯이 말을 마치고 전화기를 꺼버린다.

장화가 다시 학생들을 향한다.

장화: 방금 연구소에서 자주 상용되는 TT값에 대해 설명했습니다. 이 수치가 우리에게는 일상생활 속의 고속도로 요금소라고 할 수 있습니다. 이 수치만 잘 이용하면 우리의 경제 수익은 끊어지지 않고 계속 이어질 겁니다……

34. 거리

리징이 망연자실한 모습으로 그 자리에 서서 핸드폰을 바라본다.

리징이 빠른 걸음으로 리쫭이 걸어간 방향으로 그를 쫓아간다.

35. 으슥하고 외진 거리 / 밤 / 밖

불빛과 달빛이 비추는 거리는 아주 조용하다.

리좡이 혼자 앞을 향해 걷고 있다. 걸음이 빠르고 힘이 넘친다.

리좡이 앞뒤로 사람이 없는 것을 보고는 길가의 작은 나무 옆에서 걸음을 멈추고 시험해보기라도 하려는 듯 칼을 꺼내 이리저리 살펴보고 만져본다. 그러고는 그 작은 나무를 몇 번 베어본다.

나무가 쓰러지는 순간 리좡이 갑자기 나무 아래서 1위안짜리 지폐를 한 장 발견하고는 발로 나무를 한 번 걷어찬다. 다시 주위를 살펴보고 지폐를 주워 주머니에 쑤셔 넣은 그가 칼을 잘 갈무리해서 자리를 뜬다. 하지만 갈수록 걸음이 느려진다. 왠지 주저하는 듯한 모습이다.

36. 사환로 노변 / 밤 / 밖

리좡이 천천히 사환로 길가에 나타난다.

온통 잿빛인 불빛 아래서 리좡이 조금 전에 리징이 말해준 오피스텔을 발견한다. 동시에 요란한 경적 소리를 듣는다. 그가 경계심을 갖고 뒤를 돌아보는 순간, 경찰차 몇 대가 빠른 속도로 달려온다.

리좡이 재빨리 칼을 꺼내 길가 돌 틈새에 숨긴다.

리좡이 길가에 서서 그 몇 대의 경찰차를 바라본다. 경찰차들이 그의 눈앞을 빠르게 스치고 지나간다.

리좡이 왠지 좀 불안한 표정으로 그 자리에 서서 뭔가를 생각한다.

그리고 저 멀리서 리징이 황급히 달려온다. 또 저 멀리 지나쳐

간 경찰차가 보인다. 약간의 긴장감이 흐른다.

이때 리쫭이 경찰차가 멀어져가는 것을 보고는 자신과 무관한 일이라고 판단하고 다시 그 유리 건물을 살펴본다.

오피스텔 청소부가 회전문 앞에 놓인 쓰레기통에서 비닐 쓰레기봉투를 꺼내 회전문 안으로 들어가는 모습이 리쫭의 눈에 들어온다.

리쫭이 잠시 머뭇거리다가 또 그 칼을 발로 차 길가의 돌 틈새에 깊이 감춘다. 리쫭이 마지막으로 주위를 잠시 살펴보고는 오피스텔을 향해 걸어간다.

리쫭이 오피스텔 회전문 앞에서 청소부가 한 것처럼 쓰레기통에서 쓰레기봉투를 두 개 뽑아 들고 오피스텔 안으로 들어간다.

37. 오피스텔 / 밤 / 안

오피스텔 안은 온통 환한 불빛이다. 쌍방향으로 오르내리는 에스컬레이터가 조용히 움직이고 있다.

리쫭이 안으로 들어서서 좌우를 살펴보다가 오른쪽으로 모퉁이를 돈다.

화이트칼라 청년 하나가 다 먹지 않은 포장 도시락을 들고 에스컬레이터를 내려오다가 자연스럽게 도시락을 그에게 건넨다.

리쫭이 다소 긴장한 모습으로 그 자리에 서서 움직이지 않자 청년은 그가 아무런 반응도 하지 않는 것을 보고는 도시락을 쓰레기통 뚜껑 위에 올려놓는다.

청년이 멀어져가는 것을 보고 리쫭이 장화의 사무실을 찾아간다.

38. 장화의 사무실 / 밤 / 안

리좡이 장화의 사무실을 찾아낸다. 사무실 안에는 불이 환하게 켜져 있지만 사람은 하나도 없이 텅 비어 있다.

리좡이 오히려 마음을 놓으며 사무실로 다가가 안을 살펴보다가 호기심에 오피스텔 여기저기를 한가하게 돌아다닌다.

39. 강의실 / 안

리좡이 천천히 걷다가 갑자기 강의실 안에서 수업 중인 장화의 모습을 발견한다.

리좡이 유리로 막힌 강의실을 향해 다가간다.

리좡이 몸을 숙이고 안을 들여다본다. 집중하고 있는 모습이 역력하다.

장화가 강의실 안에서 파워포인트를 사용하여 열심히 강의를 하고 있고, 모든 학생들이 노트북 컴퓨터로 주요 내용을 필기하고 있다.

리좡이 맨 앞에 비어 있는 자리를 하나 발견한다.

리좡이 머릿속으로 그 빈자리에 아들 리서가 앉아 있는 다분히 시골스러운 장면을 상상한다……

리좡의 상상 속에서 리서도 양복 차림으로 다른 사람들과 똑같이 만년필을 옆에 내려놓고 노트북 컴퓨터를 꺼내 강의를 들으면서 필기를 하기 시작한다……

리좡이 마침내 눈을 깜빡거리며 현실로 돌아와 상심한 표정으로 천천히 되돌아간다.

그리고 오피스텔 로비 어딘가에서 줄곧 리좡을 따라온 리징이 멀리서 이런 광경을 바라보고 있다.

40. 후통 / 밤

리쾅이 낙담하여 돌아가고 있다.

리쾅이 자신이 베어버린 작은 나무 옆에 앉아 담배를 피운다.

리쾅이 담배를 비벼 끄고 또 빠른 걸음으로 걸어서 돌아가기 시작한다.

이때 리징은 여전히 그의 뒤를 쫓는다. 손에는 물건 하나가 더 들려 있다.

41. 리징의 숙소 / 밤 / 밖

리쾅이 걸어서 돌아온다.

리쾅이 리징의 숙소 앞에서 가볍게 문을 두드린다.

리징이 리쾅의 등 뒤에 아무 말도 하지 않고 서 있다.

리쾅이 집 안에서 아무런 반응이 없자 황급히 또 문을 두드린다.

아무런 반응이 없자 리쾅이 뭔가를 의식했는지 곧장 칼을 꺼내 들고 몸을 돌린다.

리쾅이 등 뒤에 서 있던 리징을 발견한다. 차가운 눈빛에 의심이 가득하다.

리징: 제가 나가서 먹을 걸 좀 사 왔어요.

이렇게 말하면서 리징이 쇼핑백에 든 물건을 리쾅에게 보여주고는 열쇠로 문을 연다.

리징이 꺼내 든 물건을 보고는 리쾅이 천천히 마음을 놓는다.

42. 리징의 숙소 / 밤 / 안

리징이 집에서 자신이 사가지고 온 소시지와 장아찌, 미역채 등의 간단한 음식을 쟁반에 꺼내놓고 리챵에게 캔 맥주를 따서 따라준다.

리챵이 줄곧 그 자리에 서 있다.

리챵: 그를 죽이지 못했어요.

리징이 뜻밖이라는 표정을 지으며 리챵을 바라본다.

리챵이 여전히 건성건성한 태도를 보인다.

리챵: 사람을 죽이는 건 괜찮은데, 나는 아가씨 이름이 뭔지, 왜 그를 죽이려 하는지도 모르고 있잖아요. 이렇게 아가씨를 대신해 사람을 죽였다가 감옥에 가게 되면 나중에 총살될 때 몹시 억울할 것 같네요.

리징이 잠시 침묵한다.

리징: 저는 남방 사람이에요. 집은 항저우에 있고요. 지금은 베이징대학 컴퓨터학과를 막 졸업하고 대학원에 다니고 있어요. 이름은 리징이에요. 반년 전에 '231연구소'에서 인턴으로 일하기 시작했어요. 지금은 이미 반년이 지난 터라 정식으로 취업을 해야 하지요. 그래야 베이징 호구 취득을 위한 수속을 시작할 수 있거든요. 그런데 소장인 장화가 오늘 갑자기 제게 뜻밖의 통보를 하는 거예요. 더 이상 출근하지 말라고 말이에요. 저를 해고한 거예요.

리챵: ……

리징: (격분하여) 저를 해고하면서 그 이유에 대해서는 한 마디도 설명을 해주지 않았어요……

리쾅: 이런 염병할 새끼, 꼭 죽여야 되겠네요!

리쾅이 이렇게 말하면서 자연스럽게 다탁 앞에 앉아 킬러처럼 젓가락을 들어 음식을 먹기 시작한다.

리쾅이 음식을 먹으면서 맥주를 마신다. 말의 갈피를 잡지 못한다.

리쾅: 방금, 그를 죽이려고 했어요. 그런데 그가 사무실에 없더군요. 나중에 어느 강의실에서 그를 발견했지만…… 그 강의실 안은 한밤의 톈안먼 광장처럼 환했고, 그가 수많은 학생들을 상대로 강의를 하고 있었어요…… 젠장, 그가 하는 말을 한 마디도 알아들을 수 없더라고요……

리쾅: (술을 마시고 칼을 바라보며) 이 칼은 아주 좋네요. 아주 잘 들어요. 길에서 나무를 베어봤어요. 두세 번밖에 안 되지만 말이에요. 칼은 문제없어요. 단칼에 그 소장을 죽일 수 있을 것 같아요…… 아니면 두세 번 찌를 수도 있겠지요…… 어쨌든 그를 죽이기만 하면 되잖아요!

리쾅: (맥주를 한 잔 마시고 나서) 염병할, 그것도 그의 운명이겠지요. 한밤중에 사람들에게 강의를 하다니. 솔직히 말하자면 나는 누구든지 다 죽일 수 있어요. 하지만 선생님들에게는 잔인한 손을 놀리지 못하겠더라고요……

리징이 또 리쾅에게 술 반 잔을 따라준다.

리징: 너무 많이 마시지 마세요. 아저씨, 저도 아직 아저씨 존함을 묻지 않은 것 같네요.

리쾅: 리쾅이에요— 사람이 '부딪쳐 죽었다'[撞死]고 할 때의 그 '쾅撞'요!

이렇게 말하면서 리촹이 허공에 '좡撞' 자를 쓴다.

리징: 허난 분이세요?

리촹: 그걸 어떻게 알았어요? 맞다, 내 사투리 억양 때문이군요. 하지만 내가 하는 말은 허난 표준어예요.

리징: 허난 어디 분이세요?

리촹: 위시*요. 산시陝西와의 경계지예요. 산수가 아주 안 좋은 곳이지요…… 나는 이 근처 공사장에서 막노동을 해요. 아가씨네 학교에도 자주 가지요. 베이징대학과 칭화대학, 그리고 인민대학까지 전부 내가 아주 익숙한 곳들이에요…… 나 혼자 먹게 놔두지 말고 아가씨도 좀 먹어요!

리촹이 자신이 주인인 것처럼 리징에게 젓가락을 건네준다.

리징이 고개를 돌려 보니 벽에 걸린 시계가 11시를 가리키고 있다.

리징: 아저씨나 많이 드세요. 시간이 벌써 11시가 넘었어요. 다 드시고 나서 가시고 싶을 때 가세요.

리촹: (갑자기 경계심을 보이며) 내가 가긴 어딜 가요?! 난 안 가요. 헛수고를 할 수는 없단 말이에요!

리촹이 이렇게 말하면서 원래 다탁 위에 놓여 있던 10위안짜리 지폐를 찾지만 돈은 이미 사라지고 없다. 그가 또 눈길을 벽에 걸린 백 위안짜리 인민폐 추상화와 그 바로 밑에 세워져 있는 '같이 자요' 팻말로 던진다.

리촹: 빨리, 저랑 같이 자요, 저랑, 같이 자요— 나는 아가씨가

---

* 豫西: 허난 서부 지역을 말한다.

남자랑 얼마나 자고 싶어 하는지 알아요…… 나 같은 남자랑 자고 싶은 건 아니라는 것도 알지요. 나랑 자고 싶지 않다…… 그래도 괜찮아요! 그 대신 나한테 돈을 좀 줘요. 돈으로 재난을 피하는 거죠. 그럼 갈게요.

리징이 아무 말도 하지 않는다.

리쫭: 아가씨가 손해 보게 하진 않을게요. 그 소장이 아가씨를 자르면 내게 5천 위안을 주세요. 그러면 그를 죽이진 않고 칼만 한 번 휘둘러 겁을 줄게요. 아가씨가 내게 만 위안을 주면 칼을 두 번 휘둘러줄게요. 이런 걸 뭐라 그러느냐 하면…… 돼지는 쌀을 먹고 양은 풀을 먹는다고 하지요. 각자 좋으면 되는 거잖아요.

리징이 리쫭을 바라본다.

리쫭이 또 맹렬하게 술을 몇 모금 마신다.

리쫭: 돈을 주지 않으면 아가씨가 나랑 자야 해요. 빨리 한 번 하면 나도 헛걸음하는 게 아닐 테니까요.

리쫭이 이렇게 말하면서 단추를 푼다. 갑자기 그의 가슴 절반이 드러난다.

리징이 놀라고 당황한 눈빛으로 그를 바라본다.

리징: (갑자기 또 허락하면서) 좋아요. 칼을 휘두를 필요는 없어요. 가서 저 대신 그의 손이나 팔을 그어서 피를 보게 해주면 돼요…… 그것도 필요 없어요. 그의 옷을 찢기만 해도 돼요.

리쫭이 두 손을 허리띠에 가져다 댄다.

리쫭: (속으로 좋아하며) 피를 보게 할 필요도 없이 칼을 휘두르기만 하면 된다고요? 좋아요! 옷을 좀 찢어놓기만 하면 된다 이거지요?…… 좋아요! 그러면 내게 어떻게 보답할 건가요?!

리징: 제가 말했잖아요. 그의 옷을 찢어놓고 돌아오시면……
제 몸을 요구하셔도 되고 돈을 요구하셔도 돼요.

리좡: 좋아요. 그렇게 해요! 돌아와서 몸을 요구할지 돈을 요구
할지는 내가 선택할게요…… 그런데, 내가 돌아왔을 때 아가씨가
마음이 변하면 어떻게 하지요?

리징: (진지하게) 그럴 리는 없어요.

리좡: (교활하게 웃으면서) 세상에는 마음이 변하는 일이 너무나
많아요…… 내 아들을 대학에 합격시키기 위해 나는 담당 공무원
들에게 아주 많은 선물을 보냈어요. 담배와 술은 물론, 특별히 시
내에 들어가 마오타이주를 사고 그 술 상자 안에 현금 만 위안도
넣었지요. 방금 은행에서 찾아온 신권으로 말이에요. 지폐에서 나
는 잉크 향기가 코를 찔렀어요. 그 공무원은 분명히 합격할 거라
고 말했어요. 점수가 1, 2점 모자랄 경우 그가 우리 아들에게 무슨
수상 증명서를 하나 만들어주면 5점이 가산될 수 있다고 하더군
요. 소수민족 증명서를 만들어주면 10점이 가산될 수 있다고 했
어요. 하지만 첫해에 우리 아들은 정말로 1점이 모자라 떨어졌어
요. 내가 그 공무원을 찾아갔지요. 염병할, 그자는 그사이에 마음
이 변했더라고요. 그는 자신이 그렇게 말한 적이 없다고 우겨댔
어요. 선물을 받은 적도 없다고 오리발을 내밀더군요. 법률에 저
촉되는 일을 한 적이 없다는 거예요. 그때 난 그 자리에서 그를 죽
여버리고 싶었어요. 하지만 아들이 재수를 해야 하고, 다음 해에
다시 대학 시험을 봐야 하기 때문에 어렵사리 마음을 달래야 했
지요. 하지만 결과적으로 이 죽일 놈의 아들 녀석은 3년 내내 대
학에 들어가지 못했지만 그 공무원은 승진까지 하더라고요……

306

에이, 내가 지금 무슨 얘기를 하고 있는 거야! 나는 술만 마셨다 하면 말이 많아지고, 말이 많아졌다 하면 옆길로 샌다니까요…… 그러니까 내가 가장 싫어하는 사람이 바로 말을 뒤집는 사람이라 는 거예요. 말에 신용이 없는 것들은 염병할, 전부 다 죽여버려야 한단 말이에요!

리징: 우리 소장이 바로 말을 잘 뒤집는 그런 사람이에요. 그를 죽일 필요까진 없어요. 아저씨 칼이 그의 옷을 찢어놓기만 하면 돼요.

이렇게 말하면서 리징이 과도를 하나 가져다 그에게 건넨다.

리챵이 그 과도를 비스듬히 내려다보더니 받지 않고 대신 자신 의 강철 칼을 공중에 한 번 던진다.

리챵: 그야 식은 죽 먹기지요! 하지만 내가 돌아오면 말한 걸 꼭 지켜야 해요……

리징: (최대한 진지한 태도로) 아저씨, 절 믿으세요. 저는…… 제 대로 남자친구를 사귄 적이 한 번도 없어요. 남자친구를 사귄 적 이 없기 때문에 오늘 같은 일을 초래하게 된 거라고요…… 그러 니까 아저씨가 갔다가 돌아오면 제 몸을 원하든 돈을 원하든 아 저씨가 요구하는 대로 다 해드릴게요.

리챵이 의심 어린 눈빛으로 그녀를 바라본다: 믿지 못하겠어 요. 내게 뭔가 작은 것이라도 담보를 잡혀야 할 것 같네요!

리징이 잠시 생각에 잠기더니 여기저기 뒤지며 뭔가를 찾기 시 작한다. 마침내 그녀가 침대 밑에 있는 상자에서 대학 졸업장과 대학원 졸업장, 그리고 각종 표창장을 꺼낸다.

리징: 담보로 잡힐 만한 게 별로 없네요. 아저씨가 돌아왔는데

제가 마음이 바뀌어 하지 않겠다고 하면 이것들을 전부 찢어버리거나 태워버리셔도 돼요. 그러면 저는 평생 직업을 구하기 어려워질 테니까요. 게다가…… 아저씨는 수중에 칼을 한 자루 갖고 있잖아요. 그걸로 제 얼굴을 그어버리세요. 그리고 제 옷을 전부 갈기갈기 찢어버리면 되잖아요.

리쫭이 리징을 뚫어져라 쳐다본다.

리쫭이 잠시 멍한 표정으로 아무 말도 하지 않더니 벽 한구석에서 '베이징대학' 문구가 찍힌 에코백을 꺼내 그 안에 있던 오이를 꺼내 한 입 깨물고는 바닥에 던져놓는다. 그러고는 재빨리 리징이 건넨 과도를 한쪽으로 던져놓고 손수건으로 강철 식칼과 그 증명서들을 잘 싸서 에코백에 넣고는 밖으로 나가려 한다.

리징: (강조하면서) 그의 옷을 칼로 찢고 저 대신 욕설을 퍼부어주면 돼요.

리쫭이 나가려고 한다.

리징이 벽에 걸린 시계를 보니 이미 11시 반이다.

리징: 그는 이미 연구소에 없어요. 그의 집은 연구소 뒤 빌라 지역 길가에 있어요. 연구소 동쪽으로 조성된 길을 따라 들어가시면 돼요. 빌라 구역의 입구가 보여도 들어가지 마시고 계속 앞으로 가세요. 다섯번째 집이에요. 철문 옆 우체통에 105라는 번호가 붙어 있을 거예요. 벨을 누르면 틀림없이 장 소장이 나와 문을 열 거예요. 그가 나오면 "약속을 지키지 않는 신의 없는 놈"이라고 욕을 한 다음에 그의 얼굴에 칼을 휘두르다가 옷을 그어버리면 돼요.

리쫭: 걱정하지 말아요. 내게도 생각이 다 있으니까.

말을 마친 리챵이 자연스럽게 남은 맥주 두 캔을 챙겨 넣고 썩썩하게 문을 나선다.

리챵이 가고 나자 리징은 집 안을 서성거린다. 약간 막막하고 초조한 듯한 모습이다.

43. 후통 밖

후통은 어둡고 고요하다.

리챵이 잰걸음으로 걸으면서 맥주 캔을 따서 마신다.

44. 리징의 숙소

리징이 너무나 초조한 나머지 핸드폰을 들고 장화에게 전화를 건다.

45. 장화의 집 / 안

장화의 집 거실은 아주 크고 호화롭다. 각종 가구와 장식물 외에 장식용 장검 한 자루가 벽에 걸려 있다.

장화가 욕실에서 양치질을 하고 있다.

거실의 다탁 위에서 장화의 핸드폰이 울린다.

때마침 겨우 스무 살 남짓인 장화의 아내가 침실에서 우유병을 들고 나온다. 그녀가 장화 대신 핸드폰을 들고 발신자를 확인하더니 약간 불쾌한 듯한 표정으로 핸드폰을 장화에게 건넨다.

아내: (비아냥거리듯이) 받아요— 명문 학교의 젊고 예쁜 학생이에요.

장화가 아내를 쳐다보면서 냉담한 태도로 전화를 받는다.

장화: 여보세요…… 여보세요…… 말씀하세요!

장화의 아내가 줄곧 옆에서 질투와 놀라움이 섞인 눈빛으로 바라본다.

46. 리징의 숙소

리징이 전화 통화를 하면서 몇 초 동안 주저한다. 조심스러우면서도 신비한 모습이다.

리징: 저는 이미 연구소 소속이 아니에요. 하지만 소장님을 위한 마지막 마음을 다하고 싶네요…… 30분 뒤에 누가 문을 두드리거든 절대 문을 열지 마세요. 절대로 열면 안 돼요!

장화: 무슨 일인데 그래? 어떻게 된 일인지 분명하게 얘기해봐.

리징: 자세한 건 얘기하기 어려워요. 경고하건대 절대 문을 열지 마세요. 문만 열지 않으면 돼요.

말을 마친 리징이 전화를 끊는다.

저쪽에서는 장화가 아리송하다는 듯한 표정으로 핸드폰을 들여다보다가 내려놓고 갑자기 양치질을 하고 샤워를 한다.

이쪽에서는 리징이 전화를 끊고 나서 여전히 초조한 모습으로 방 안에 앉아 있다.

리징이 집 안의 어지러운 잡동사니와 식기들을 정리한다.

리징이 쓰레기통에 쓰레기를 버리다가 또 그 콘돔갑을 발견한다.

리징이 콘돔갑을 응시하면서 뭔가 생각에 잠기는 것 같다.

리징이 마치 뭔가를 예방하려는 듯이 쓰레기통을 들고 건물 아래로 내려간다.

47. 큰 거리 / 밖

거리에 사람들의 그림자가 마구 움직이고 있다. 불빛은 희미하다.

리징이 쓰레기를 대형 쓰레기통에 던져놓고 은행을 향해 달려간다.

리징이 ATM기에서 돈을 찾는다.

리징이 모니터에 나타난 숫자를 보다가 마지막으로 '2000'이라는 숫자를 누른다.

48. 큰 거리

리징이 주저하면서 성인용품점 앞에 이른다.

갑자기 성인용품점 문이 열린다. 서른 남짓 되어 보이는 가게 주인은 남자다. 그가 문 앞에서 큰 소리로 리징을 부른다.

주인: 들어오세요!

리징이 천천히 걸어 들어가서는 가게 진열대에 놓여 있는 갖가지 성인용 도구를 보고서 놀라움을 금치 못하면서 당황스럽고 불안한 모습을 보인다.

주인: 콘돔을 찾으세요, 아니면 도구를 찾으세요?

리징: (우물쭈물하면서) 콘돔요……

주인: 큰 거요, 작은 거요?

리징: 큰 거랑 작은 거랑 어떻게 다르지요?

주인: 진짜 모르는 거예요, 아니면 모르는 척하는 거예요? 밤중에 나와서 콘돔을 사면서 큰 것과 작은 것의 차이를 모른다고 말할 수 있는 건가요?

리징이 극도로 어색한 표정으로 그 자리에 서 있다.

성인용품점 주인이 카운터 한쪽에서 물건을 꺼내면서 간단히 유머러스한 설명을 늘어놓는다.

주인: 대, 중, 소 세 가지 사이즈를 전부 하나씩 사 가시면 돼요. 세 가지 사이즈를 마음대로 사용해보시면 되잖아요.

리징이 알겠다는 듯한 표정을 지으며 황급히 가게를 나온다.

가게 주인이 몸을 돌리는 사이에 카운터에는 이미 손님이 사라지고 없다. 주인이 고개를 들고 문밖으로 달려 나온다.

주인: (큰 소리로) 아가씨가 처녀일 리는 없잖아요?!

리징이 그 소리를 들으며 황급히 성인용품점에서 멀어진다.

49. 거리 모처

리쾅이 온다.

리쾅이 가로등 아래 이르러 앞뒤로 사람이 없는 것을 보고는 불빛이 밝은 곳으로 다가가 맥주 캔을 내려놓고 리징이 담보로 잡힌 갖가지 증명서들을 읽기 시작한다.

리쾅이 국제수학경진대회에서 리징이 수상한 증명서를 읽어보고 내려놓는다……

리쾅이 리징의 학부 졸업증명서를 집어 들고는 잠시 읽어보다가 내려놓는다……

마지막으로 리쾅이 리징의 대학원 졸업장을 한참이나 들여다본다…… 그러더니 연구소에서 리징에게 발급해준 사회실천 증서에서 그녀의 사진이 붙어 있는 한 면을 천천히 뜯어내 자기 지갑에 넣고는 에코백을 메고 걸음을 옮긴다.

50. 베이징대학 캠퍼스 / 밤 / 밖

리징이 베이징대학 캠퍼스 쪽을 향해 걸어간다.

베이징대학 캠퍼스. 야경이 아주 고요하고 아름답다.

리징이 웨이밍호를 가로질러 옛날 건물들이 모여 있는 지역을 지나간다.

리징이 말없이 캠퍼스 한구석에 있는 콘돔 자동판매기 앞으로 다가간다.

자동판매기 옆에는 사람이 하나도 없다. 리징이 판매기 가까이 다가가 기계 위에 부착된 설명서를 자세히 읽는다. 리징이 설명서에 따라 돈을 넣고 단추를 누르자 정말로 콘돔이 나온다. 리징이 황급히 고개를 돌려 주위에 아무도 없는 것을 확인하고는 콘돔을 집어 조심스럽게 뒤를 살피면서 주머니에 집어넣는다.

리징이 약간의 호기심으로 계속 돈을 넣고 단추를 눌러 두번째 콘돔을 꺼낸다……

결국 리징이 아이처럼 계속 돈을 넣고 단추를 눌러 대여섯 개의 콘돔을 산다. 판매기 모니터에 "죄송합니다. 콘돔이 이미 매진되었습니다"라는 문구가 뜬다.

리징이 콘돔 자동판매기에서 물러서 나온다.

리징이 걸음을 옮기려는 순간, 남학생 하나가 콘돔을 사려고 자판기가 있는 곳으로 들어간다.

리징이 판매기 옆(건물 입구)에 서서 기다린다.

남학생이 들어가 단추를 누르더니 또 금세 유감스럽다는 표정으로 나온다.

리징이 남학생에게 다가가 콘돔 네 개를 내민다.

남학생: (쑥스러워하면서) 너무 많아요……

리징: 그냥 뒀다가 쓰세요.

남학생: 고맙습니다, 선배님!

리징: 아니에요. 천만에요.

리징이 다소 가벼운 발걸음으로 학교 밖을 향해 걸어간다.

51. 장화의 집이 있는 주택가 / 밤 / 밖

리챵이 어느 거리 입구에서 길을 찾고 있다.

리챵이 맥주를 한 모금 더 마시고 빌라 구역을 향해 다가간다.

리챵이 빌라 구역 대문 앞을 지나면서 그쪽을 바라본다.

52. 장화의 집 / 안

장화가 거실에 앉아 잡지를 보고 있다가 또 경계심을 갖고 집 현관문을 바라본다.

장화가 마지막으로 시계를 보고는 조심스럽게 문가로 가서 귀를 기울여보고는 마음을 놓고 침실로 들어간다.

53. 장화의 집 / 밤 / 밖

리챵이 마침내 장화의 집 문 앞에서 맥주 캔을 들고 맥주를 마신다. 캔이 이미 비어 있는 것을 발견한 그는 유감스럽다는 듯이 캔을 장화의 집, 눈에 잘 띄는 우체통 위에 올려놓고 좌우를 두리번거리다가 가벼운 동작으로 울타리를 넘어 들어간다.

리챵이 완벽하게 다듬어진 장화의 집 화단에서 밤의 어둠을 이용해 이리저리 살피다가 어느 꽃나무 아래 숨어 동정을 살핀다.

리챵이 화단 상공에 풍선이 하나 걸려 있는 것을 발견한다. 그가 풍선을 잠시 살피다가 칼을 들어보지만 여전히 팔이 닿지 않자 펄쩍 뛰어 칼로 풍선을 터뜨린다. 풍선이 팡 하고 무서운 소리를 내면서 터진다.

놀란 리챵이 황급히 칼을 발밑의 화초 아래 숨긴다.

사방을 두리번거리지만 아무런 동정도 느끼지 못한 리챵이 다시 칼을 집어 나뭇가지 사이에 얹어둔다. 떨어질 것이 두려웠는지 꽃가지로 작은 화환을 하나 만들어 칼을 그 안에 끼워 넣는다. 칼이 길가 허공에 떠 있게 된다.

리챵이 신발을 벗고 맨발로 조심스럽게 마당 깊숙이 걸어 들어간다.

칼과 화환이 허공에 매달려 흔들린다.

리챵이 장화의 집 문 앞에 이르러 초인종을 누르려 한다.

리챵이 초인종을 누르려는 순간, 갑자기 아기의 울음소리가 들려온다. 이어서 장화의 집 침실에 불이 켜진다.

리챵이 손을 멈추고 잠시 움직이지 않고 있다가 다시 창문 불빛을 향해 다가간다.

이 때문에 장화도 침실에서 나와 경계심을 갖고 문가에서 문밖의 동정을 살핀다.

양쪽으로 당기는 거실 창문 커튼에 작은 틈이 하나 나 있다. 창문으로 다가와 창틀 위에 신발을 올려놓은 리챵이 조심스럽게 창문 커튼 틈새에 엎드려 천천히 장화 집 안의 따스한 풍경을 바라본다.

한 살 난 아기가 요란하게 울어대고 있고, 장화의 아내가 아기를 안고 달래면서 천장을 가리킨다. 장화가 잠옷 차림으로 밖에서 우유 컵을 하나 들고 들어온다. 나가서 물을 따라 온 것 같다. 그가 방으로 들어와 아기를 살피면서 우유 컵을 내려놓고는 방안을 떠다니는 풍선 줄을 잡아 흔들면서 아기를 달랜다. 이들 일가 머리 위의 천장 전체가 풍선들로 거의 한 겹 덮여 있다. 그리고 그 풍선들은 공중에서 움직이면서 귀여운 거위 형상을 하고 있다.

아기는 엄마 품에 안겨 천천히 울음을 멈추고 웃기 시작하더니 이내 다시 잠이 든다.

이때 장화가 다시 시계를 보더니 문밖의 동정을 살피고는 안심하고 천장에 가득 매달려 있는 거위 모양의 풍선들을 정리한다.

리쾅이 이런 모습을 보고 신발을 창틀에서 내려 조심스럽게 물러선다.

불이 꺼진다.

리쾅이 다시 장화의 집 문 앞으로 돌아와서는 초인종을 쳐다보다가 마침내 장화의 집 문 앞에서 쭈그려 앉아 신발을 신고 담배를 피운다.

리쾅이 마침내 담배를 다 피우고 꽁초를 비벼 끈 다음, 칼을 들고 큰 걸음으로 장화의 집 대문으로 걸어 나온다.

문을 열면서 리쾅은 아무 거리낌 없이 덜커덩 소리가 나도록 철문을 잡는다.

그러자 장화가 경계하며 묻는 소리가 들려온다: 누구요?!

리쾅은 전혀 놀라거나 두려워하지 않고 돌아간다.

장화가 문을 열고는 손에 장검을 들고 문가에 서서 앞을 바라본다.

리쫑은 이미 멀리 걸어가고 있다. 주위가 온통 밤의 정적에 휩싸인다.

54. 리징의 숙소 / 안

리징이 돌아와 문을 열고 안으로 들어간다.

리징이 본능적으로 주머니에서 콘돔 두 개를 꺼내 살펴보다가 1위안짜리 지폐와 함께 서랍에 넣어둔다.

리징이 앉아서 리쫑을 기다린다.

리징이 우민후이의 침대맡에 쌓인 책 더미 위로 눈길을 던진다.

리징이 다가가 그 가운데서 『성생활 백문백답』이라는 책을 한 권 집어 뒤적인다.

리징이 그 책의 목차를 펼쳐 「첫날밤에 주의해야 할 것들」이라는 소제목을 찾아낸다.

리징이 진지한 표정으로 한번 읽어보고는 책을 침대 위에 던져놓는다.

리징이 멍한 표정을 짓다가 책에서 일깨워준 대로 콘돔을 꺼내 침대맡 베개 밑에 넣어둔다. 아울러 두루마리 화장지를 하나 꺼내 탁자 옆에 놓아둔다.

아주 짧은 시간이 지나고 리징이 아주 빨리 또 콘돔을 서랍에 던져 넣는다.

이어서 계단을 올라오는 발걸음 소리가 들려온다.

리징이 경계심을 갖고 문밖을 내다본다.

문을 두드리는 소리가 들린다.

리징이 문을 연다.

리쫭이 집 안으로 들어서면서 에코백을 바닥에 던져놓는다.

리쫭: (맥이 빠진 듯) 그에게 겁을 주지도 못하고 옷을 찢어놓지도 못했어요.

리징: ……

리쫭: 장화의 집 문 앞에 가서 손을 들어 초인종을 누르려는 순간, 눈치 빠르게 한 가지 사실을 알게 되었어요……

리쫭: (이유가 당당하다는 듯이) 리징 씨…… 아가씨 이름이 리징 맞지요? 조금 전에 정식으로 남자친구를 사귄 적이 없다고 했지요?

리징이 침묵한다.

리쫭: 그러니까, 아가씨가 아직 처녀란 말이지요?

리징이 침묵으로 인정한다.

리쫭: 이것 덕분에 내 셈이 분명해졌어요. 아가씨는 리씨이고 나도 리씨예요. 8백 년 전에는 우리가 한 가족이었을지도 모르지요. 하지만 아가씨는 아주 젊어요. 단지 오늘 저녁 내 생각을 흐리게 했을 뿐이에요……

리쫭이 이렇게 말하면서 문 뒤에 세워져 있는 팻말을 리징 앞으로 가져다 보여준다.

리쫭: 가까이 오세요— 빨리 저랑 같이 자요— 흰 종이에 검정 글씨, 산처럼 쇠처럼 분명한 증거지요. 오늘 밤 누가 아가씨에게 다가가든지 아가씨는 당황한 상태로 그를 끌어안고 자야 해요. 하지만 나는 그렇게 할 수 없어요…… 나이도 많고 농민공인 데

다 문화 수준도 아주 낮거든요. 그래서 리징 씨는 한 번은 그 소장을 죽이라고 했다가 또 한 번은 그 소장의 옷만 찢으면 된다고 했어요. 솔직히 말하지요. 리징 씨한테는 애당초 그를 해칠 마음이 없었어요. 리징 씨는 내가 여기 있지 말고 빨리 가주기를 바라고 있어요.

이런 말을 들으면서 리징은 아무 말도 없다.

리챵: 내 말이 맞지요? 좋아요, 갈게요…… 가기 전에 우리 둘 사이의 계산을 깔끔하게 정리해야 할 것 같네요. 나를 보내려는 것은 리징 씨의 처녀를 그대로 간직하고 싶어서이겠지요. 하지만 베이징의 시세는 나도 잘 알아요. 처녀여야만 사장님들이 따먹을 수 있을 테니까요. 하룻밤 자고 나면 리징 씨에게 3, 4만 위안을 주겠지요. 게다가 리징 씨는 아주 젊고 예쁜 데다 베이징대학 대학원생이니까요. 리징 씨는 오늘 밤 가격이 적어도 5만 위안은 될 거예요. 이렇게 합시다. 내가 40프로 할인을 해서 3만 위안으로 해드릴게요. 3만 위안을 주면 리징 씨의 처녀를 그대로 남겨주도록 할게요.

리챵이 이런 말을 하는데도 리징은 아무 말이 없다.

리챵: 아니, 그냥 딱 절반인 2만 5천 위안으로 합시다! 돈만 주면 즉시 나갈게요.

리징: 아저씨, 우리 엄마 아빠는 두 분 모두 보통 교사예요. 두 분이 정해진 월급을 받아 제 학교 뒷바라지를 하고 있는 거라고요.

리챵: (냉소하며) 2만 5천 위안이에요. 한 푼도 더 깎을 수 없습니다! 돈이 아까우면 나랑 자요. 내가 리징 씨의 처녀를 깨뜨려줄

테니까요.

리쨩이 말을 마치고 벽에 걸린 시계를 쳐다본다.

리징이 벽에 걸린 그 추상화로 눈길을 던진다.

리징: 저 그림을 가져가시면 안 돼요? 현대미술인데 최소한 10만 위안은 나갈 거예요.

리쨩이 코웃음을 친다.

리쨩: 날 세 살 난 아이 취급하는군요! 다른 얘긴 하지 말고 내게 돈을 주든지 몸을 주든지 하라고요. 지금 당장 둘 중 하나를 선택해요.

리징: ······

리쨩: 돈이에요, 아니면 몸이에요?!

리징: ······

리쨩: 선택하지 않을 생각인가요? 돈이 그렇게 아까우면 어서 한번 합시다!

리쨩이 이렇게 말하면서 빠른 동작으로 허리띠를 푼다. 게다가 지난번보다 노출이 좀더 심하다.

이런 모습을 보고서 리징이 고집스럽게 침대 옆으로 다가가 선다.

리징: (단호하게) 자자고요?······ 좋아요! 하지만 오늘 누가 나랑 자든지 저를 위해 울분을 풀어줘야 해요. 저는 장화를 죽이지도 않을 것이고 칼을 휘두르지도 않을 것이며, 피를 보지도 않을 것이고 옷을 찢지도 않을 거예요. 하지만 저는 그가 미워요! 바로 그 때문에 제가 "빨리 저랑 같이 자요"라는 이 길로 빠져들게 된 거라고요.

이렇게 말하면서 리징이 "저랑 같이 자요"라는 문구가 적힌 팻
말을 발로 걸어찬다.

리쾅의 손이 허리띠에 멈춰 있다.

리징이 벽시계를 보니 바늘이 새벽 1시 반을 가리키고 있다.

리징: 이제, 제가 만 보 양보할게요. 가서 그에게 칼을 휘두를
필요도 없고 피를 보게 할 필요도 없어요. 오늘 새벽 2시 40분에
그는 독일 기계엔지니어를 마중하기 위해 직접 차를 몰고 공항에
갈 거예요. 조금 있다가 그의 집 앞으로 가서 그를 기다렸다가 그
가 일어나 차를 몰고 나오면 그에게 다가가 얼굴에 침을 뱉으면
서 약속을 지키지 않는 인간은 제명에 죽지 못할 거라고 욕을 한
마디 해주세요. 그것만 해주시면 돼요.

리쾅이 리징을 비스듬히 쳐다본다.

리징이 거칠게 은행카드 하나를 탁자 위에 내려놓는다.

리징: (큰 소리로) 집에 찾아가서 그의 앞을 가로막고 얼굴에 침
을 뱉은 다음에 욕만 한마디 하면 돼요. 그러고 돌아오면 저랑 같
이 돈을 찾으러 가자고요!

리쾅이 다가가 은행카드를 살펴보더니 손으로 카드의 무게를
가늠해본다. 그러고는 카드를 천천히 탁자 한구석에 밀어놓는다.

리쾅: 이 안에 돈이 들어 있나요? 이 아가씨가 정말 공부를 너
무 많이 해서 멍청해진 것 같네. 공부를 그렇게 많이 하면 나를 속
일 수 있다고 생각하나요?!

리징: ……

리쾅: (빙긋이 웃으면서) 아— 내가 가서 그의 얼굴에 침을 뱉으
면 아가씨는 그사이에 파출소에 가서 신고를 하겠지요…… 다른

얘긴 하지 말고 지금 나랑 같이 돈을 찾으러 갑시다…… 2만 5천 위안이에요. 단 한 푼도 모자라선 안 됩니다. 더 많을 필요도 없고요!

리쨩이 이렇게 말하면서 리징을 매섭게 노려본다.

리징: 아저씨, 제가 사실대로 말할게요. 그 카드 안에는 3천 위안밖에 없어요. 거기에 이 2천 위안(리징이 서랍에서 2천 위안을 꺼낸다)을 더해 5천 위안을 다 드릴게요.

리쨩이 돈을 바라보면서 입을 가볍게 삐죽거리더니 다시 집 안 인테리어와 방 구석구석을 살핀다.

리쨩: 이렇게 좋은 집에 세 들어 살고 그렇게 좋은 직장에 다니면서 내게 겨우 5천 위안을 주겠다고요?……

리쨩이 콧방귀를 뀌고는 직접 리징의 서랍을 열어 뭔가를 찾는다.

리쨩이 갑자기 콘돔 두 개를 발견한다.

리쨩이 콘돔 두 개를 꺼내 유심히 살펴보고는 빙긋이 웃는다.

리쨩: 와, 보아하니 아가씨는 정말로 돈을 사랑하고 몸은 아끼지 않는 사람인 것 같군요…… 좋아요. 5천 위안은 필요 없어요. 나는 아가씨의 처녀를 갖겠어요.

리쨩이 이렇게 말하면서 정말로 마음을 굳힌 것 같은 표정을 보인다. 그러고는 다시 허리띠를 풀어 바지를 벗고 가슴을 드러내기 시작한다.

리쨩: (작지만 힘 있는 목소리로) 어서 벗어요. 어차피 자는 걸 선택했으니 자자고요. 내가 아가씨를 억지로 강간하게 하지 말고요!

또다시 무거운 침묵이 흐른다. 리징이 리쾅을 잠시 쳐다보다가 갑자기 화제를 바꾼다.

리징: 아저씨, 아드님이 올해 대학 시험을 치르지요?

리쾅이 리징의 속마음을 도무지 알 수 없다는 듯이 잠시 그녀를 쳐다본다.

리징: 아드님이 정말로 다시 공부를 하겠다면 제가 도와줄게요.

리쾅이 의심 어린 눈빛으로 피식 웃는다.

리징이 허리를 숙여 침대 밑에서 상자를 하나 꺼내더니 상자 안에서 앨범을 하나 꺼내 펼친다. 앨범의 각 페이지마다 서로 다른 남녀 대학생들의 6인치 컬러사진이 끼워져 있다. 그리고 사진마다 위쪽에 '수도사범대학' '연합대학' '이공대학' '체육대학' '허베이河北대학' 등의 대학 이름이 적혀 있다.

리징이 리쾅 앞에서 이 사진들을 들춰 보여준다.

리쾅이 허리띠에서 손을 뗀다.

리징: 저는 학부와 대학원 과정을 전부 베이징대학에서 했어요. 지난 7년 동안 줄곧 가정교사를 하면서 학생들 일곱 명을 가르쳤지요. 그 아이들 모두 대학에 들어갔어요.

리징이 이렇게 말하면서 천천히 앨범을 닫고 다시 상자에 집어넣는다.

리징: 지금 아드님에게 베이징에 와서 일을 하게 할 수도 있어요. 그러면 제가 무료로 가정교사가 되어줄게요. 그러면 내년에 허난의 한두 군데 대학에 합격할 수 있도록 보장할 수 있어요…… 하지만 오늘 밤 아저씨가 몸을 요구하시든 돈을 요구하시든 간에 그 장화 소장을 찾아가 그의 얼굴에 침을 뱉고 욕을 한마

디 해야 해요.

리쾅: (잠시 생각에 잠겼다가) 또 나를 따돌릴 방법을 생각해냈군요. 첫째, 나는 아가씨를 믿지 않아요. 둘째, 2만 5천 위안을 주지 않으면 나는 오늘 밤 아가씨랑 잘 거예요. 지금 당장 잘 거라고요!

이렇게 말하면서 리쾅이 일어선다. 정말 리징과 한번 하려는 것 같다.

리쾅: 스위치가 어디 있나요? 불을 끕시다!

리쾅이 문 쪽 스위치가 있는 곳으로 다가간다.

리징: 아저씨……

리쾅이 멈춰 선다.

리징: (정중히) 정말 하고 싶으세요?

리쾅: 돈을 안 주면 해야지요.

리징: (잠시 생각한다) 좋아요…… 그럼 해요! 어차피 오늘 밤 몸을 망가뜨려야 할 것 같으니까요. 하지만 저 대신 소장을 찾아가 침을 뱉고 와야 해요. 그리고 저를 데리고 단지 입구에 가서 뭘 좀 먹어야 해요.

리쾅: 리징 씨는 나를 우리 마을의 바보로 생각하는군요!

리징: (애원하듯이) 아래층에 24시간 편의점이 있어요. 칼을 들고 저를 데리고 가면 되잖아요. 전 정말 하루 종일 아무것도 먹지 못했단 말이에요……

리쾅이 잠시 생각해보고 나서 고개를 돌려 시계를 본다.

리징: 2시가 안 됐네요. 돌아와서 뭘 하더라도 늦지 않아요. 돈을 요구하시면 카드 안에 있는 돈을 전부 아저씨한테 드릴게요.

리쟝: (잠시 생각해보고 나서) 그 카드를 내게 줘요!!

리징이 은행카드를 주머니 안에 넣는다.

리쟝이 재빨리 옷을 챙겨 입고 칼을 꺼내 허리춤에 찬다.

55. 단지 밖 / 밤

밤이 깊어 고요하고 적막하다. 불빛이 무척 환하다.

리징이 앞에서 걷고 리쟝이 조심스럽게 뒤를 따라간다. 손으로는 줄곧 칼자루를 매만지고 있다.

하지만 두 사람이 막 단지 대문을 나서는 순간, 경찰 하나가 건너편에서 다가온다. 리쟝이 잠시 바라보다가 경계심을 갖고 길을 가는 사람인 척하며 땅바닥에 침을 뱉는다. 경찰과 얼굴을 마주보지 않은 채 어깨를 스치고 지나간다.

리징이 고개를 돌려 그를 바라본다.

리쟝이 경찰이 지나가기를 기다렸다가 리징에게 다가가 다소 이상하다는 듯한 표정의 리징을 쳐다본다. 이어서 또 고개를 돌려 그 경찰을 바라본다. 때마침 경찰도 고개를 돌려 그를 바라본다.

리쟝이 황급히 경찰의 눈길을 피하면서 놀란 표정으로 리징을 힐끗 쳐다본다. 그러고는 리징에게 다가가 어깨를 나란히 하고 걸어간다.

56. 국숫집 / 안

주인은 나이 50세 전후의 중년 부인이다.

리징과 리쟝이 들어온다. 주인이 약간 의아하다는 듯이 두 사람을 바라본다.

리징: 아줌마, 훈툰* 한 그릇 주세요. (그러면서 리쨩에게 묻는다) 아저씨도 한 그릇 드셔야죠!

리쨩이 고개를 가로젓자 여주인이 자리를 뜬다.

리징과 리쨩이 서로 마주 보고 앉는다.

리쨩이 혼자 중얼거리듯이 말한다: 방금 난 리징 씨가 경찰에 나를 신고하려는 줄 알았어요……

리징이 잠시 침묵하다가 화제를 돌린다.

리징: 그럼…… 아드님은 저 앞 어딘가에 살고 있나요?……

리쨩이 고개를 끄덕인다.

리쨩: 제구실도 제대로 못 하는 놈이에요. 첫해에 1점 차로 떨어지더니 둘째 해에는 2점 차로 떨어지더군요. 셋째 해에는 3점 차로 떨어졌어요. 정말 웃기는 얘기지요.

리징: 다시 도전하지 않나요?

리쨩: ……

이때 여주인이 훈툰을 한 그릇 내온다. 그녀가 홀에 나오자마자 방금 지나갔던 그 경찰이 나타나 국숫집 문 앞에 선다.

두 사람이 서로 가볍게 고개를 끄덕인다. 말하지 않아도 서로 마음이 통하는 것 같다.

여주인이 훈툰을 리징 앞에 놓아준다.

여주인: 20위안이에요……

---

* 餛飩: 고기나 새우로 된 소를 얇은 피로 싸서 국물에 끓여 먹는 음식으로 우리의 물만두와 비슷하다. 크기가 작아 한입에 넣기 좋다.

리징이 돈을 꺼내려 하자 리쨩이 먼저 자기 지갑을 꺼내 깊이 감춰두었던 20위안짜리 낡은 지폐를 꺼낸다. 이때 리징이 지갑 위에 새겨진 '삼호학생' 네 글자를 보고는 미동도 하지 않는다.

여주인이 돈을 받아 자리를 뜬다.

리징이 천천히 훈툰을 몇 입 먹으면서 뭔가를 생각한다.

리징: (작은 목소리로 진지하게) 저는 정말로 아드님을 대학에 합격시킬 수 있어요. 우리 아빠는 저장대학 교수이고 엄마는 항저우 고등학교의 특급 교사시거든요.

리쨩이 어리둥절한 표정으로 리징을 쳐다본다.

이때 경찰이 다가온다.

경찰: (리쨩을 쳐다보면서) 또 당신이었군…… 나랑 같이 좀 갑시다!

리징이 멍하니 경찰을 쳐다본다.

놀란 리쨩이 고개를 돌려 의심 어린 눈빛으로 리징을 쳐다보고는 하는 수 없이 지갑을 집어넣고 경찰을 따라 문가로 나간다.

리징이 갑자기 리쨩의 허리춤에서 옷 위로 튀어나온 칼 손잡이를 발견한다.

리징이 깜짝 놀라며 일어나 문밖까지 따라 나간다.

57. 음식점 앞 / 밖

문밖 불빛이 밝은 곳에서 경찰과 리쨩이 서로 마주 보고 서 있다.

경찰: 말해봐요. 어떻게 된 일인가요?

리쨩은 말이 없다.

경찰: 이런 한밤중에 밖엘 나오다니 두 사람이 무슨 관계인 가요?

리쫭은 말이 없다.

경찰: 나랑 같이 파출소로 가고 싶어요?

리쫭이 움직이지 않는다. 이때 리징이 적시에 다가온다.

리징: 그분은 제 삼촌이에요. 이 근처 공사장에서 일하고 있어요.

경찰이 리징을 바라본다.

리징이 황급히 신분증과 학생증을 꺼내 경찰에게 내민다.

경찰이 불빛 아래서 신분증과 학생증을 자세히 확인한다.

경찰: 어유! 베이징대학 학생이시네요…… 요 며칠 베이징에서 중요한 국제회의가 열리고 있어요. 이렇게 늦은 밤에는 밖에 돌아다니지 않는 게 좋아요.

리징이 경찰에게서 신분증을 돌려받고 고개를 끄덕인 다음 리쫭의 팔을 잡아끌고 집으로 돌아간다.

경찰과 여주인이 가게 문 앞에서 두 사람을 바라본다.

경찰이 갑자기 리쫭 허리춤에 칼자루가 튀어나와 있는 것을 발견한다.

경찰이 맹렬한 속도로 달려와 전문적이고 숙련된 동작으로 단번에 리쫭의 허리춤에 끼워져 있던 칼자루를 뽑아 들고 재빨리 수갑을 꺼낸다. 경찰이 두세 번의 간단한 동작으로 리쫭에게 수갑을 채운다.

이러한 일련의 돌발 행동에 대해 리쫭은 아무런 저항도 하지 않는다.

이때 리쟝은 너무 놀라 어리둥절한 표정으로 길가에 서 있다.

여주인은 상대적으로 태연한 표정으로 가게 앞에 서 있다.

58. 파출소 심문실 / 안

간단한 심문실 안에 나이가 마흔쯤 되어 보이는 경찰과 그보다 조금 젊은 경찰이 리쟝을 심문하고 있다. 고참 경찰과 리쟝의 일문일답을 신참 경찰이 기록하고 있다.

리쟝이 심문실 한가운데 앉아 있다. 수갑은 앞으로 채워져 있다.

경찰: 이름이 어떻게 됩니까?

리쟝: 리쟝입니다.

경찰: 나이는요?

리쟝: 쉰둘입니다.

경찰: (바로잡듯이) 생년월일을 말하세요.

리쟝: 1965년 7월 13일입니다.

경찰: 왜 수중에 칼을 휴대하고 있는 건가요? 그 아가씨랑 도대체 무슨 관계예요?

리쟝이 경찰을 쳐다본다. 뭐라고 대답해야 좋을지 몰라 답답한 표정이다……

59. 리징의 집 / 안

리징이 넋이 나간 채 안절부절못하며 방 안에 앉아 있다.

낙담한 표정으로 방 안을 둘러보다가 문 뒤쪽에 시선이 멈춘다.

리징이 "빨리 저랑 같이 자요"라고 적힌 팻말을 바라본다.

리징이 갑자기 몸을 일으켜 그쪽으로 가서 팻말을 들어 바닥에 내동댕이친다. 그러고는 몹시 화가 난 표정으로 팻말을 발로 짓밟는다.

이어서, 가볍게 문을 두드리는 소리가 들린다.

리징이 소리를 듣고 모든 동작을 멈춘다.

60. 문 앞 / 밖

리쾅이 앞에 있고 경찰 둘이 뒤에서 따라오고 있다.

사태가 종료된 것 같다. 리쾅은 더 이상 수갑을 차고 있지 않다. 멍한 표정으로 리징의 집 문을 두드린다.

61. 리징의 집 / 안

리징이 문을 연다.

경찰 둘이 먼저 안으로 들어선다. 리쾅이 멍한 표정으로 경찰들 뒤를 따라 들어온다.

경찰들이 바닥에 널브러진 팻말을 한눈에 알아본다. 경찰들은 증거가 될 칼을 다탁 위에 내려놓고 천천히 찢어진 팻말을 다시 맞춰놓고는 핸드폰으로 사진을 찍는다.

그러고 나서 경찰들은 실내를 둘러보고 리징을 힐끗 쳐다본다.

신참 경찰: 죄송하지만 좀 밝은 데로 가서 서주시겠어요?

리징이 선 채로 움직이지 않는다.

고참 경찰: 협조 좀 해주세요. 우리는 이게 일이거든요.

리징이 마지못해 좀더 밝은 불빛 아래로 가서 선다.

신참 경찰이 리징의 그런 모습을 사진에 담는다.

그러고 나서 신참 경찰이 고참 경찰을 쳐다보더니 다시 리징을 바라본다.

신참 경찰: 우리랑 한번 같이 가주시는 게 가장 좋긴 한데……

리징: (완강하게) 저는 법을 어긴 일이 없어요. 물어볼 게 있으면 지금 이 자리에서 물어보세요.

두 경찰이 서로의 얼굴을 쳐다보다가 달리 방법이 없다는 듯이 고개를 끄덕인다.

고참 경찰: 그럼 나를 따라서 잠깐만 나와보세요.

리징이 마지못해 고참 경찰을 따라 문을 나선다.

리쾅이 실내 한구석에 서 있다. 신참 경찰이 이리저리 그를 살핀다.

신참 경찰이 우민후이의 침대에 있던 『성생활 백문백답』이라는 책을 뒤적거리다가 다시 던져놓는다.

신참 경찰이 리징의 서랍을 열더니 콘돔 두 개를 발견하고는 다시 닫는다.

신참 경찰이 몸을 돌려 리쾅을 응시한다.

신참 경찰: 아저씨 나이를 생각하고 마누라를 생각해봐요. 아저씨를 짓밟아주고 싶네요.

리쾅은 말이 없다.

신참 경찰이 문밖을 살핀다.

62. 문밖 / 계단 입구

불빛이 희미하다. 리징과 경찰이 서 있다. 물어야 할 것들은 이미 다 물은 것 같다.

고참 경찰: 명문 대학 출신인 데다 대학원생이면 자중할 줄 알

아야지요.

리징은 말이 없다.

고참 경찰: 직업을 구하지 못하더라도 국가를 이해하고 사회를 용서해야 해요.

리징은 말이 없다.

고참 경찰이 말을 마치고 집 안을 향해 헛기침을 한 번 한다.

63. 실내 / 문 앞

신참 경찰이 리쾅을 힐끗 쳐다본다.

경찰: 갑시다.

경찰이 이렇게 말하면서 리쾅을 데리고 문을 나선다.

계단 입구에서 리쾅과 리징이 서로를 힐끗 쳐다본다.

경찰이 리쾅을 데리고 건물 아래로 내려간 뒤에도 리징은 그 자리에 오래 서 있는다.

64. 단지 대문 앞 / 밖

리쾅이 앞에 가고 경찰 두 명이 뒤에서 따라 나온다.

세 사람 모두 단지 입구 불빛 아래 서 있다.

고참 경찰: (경고하듯이) 집으로 돌아가요— 계속 법률의 언저리에서 알짱대지 말라고요. 다음에 또 걸리면 오늘 같은 처분을 기대하진 말아요.

리쾅이 자리를 뜨려고 한다.

고참 경찰이 50위안짜리 인민폐를 꺼내 그에게 건넨다.

고참 경찰: 받아요— 가서 밤참이라도 사 드세요.

리촹이 지갑을 꺼내 경찰들에게 보여준다.

리촹: 돈은 내게도 있습니다.

(리징의 집 발코니. 리징이 조용히 서서 건물 아래를 내려다본다.)

리촹이 두 경찰의 눈길 속에서 걸음을 옮긴다.

65. 대로 / 밤 / 밖

조용한 베이징의 대로.

조용한 베이징대학 교문.

깊이 잠든 베이징……

66. 리징의 숙소 / 안

집 안은 여전히 어지럽고 어수선하다.

불이 꺼지고 침대맡의 스탠드만 희미하게 켜져 있다.

리징이 모기장을 치고 서글픈 모습으로 책상다리를 한 채 침대맡에 앉아 있다.

리징이 앉아 있다가 침대 위의 모기장을 아래로 내리고 그 안으로 들어간다.

리징이 잠시 멍하니 앉아 있다가 모기장을 들추고 집 안을 둘러보고는 실의에 빠진 모습으로 문을 열고 나간다.

67. 대로 / 밖

고요함 속에서 리징이 아무런 목적지도 없이 거리를 걷고 있다.

밤 고양이 한 마리가 길가에서 리징을 쳐다본다.

리징이 그 고양이를 바라보며 계속 넋이 나간 표정으로 방향

없이 걷는다.

리징이 그 야간 국숫집 앞을 지나가다가 안에서 여주인의 뒷모습을 보고는 아무 말 없이 지나쳐 간다.

리징이 베이징대학 앞 교차로 입구에 이르러 멈춰 서더니 갑자기 거리에 드문드문 걸어가는 행인들과 고층 빌딩을 향해 무력감에 젖어 날카롭게 소리를 지른다.

리징: 리징아 — 리징! 리징아 — 리징!

길을 가던 사람들과 차를 몰고 지나가던 기사들이 이해할 수 없다는 듯한 표정으로 그녀를 바라보다가 어리둥절한 표정으로 가버린다.

리징이 절규에 실어 울분을 토해내고 나서 그 자리에 쪼그려 앉아 얼굴을 손으로 가린 채 흐느끼기 시작한다.

68. 도로 한가운데 화단 / 밖

리징이 유령처럼 자기 집이 있는 건물 화단 쪽으로 돌아온다.

리징이 화단에 앉아 있는 그림자 하나를 발견한다.

리징이 그 검은 그림자의 주인공이 리쾅임을 알아본다.

리징이 잠시 머뭇거리다가 리쾅을 향해 다가간다.

불빛이 만든 나무 그림자 아래 리쾅이 혼자 앉아 있다. 병을 높이 들고 맥주를 마시고 있다.

리징이 저만치에서 멈춰 선다.

리쾅이 리징을 바라본다.

두 사람이 서로 멀찌감치 떨어져 잠시 서로를 바라본다.

리징: 아직도 이렇게 밤을 헤매고 있는 거예요?

리챵: 공사장 문이 잠겼어요.

리징이 리챵을 잠시 쳐다보더니 그냥 걸어간다.

리징이 몇 걸음 가다가 다시 몸을 돌린다.

리징: 날이 밝을 때까지…… 우리 집에 가 있어도 돼요.

리챵은 이 말을 듣고도 움직이지 않는다.

리징이 말없이 걸음을 옮긴다.

리징이 멀어져간다. 등 뒤에서 자신을 따라오는 발걸음 소리를 듣고 있는 것 같다.

리징이 걸음을 멈추고 뒤를 돌아본다. 리챵이 뒤를 따라오고 있다.

리징이 멈춰 선 것을 보고는 리챵이 자신도 걸음을 멈춘다.

리징이 아무 말도 하지 않고 다시 걸음을 뗀다.

리챵이 멀찌감치 거리를 유지하면서 그녀의 뒤를 따라간다……

69. 리징의 숙소 / 안

집 안은 간단한 정리를 거친 상태이고 그 칼은 집 안 다른 곳에 놓여 있다.

스탠드 불빛 아래 리징이 침대에 말없이 앉아 있다.

이때 리챵이 때를 잘못 찾은 손님처럼 쭈뼛쭈뼛 어색한 모습으로 소파에 팔을 걸치고 앉는다.

두 사람 사이의 관계에 미묘한 변화가 발생한 것이 분명해 보인다.

숨이 막힐 듯한 침묵이 흐르고 나서 리챵이 리징을 힐끗 쳐다본다.

리쫭: 담배 좀 피우고 싶어요.

리징이 우민후이의 서랍에서 반쯤 남은 담뱃갑을 꺼내 리쫭에게 건넨다.

리쫭이 담뱃갑을 이리저리 살펴본다.

리쫭: 아주 좋은 담배네요. 이런 담배는 처음 피워봐요.

리쫭이 묵묵히 불을 붙인다. 불빛이 명멸한다.

리징이 리쫭을 쳐다본다.

리징: 아저씨, 무슨 일…… 저지른 적 있어요?

리쫭이 담배를 두 모금 빨고 나서 고개를 든다.

리쫭: 물건을 훔쳤다가 잡혔어요.

리징: ……

리쫭: (침착하게) 보름 전에 우리 마누라 유골을 되찾아오기 위해 또 다른 공사장에서 철근을 훔쳤어요. 금세 들켜서 이 파출소에 잡혀 사흘 동안 구류를 살았지요.

리징이 다소 놀란 듯한 표정으로 그를 쳐다본다.

리쫭이 잠시 침묵한다.

리쫭: (담배를 비벼 끄면서) 3년 전에 우리 마누라가 죽었어요. 그해에 우리 아들이 대학 시험을 봤는데 합격하지 못해 재수를 하게 됐어요. 재수하는 데 비용이 많이 들잖아요. 1년 학비가 만 위안이 넘어요. 게다가 숙식비를 비롯한 갖가지 비용이 추가로 들지요. 정말로 방법이 없었어요. 하는 수 없이 마누라 유골을 팔았지요……

이런 얘기를 하면서 리쫭은 계속 리징을 응시한다.

리쫭: 나는 정말 형편없는 놈이에요…… 우리 고향 그 산골

에…… 타오위안촌이라는 마을이 있어요. 그 마을에 쉰 넘은 남자가 하나 있는데 평생 건달로 살았어요. 게다가 불치병까지 있었지요. 하지만 그의 동생이 갑자기 큰 성공을 거뒀어요. 돈이 생겼지요. 그래서 자기 형에게 여자 시신을 하나 사주려 했지요…… 유골을 사주려 했던 거예요…… 그의 형이 죽으면 혼례를 치러 한데 합장을 해주려는 것이었어요. 그래서 그에게 우리 마누라 유골을 팔았지요…… 현금 3만 위안을 한 번에 받기로 하고 팔았어요. 우리 아들이 그다음 두 해 동안 계속 대입 공부를 하면서 쓴 돈이 바로 그 돈이었어요. 하지만 아들 녀석이 내가 제 엄마 유골을 팔아버렸다는 사실을 알고 말았지요. 그 뒤로는 저랑 아예 말을 안 해요.

리징: ……

리쾅: 이미 3년이 지난 일이에요. 타오위안촌의 그 남자는 정말로 얼마 지나지 않아 죽었어요. 그가 죽자마자 우리 마누라 유골과 합장을 했지요. 하지만 나는, 마누라 유골을 다시 되찾아오고 싶어요. 내가 죽으면 우리 둘이 한데 묻힐 수 있게 말이에요. 얘기는 다 됐어요. 사흘 안에 그들에게 3만 위안을 돌려주기로 했지요. 이자까지 합치면 3만 위안이 조금 넘을 거예요. 이제 사흘 가운데 이틀밖에 남지 않았어요. 이 돈을 구하기 위해 보름 전에 같은 마을 출신인 마이쯔에게 함께 철근을 훔치자고 제안했어요. 그런데 물건을 훔치고 나서 사흘째 되던 날 덜미를 잡히고 말았지요……

리쾅이 말을 마치자 리징이 무겁게 침묵하면서 입을 열지 않는다.

잠시 정적이 흐른다.

리징: (혼자 중얼거리듯이) 알고 보니 아저씨 아내의 유골을 팔았던 거로군요……

리쾅은 말이 없다. 또 한 차례 침묵이 이어진다.

침묵이 끝나고 리쾅이 고개를 들어 리징을 바라본다.

리쾅: 내가 죽고 나서 나와 마누라의 유골을 한데 묻는다면 이것도 같이 자는 게 아닐까요? 아가씨는 어떻게 생각해요?

리징이 이 말을 듣고 리쾅을 다시 쳐다본다.

리징이 리쾅에게 물을 더 따라주려다가 종이컵을 들어 살펴보고는 한쪽으로 던져버리고, 가서 유리컵을 가져다가 물을 따라준다. 아울러 내친김에 얼음도 두 덩이 넣어준다.

리쾅이 물을 한 모금 마신다.

리쾅: (자기를 비하하는 듯한 어투로) 맛있네요. 근데 난…… 전염병은 없어요.

리징이 얘기를 원래의 화제로 돌린다.

리징: 그들이, 아저씨를 잡아다가…… 때렸나요?

리쾅이 옷깃을 당겨 살에 선명하게 남아 있는 기다란 상처를 보여준다. 여러 바늘 꿰맨 자국도 그대로 남아 있다.

리쾅: 날아오는 유리잔에 맞아 찢어진 거예요…… 그들을 탓할 일도 아니에요. 나는 한 번 훔친 것만 인정했어요. 그 앞에 있었던 두 차례 절도 사건은 제가 한 게 아니라 죽어도 인정할 수 없었지요. 그랬더니 막무가내로 화를 내더군요.

다시 한순간 정적이 흐른다. 벽에 걸린 괘종시계가 선명하게 네 번 울린다.

리징이 시계를 본다. 다시 긴 침묵이 이어진다.

리징: 3만 위안은 정말 없어요. 우리 집에서 방금 항저우에 새 집을 샀거든요. 융자를 받았어요.

리쾅이 리징을 한참이나 쳐다본다.

리쾅: 아가씨는 정말…… 장화가 아가씨를 자른 일 때문에……

리쾅이 묻다가 말고 다시 고개를 돌려 찢어져 바닥에 뒹굴고 있는 그 팻말 위로 눈길을 던진다.

리징은 말을 받지 않고 자리를 옮겨 앉는다. 리쾅에게서 조금 더 멀어진 자리다.

리쾅: (진지하게) 그런 생각 하지 말아요. 내 말은 그런 이유 때문이라면, 정말로 그럴 필요가 없다는 거예요.

다시 한번 긴 침묵이 흐르고 나서 리징이 줄곧 고개를 숙인 리쾅을 바라본다.

리징: (갑자기) 졸리세요?

리쾅이 어리둥절한 표정으로 고개를 들어 리징을 바라본다.

리징: (일어서며) 이게 제 침대고 저건 남의 침대예요. 함부로 남의 침대를 쓰면 안 돼요.

리쾅이 의심스러운 눈빛으로 그쪽을 쳐다본다.

리징이 리쾅을 응시한다.

리징: 오늘 저녁은 제가 아저씨에게 폐를 끼쳤네요. 저는…… 정말로 자신을 망쳐 천박한 여자가 되고 싶었어요!

리쾅이 리징을 바라보며 아무 말도 하지 않는다.

리징: (자신을 원망하며) 가서 씻으세요…… 저는 천박한 여자가 되고 싶어요! 상대가 누구든 상관없어요.

리쾅: (아무 생각 없는 듯한 어투로) 저녁 먹고 나서…… 이미 씻었어요.

이렇게 말하면서 리쾅이 또 갑자기 리징의 생각을 알아차린 듯이 다시 한번 놀란 눈으로 리징을 바라본다.

리쾅: 다시 가서 그 소장 얼굴에 침을 뱉을 필요는 없겠지요?

리징이 어색하게 웃는다.

리징: (자조하듯이) 그럴 필요 없어요…… 저는 이 나라의 어려운 점들을 잘 이해해요. 그리고 이 사회를 용서했어요……

리징이 이렇게 말하면서 잠시 주저하다가 직접 잠옷을 꺼내 들고 화장실로 간다.

리쾅의 눈길이 줄곧 리징을 뒤좇는다.

리징이 멍한 표정으로 화장실에 들어가더니 안에서 문을 잠그는 소리가 우렁차게 들린다.

리쾅은 그 소리를 들으며 미동도 하지 않는다.

70. 화장실 / 안

리징이 들어와 거울 앞에 굳은 자세로 서서 자신의 모습을 응시한다.

리징이 잠옷을 세면대 옆에 던져놓고 거울을 마주하고 서서 매섭게 자신의 머리칼을 한 번 잡아 뜯더니 세면대 옆에 나무처럼 주저앉는다.

아주 오랜 정적이 흐르다가 밖에서 리쾅이 큰 소리로 리징을 부른다.

리쾅: 아직도…… 내가 그 소장을 찾아가 얼굴에 침을 뱉어주

기를 바라나요?

리징: (잠시 머뭇거리다가) 네, 그래요! 하지만 그러고 나면⋯⋯ 제가 다시 취업을 할 수 있을까요?

리징이 이렇게 물으면서 몸을 일으켜 목욕을 하려고 한다.

71. 침실 / 밤 / 안

욕실에서 물을 받는 소리와 퉁탕거리는 소리가 들려온다.

그러고 나서 비교적 긴 시간 조용한 상태가 이어진다.

그 조용함과 평안함 속에 욕실 문을 여는 소리가 선명하게 들린다.

마침내 욕실 문이 열린다.

문이 열리고, 리징이 문 앞 부드러운 불빛 아래 얌전하게 서 있다.

리징이 옅은 빨간색 잠옷으로 갈아입은 채 머리칼이 어깨까지 내려와 있다. 그렇게 서 있는 모습이 잘 준비를 완전히 갖춘 차분하고 여유로운 모습이다.

하지만 집 안에 이미 리쫭이 없다. 실내가 텅 비어 있다.

리징이 다소 뜻밖이라는 듯이 여기저기 기웃거리며 그를 찾는다.

리징이 그 칼이 이미 제자리에 없는 것을 발견한다.

리징이 잠시 멍하니 서 있다가 빠른 걸음으로 발코니로 가서는 온통 희미한 대로의 야경을 바라본다.

72. 거리 입구 / 밤 / 밖

장화의 집 빌라에서 그리 멀지 않은 길 입구다. 하늘의 어둠이 짙은 녹색으로 깔려 있고 고요하다. 텅 빈 주변이 희미하다.

리쫭이 길 어귀에 쭈그리고 앉아 있다. 칼을 옆에 내려놓고 한 장 한 장 책을 찢은 종이로 시골에서 지전 대신 쓰는 원보元寶를 만들어 쌓고 있다. 땅바닥에 이미 한 무더기 종이 원보가 쌓여 있다.

리쫭이 종이를 다 접고 나서 한 무더기나 되는 원보에 불을 붙여 태우기 시작한다.

리쫭이 불빛을 바라본다.

리쫭: (중얼거린다) 애 엄마…… 쮜안, 지난 3년 동안 난 정말 힘들었어…… 날 너무 탓하지 말구려. 나를 탓하면 당신도 그다지 좋은 사람이 못 돼.

리쫭이 이렇게 말하면서 일어서서는 지전이 천천히 다 탈 때까지 내려다본다.

지전을 다 태우고 나서 칼을 들고 장화의 집 문 앞으로 걸어 간다.

73. 장화의 집 문 앞 / 밖

리쫭이 온다.

리쫭이 장화의 집 차고의 셔터가 활짝 열려 있는 것을 보고 장화가 아직 돌아오지 않은 것을 인지한다.

리쫭이 그곳을 기웃거리며 기다린다.

리쫭이 갑자기 칼을 꺼내 장화의 집이 있는 빌라 구역 방향 상공을 향해 거칠게 몇 번 휘두른다.

칼을 휘두른 리쫭이 잠시 서 있다가 다시 장화의 집을 마주 보면서 허공을 향해 마구 칼을 휘두르며 춤을 춘다.

리쫭이 돈키호테가 풍차를 상대로 일전을 벌이는 것처럼 그 자리에서 허공을 향해 춤을 추고, 찌르고, 긋고, 빙빙 돈다. 칼날이 반짝거리며 그림자를 만든다. 춤이 갈수록 빨라지고 숨이 차오르기 시작한다. 결국 그는 지쳐서, 길가에 떨어져 있던 여름에 여행할 때 쓰는 밀짚모자 위로 쓰러진다.

밤은 깊고 흐릿하다. 사방이 온통 고요한 적막이다.

이때, 먼 곳에서 자동차 불빛이 비쳐온다.

리쫭이 천천히 몸을 일으켜 경계심을 갖고 그 불빛을 바라본다.

불빛 속에서 리쫭의 얼굴이 온통 땀으로 젖어 있는 것이 보인다. 몹시 허약한 모습이다.

74. 장씨네 집 문 앞 / 밤 / 밖

차를 몰고 오는 사람은, 바로 장화다.

장화가 음악을 들으면서 차를 몰고 있다. 기분이 아주 좋은 것 같다.

차가 집 가까이 왔을 때, 장화가 차 안의 음악을 끈다. 갑자기 밀짚모자 하나가 차 앞으로 날아온다.

장화가 재빨리 브레이크를 잡는다.

차의 속도가 갑자기 줄어들자 사람 그림자 하나가 길가 나무 아래서 튀어나온다.

잠시 후 날카로운 비명 소리와 더 날카로운 자동차 브레이크 소리가 들린다. 이어서 그 사람 그림자가 차 범퍼 위를 부딪친 다음, 차 앞 땅바닥으로 떨어진다.

75. 리징의 숙소 / 밤 / 안

리징이 약간 불안한 모습으로 앉아 리쫭을 기다리고 있다.

시곗바늘은 이미 새벽 5시를 향해 다가가고 있다. 리징이 마침내 더 참지 못하고 빠른 걸음으로 집을 나선다.

76. 장화의 집 문 앞 / 동틀 무렵 / 밖

리징이 재빨리 자전거를 타고 장화의 집으로 달려온다.

리징이 장화의 집 앞에 도착하여 자전거에서 내린다. 멀리 일찍 일어나 운동을 하러 나온 사람들의 모습이 보인다. 열려 있는 장화의 차고 문도 보인다.

리징이 의심스러운 눈빛으로 자전거를 끌고 뒤쪽으로 돌아간다.

리징이 갑자기 길가 풀밭 위에 자신의 과도가 떨어져 있는 것을 발견하고는 놀라움을 금치 못한다. 그녀가 칼을 주워 살펴보다가 뭔가를 생각하는 것 같더니 또 본능적으로 사방을 둘러본 다음, 아주 재빨리 그 칼을 더 멀고 깊은 풀밭 속으로 던져버리고는 황급히 자전거에 올라 빠른 속도로 되돌아간다.

77. 리서의 거처 / 이른 아침 / 밖

리징이 자전거를 타고 도착한다.

리징이 자전거에서 내려 두리번거린다.

리징이 이 낡은 건물의 지하실 입구를 찾아낸다.

리징이 잠시 주저하다가 자전거를 세워놓고 안으로 들어간다.

78. 지하실 / 이른 아침 / 안

리징이 조심스럽게 지하실 계단 위를 걷는다.

리징이 희미한 불빛 속에서 이상한 냄새 때문에 손으로 코를 막는다.

일찍 일어나 소변을 본 젊은 농민공이 바지춤을 올리면서 화장실에서 나온다.

놀란 리징이 그 자리에 멈춰 서지만 농민공은 아무렇지도 않은 듯이 복도에 서서 리징을 바라본다.

농민공: 누굴 찾아요?

리징은 대답하지 않는다.

농민공: 길을 잘못 들었나 보군요!

이렇게 말하면서 농민공은 계속 걸어가더니 어느 건물 안으로 들어선다.

리징이 복도에서 큰 소리로 부르기 시작한다.

리징: 리서 씨— 리서 씨—

리서가 자신을 부르는 소리를 듣고 방 안 침대 위에서 상의를 입지 않은 채 일어선다.

방금 방으로 들어온 젊은 농민공이 장난스러운 눈빛으로 리서를 바라본다.

농민공: 리서, 널 찾잖아…… 도시 사람이야. 아주 예쁘게 생겼더라고!

리서가 다시 침대 위에 눕는다. 그의 침대맡에 리쌍이 그에게 사준 간식 봉지가 걸려 있는 것이 보인다. 봉지 안에는 사과 하나밖에 남아 있지 않다.

리징: 리서 씨— 리서 씨—!

리서가 황급히 옷을 입고 침대에서 내려온다.

리서가 어수선하고 깔끔하지 못한 모습으로 방에서 나와 깨끗하고 빛나는 리징을 보자마자 문 앞에서 몸이 굳어지면서 멍한 표정을 짓는다.

리징이 리서를 쳐다본다.

리징: 리쌍 아저씨 아들, 리서 씨가 맞나요?

리서가 고개를 끄덕인다.

리징: 아빠 여기 안 계세요?

리서가 고개를 가로젓는다.

리징: 나랑 빨리 아빠를 좀 찾아봐요. 아무래도 무슨 일이 생긴 것 같아요!

리서는 움직이지 않는다.

리징: 뭘 망설여요? 빨리요. 댁의 아빠 리쌍 아저씨가……

리서가 어리둥절한 모습으로 서둘러 방으로 돌아간다.

79. 공사장 대문 앞 / 이른 아침 / 밖

공사장 대문 앞, 리징과 리서가 황급히 후퉁을 나온다. 리징이 자전거를 몰고 있고 리서가 뒤를 따르고 있다.

공사장 대문이 굳게 잠겨 있다. 리징과 리서가 막막한 표정으로 서 있다.

리징과 리서가 잠시 서로를 바라본다. 리서가 다가가 자전거를 건네받아 담장 가까이 다가간 다음, 자전거 짐받이를 딛고 재빨리 담장 위로 뛰어 올라간다.

리징 혼자 담장 밖에서 초조하게 기다리면서 사방을 두리번거린다.

리징이 거리에 사람들이 점점 많아지는 것을 보고서 재빨리 이마의 땀을 닦고는 핸드폰을 꺼낸다.

리징이 아주 빨리 장화의 이름을 찾아내 전화를 건다.

장화의 핸드폰은 그의 차 안에서 공허하게 울린다.

하는 수 없이 리징이 핸드폰을 집어넣는다.

리징이 다시 리서가 뛰어넘어간 담장을 쳐다본다.

리서가 갑자기 리징 등 뒤의 담장에서 뛰어내린다.

리징이 고개를 돌린다.

리서가 리징을 향해 고개를 가로젓는다.

리징: 경찰에 신고해야 할 것 같아요……

리서가 막막한 표정으로 리징을 바라본다.

리징: 큰일이 일어난 것 같아요!

리징이 리서는 아랑곳하지 않고 혼자 자전거를 타고 자리를 뜬다.

리서가 잠시 주저하다가 황급히 빠른 걸음으로 따라간다.

80. 파출소 마당 / 이른 아침 / 밖

고참 경찰과 리징, 리서가 파출소 마당 입구에 서 있다. 고참 경찰이 임무를 분배한다.

고참 경찰: (리징을 가리키며) 아가씨는 지금 자전거를 타고 장

화 소장 집으로 가요…… 그리고 자네는 다시 2호 공사장에 가보고.

리서가 무슨 뜻인지 모르겠다는 표정으로 고참 경찰을 쳐다본다.

고참 경찰: (큰 소리로) 자네 아버지가 철근을 훔쳤던 곳 말이야…… 자, 모두들 서둘러 움직입시다!

이리하여 모두들 파출소를 나서 세 개의 방향을 향해 달려간다.

81. 2호 공사장

공사장 마당에는 수많은 농민공들이 일어나 세면을 하거나 침대보를 햇볕에 널고 있다.

리서가 황급히 기숙사를 가로질러 공사 현장으로 달려온다.

리서가 텅 빈 공사장을 향해 큰 소리로 외친다.

리서: 아버지— 아버지—

리서가 얼굴이 온통 땀에 젖어 아버지를 부르면서 건물 뒤 세면대를 돌아 나와 원판과 철근이 잔뜩 쌓여 있는 곳으로 온다.

리서: 아버지— 아버지— 어디 있어요?!

리서가 계속 아버지를 부르면서 아주 높은 철근 더미 위로 올라선다. 그리고 그 자리에서 목이 터지도록 큰 소리로 외친다.

리서: 리쫭— 리쫭—

리서: 리쫭— 어디 있어요? 우리 엄마를 망쳐놓고 이제 나까지 망치려는 거야?— 어디 있든지 내가 무릎이라도 꿇을 테니까 어서 나오란 말이에요—

리서가 아버지를 부르다가 정말로 자신도 모르게 허공에 가까운 그 높은 철근 더미 위에 무릎을 꿇는다. 그러고는 해가 뜨는 방향을 향해 계속 아버지를 불러댄다.

리서: 리쫭— 리쫭— 이 아들의 부탁이야. 어디에 있든지 간에 안 나오려면 다시는 사고 좀 치지 말라고!

리서: 리쫭— 리쫭—

리서가 쉰 목소리로 아주 오래 허공에 대고 외친다. 그리고 이때 그 소리 아래쪽 철근 더미 주위에서 수많은 농민공과 베이징 사람들이 그를 둘러싼다. 모두가 이해할 수 없다는 듯이 어리둥절한 표정으로 반허공에 떠 있는 리서를 바라보고 있다.

이때 마침 리징도 장화의 집에서 자전거를 타고 이곳으로 돌아오고 있다. 인파 뒤쪽에 선 그녀가 허공에 대고 큰 소리로 아버지를 부르고 있는 리서를 바라본다.

리서: 리쫭— 리쫭— 어디 있는 거예요?!

82. 리징의 숙소 / 이른 아침 / 안

베이징의 새 아침이 찾아와 오전이 된다.

거리에는 온갖 차량의 흐름이 끊어지지 않는 가운데 햇빛은 부드럽고 아름답다.

리징의 친구 우민후이가 밖에서 돌아온다.

우민후이가 집 앞에 이르러 자신이 돌아왔다는 것을 알리기라도 하듯이 문을 두 번 두드린다.

우민후이: 나 왔어…… 들어가도 되지?!

대답이 들리지 않자 우민후이가 열쇠를 꺼내 문을 연다.

우민후이가 문을 열고 들어와서는 갑자기 리징과 리서가 서로 얼굴을 마주한 채 아무 말도 하지 않고 조용히 앉아 있는 것을 발견한다. 리서는 옷차림은 촌스럽지만 아주 잘생긴 데다 호감이 가는 인상이다.

우민후이: 어머, 손님이 있었네!

리징은 아무 말도 하지 않고 우민후이의 등 뒤를 바라본다.

우민후이가 낙담한 표정으로 힘없이 자기 침대에 앉아 신발을 갈아 신는다.

우민후이: 망했어…… 키 크고 뚱뚱한 놈들은 믿을 게 못 되고, 그렇다고 키 작고 비쩍 마른 놈들은 재미가 없네.

우민후이가 입에서 나오는 대로 혼자 중얼거리면서 욕실로 가서 세면을 한다. 그러면서 의심 어린 눈빛으로 리징과 리서를 바라본다.

리서가 불편한 듯이 자리에 앉아 있다.

리징은 아무 말도 하지 않고 우수 어린 눈길을 벽 한구석에 부서진 채 나뒹굴고 있는 "빨리 저랑 같이 자요"라는 문구가 쓰인 팻말 위로 던진다.

83. 병원 / 이른 아침

베이징대학 부속 제3병원의 대문 밖. 수많은 환자들이 드나들고 있다.

응급실 안에는 장화와 리쭹 두 사람밖에 없다.

리쭹이 머리에 붕대를 감고 수액 주사를 꽂은 채 치료 중이다.

장화가 수액이 다 떨어져가는 것을 발견한다.

장화: 형님…… 이번 사고는, 형님이 왜 갑자기 길가에서 뛰어든 건지 모르겠지만 개인적으로 처리하길 원한다면 어떻게든지

다 해드리겠습니다……

리쫭이 장화를 바라본다.

장화: 솔직히 말씀드릴게요…… 제 차는 산 지 얼마 안 됩니다. 한 달째 번호판을 달지 못하고 있지요. 말하자면 불법 차량인 셈이에요. 게다가 어젯밤에는 공항에 사람을 마중하러 갔다가 호텔에서 손님이랑 술을 좀 마셨거든요……

리쫭: (화를 내면서) 하지만 나는 술을 마시지 않았어요. 평생 술을 마시지 않았단 말이에요! 어젯밤에는…… 아내의 세번째 기일이라 밖에 나와 아내에게 지전을 좀 태워주려 했던 거예요. 그런데 선생이……

장화가 불안한 표정으로 리쫭을 쳐다본다.

리쫭이 의도적으로 눈길을 창밖으로 던진다……

리쫭: 그래도 오늘은 날씨가 좋네요…… 아주 시원해요.

장화: 액수를 말해보세요…… 얼마가 됐든 부르시는 대로 드릴게요.

리쫭: 날씨가 좋으니까 마음도 편안해지는 것 같네요…… 나는 베이징의 법칙을 잘 알아요. 내가 선생을 고발하기만 하면 선생은 석 달 정도 유치장에서 살아야 하지요. 어쩌면 여섯 달이 될 수도 있어요.

장화: ……

리쫭이 지갑을 꺼내 슬쩍 안을 들여다본다. 지갑 안에 들어 있던 리징의 사진을 꺼내 보고는 다시 잘 넣어둔다.

리쫭: 선생을 고발할 생각은 없어요. 돈을 요구하지도 않을 겁니다.

장화가 놀란 눈빛으로 리쾅을 쳐다본다.

리쾅: 내게 조카딸이 하나 있어요. 선생네 연구소에서 일하고 있지요. 이름이 리징이에요. 일도 아주 잘하는데 왜 선생이 그 애를 자르려고 하는지 알고 싶군요.

장화는 아연실색하여 말이 없다.

리쾅: 그 애는 제 형의 딸이에요. 우리 형은 아주 일찍 남방으로 일을 하러 갔지요. 저는 선생을 고발하지 않을 것이고 돈도 요구하지 않을 겁니다. 사람이 한번 말을 했으면 지킬 줄 알아야 한다고 생각합니다. 그 애를 연구소에 남게 해주세요. 그 애가 대학에 남아 베이징 호구를 받을 수 있게 해달라는 겁니다.

장화가 잠시 생각에 잠기더니 승낙의 의미로 고개를 끄덕인다.

장화: 베이징 호구라……

한순간 무거운 침묵이 흐른다.

리쾅: 내게 설명을 좀 해주세요. 어제 왜 갑자기 그 애를 자르려 하신 겁니까?

장화: 으흠…… 리징이 연구소에 남아 일하는 걸 우리 마누라가 동의하지 않았습니다. 리징은 젊고 예쁜 데다 베이징대학의 고급 인재이기도 하거든요. 우리 마누라가 저에 대해 마음을…… 놓지 못한 것 같아요. 아주 단호하게 리징을 자르라고……

리쾅: 그게 이유의 전부인가요?

장화: 네, 그게 다예요!

다시 침묵이 이어진다.

84. 공사장 / 낮 / 밖

또다시 오후다. 날이 찌는 듯이 덥다.

리쾅이 건물을 짓는 공사장이 온통 어수선하고 시끌벅적하다. 리쾅이 머리 위에 하얀 손수건을 하나 얹은 채 고향 사람인 마이쯔와 함께 건물 최고층에 아슬아슬하게 앉아 담배를 피우고 있다.

마이쯔: 저기요…… 리쾅 형님, 그 칼 필요 없으면 나 줘요!

리쾅이 어리둥절한 표정으로 그를 바라본다.

마이쯔: (씩 웃으면서) 우리 마누라가 그런 식칼 하나 사달라고 진작부터 부탁했거든요…… 그 칼이 있으면 채소를 썰거나 고기를 자르는 게 아주 빠르대요!

리쾅이 뭔가를 얘기하려는 것 같더니 건물 아래를 내려다본다. 리징과 아들 리서가 저 멀리서 걸어온다.

그런데 이번에 나타난 리서는 아주 깨끗한 옷차림을 하고 있다. 완전히 대학생 같다. 게다가 리징과 함께 걷는 모습이 누나와 동생 혹은 연인들 같다.

리쾅이 황급히 건물 아래로 내려간다.

85. 공사장 옆 / 낮 / 밖

공사장 옆 나무 그늘 아래로 리쾅이 다가와 리징과 리서 옆에 멈춰 선다.

리징이 차표 두 장과 편지 봉투에 든 인민폐 세 다발을 리쾅에게 건넨다.

리징: 어디서 났는지는 묻지 마시고 받으세요. 오늘 당장 떠

나세요. 고향에 돌아가서 이웃 마을 사람에게 갚고 유골을 찾으세요.

리챵은 돈을 받지 않고 쳐다보기만 한다.

리징이 리챵 머리 위에 얹힌 하얀 손수건을 보고는 또다시 돈과 차표를 건넨다.

리징: 앞으로 리서는 제 동생이에요. 저의 여덟번째 학생이기도 하고요.

리챵이 결국 돈과 차표를 받아 차표에 찍힌 시간을 확인한다.

리서가 투명한 비닐봉지에 든 오이와 소시지, 장아찌, 생수, 컵라면 등을 꺼낸다.

리서: 우린 그만 가야 해요. 돌아가서 주변 정리 잘하세요.

리챵이 비닐봉지를 받으면서 웃는 얼굴로 리서의 머리를 쓰다듬는다. 그러고는 천천히 몸을 돌려 건물 위에 있는 마이쯔를 향해 큰 소리로 외친다.

리챵: 마이쯔— 나 돈 생겼어— 이제 자네 형수의 유골을 되찾으러 고향으로 돌아가네. 그 식칼은 자네가 가져다가 아내에게 주게나!

마이쯔가 건물 꼭대기에서 이들을 내려다본다.

마이쯔: (혼자 중얼거리듯이) 세 살 위인 여자랑 결혼하면 황금벽돌을 안게 된다고 했어.

마이쯔는 이렇게 혼자 중얼거리면서 일을 하러 간다.

지상에서는 리챵이 몸을 돌려 왔던 길을 다시 돌아가고 있는 리징과 리서를 바라본다. 올 때는 좁은 길로 왔지만 갈 때는 대로를 걷는다. 공사장에서 떨어진 시멘트 가루와 먼지가 가득한 거리에는 두 사람이 어깨를 나란히 하고 걸어간 발자국이 선명하게 찍혀 있다.

리좡이 그 자리에 멍한 표정으로 서서 그 발자국들을 바라보며 미동도 하지 않는다.

리좡이 조심스럽게 그 발자국들을 피해 우회하면서 두 사람 뒤를 따라간다.

리좡이 무언가 생각났는지 몇 걸음 걸어가다가 다시 몸을 돌려 그 나무 옆으로 온다. 벽돌을 눌러놓은 깨진 도자기 대야에서 그 커다란 자라를 꺼내 바로 앞에 있는 강가로 가서 자라를 묶은 줄을 끊고 물속에 방생한다.

자라가 물속을 헤엄쳐 나아간다.

리좡과 리징, 리서가 모두 강가에 서서 그 모습을 바라본다.

86. 한 작가의 서재 / 낮 / 안

영화의 분위기가 완전히 바뀐다.

깨끗하고 넓고 밝은 서재에 줄지어 나란히 늘어서 있는 책장에 뭔가 색다른 분위기가 감돈다.

조용한 고양이(혹은 개) 한 마리가 서재 가득 비쳐 들어온 햇빛 속에 엎드려 있다.

실존하는 작가(옌롄커라고? 이런 염치도 없는 작자 같으니라고!)가 환한 빛 속에서 책을 읽고 있다. 그가 읽고 있는 책은 갓 출판된 자신의 책이다. 책 제목은 『캄캄한 낮, 환한 밤』이다. 아직 벗겨버리지 않은 책 띠지에는 "인간의 영혼을 위로하는 세계 최고의 걸작 ─ 곧 동명의 영화 상영 예정"이라는 광고 문구가 선명하게 인쇄되어 있다.

마지막 한 페이지를 읽은 작가의 얼굴에 피로감과 실망감이 가득하다.

작가가 한숨을 내쉬고는 작은 목소리로 혼자 중얼거린다.

작가: 젠장, 내가 이렇게 구역질 나는 책을 쓰게 될 줄은 꿈에도 생각지 못했네!

작가가 중얼거리면서 그 책에 불을 붙인다.

불빛이 점점 줄어들다가 꺼져간다.

작가가 그 불이 붙은 신작 책을 내던진다.

고양이가 다가와 작가의 품에 안긴다.

작가가 고양이를 안고 창가로 가서 창밖의 베이징을 바라본다.

고층 건물과 순환도로, 각종 랜드마크 건물들.

작가가 돌아와 바닥 위의 불을 발로 밟아 완전히 끄고는 멍한 표정으로 책장 옆에 앉아 있다.

6월 25일 새벽 2시 탈고

7장
영화 속 긴 암전 같은 공백

1

6월 27일, 이 일상적인 나날이 내게 길한 것일까, 아니면 흉한 것일까?

구창웨이가 6월 26일 한밤중 1시에 내게 위챗으로 문자를 보내왔다. "시나리오는 이미 다 읽었어요. 내일 오후에 시간 되시면 오후 3시에 스튜디오에서 만났으면 합니다." 왜 이 문자 메시지에서 "시나리오 다 읽어봤어요. 너무 좋네요!" 혹은 "뜻밖의 놀라운 기쁨이었습니다!", 그것도 아니면 "좋네요!" 같은 말을 하지 않는 것일까? 평론을 가하지 않고 평가도 내리지 않는 이 한마디가 나를 상당히 초조하고 불안하게 만들었다. 작가가 작품을 하나 완성했을 때 가장 먼저 읽고 감상하는 사람들이 설마 작가가 엄청난 고통과 수고를 지불했다는 사실을 모른다는 말인가! 작가가 "아주 훌륭해요!" 혹은 "좋아요!" 같은 긍정적인 한마디를 간절하게 기다린다는 사실을 모른다는 말인가? 지금은 설사 아주 짧은 몇 마디이거나 마지못해 보이는 반응이라 할지라도 작품에 대한 당신들의 평가가 작가의 오랜 수고와 이로 인한 피로나 발병에 최고의 영약이라는 점을 알아야 한다. 구창웨이의 문자 메시지를 받고 나는 약간의 의혹으로 잠을 이룰 수 없었다. 침대 위에 한참을 멍하니 앉아 있다가 다시 일어나 영화 시나리오를 자세히 한 번 읽어보았다. 몇 개의 오탈자와 한두 군데 부정확한 디테일을 제외하면 그런대로 나쁘지 않은 작품이라는 생각이 들었다. 그뿐만이 아니었다. 메시지를 마음속에 품고 겉으로 드러나지 않게 서술하되 길게 과장하지 않아 격정 속에 평정이 공존하는 작품이라는 생각이 들기도 했다. 바다가 거대한 용솟음과 응결된 흐름을 뒤덮고 있는 것처럼 따스하고 촉촉하면서 겉으로 요란하고 거창한 모습을 드러내지 않는 고전적인 작품인 것 같았다. 나는 이 시나리오가 기획과 감독, 연기를 혼자 전부 도맡으려는 나의 사치스러운 욕망을 실현해주고, 인류 영화사에서 미증유의(어쩌면 존재했지만 내가 몰랐을 수도 있는) '실재하는 허구'의 예술영화를 실현해줄 수 있으리라는 강한 확신이 들었다. 내 말은, 영화의 스토리가 진실한 허구에 속하든 송두리째 진실뿐이든 간에 촬영 방법과 영화에서 카메라로 이야기를 서술하는 방법이 반드시 '사기기실법'*이어야 한다는 것이다. 배역에 있어서는 주연(나)이 반드시 비직업 연기자인 작가여야 하는 것을 제외하면 나머지 배역은 전부 실제 상황의 원형이 된 인물

---

* 史記紀實法: 역사를 기록하는 것처럼 사실을 있는 그대로 기록해야 한다는 뜻으로 작가가 지어낸 방법이다.

들이 연기해야 했다. 예컨대 실제 뤄마이쯔와 실제 리좡의 아들 리서에게 영화 속 마이쯔와 리서의 역할을 맡게 하는 것이다. 영화 「캄캄한 낮, 환한 밤」의 촬영 방법에 관해 나는 이미 수많은 구상과 설계를 마친 상태였다. 나는 '다큐멘터리에 허구를 섞고, 예술에 다큐멘터리를 섞고, 현실의 상황과 생활 속에 예술을 섞는' 이러한 영화 촬영 기법과 서사 방법을 21세기 영화 혁명의 '혼예서사법混藝敍事法'이라고 명명하고 싶었다. 이러한 '혼예서사법'과 관련해서는 나중에 영화가 성공한 다음에 전문적으로 중국 영화의 신新서사혁명 이론에 관한 책을 한 권쓸 생각이다. 이론으로 실천을 유도하고 실천으로 이론을 증명하려는 것이다. 그리고 이를 통해 기획과 감독, 연기와 시나리오를 전부 나 혼자 도맡음으로써 뿌리에서 가지 끝까지, 씨앗에서 열매까지, 현재에서 미래까지, 미래에서 영원까지가 전부 중국 내지 세계 영화의 여행에 있어서 가장 새롭고 가장 강력한 이정표가 되고, 내 인생에서는 작가에서 영화 제작자로 서로 다른 예술 영역의 경계를 넘는 위대한 성취이자 집대성이 되게 할 것이다. 아울러 전무후무하게 세상을 뒤흔드는 기이한 작품이자 세상을 놀라게 하는 행위가 되게 할 것이다.

구 감독과 양웨이웨이, 장팡저우, 그리고 나는 시나리오를 창작하면서 이처럼 광적인 망상에 가까우면서도 가능성을 완전히 배제할 수 없는 씨앗을 이미 그 스토리와 디테일 속에 심어놓았다. 설마 당신들은 내 시나리오에서 봄이면 싹이 나고 천지가 역동하게 되는 것 같은 거센 숨결과 에너지를 읽거나 보지 못했단 말인가? 설마 리좡이라는 인물의 탐욕과 사랑, 살인의 결심, 보잘것없는 선의와 광적인 초조함, 모략과 각성, 경거망동을 감지하지 못했단 말인가? 그의 영혼에서 장 발장과 라스콜니코프, 네흘류도프 등 위대한 인물들의 위대한 슬픔과 모순, 그리고 가보옥賈寶玉의 깨끗함과 아Q의 더러움, 고리오 영감의 인색함과 금을 흙처럼 뿌리는 몬테크리스토 백작의 호방함을 감지하지도 못하고 그 고약한 냄새를 맡지도 못했단 말인가? 나는 한밤중 책상 앞에 무려 세 시간이나 멍하니 앉아 있었다. 다음 날 아침이 밝아올 때까지 그렇게 넋이 나가 있었다. 아침 6시 반의 햇빛이 서재 유리창을 통해 스며들어 올 때, 그 햇빛이 유리창을 관통할 때, 나는 하마터면 유리를 박살 낼 것 같은 소리를 들었다. 그러고 나서 번뇌와 상실감을 그대로 지닌 채 침대 위에 쓰러져 잤다.

뜻밖에도 잠을 아주 잘 잤다.

오후에 잠에서 깬 내가 배고픈 아기가 엄마 젖을 찾듯이 가장 먼저 한 일은 눈을 크게 뜨고 핸드폰을 열어보는 것이었다. 정해진 시간에 어김없이 도착한 것처럼 양웨이웨이와 장팡저우의 메일이 와 있었다. 이메일로 온 두 건의 편지 내용은 구창웨이의 위챗 문자 메시지에 담긴 것보다 가벼움과 냉담함이 훨씬 더했고, 시나리오에 대한 직설적인 지적과 간접적인 부정 역시 그에 못지않았다. 결국 나는 더 실망하고 낙담하게 되었다(심지어 일종의 분노와 원한마저 갖게 되었다). 특히 장팡저우가 편지에서 밝힌 나와 시나리오에 대한 평가와 자신의 견해에 대해서는 지금까지도 용서가 되지 않는다. 그녀의 편지로써 파종된 그녀에 대한 나의 분노와 번민의 씨앗은 지금까지도 시간이 지남에 따라 사라지지 않고 어느 날인가 폭발할 보복으로 자라나고 있다.

[양웨이웨이에게서 온 편지]

옌 선생님,

어제저녁에 시나리오를 타이핑해 보내드리고 나서 밤새 생각했어요. 편지를 써서 시나리오에 대한 제 의견을 전달해드리는 것이 바람직하겠다는 생각이 들더군요. 저의 직언을 이해하시고 널리 혜량해주시기 바랍니다. 그냥 참고하셨으면 해서 드리는 말씀이에요.

1. 저는 감히 이 작품이 위대한 시나리오라고 칭송하진 못할 것 같아요. 이 영화 이야기는 우리가 맨 처음에 토론했던 것처럼 리좡과 리징의 그토록 복잡하고 왜곡된 감정의 갈등을 충분하고 적절하게 묘사해내지도 못했고, 세간의 남녀 한 쌍의 완전히 불가능한 사랑 이야기를 써내지도 못했다는 생각이 들었습니다. 지금 이 「캄캄한 낮, 환한 밤」은 이미 우리가 맨 처음에 토론했던 그 「캄캄한 낮, 환한 밤」이 아니에요.

2. 이미 형태를 갖춘 「캄캄한 낮, 환한 밤」의 시나리오를 놓고 얘기하자면 선생님께서 실제의 리좡과 리징, 그리고 리좡의 가정 배경에 너무 속박되고 있다는 느낌이 듭니다. 한마디로 말해서 진실, 그러니까 실제 사실에 너무 얽매여 있다는 겁니다. 리좡과 리징 사이의 그 미묘하고 왜곡된 감정과 영화 관객들이 실제로 갖게 되는 기대, 리좡과 리징 두 사

람 사이의 사랑과 사랑의 가능성 및 불가능성에 관한 열린 상상이 부족하다는 것이지요. 가능성 속의 부조리와 왜곡, 소외, 그리고 특수한 '남녀 관계' 등에 대한 상상 말이에요. 상대적으로 매우 특수한 그들의 남녀 관계에는 틀림없이 불가능한 비극과 희극, 심지어 익살과 골계滑稽의 불가능성도 감춰져 있을 것이기 때문입니다. 요컨대 저는 이 시나리오를 읽으면서 일종의 실의의 느낌을 강하게 받게 되었어요. 뭔가 무너지는 듯한 붕괴감이라고도 할 수 있겠지요. 어쩌면 이전에 우리가 가졌던 토론 자리에서 선생님께서는 모든 사람들의 입맛을 너무 높이 설정하셨던 게 아닌가 하는 생각도 듭니다. 그 결과 기대가 너무 크다 보니 이런 실의와 붕괴의 느낌을 갖게 된 것인지도 모르지요.

3. 저는 사전에 가졌던 우리 모두의 토론과 기대에서 탈피하여 이 「캄캄한 낮, 환한 밤」의 시나리오를 현재 중국 영화의 범위 안에 놓고 생각했으면 합니다. 마음을 가라앉히고 보면 이 영화는 나름대로 의미가 있을 뿐만 아니라 심지어 조악하게 마구잡이로 만든 절대다수의 싸구려 영화들의 '값싼 따스함'과 비교할 수도 없을 겁니다. 정말로 선생님께서 직접 리쫭을 연기하기로 마음먹으셨다면 팡저우에게 리징의 배역을 맡게 하시는 게 좋을 것 같습니다. 그러면 '익살과 골계가 천하를 지배하는' 영화 시장에서 정말로 아주 훌륭한 화제와 관심의 대상이 될 수도 있을 테니까요(제가 리징의 절친 우민후이 역을 맡는 것도 나쁘지 않을 것 같네요).

4. 영화에 등장하는 주요 캐릭터들, 즉 리쫭과 마이쯔, 리

서, 십장, 그리고 부차적인 인물인 우민후이와 장화 등을 서로 비교해보면 리징이라는 캐릭터가 너무 소극적이고 단순하다는 생각을 떨칠 수가 없습니다. 전에 모두가 함께 토론했던 '리쫭과 리징'이 아니라 이 「캄캄한 낮, 환한 밤」 시나리오 속의 리징으로 결정된다면, 저와 팡저우의 공부 및 연애 경험을 선생님께 제공해서 이 리징이라는 캐릭터가 수정 과정을 거쳐 리쫭에 못지않게 좀더 풍부해질 수 있도록 도와드리고 싶습니다.

물론, 모든 일에서 구 감독님의 태도와 의견을 고려해야겠지요. (그녀는 구 감독이 내 마음속에서 맨 처음부터 감독이 아니라 단지 나와 이 영화를 돕는 기획자에 불과했다는 사실을 알지 못했다.) 어쩌면 제 예상과 달리 오늘이나 내일쯤 구 감독님이 모든 사람을 한데 불러 모아놓고 이 시나리오에 대해 토론을 해보자고 제안하실지도 모르지요.

팡저우는 남방 출장에서 아직 돌아오지 않은 것 같아요. 팡저우에게도 시나리오를 보내셨나요? 다시 모여서 토론을 하게 되면 제가 지난번 댁에 갔을 때 깜빡 잊고 두고 온 핸드폰 충전기 좀 가져다주세요.

양웨이웨이 올림

2016년 6월 27일 새벽

[장쾅저우에게서 온 편지]

엔 선생님,

저는 아직 항저우에 있습니다. 내일은 베이징으로 돌아갈 수 있을 겁니다.

선생님과 구 감독님의 분부에 따라, 그리고 리징에 대한 저의 호기심에 따라 그저께 오전에 상하이에서 항저우로 가서는 아주 빨리 리징과 연락을 취해 만났습니다. 제가 그녀를 인터뷰했다는 말은 어울리지 않을 것 같습니다. 나이나 경력이 서로 비슷하다 보니 우리는 아주 빨리 서로 못 할 말이 없이 친한 친구가 되었기 때문이지요. 저희 두 사람은 점심때 시후西湖의 제쯔팅介子亭에서 식사를 했습니다. 오후에도 줄곧 시후에 머물면서 카페에서 커피를 마시고 얘기를 나눴지요. 정말 뜻밖이었던 것은 그녀가 대단히 열정적이고 감정이 풍부하며 몹시 민감할 뿐만 아니라 세상과 인생에 대해 자신만의 독특한 견해와 판단을 갖고 있는 사람이라는 점이었어요. 그녀는 사람들에게 한 번도 얘기한 적이 없는 많은 일들을 제게 말해주었습니다. 그녀가 제게 들려준 많은 이야기들은 줄곧 남들에게 말할 수 없었던 것들이었어요. 그녀를 만나 얘기를 나누면서 저는 다시 한번 모든 사람이 세상에 대해 한 뭉치 비밀과 이해할 수 없는 무수한 수수께끼들을 지니고 있다는 사실을 확인할 수 있었습니다. 제게 세 가지만 골라서 말해보라고 하신다면 그 세 가지 일 모두 뜻밖이고 불가사의하고 당혹스럽다고 느끼실 겁니다. 하지만 그

364

것이 바로 리징의 원래 모습이었어요! 선생님께서 시나리오
에서 쓰신 리징이 아니라 실재하는 진정한 리징 말이에요.

제가 선생님께 전하고 싶은 세 가지는 이렇습니다.

첫째, 그녀는 열세 살 때 이미 연애를 시작했습니다.

그녀가 사랑한 사람이 누구였을지 한번 알아맞혀보세요.
다름 아니라 만델라였습니다!

열세 살 생일에 리징의 아버지는 그녀에게 가장 좋아하는
책을 사서 읽으라면서 2백 위안을 주었습니다. 그때 그녀가
산 책들 가운데 한 권이 바로 만델라의 자서전인 『자유를 향
한 머나먼 길』이었지요. 이 책을 읽고 난 뒤로 그녀는 만델라
를 사랑하게 되었고 미친 듯이 만델라와 관련된 다른 책들을
읽기 시작했어요. 『자유와 대화』를 비롯하여 『만델라 평전』
『남아프리카의 계시』 『만델라의 선물』 같은 책이었지요. 만
델라에 관한 모든 책을 그녀는 대학 시험을 준비하듯이 자세
히 읽으면서 중요한 부분들은 따로 잘 기록해두었답니다. 그
녀는 자신이 소장하고 있는 만델라 관련 장서가 중문판과 영
문판을 포함하여 30여 종에 달한다고 얘기하더군요. 이 책
들은 지금도 항저우의 집과 베이징 룬쩌 단지의 침대맡에 가
지런히 놓여 있다고 하네요. 그녀가 『자유를 향한 머나먼 길』
의 많은 부분을 외우고 있다는 사실은 아무도 몰랐을 거예
요. 그녀와 함께 밥을 먹고 얘기를 나누면서 그녀의 웃는 얼
굴을 바라보고 그녀가 들려주는 암송 내용을 듣지 않았더라
면, 저조차도 만델라에 대한 그녀의 감정(사랑일까요?)이 그
렇게 깊다는 것을 믿지 못했을 테니까요. 그녀는 중학교부터

고등학교 때까지 매일 한밤중에 만델라를 생각했고, 항상 침대맡에 만델라에 관한 책을 놓아둔 채 수시로 읽었다고 하더군요. 나이 든 만델라가 웃음 짓고 있는 얼굴을 바라보면서 온몸이 짜릿할 정도로 흥분하기도 했고, 심지어 너무나 흥분하여 그를 보고 싶은 나머지 하염없이 눈물을 흘리기도 했대요. 그러면서 이처럼 첫사랑에 빠진 소녀 같은 자신의 감정은 대학에 진학하고 나서야 다소 완화되었다고 하더군요.

만델라에 대한 그녀의 짝사랑 과정과 관련하여 그녀는 한 가지 사건을 얘기했어요. 2013년 12월 6일, 만델라가 요하네스버그의 자택에서 사망했다는 소식이 전해졌을 때, 그녀는 도서관에서 자료를 찾고 있었대요. 텔레비전을 통해 만델라가 서거했다는 소식을 들은 그녀는 그 자리에 눈물을 흘리면서 쓰러져, 소리 내어 울면서 기숙사로 돌아가 문을 걸어 잠그고 하루 종일 울었대요. 학교 친구들은 그날 그녀 집에 무슨 큰일이 일어났다고 생각했대요. 하지만 그녀가 그날 하루 종일 울었던 것이 짝사랑하던 애인 만델라의 죽음 때문이었다는 사실은 아무도 알지 못했지요.

둘째, 이런 일은 우리가 상상할 수도 있고 영원히 상상하지 못할 수도 있을 거예요. 대학교 1학년 때, 그녀는 자살을 하고 싶었어요. 게다가 목을 매 자살하기 위한 밧줄까지 준비해 한밤중에 웨이밍호 옆에 있는 커다란 홰나무에 걸어놓았대요.

왜 그랬을까요? 거의 이유가 없는 것이나 마찬가지였어요. 그녀의 말로는 대학교 1학년 1학기 때 학교 식당에서 그녀가 잠시 몸을 돌린 사이에, 그녀를 쫓아다니던 남학생 하나가 그녀가 아무런 반응을 보이지 않자(당시 그녀는 이미 만델라를 사랑하고 있었지요!) 그녀의 식판에 벌레를 한 마리 던져놓았대요. 젓가락으로 살아서 꿈틀거리는 시퍼런 벌레를 집어내면서 그녀는 너무 놀라 갑자기 온몸에 힘이 빠지면서 하마터면 식당에서 쓰러질 뻔했대요. 다행히 친구들이 부축해 기숙사에 데려다주어 한밤중까지 자고 일어난 그녀는 까닭 없이 죽고 싶은 생각이 들었대요…… 그때 죽으려 했던 충동과 하마터면 정말로 죽었을지도 모르는 상황에 대해서는 지금 생각해봐도 정확한 이유를 모르겠다고 하더군요. 벌레 한 마리에 대한 두려움을 죽음과 연관 지어 생각하는 것도 불가능하다고 하더군요.

하지만 일은 그렇게 벌어졌대요. 이것도 가장 진실한 리징의 모습이겠지요. 그녀는 뜻밖에도 한밤중에 웨이밍호 서쪽으로 갔대요. 공교롭게도 선생님의 시나리오에 나오는 리쫭과 마이쯔가 농민공으로 건물 공사에 참여하고 있는 곳이었지요. 그녀가 홰나무에 밧줄을 걸고 있을 때 학교를 청소하고 쓰레기를 줍는 임시노동자 하나가 등 뒤에서 다가왔대요. 그녀는 그 임시노동자도 선생님과 같은 허난 사람으로 나이는 쉰에서 예순쯤 되어 보였다고 하더군요. 매일 학교 안을 청소하고 쓰레기를 수거하거나 학생 기숙사 건물 아래서 종이 상자와 잡지, 신문지 따위를 수거하는 사람이었대요. 그의 숙소는 학교 서쪽에 있는 간이 건물이었기 때문에 왜 그 밤중에 그곳을 지나가다가 그녀를 발견하게 되었는지, 왜 웨이밍호 옆에 멀찌감치 떨어져서 그녀를 바라보고 있었는지는 알 수 없었다고 하더군요. 그녀를 한참이나 바라보던 그가 그녀를 향해 큰 소리로 외치더래요.

"아가씨, 설마 자살을 하려는 건 아니겠지요? 혹시 죽을 생각을 하고 있다면 아가씨네 엄마 아빠가 얼마나 울어댈지를 먼저 생각해봐요!"

이 한마디를 던지고 쓰레기를 줍는 그 중년의 임시노동자는 뒤도 돌아보지 않고 그녀 등 뒤로 지나쳐 허름한 숙소 건물을 향해 한 걸음 한 걸음 걸어갔대요.

그는 그녀를 불러놓고는 그녀를 향해 다가가지도 않았다더군요. 지나가면서 고개를 돌려 그녀를 한 번 쳐다보지도 않았대요. 그녀를 불러 한마디 던진 것으로 자신의 책임을 다했으니 그녀가 죽든 말든 상관하지 않겠다는 심산인 것 같았대요. 심지어 그녀를 불러 한마디 당부한 뒤에는 그녀를 부른 것을 후회하는 것 같기도 했대요. 사실 마음속으로는 그녀가 어서 목을 매 죽기를, 그녀가 정말로 죽기를 기다리고 있는 것 같았대요. 심지어 그녀는 그 농민공이 다음 날 아침 일찍 일어나자마자 그녀가 목을 매 죽었는지 여부를 확인하기 위해 웨이밍호로 달려오지는 않을까 하는 의심을 하기도 했대요. 리징이 그러더군요. 자신이 더 이상 목을 매지 않기로, 더 이상 자살을 시도하지 않기로 마음먹은 것은 순전히 그 농민공이 자신을 불러서 죽지 말라고 말해놓고 실제로 가까이 다가와 확실하게 구해주진 않고 가버렸기 때문이라고 말이에요. 뒤도 돌아보지 않고 가버리는 그의 뒷모습 때문에 죽지 않기로 결심했대요. 마음속으로 '당신이 내가 죽기를 바라는 한, 난 절대로 죽지 않을 거야'라고 말하면서 홰나무에서 밧줄을 풀어 웨이밍호에 던져버렸대요. 하지만 사실대로 말하자면 그 농민공이 불러서 한마디 던지고 감으로써 그녀를 구한 것이지요. 그녀는 이 일을 겪은 뒤로 어떤 유형, 어떤 계층의 사람들에 대해, 예컨대 리창 같은 사람에 대해 대단히 복잡한 감정과 견해를 갖게 되었다고 말하더군요. 그녀는 평생 베이징대학 캠퍼스에서 청소를 하고 쓰레기를 줍는 허난 사람이 왜 자신을 불러 한마디 던지고는 정말로 가까이 다가와 구해주지 않았는지 알 수 없었다고 하더군요. 아주 오랫동안 이 일에 대해 속 시원한 결론을 내릴 수 없었대요. 그런데 시간이 흐르면서 도무지 알 수 없었던 이 일이 마음속에서 천천히 녹이 슨 자물쇠처럼 가라앉아 있었대요. 처음에는 자물쇠 여기저기에 잔뜩 녹이 슬어 있었던 것뿐인데 시간이 지나면서 자물쇠 고리와 열쇠 구멍, 몸통이 녹으로 전부 한 덩어리가 되고 시간에 의해 부식되어 사용할 수 없는 죽은 자물쇠가 되어버렸대요. 하지만 그 자물쇠를 던져버리려고 할 때, 갑자기 어느 날, 그 완전히 녹이 슬어 망가진 자물쇠의 녹이 벗겨지기 시작했대요. 녹으로 완전히 막혀 있던 몸통과 고리가 아주 깨끗해지더니 심지어 어느 날에는 녹찌꺼기로 완전히 막혀 있던 열쇠 구멍도 깨끗해져 정확히 보일 뿐만 아니라 막힘없이 사용할 수 있게 되었다는 거예요. 한마디로 말해서 그녀의 마음속에서 죽었던 자물쇠가 다시 살아난 것이지요. 완전히 녹슬었던 자물쇠가 다시 새 자물쇠가 된 셈이었어요. 문제는 그 새 자물쇠를 열 수 있는 열쇠가 없었다는 것이었어요. 그리하여 그녀는 특별히 그 열쇠를 찾기 시작했대요. 선생님의 동향인 그 중년의 허난 농민공을 찾아가 자신이 자살하려는 것을 발견하고서 분명히 큰 소리로 자기를 불러 한마디 던져놓고는 왜 가까이 다가와 구해주지 않았는지 물어보려 했던 것이지요. 하지만 이때, 그녀가 마음속에서 그 죽은 자물쇠가 부활한 것을 깨달았을 때, 그녀는 이미 대학교 2학년생이 되어 있었고, 청소를 하고 쓰레기를 수거하던 그 청소부를 찾으려 했지만 이미 1년이라는 시간이 지난 뒤였지요. 그 농민공은 일찌감치 베이징대학을 떠나고 없었대요.

그래서 그녀는 리좡과 얽히게 된 것이 그를 만났을 때부터가 아니라 자신이 막 베이징대학에 왔을 때부터 이미 시작된 것이라고 말하더군요. 리좡을 만나기 몇 해 전에 이미 시작됐다는 거예요.

셋째, 이 점은 옌 선생님께서 양해해주셨으면 합니다. 사실 저는 영원히 선생님께 얘기하지 않을 수도 있지만 말을 하지 않고는 견딜 수가 없을 것 같네요. 리징은 당대문학을 전혀 읽지 않는 사람이 아니었어요. 그녀는 중국의 당대문학을 손바닥 들여다보듯이 훤히 알고 있었어요. 오늘날 가장 문학적인 청년 여성이었지요. 우리는 누구도 그녀가 당대 중국 작가들의 소설을 거의 전부 읽었을 거라고 생각지 못했어요. 그녀는 모옌과 위화, 쑤퉁蘇童, 거페이格非, 왕안이王安憶, 류전윈劉震雲, 한샤오궁韓少功, 리루이李銳, 마이자麥家,

370

리얼李洱, 자핑와賈平凹, 비페이위畢飛宇, 아라이阿來, 츠쯔젠遲子建, 린바이林白, 장웨이張煒 등 거의 모든 작가들의 작품을 읽었을 뿐만 아니라 심지어 더 이른 시기의 왕멍王蒙 선생님이나 1970년대, 80년대에 출생한 젊은 작가와 인터넷 작가들에 대해서도 손바닥 들여다보듯이 훤히 알고 있었고, 속속들이 막힘없이 설명할 수 있을 정도로 매우 구체적으로 이해하고 있었어요. 그녀는 정말로 이과생이면서도 문과를 아주 깊이 이해하는 학생이었습니다. 저의 상식으로는 정말 놀랍고 신기한 일이 아닐 수 없었어요. 그리고 바로 이런 이유 때문에 우리는 아주 빨리 친구가 될 수 있었어요. 그녀 역시 저를 못 할 말이 없는 막역한 친구로 받아주었지요. 만나자마자 오랜 친구가 된 것 같은 느낌이었어요. 문학에 관해 얘기하면서 그녀는 아주 뜻밖의 말을 했어요. 선생님께 얘기하지 않을 수도 있지만 얘기하지 않고는 도저히 참을 수 없을 것 같아 얘기해야겠네요. 그녀는 중국 작가들 가운데 가장 싫어하는 작가가 셋 있다고 하면서 이름만 들어도 책을 집어 던지고 싶다고 하더군요. 그러면서 이 세 작가들 가운데 하나로 선생님을 얘기했어요⋯⋯

옌 선생님, 그녀가 말한 세 가지(특히 세번째)를 말씀드릴게요. 제가 말하는 실제 이야기 때문에 화를 내진 않으시겠지요? 저는 선생님께서 화를 내지 않으실 거라고 생각하기 때문에 이렇게 메일로 알려드리는 거예요. 선생님의 글쓰기에 관해 얘기하면서 그녀는 사유의 가치가 충분한 대단히 중요한 말을 했습니다.

"옌롄커의 소설은 너무 잔꾀를 많이 부리는 것 같아요. 서사가 선명하지 않고 신기하기만 하거든요."

선생님은 그녀의 이런 지적에 대해 일리가 있다고 생각하세요, 아니면 완전히 잘못 짚은 거라고 생각하세요?

......

리징에 관해 이 편지에서 이런 것들을 먼저 말씀드리고 싶었어요. 이런 점들을 참지 못하고 빨리 말씀드리려 했던 것은 선생님께서 「캄캄한 낮, 환한 밤」의 시나리오를 이렇게 빨리 써내시리라고는 미처 생각지 못했기 때문이에요. 제가 시나리오를 읽고 나서, 선생님께서 심사에 통과할 수 있을 거라고 확신하는 상황에서, 그 영화 시나리오의 이야기에서 저는 선생님께서 틀림없이 리좡과 리징의 기이한 사랑과 왜곡, 사람들이 뜻밖이라고 느끼게 될 사랑 이야기를 써내실 거라고는 생각하지 않았어요. 오히려 다큐멘터리에 가까운 이 영화 이야기에서 선생님께서는 애당초 리징을 이해하지 못하고 계시다고 생각했지요. 혹은 이해하긴 하지만 수박 겉핥기의 피상적이고 단순한 수준에 머물러 있다고 할 수 있지요. 그리고 그 진정한 심층의 리징, 알 수 없는 리징이 선생님께는 하나의 수수께끼일 뿐만 아니라 직접 시간을 들여 이해하거나 통찰하기를 원하지도 않고 그렇게 할 수도 없는 사람이라고 생각했지요. 심지어 「캄캄한 낮, 환한 밤」의 시나리오에 대해 스토리를 따지지 않고 순수하게 캐릭터만 고려해서 리징이라는 오늘날의 청년 여성 캐릭터를 놓고 말해볼 때, 선생님께서 실패했다는 사실을 받아들이지 못하신다면 저는 리징의 캐릭터가 성공하지 못했다고 말씀드리고 싶네요……

오전 10시에 또 항저우 습지공원에서 리징을 만나기로 했어요. 이제 나가봐야 할 것 같아요. 이만 줄일게요. 못다 한 얘기는 돌아가서 「캄캄한 낮, 환한 밤」 시나리오에 관해 토론할 때 천천히 말씀드릴게요.

장팡저우 올림
2016년 6월 27일

2

양웨이웨이와 장팡저우의 편지를 읽고 나서 나는 목구멍이 막히는 듯한 느낌을 받았다. 꿀물인 줄 알고 마셨는데 가래를 삼키게 된 것 같은 기분이었다. 푸르고 싱싱한 채소볶음인 줄 알고 입에 넣었는데 알고 보니 볶은 젓가락을 씹은 것 같은 기분이었다. 그녀들의 이메일을 다 읽고 나서 나는 침대 위에 한참을 멍하니 앉아 있었다. 특히 장팡저우의 메일 가운데 세번째 항목과 마지막 단락에서 시나리오의 캐릭터 리징에 관해 상당히 부정적으로 얘기한 부분을 읽었을 때는 핸드폰을 집어 던지고 싶었다.

나는 정말로 세지도 않고 약하지도 않게 핸드폰을 침대 위로 던져버렸다.

핸드폰은 침대 위에서 가볍게 한 번 튕기더니 호수 수면에 떨어진 돌이 물속 깊숙이 가라앉는 것처럼 아무 소리도 내지 않았다. 침실에는 무거운 침묵이 가라앉아 있었다. 극도로 조용했다. 숨소리가 사람들의 목을 벨 것 같았다. 필사적으로 몸을 움직여 집에서 뛰쳐나가고 싶었다. 그러다가 또 그 침묵과 고요 속에 나무처럼 앉아 뭔가를 생각하고 싶었다(어쩌면 아무것도 생각하지 않고 그렇게 오래 멍하니 앉아 있고 싶었는지도 모른다). 결국 나는 후자를 선택하여 멍하니 앉아 있었다. 밖에서 아내가 밥 먹으라고 부르는 소리가 들릴 때까지 그렇게 앉아 있었다.

께느른한 상태로 침대에서 일어나 옷을 입고 세면과 양치질을 한 다음, 장엄하게 밥을 먹었다. 그리고 나서 오후 2시까지 마음을 졸이다가 차를 몰고 수도공항 근처에 있는 구창웨이의 스튜디오로 그를 만나러 갈 준비를 했다. 마음은 여전히 상서롭지 못한 예감에 뒤덮여 있었다. 이러한 예감이 엄청난 사건을 만들게 하고 싶지 않았던 나는 천천히 차를 몰았다. 개미가 기어가는 것만 봐도 브레이크를 밟을 것 같았다. 구창웨이, 양웨이웨이 등과 만나기로 한 자리에 나는 30분쯤 늦게 도착했다. 그곳에 도착한 나는 마당에서 심호흡을 하면서 아무 일도 없는 듯이 잔잔한 수면처럼 평안한 마음을 가장하려 했다. 그렇게 침착하게 스튜디오 문에 달린 초인종을 눌렀다. 문을 열어준 미술 담당 미녀와 가볍게 포옹하면서 안부 인사를 건네고 나서 놀란 표정을 조작하고 과장하기 시작했다. 구창웨이의 넓고 환한 스튜디오 벽에는 거대한 사진 작품들이 걸려 있었다. 그 작품들은 하나같이 백 위안짜리 인민폐의 각종 디테일과 미세한 도안, 색채, 그리고 우리 같은 보통 사람들은 발견한 적이 없는 비밀들과 관련된 것이었다. 그들은 특수한 촬영 기술과 방법을 이용하여 각종 거대한 작품들을 촬영해냈다. 예컨대백 위안짜리 지폐에 감춰진 마오쩌둥의 두상을 수천 배로 확대하여 원래는 1편짜리 동전 정도로 희미하게 나타나던 마오쩌둥의 초상을 가로세로 3미터, 혹은 방의 절반 정도 크기로 함으로써 보일 듯 말 듯 희미하던 초상을 손바닥만 한 지폐에 국한하지 않고 희미하긴 하지만 더없이 거대한 세계 속에 모습을드러내게 했다. 그리고 이를 통해 오늘날 중국의 현실과 일종의 호응 관계를 형성하게 한 것이다. 이를테면 지폐 위의 영문자모 두 개와 여덟 개의 아라비아 숫자로 된 일련번호에 대해일종의 반복적인 촬영 기술을 적용한 다음, 신비하면서도 기교적인 조합을 거쳐 촬영의 구도를 너비 4미터, 길이 6미터의 거대한 비밀번호의 벽으로 조성함으로써 우리가 살고 있는 세상전체를 하나의 미궁으로 변화시켰다. 또한 빨간색 위주인 백위안짜리 인민폐 위의 숫자 '100' 뒤에 붙은 파란색 '0' 자를 특수촬영 처리를 거쳐 뜻밖에도 거대한 바다의 쪽빛과 멀리서 바다를 바라볼 때의 끝없는 파도와 물결로 변화시켰다. 또한 지폐 앞면 오른쪽 하단의 촉감이 거친 'LL'과 뒷면 오른쪽 하단무늬 속의 열여섯 개의 먼지처럼 작은 원 안의 원마저 무한히확대하여 풍부한 광점과 뜨거운 태양, 빛줄기로 변화시켰다.나는 예전부터 그가 '중국 영화계 최고의 촬영 전문가'(마스터인지도 모른다)로서 영화를 촬영하는 과정에 중간중간 시간이비거나 짜증 나는 일이 있을 때면 유화와 사진 촬영의 영역으로 돌아가 또 다른 탐구를 준비한다는 사실을 잘 알고 있었다. 나는 이 모든 것이 그의 본업 다음으로 그가 몰두하는 취미이자 유희라고 생각했다. 내가 이번에 소설을 쓰다가 명리가 팽창된 꿈과 환상 속으로 들어서게 된 것과 다르지 않을 것이다. 하지만 이처럼 유희적 성격을 갖는 환상과 이상이 이미 시작되었을 뿐만 아니라 실현과 완성의 단계에 가까이 와 있으리라고는 미처 생각지 못했다.

인민폐를 소재로 하여 일부분을 변화시킨 그 거대한 현대 사진 작품 아래서 나는 먼저 놀란 표정을 약간 과장하여 구창웨이 감독이 위층에서 내려올 때까지 잠시 서 있었다. 그는 아주 겸손한 태도로 미소를 지으면서 나를 3층으로 안내해 자신이 촬영한 수십 점의 유사한 작품들을 구경시켜주었다. 그러는 사이에 과장된 놀라움의 표정은 내 얼굴에서 사라졌다. 유일하게 남은 생각은 그가 감독의 길에서 잠시 몸을 빼내 유일무이한 현대 사진예술가(나는 '위대한'이라는 단어를 그에게 선물로 주기가 아까웠다. 그 역시 '위대한'이라는 단어로 나를 설명하거나 서술한 적이 없었기 때문이다)가 될 수 있을까, 설마 내가 글쓰기의 그 서늘한 적막과 가난으로부터 몸을 빼내 위대한(광적이고 자아도취적이기도 하다!) 감독과 배우가 될 수는 없는 것일까, 단번에 작가에서 예술가로 변신할 수는 없는 것일까 하는 것이었다.

마침내 어렴풋한 명상 속에서 우리의 지극히 중요한 대화가 시작되었다.

예술적 대화든 아니면 영화 「캄캄한 낮, 환한 밤」 혹은 이 장편『캄캄한 낮, 환한 밤 — 나와 생활의 비허구 한 단락』의 글쓰기에 관한 것이든 간에, 그 간단하면서도 치명적인 대화는 전부 내 창작 생애와 인생, 운명의 비석이 될 것이다. 그 의의는 한 사람이 걸어온 길고 고단한 편력에서 사방이 드넓은 광야에다 인적 없이 황폐한 들판이었지만, 다시 삼거리 혹은 사거리에 이르러 실의에 빠져 멍한 표정으로 사방을 두리번거릴 때 갑자기 눈앞에 글자의 흔적이 없는 도로표지판과 이정표가 나타난 것과 같을 것이다.

구창웨이의 스튜디오 1층 거실의 면적은 적어도 27평이 넘고(왜 또 한차례 토지혁명이 일어나 그의 거실을 우리 집에 배분해주지 않는 건지 모르겠다), 중간에 샤오쯔* 분위기가 넘치는 붉은 소파가 놓여 있었다. 소파 사이에는 일상적인 보통 다탁이 놓여 있었다. 바로 이 다탁 옆에 구창웨이가 약간 냉담하고 속을 알 수 없는 표정으로 앉아 있었다. 양웨이웨이도 속을 알 수 없는 표정이었고, 항상 명랑하기만 했던 궈팡팡마저도 신비하고 야릇한 모습으로 변해 있었다.

구창웨이가 내 옆에 앉아 잠시 침묵하다가 그냥 상투적인 인사치레로 한마디 던졌다.

"옌 선생님, 이 홍차 어때요, 아주 맛있지요?"

"네, 아주 좋네요."

나도 아무 생각 없이 입에서 나오는 대로 대답했다.

---

* 小資: 중국의 사회학 용어로 물질 및 정신적인 생활 수준을 즐기거나 추구하는 젊은 층을 가리킨다.

"조금 전에 마신 커피보다 훨씬 좋네요."

"나중에 가실 때 두 갑 챙겨 가세요. 아주 친한 친구가 선물한 거예요."

"나는 주로 녹차를 즐겨 마시는 편이에요."

입가에 대고 있던 찻잔을 다탁 위에 내려놓으면서 나는 정중하면서도 단도직입적으로 대화를 이끌기 시작했다.

"모두들 이리저리 말을 돌리지 말고 시나리오에 관한 얘기부터 합시다. 여러분은 이 시나리오가 유일무이하다는 생각이 들지 않나요? 왜 '좋다' 혹은 '부족하다' 같은 형용사로만 그 가치를 평가하는 건가요?"

구창웨이는 약간 어리둥절한 표정을 짓더니 눈길을 내 얼굴로 향했다. 나를 전에 만난 적도 없고 이 옌롄커라는 사람을 전혀 알지 못한다는 듯한 표정으로 쳐다보았다. 그는 내 얼굴에서 아이들 장난이나 게임의 흔적을 찾지 못하자 왠지 모르지만 찻잔을 들고 있던 손이 천천히 움직였다. 찻잔을 내려놓고 내 이마를 만져보려는 것 같았다. 내게 열이 있는지 없는지 살펴보려는 것 같았다. 바로 그 순간 내 마음속에 아주 완강한 생각이 하나 떠올랐다. 그가 정말로 손을 뻗어 내 이마를 만진다면 나도 손을 뻗어 그의 손을 한쪽으로 밀쳐버리겠다는 것이었다(그런 다음 앞에 놓여 있는 찻잔 속의 홍차를 아주 우아하게 천천히 다탁 위에 쏟아버려야 할까?). 그를 바라보면서, 상상하면서, 계속 기다리고 있었다. 이때 귀팡팡과 양웨이웨이도 이미 손에 들고 있던 찻잔과 커피를 다탁 위에 내려놓고 눈길을 천천히 내 얼굴로 옮기고 있었다.

"옌 선생님,"

마침내 구창웨이가 입을 열었다. 수많은 영화에서 볼 수 있는 강호의 두목이 아주 여유 있지만 천금처럼 무거운 한마디를 던지려는 것 같았다.

"시나리오에서 왜 리챵과 리징의 사랑 얘기는 쓰지 않으셨나요?"

내가 대답했다.

"이 두 캐릭터의 관계가 그들의 왜곡된 사랑보다 더 중요하고 좋은 것 같아서 그랬어요."

"하지만 우리 모두 예전에 두 사람의 왜곡된 사랑 이야기를 쓰기로 결정하지 않았나요?"

"제가 안 쓰려고 한 것이 아니라 생활의 진실이 쓰지 못하게 막은 겁니다."

"예술이란 생활의 진실을 뛰어넘을 수 있어야 비로소 가치가 있는 것 아닌가요?"

"진정한 예술은 생활을 뛰어넘어야 하는 게 아니라 생활의 밑바닥이나 내부 깊숙한 곳으로 스며들어 갈 수 있어야 하는 것이지요."

나와 구창웨이 감독 사이의 대화는 이렇게 시작되었다. 각자 한마디씩 주고받으면서 겉으로 드러나는 공격과 감춰진 수비, 혹은 감춰진 공격과 드러나는 수비를 이어갔다. 그러다가 이내 두 사람 모두 아주 무겁고 깊은 침묵에 빠지고 말았다. 내가 다음 단계에는 어떤 차가운 부드러움과 강경함으로 그와 그들의 예술 관념에 대응해야 할지를 생각하고 있을 때, 구창웨이는 습관적으로 갖고 있는 그 한없는 부드러움과 영원한 유극강*의 기질을 회복하고 있었다. 그가 나를 향해 가볍게 웃고는 잠시 멈췄다가 가늘고 높고 날카롭게 변한 목소리로 (차가운 화살처럼) 말했다.

"사실대로 말씀드리자면, 옌 선생님, 이 시나리오는 아주 훌륭합니다. 심지어 확실히…… 확실히 좋다고 말할 수도 있지요. 제 생각은…… 어떻게 말할까요? 그냥 훌륭한 것으로 그치는 게 아니라 중국 영화 시나리오 창작의 모범이자 교과서가 될 수 있다는 겁니다."

이 한마디를 하고서 구창웨이는 고개를 돌려 나를 쳐다보았다. 습관적으로 얼굴에 홍조를 띠면서 손으로 옆에 놓아둔 가방을 만지다가 다시 빙긋이 웃었다.

"솔직하게 말씀드리지요. 옌 선생님, 저는 반평생 영화를 만들었습니다. 제가 보거나 읽은 중국과 외국의 영화와 시나리오가 수백, 수천 편은 될 겁니다. 하지만 「캄캄한 낮, 환한 밤」처럼 첫 글자에서 마지막 한 글자까지 너무 좋아서 손을 떼지 못하고 좌불안석이었던 작품은 하나도 없었습니다(그가 마침내 내가 무슨 말을 듣고 싶어 하는지, 자신이 어떤 말을 해야 하는지 깨달은 것 같았다). 1분 1초라도 빨리 시나리오를 배 속에 삼켜버리지 못하는 것이 한스러울 정도였습니다. 영화 시나리오의 마지막 컷에서 이야기가 중환자의 입에서 인공호흡기를 떼어버리는 것 같은 느낌을 주긴 했지만 말이에요……"

---

* 柔克剛: 부드러움이 강경함을 이긴다는 뜻.

(말했다. 말했다! 그가 마침내 자신이 해야 할 말, 내가 듣고 싶어 하는 말을 했다…… 내가 이 부분에서 당시 내 마음속에서 한기가 따스함으로 변하고 평정이 격동으로, 감출 수 있는 희열이 감출 수 없는 광분으로 변한 상황을 묘사하는 2천 내지 3천 자를 삭제한 것을 양해해주기 바란다.)

"옌 선생님, 시나리오가 너무 좋습니다. 따라서,"

구창웨이 감독은 여기까지 말하고 나서 다시 말을 멈추고 나를 쳐다보더니 찻잔을 받쳐 들고 차를 한 모금 마셨다. 얼굴에는 방금 사라졌던 홍조가 다시 나타나 있었다.

"훌륭한 것으로 그치는 게 아니라고 생각합니다. 저는 이 작품이 셰익스피어의 「햄릿」만큼 위대하다는 것을 시간이 증명해줄 것이라고 확신합니다. 이 위대함과 앞으로 세상에 두루 명작으로 전파될 생명력에 대한 예상으로 볼 때, 이런 시나리오는 몇십 년에 한 편 나올까 말까 한 작품이라고 할 수 있습니다…… 때문에 저는 제가 이 영화의 감독을 맡을 경우, 작품을 훼손하게 된다고 생각합니다. 성공이라는 것도 따지고 보면 남의 심혈을 가지고 자신을 완전하게 미화하는 것이라고 할 수 있지요…… 그런 겁니다. 옌 선생님, 듣자 하니 이 영화를 선생님 자신이 기획하실 뿐만 아니라 연기와 감독도 도맡아 하실 생각이라고 하던데 정말 그렇습니까?

옌 선생님, 사실대로 말씀해보세요. 정말로 직접 감독을 맡으실 생각이십니까?"

(그가 어떻게 알았을까? 나는 계획을 말한 적이 없는데 어떻게 그가 먼저 알게 된 것일까? 나의 원래 계획은 그가 자금과 조직을

마련해 영화 제작팀을 구성하면 일부러 적절한 구실을 만들어 말다툼을 일으키고 갈등 국면을 조장하다가 마지막으로 내가 감독을 맡고 그의 제작팀에게는 임의의 직함이나 이름을 걸게 하는 카드를 내미는 것이었다. 예컨대 제작 감수나 고문 같은 것이다. 하지만 뜻밖에도 지금 그가 먼저 이 얘기를 꺼내고 있는 것이다. 그 사이에 도대체 무슨 일이 일어났던 것일까? 어두운 길 한 가닥이 도대체 어디서 갈라져 나온 것일까?…… 내가 의도적으로 어떤 스토리나 말을 생략한 것이 아니기 때문에 정말로 어디서 문제가 생긴 것인지 알 수 없다. 따라서 나는 다시 한번 의문에서 남몰래 느끼는 희열을 거쳐 불안으로 이어지는 내면의 심리 활동에 관한 수천 자 분량의 글을 삭제하지 않을 수 없었다.)

"이렇게 하지요, 옌 선생님,"

구창웨이가 방금 내려놓은 찻잔을 또다시 집어 들었다. 그 찻잔이 잔이 아니라 그의 마음속 불안의 도구인 것 같았다.

"어제저녁부터 지금까지 저는 여러 차례 망설이다가 결국 선생님의 이 영화 창작에 참여하지 않기로 결정을 내렸습니다. 저는 온 힘을 집중해 1년이라는 시간 내에 저의 이 사진 작품들을 잘 정리하여 상하이와 홍콩, 그리고 국외에서 몇 차례 전시회를 가질 작정입니다…… 창작 초기에 드렸던 50만 위안은 나중에 영화 제작팀을 구성하신 다음에 돌려주시면 좋고, 안 돌려주셔도 괜찮습니다. 저는 선생님께서 감독을 맡아 좋은 영화를 한 편 제작해낼 수 있다면, 제가 일찍이 그 영화의 시나리오 단계에 힘을 보탰고 시나리오와 촬영에 관해 의견을 제시하면서 몇 가지 건의를 했으며, 비용 부분에서도 일정한 지지

와 도움을 드렸다는 것만으로 막대한 행운이자 영광이라고 생
각합니다. 영화가 성공하면 5억, 10억, 20억 위안의 박스 오피
스와 국제영화제에서의 수상이 줄줄이 몰려오겠지요. 저는 이
모든 일을 함께 기뻐할 것이고 뜨거운 박수를 보낼 것입니다.
그리고 제가 그 영화에 미약하나마 보탬이 되었다는 사실을 큰
영광으로 여길 것입니다."

    ......

　이렇게 그의 발언은 마무리되었다.

　말을 마친 그는 잠시 나를 쳐다보더니 또 양웨이웨이와 궈팡
팡을 쳐다보았다. 그러고는 이미 말라버린 찻잔을 들어 입가로
가져갔다.

　(열독의 리듬을 위해, 그리고 밝히고 싶지 않은 나의 누추함과
분노를 가리기 위해, 여기서 또다시 일부 장면과 분위기, 그리고
양웨이웨이 및 궈팡팡과의 대화 2천 자를 삭제한 점을 양해해주
기 바란다. 나의 불안과 우울함, 그리고 미처 손을 쓰지 못한 당황
3천 자와 다시 내 마음에 갑자기 나타난 부유浮遊와 당혹, 그리고
뭐라고 말로 표현할 수 없는 어색함 3천 자를 삭제한다. 삭제하고
나서 한동안 할 말이 없어 사람들을 바라보며 그 자리에 몸이 굳은
채로 앉아 있었다. 남의 집에 도둑질을 하러 들어갔다가 주인이 갑
자기 전등을 켜는 바람에 내가 그들이 아주 잘 아는 사람이자 친구
임을 들킨 것 같았다. 그래서 서로 한순간 할 말을 찾지 못한 놀라
움과 침묵, 그리고 그런 장면의 묘사가 적어도 2,800자쯤 된다.)

　정말로 무슨 말을 해야 좋을지, 어떤 조치와 언행, 표현을 보
여야 할지 알 수 없었다. 오늘 이『캄캄한 낮, 환한 밤 ― 나와

생활의 비허구 한 단락』을 다 쓸 때까지도 구창웨이가 그런 말들을 다 한 다음에 그는 어땠고 나는 또 어땠는지 뚜렷하게 기억이 나지 않는다. 귀팡팡과 양웨이웨이는 또 어땠는지도 기억이 나지 않는다. 어쩌면 당시의 내 낯빛은 돼지 간과 같은 색이었을 것이다. 또 어쩌면 당시의 내 얼굴은 오래된 성벽에 엎드려 있는 벽돌처럼 먼지가 잔뜩 내려앉아 있지만 고대 문물의 모습으로 새로운 가치와 기대를 드러내고 있었을 것이다. 그리고 지금은 당시의 내 얼굴에 어떤 표정이 걸려 있었는지 기억도 나지 않고 상상도 되지 않는다. 이처럼 희미한 기억은 오랜 시간이 흐르면서 가라앉았거나 지워지는 것이 아니라 긴장되고 불안할 때, 사유가 단절과 공백 상태일 때면 분노로 폭발할 것이다. 분노로 인해 사람을 죽인 사람의 머릿속도 분명 이처럼 완벽한 공백일 것이다. 하지만 지금 그 일들을 기억하면서 나는 그의 선량함과 소박함, 그리고 유약하면서도 세상의 모든 일을 통찰하고 있는 노련함을 상상할 수 있다. 어쩌면 결국 그는 물러서는 척하면서 나아가고, 억제하는 척하면서 내세우고, 칭송하는 척하면서 폄하하는 자신의 언변을 즐기고 있었던 것인지도 모른다. 또한 형제나 다름없는 친구로서 마침내 진정으로 나의 누추한 본색을 인식하고서 침묵하면서 위안을 얻고 있었을지도 모른다. 그리고 농부가 종아리의 핏줄을 탁탁 침으로써 피를 빨아먹는 개미나 작은 벌레들을 털어버리듯이 나를 자신의 신변에서 떨쳐내고 즐거워했을지도 모른다. 나는 그때 할 말을 다 하고 난 그의 얼굴에 시원하고 후련함에서 오는 엷은 홍조가 번졌던 것을 기억한다. 하루 종일 피곤했던 해가 잠시 쉬기 위하여 마침내 서산으로 지는 것 같은 모습이었다. 할 말을 다 한 그가 두 손을 교차하여 등 뒤로 올리고는 머리를 감싸 쥐고서 소파에 등을 기댔던 것도 기억한다. 소파가 자신의 체중을 견디지 못하는 것이 안타까워 소파 팔걸이를 잡듯이 머리를 감싸 쥐고서 몸을 천천히 빨간 소파에 맡기는 것 같았다 (하지만 당신은 나를 어떻게 대했던가? 내가 무슨 생각을 하고 있는지 아는가? 설마 소파의 수용력은 사랑하면서 한 작가의 수용력은 사랑하지 않는단 말인가?). 공기가 응결되어버린 것 같았다. 세상이 존재하지 않는 것 같았다. 응결된 공기 사이에서 누군가 손으로 공기를 옆으로 밀자 공기가 유리처럼 깨져 세상 밖으로 밀려나는 것 같았다. 그 차갑고 딱딱한 공기 속에 모두들 멍한 표정으로 앉아 있었다. 모두가 공기의 응고를 따라 공기 속에 응고되어버린 것 같았다. 공기가 깨져 바닥에 떨어져 내린 것처럼 모두가 깨져 떨어져 내린 것 같았다.

기계실 직원들이 영화를 편집하면서 기계를 돌리는 소리가 들려왔다.

창문을 통해 쏟아져 들어오는 오후 4시 반의 햇빛은 붉은빛과 노란빛의 중간이었다. 햇빛이 어느 나라의 국기처럼 눈앞에서 흔들리고 있었다. 이때 가장 먼저 침묵을 깬 사람은 궈팡팡이었다.

"물 좀 드세요, 옌 선생님!"

그녀의 얼굴 위 미소가 또다시 영화 제작팀의 미술 담당과 분장 전문가가 그려준 것 같다는 느낌이 들었다.

"아니면 제가 가서 커피를 한 잔 더 내려드릴까요?"

이렇게 물으면서 내가 뭐라고 대답하기도 전에 그녀는 이미 담배를 한 개비 꺼내 불을 붙였다. 한편 이때 양웨이웨이에게는 아직 나에 대한 일말의 동정과 신뢰가 남아 있는 것 같았다.

"제 생각에는 선생님이 직접 기획하고 감독과 연기까지 한다고 해서 꼭 성공하리라는 보장은 없는 것 같아요. 옌 선생님, 친구분들이 그렇게 많으시니 자금을 좀 끌어오시는 건 어떨까요?"

내가 뭐라고 말해야 할까?

당시 내가 무얼 생각했을까?

그런 상황에서 내가 충심으로, 혹은 허위로 무엇을 할 수 있었을까? 머릿속의 온통 하얀 공백이나 영화가 상영되는 과정에 스토리의 전개로 인해 스크린에 나타나는 아주 긴 암전 혹은 정지와 같지 않았을까? 그렇다면 암전이 지나간 뒤에는 어떤 상황과 스토리가 전개될까? 이야기에는 또 어떤 지연과 반전이 나타날까? 혹은 그 암전의 출현이 그저 시간의 과도過渡나 도약, 역사와 현실의 분기점이나 변화인 것일까?

나는 구창웨이의 스튜디오에서 나왔다.

아무 말도 안 하고 일단 그들에게서 벗어났다. 나는 침묵을 행동으로 삼고, 무성無聲을 유성有聲으로 삼는 것이 그때 내가 취할 수 있는 가장 적합한 반응이라고 믿었다. 뭐라고 말할까? "하늘이 나를 낳은 것은 반드시 쓸모가 있기 때문이다"라고 말할까? 이런 말로는 지나친 경박함이나 자기도취라는 비난을 피하기 어려울 것이다. "여러분이 내게 준 기회에 감사한다"라고 말한다면 또 허위와 무력감이라는 지적을 면하기 어려울 것이다. 미소를 지으면서 말없이 자리를 벗어나는 것이 가장 존엄하면서도 체면을 살릴 수 있는 방법일 것이다. 그리하여 나는 말없이 미소를 지으면서 자리를 빠져나왔다. 그냥 그렇게 와버렸다. 오늘 생각해보니 그때 몸을 일으켜 자리를 뜨려고 했을 때, 나의 얼굴에는 무시와 가장으로 진정된 표정이 걸려 있었다. 그런 다음 다탁 위에 놓인 내 자동차 키를 집어 들었다. 그들 중에 누군가 "옌 선생님……" 하고 부르거나 "식사라도 하고 가시죠"라고 만류하려 했어도 나는 아무런 대꾸도 하지 않았을 것이고, 고개를 돌려 한 번 힐끗 쳐다보지도 않았을 것이다.

구창웨이 스튜디오 앞의 주차장에서 내가 차를 몰고 막 떠나려 할 때 구창웨이의 고급 차가 길가에 세워져 있는 것이 보였다. 나는 아무 생각도 없이 나의 낡은 제타를 몰고 요란한 소리를 내면서 그의 랜드로버를 향해 돌진했다. 모든 일은 그 순간에, 찰나의 생각에 일단락 지어졌다. 하나의 종결이었다. 그때 위잉— 쾅— 하는 거대한 굉음이 길게 이어지면서 유리 조각들이 마구 허공을 향해 튀어 오르더니 빗방울과 물보라처럼 떨어져 내렸다. 구창웨이와 양웨이웨이, 궈팡팡, 그리고 스튜디오의 편집자와 미술 담당이 문밖으로 뛰쳐나왔을 때, 나는 피로 물든 내 얼굴을 손으로 감싸 쥐고서 차에서 내려 그들을 향해 한마디 던졌다.

"미안해요. 브레이크를 밟는다는 것이 그만 가속페달을 밟았네요."

3

여기서 4천 내지 6천 자를 삭제한다……

4

장팡저우를 만난 것은 병원에서 상처를 꿰매고 싸매는 등 필요한 의료 조치를 마치고 나서 사흘째 되던 날이었다. 머리와 이마, 팔까지 다 합쳐서 서른 바늘을 꿰맸다. 팔과 이마에 칭칭 감은 붕대가 활짝 핀 수선화 같았다. 몸 전체가 방금 전장에서 돌아온 사람 같았다. 영광과 몽상, 허무와 실재가 내 마음과 몸을 삼노끈처럼 한 겹 한 겹 휘감고 있는 것 같았다. 6월 29일 오전 10시였다. 우리는 청푸로成府路의 완성서원萬聖書園 커피숍에서 만났다. 이곳은 우리가 오래전부터 자주 만나거나 책을 사러 오던 곳이었다.

여름은 약속이라도 한 것처럼 어김없이 찾아왔다. 혼돈의 폭염이 누에 실처럼 베이징이라는 도시 전체를 휘감고 있었다. 나는 완성서원 커피숍까지 택시를 타고 갔다. 가는 길에 기사가 기름을 아끼겠다며 에어컨을 틀지 않는 바람에 한바탕 말다툼을 벌였다. 지식인이라면 대부분 베이징의 완성서원을 잘 알 것이다. 목사가 교회를 경영하듯이 몇십 년을 하루처럼 경영하는 서점이다. 대대손손 경건한 마음으로 천주교를 믿는 가족 같다. 시대가 변하고 세상이 변하면서 독서 관련 사업이 이미 사양 산업이 되었을 때, 이 서점은 청푸로 서쪽에서 동쪽으로 2백 미터 떨어진 지점으로 이전했다. 어쨌든 이번 이전으로 내게는 교회당 같다는 느낌이 없어졌다. 천주교 대신 이슬람이나 다른 종교의 교회당 같다는 느낌을 갖게 했다. 커피숍도 이전에 우리 집 거실처럼 친구를 만나 한담을 나눌 수 있도록 나에게만 제공되는 그런 공간이 아닌 것 같았다. 이 새 커피숍은 확실히 더 비좁고 답답한 느낌을 주었다. 이전에 '싱커醒客커피숍'이었을 때와 같은 넉넉하고 자유로운 맛이 없었다. 내가 커피숍에 들어섰을 때, 광저우는 이미 도착해서 약간의 시간이 지난 뒤였다. 그녀는 조용하고 구석진 자리를 골라 앉아 자신이 어쩔 수 없이 배반해야 하는 같은 당 당원을 기다리는 것처럼 나를 기다리고 있었다. 갓 고등학교를 졸업한 학생 같은 옷차림이었지만 얼굴은 이미 아무 근심 걱정 없이 편안한 대학생의 표정이었다. 때는 아직 오전 10시라 커피를 마시거나 책을 사러 오는 다른 손님들이 없어 커피숍 안은 서점의 에어컨 바람처럼 쾌적하고 조용했다. 내가 안으로 들어서자 잘 아는 점원이 나를 향해 가볍게 고개를 끄덕이면서 존경의 뜻을 담아 "옌 선생님!" 하고 한마디 불러주었다.

나는 광저우가 가장 후미진 서쪽 창가에 앉아 있는 것을 한눈에 발견했다.

그녀는 나를 보더니 황망히 자리에서 일어나서는 내 머리와 손, 팔을 감싸고 있는 하얀 붕대를 응시하면서 잠시 멍한 표정을 지었다. 그러다가 누구나 한 번씩 다 던졌던 한마디 인사 같은 질문을 던졌다.

"괜찮으세요, 옌 선생님?"

내가 말했다.

"괜찮아. 그날은 왜 차를 몰자마자 머리가 어지러웠던 건지 모르겠더라고."

그러고 나서 우리는 자리에 앉아 따뜻한 물 두 잔과 '싱커 커피' 두 잔을 주문하고 몇 마디 한담을 주고받았다. 서점이 예전 만큼 넓지 못하다든가, 문학 서적들이 가장 눈에 안 띄는 자리에 진열되어 있다는 등의 얘기였다. 그런 다음 그녀가 일찍이 생각해놓았고, 준비해놓았고, 그녀만 알았던 얘기를 시작했다.

"그저께 제가 선생님께 쓴 그 편지를 보시고…… 화가 나진 않으셨나요?"

"……"

"사실, 솔직히 말씀드리자면 「캄캄한 낮, 환한 밤」을 저는 단숨에 다 읽었어요. 시나리오는 아주 훌륭하더군요. 하지만 캐릭터를 놓고 얘기하자면 리징은…… 제가 연기하기에 적합하지 않은 것 같아요."

"……"

"지난 이틀 동안 이리저리 생각해보았는데, 저는 한마음으로 글쓰기에만 집중해야 할 것 같아요. 명리와 관련된 일에는 전혀 연루되면 안 될 것 같아요. 다시 말해서 연기자라는 직업은 저는 정말 안 될 것 같아요. 사실 저는 카메라 앞에만 서면 울렁증이 생기거든요."

"……"

"드릴 말씀이 한 가지 더 있어요. 제가 가장 많이 고려했던 일이에요. 들으시고 나서 절대 화내시면 안 돼요……"

"……"

"문단은 이토록 좁은데 사람들과 입은 많고 몹시 혼잡하지요. 선생님과 제가 둘이 함께 있는 것 자체가 사람들의 뒷공론 거리가 될 수 있어요. 우리 둘이 정말로 영화「캄캄한 낮, 환한 밤」을 연기한다면 큰 웃음거리가 되고 말 게 뻔해요. 연기가 이루어져 약간의 성공과 이익을 거둔다 해도 선생님과 저는 스캔들의 침 속에서 익사하든가 침의 강물에 휩쓸려 가고 말 거예요. 그때가 되면 우리 두 사람은 평생 강가로 기어올라 인간으로 살아갈 생각도 못 할 거예요."

"……"

"저와 선생님을, 뜻밖에도, 리징마저도 의심하게 될 거라고요……"

"……"

"옌 선생님, 왜 말씀이 없으세요?"

"……"

"죄송해요, 옌 선생님. 화내지 마세요…… 저는 집에 일이 좀 있어서 일찍 가봐야 할 것 같아요."

"……"

"그럼 저 먼저 가볼게요. 선생님은 좀 앉아 계시다 가세요."

그녀가 주저하면서 천천히 몸을 일으키는 것을 쳐다보고 있을 때, 자리에서 물건 하나가 떨어졌다. 잠시 테이블 밑을 살피던 그녀는 이내 떨어진 물건을 찾아 챙기면서 미안하다는 듯이 나를 향해 가볍게 고개를 끄덕였다. 카운터로 가서 계산을 한 그녀는 다시 고개를 돌려 나를 잠시 바라보면서 손을 흔들고는 결국 작별 인사를 건네며 아래층으로 내려갔다. 밖으로 내려간 그녀는 미안한 마음이 완전히 가시지 않았는지 위챗으로 내게 또 문자 메시지를 보냈다. "옌 선생님, 정말 죄송해요. 리징이 돌아오면 우리 같이 식사 한번 해요. 선생님은 그녀를 잘 알아두시는 게 좋을 것 같아요! 그녀를 제대로 알고 나면 이 시나리오를 어떻게 고쳐야 할지 아시게 될 거예요." 그때 시각이 오전 10시 반이었다. 10시 반의 햇빛은 여름이 일반적인 더위에서 폭염으로 접어드는 시점이었다. 핸드폰에서 위챗 메시지를 읽는 동안 창가를 향해 있던 내 어깨가 뜨거워지는 것을 느꼈다. 안쪽 어깨는 아직 시원했다. 그리고 마음속도 절반은 뜨겁고 절반은 차가웠다. 사람들이 1층에서 2층으로 올라오기 시작했다. 발걸음 소리에 북소리 같은 리듬감이 넘쳤다. 잠시 후 커피숍에는 빈자리가 몇 개 남지 않았다. 나는 커피를 마시지 않았다. 잔에 가득 남은 싱커 커피는 입도 대지 않은 채 테이블 한구석에 놓여 있었다. 팡저우의 커피와 더운물 역시 입도 대지 않은 채 그대로 테이블 위에 놓여 있었다. 우리가 만나 얘기를 나눈 시간은 다 합쳐서 15분밖에 되지 않았다. 그녀는 이 게임, 이 프로젝트, 이 사업에 대해 종결을 선고했다. 나는 그녀의 선고와 판정에 놀라움을 느끼지도 않았고 놀랍지 않음을 느끼지도 않았다. 그저께 자동차 사고(삶과 죽음)를 경험하고 나서 갑자기 어떤 냉담함에 사로잡혀 있었기 때문이다. 나는 나 자신의 냉담함에 얼어붙어버렸다. 대야의 물이 호수 수면에 얼어붙은 것 같았다. 호수 수면이 바다 위에 얼어붙은 것 같았다. 과장해서 말하자면 서글픔이 단념보다 크지 않았다. 하지만 어떻게 단념할 수 있단 말인가? 단념하진 않았지만 아무것도 말하고 싶지 않았다. 갑자기 다 그만두고 싶었다. 당시에 나는 수확된 절망으로부터 일말의 위안을 얻고, 한 가닥 희망을 찾아 다시금 잃어버린 욕망과 분투의 씨앗들을 주워 파종하고 물을 주고 수확을 하는 수밖에 없다고 생각했다. 그것뿐이었다. 또 무엇이 있겠는가? 그녀가 가버렸다는 것이 그녀가 내게 기대와 분투의 힘을 줄 수 없다는 사실을 증명하고 있었다. 이제 또 무얼 어떻게 한단 말인가? 이것은 더없이 정상적인 결과가 아니던가? 커피숍에 앉아서 나는 자신의 기분이 시간처럼 아무런 목적도 없이, 아무런 방향도 없이 그냥 그렇게 흘러가도록 내버려두었다. 얼마간의 시간이 흘렀다. 또 얼마간의 시간이 흐르자 커피숍에는 빈자리가 하나도 남지 않았다. 연인 둘이 이리저리 자리를 찾아 돌아다니다가 내 건너편의 빈자리를 바라보았다. 내 손에 자신들의 결혼증명서가 들려 있기라도 한 것 같았다. 나는 두 사람의 결혼증명서라면 기꺼이 두 사람에게 넘겨주겠다는 듯이 자리를 넘겨주기로 마음먹고 일어섰다. 두 사람은 감격한 듯이 내게 고개를 끄덕이면서 이구동성으로 감사하다고 말했다. 그들의 입에서 나온 '감사'라는 두 글자가 혼례가 끝나고 신혼부부에게서 받는 사탕 같았다.

커피숍에서 나와 발길 가는 대로 서점의 문학 코너를 둘러보다가 원래 내 책이 진열되어 있던 서가에 내 책은 없고 다른 작가들의 책이 대신 자리를 채우고 있는 것을 발견했다. 왕안이나 모옌, 류전윈, 쑤퉁, 거페이 같은 작가들이었다. 카운터

쪽으로 나와 점원에게 물었다.

"옌롄커 책은 다 팔렸나요?"

온 지 얼마 안 된 신참 점원 하나가 성실하게 말해주었다.

"옌롄커 소설은 아예 찾는 사람이 없어요. 두 달 동안 겨우 한두 권밖에 안 팔렸어요. 그래서 며칠 전에 그분 소설을 전부 서가에서 내려 출판사에 반품했지요."

그다음에는, 완성서원을 나오는 수밖에 없었다. 밖으로 나온 나는 길가에 서서 청푸로 위를 동서로 달리거나 걷고 있는 차량과 사람들의 흐름을 바라보다가 이내 택시를 잡아타고 집으로 돌아왔다.

집으로 돌아오는 차 안에서 나는 자신에게 한마디 던졌다.

'침착하자. 무슨 일이 일어나든지 기사랑 말다툼을 하거나 주먹다짐을 해선 안 된다!'

5

여기서 4,500자 정도를 삭제한다……

6

시간은 이렇게 하루 또 하루 흘러갔다. 6월 30일부터 나는 아무 할 일이 없어졌고 한없이 심심했다. 학교에도 가지 않았고 친구들을 만나 한담을 나누는 일도 거의 없었다. 갑자기, 극도로 광분한 상태에 있다가 극도로 침울하고 무겁게 가라앉은 상태로 진입했다. 때로는 서재에 한나절을 멍하니 앉아 있기도 했다. 하루 종일 말을 한 마디도 하지 않았다. 책도 읽지 않았고 글도 한 자 쓰지 않았다. 문을 굳게 닫아걸고 누구도 서재에 들어와 나를 방해하지 못하게 했다. 정오 12시와 오후 6시에만 아내가 점심과 저녁을 준비해놓고는 조심스럽게 서재 문을 두드리며 나와서 식사를 하라고 말했다. 때로는 식사를 하다가 음식에 소금이 너무 많이 들어갔거나 너무 적게 들어갔다는 이유로 젓가락을 내려놓기도 했다. 한번은 달걀볶음을 집었다가 식당 바닥에 던져버리기도 했다. 그러던 어느 날, 베이징 제3병원 신경정신과에서 일하고 있는 의사 친구가 과일 한 바구니와 꽃다발을 하나 들고 집으로 찾아와 한담을 나누면서 차근차근 많은 얘기를 털어놓도록 유도했다. 결국 나는 자신이 직접 기획하고 직접 감독과 연기도 해서 영화를 제작하려던 노력과 좌절을 얘기했다. 그가 빙긋이 웃으면서 말했다.

"자네는 흥분성 욕망정신병일 가능성도 있네."

나는 의문이 가득한 눈빛으로 그를 바라보았다.

"자네도 알지? 아동들의 산만증은 이해할 수 있겠나?"

그는 차를 마시면서 내게 한 자 한 자 자세히 설명해주었다.

"수많은 아이들이 아침 일찍 일어날 때부터 손발을 쉬지 않고 움직인다네. 단 1분도 얌전히 있지 못하는 그런 산만증은 운동 성격의 아동정신병이라고 할 수 있지. 이러한 산만증은 일반적으로 나이가 들면서 자연히 치료되네. 하지만 성년이나 중년이 되어, 성숙기나 이성기에 진입하면 자네처럼 갑자기 명리에 집착하다가 미쳐버리게 되는 경우가 있지…… 미쳐버린다는 표현은 좀 부적절할지 모르지만 이처럼 지나치게 명리를 추구하는 자네의 심리 경향은 '기질성 흥분정신병'으로 규정할 수 있네. 이처럼 명리를 위한 과도한 분발과 광적인 노력이 성공하면 빛나는 명성과 보답이 따라오겠지만, 실패할 경우 지나치게 팽창된 욕망이 급속도로 추락하면서 쉽게 우울과 낙담에 빠지게 되네. 그래서 결국에는 매일 즐거움이 전혀 없는 상태로 불면증에 시달리게 되고 사람들과의 교류를 극도로 거부하는 우울증 상태로 발전하게 될 걸세…… 지금 자네는 이런 정신 흥분 상태에서 우울증 상태로 전환하고 있는 단계라고 할 수 있네."

말을 마친 그는 빙긋이 웃으면서 나를 쳐다보았다. 나도 반신반의하는 표정으로 그를 바라보았다. 우리 둘은 그렇게 얼굴을 마주하고 다정하게 미소 지으며 침묵하고 있었다. 그 미소가 증명과 회의懷疑의 전쟁인 것 같았다.

"이 병은…… 치료가 쉬운가?"

"치료할 수 있지. 하지만 장기간 약을 복용해야 하고 감정과 생각을 많이 억제해야 할 걸세. 예컨대 자신의 욕망과 명리에 대한 집착을 억제하여 정신이 매일 자연의 상태에 있게 해야 하네. 생활의 모든 것이 편안하고 자연스러워야 하고, 만족할 줄 알고 항상 즐거워하는 심리 태도가 절대적으로 필요하네."

말을 하던 그가 잠시 멈추고는 생각에 잠기는 것 같았다. 그러더니 아주 시원하게 말을 이었다.

"겁낼 필요는 없네. 생활 속에 뭔가 사건이 발생하여 자네에게 큰 자극을 주게 되면 약을 먹지 않고도 나을 수 있을 걸세."

나와 내 의사 친구의 이 글과 관련된 대화는 이랬다. 정오에 그는 우리 집에서 식사를 하지 않고 그냥 떠났다. 나중에 안 사실은 내 아들과 아내가 베이징 제3병원의 정신병연구소로 그를 찾아가 특별히 모셔 온 것이었다. 왕진 명목으로 우리 집을 찾았던 것이다. 그가 나랑 얘기를 나누는 동안 병원에 한 시간에 천 위안씩 납부해야 했다. 하지만 그만한 돈을 들일 가치가 있었던 것은 이런 논술 과정에서 나의 병을 정확히 알아냈고, 게다가 치료하지 않아도 나을 수 있는 병이라는 점을 알게 된 것이었다. 그가 가고 나서 보름쯤 지난 어느 날 아침, 내가 또 서재에 멍하니 앉아 있을 때, 오전 9시쯤 고향에 계신 어머니에게서 전화가 걸려 왔다. 어머니는 내게 외부 사람이 듣기에는 아주 이상할 것 같은 일을 얘기해주셨다. 방금 우리 고향 마을의 리창이라는 사람이 현 공안국에 체포되어 갔다는 것이었다. 경찰차 세 대가 사이렌을 울리며 와서 그에게 수갑을 채워 데려갔다는 것이었다. 어머니는 진과 마을에서 아무도 생각지 못했고 아무도 몰랐던 일을 얘기해주셨다. 그가 3년 전에 아들의 대학 시험 공부를 뒷바라지하기 위해 뜻밖에도 아내 먀오쥐안의 유골을 시산西山 타오위안촌에 사는 어느 암 환자에게 팔았다는 것이다. 암을 앓고 있는 그 남자가 죽으면 그의 아내 먀오쥐안의 유골을 파내 그 남자와 합장하게 하는 데도 동의했다는 것이다. 하지만 지금 그 남자가 정말로 죽고 어제 그의 동생이 사람들을 데리고 와서 유골을 꺼내기 위해 무덤을 파려고 하자 그는 또 후회하면서 무덤을 파지 못하게 했다. 원금과 이자까지 돌려주더라도 아내의 유골을 가져가게 할 수 없다는 것이었다. 차라리 자신이 죽어서 아내와 같이 묻히겠다고 했다. 그리하여 말다툼이 벌어진 데 이어 주먹다짐으로 확대되었다. 뜻밖에도 그때 리창이 준비해둔 도끼를 꺼내 단번에 상대방의 머리를 향해 달려들었다. 상대방 머리통이 깨졌다. 당시 상대방 머리에서는 피가 비 오듯 쏟아졌다. 대야의 물이 쏟아지는 것 같았다. 결국 그는 아침 댓바람부터 공안국에서 나온 경찰차 세 대에 잡혀갔다. 어머니는 아침 일찍 일어나 쓰레기통을 비우러 밖에 나갔다가 공안국 경찰들이 눈앞에서 그를 잡아가는 광경을 목격하게 되었다고 말씀하셨다. 어떤 사람은 리창이 이번에 잡혀갔으니 도끼를 맞은 사람이 병원에서 죽을 경우, 그 역시 감옥에서 죽게 될 거라고 말했다. 상대방이 병원에서 치료를 받고 장애인이나 바보가 되어도 감옥에서 적어도 10년 넘게 썩어야 할 것이다.

어머니는 마지막으로 내게 물으셨다.

"리창이 그 사람들에게 3, 4만 위안을 갚으려고 했어. 어떤 사람이 그러던데, 그 돈을 너랑 베이징대학 학생 하나가 모아서 보내준 거라고 하더라고. 정말 그런 거니?"

그러면서 또 말씀하셨다.

"돈을 준 건 아주 잘한 일이야. 리창은 사람들에게 존경받을 만한 사람이지. 그가 아침 일찍 마을에서 잡혀갈 때, 차에 올라 마을 사람들을 향해 큰 소리로 '가오톈 주민 여러분— 이웃 여러분— 저 리창이 아무리 나쁜 놈이라 해도 여러분에게 낯부끄러운 일은 하지 않았다는 사실을 기억해주십시오. 제가 총살을 당하더라도 여러분께서 제 시신을 수습하여 꼭 먀오쥐안과 합장해주시기를 간곡히 부탁드립니다!'라고 외치더구나."

어머니는 전화로 이런 말씀을 하시면서 내게 한 가지 부탁을 하셨다. 리창의 아들이 올해 또 대학에 들어가지 못하면 다음 해에도 계속 이어서 입시 공부를 할 작정이라고 들으셨다면서 지금 그 애 아빠가 감옥에 들어가 있어 공부 뒷바라지를 못 할 테니 나더러 리서의 입시 공부 비용을 대주라는 것이었다.

"너희가 좀 적게 먹고 적게 마시면 그 아이가 공부를 계속하도록 도울 수 있을 게다."

이것이 어머니가 전화를 끊기 전에 마지막으로 하신 말씀이었다. 핸드폰에서 띠— 띠— 하는 짧은 신호음이 울리자 나는 의자로 가서 앉았다. 머릿속이 온갖 어지러운 생각들로 꽉 막혀 있었다. 갑자기 머릿속이 꽉 차서 한 가닥 가느다란 틈도 남아 있지 않았다. 가느다란 바람 한 줄기조차 들어갈 수 없을 것 같았다. 이처럼 지나치게 꽉 찬 느낌은 완전히 길게 이어지는 영화의 암전 같은 그런 공백이 아니라 열차가 화물을 가득 싣고 빠른 속도로 달리는 그런 유동流動의 느낌이었다. 게다가 열차가 근교 들판을 날듯이 달릴 때 나는 요란한 소리가 들리는 것 같았다. 그런 소리가 나를 우울과 침묵에서 깨우고 건져주었다. 곧 바닷물 속에 가라앉을 나를 건져 섬 위로 올려준 것 같았다. 그때 나는 아직 나의 '흥분성 욕망정신병'이, 리창이 갑자기 사람을 도끼로 살해하려 한 사건에 의한 충격으로 치료하지도 않고 호전되었다는 사실을 인식하지 못했다. 하지만 어머니의 전화를 받은 그 순간, 나는 원래 리좡의 운명에 대해 슬퍼하고 탄식하고 놀라면서 진정으로 무상한 운명에 대해 근심하고 걱정해야 했지만 오히려 그 당혹감과 초조가 내 마음속에는 겨우 30초 정도밖에 머물러 있지 않았다. 어쩌면 불과 십몇 초 만에 겉으로 드러나지 않는 비겁한 희열이 강가의 소용돌이처럼 마음속으로 퍼져 나가고 있었다. 나는 이 커다란 사건을 누군가에게 말하고 싶었다. 누군가와 이 일을 놓고 토론하고 교류하고 상의하고 싶었다. 나는 또 그 영화를 생각했다. 「캄캄한 낮, 환한 밤」의 스토리를 생각했다. 리좡이 도끼로 사람을 살해하고 결국 감옥에 가게 된 운명이 내가 영화 속에서 설계하고 감독한 것이라는 착각이 들었다. 「캄캄한 낮, 환한 밤」이 리좡의 운명에 대한 나의 예언서였고 이제 이런 예언이 현실에서 실현되어 실제가 되었다는 사실을 증명하기 위해 나는 이 예언서를 읽은 독자들에게 선고와 증명을 해야 했다. 그리하여 나는 재빨리 핸드폰을 들어 리서와 마이쯔에게 전화를 걸었다. 아울러 리징과 구창웨이, 장팡저우, 양웨이웨이, 궈팡팡 등에게 문자 메시지를 보냈다.

중대 사건: 우리 마을의 리좡이 「캄캄한 낮, 환한 밤」에서 묘사된 것처럼 타인의 손에서 자기 아내 먀오쥐안의 유골(두 사람의 생사를 초월한 사랑의 유일한 물증)을 되찾아 오려고 시도하는 과정에서 어제 싸움이 벌어져 실수로 상대방에게 중상(사망했는지도 모름)을 입혔고, 지금 공안에 의해 정식으로 체포되어 갔음. 현재 리좡의 생사, 중형과 경형의 판단

은 전적으로 피해자가 병원에서 의식불명 상태에서 깨어나야 알 수 있음. 리쫭의 아들 리서의 심리 상태와 생활을 안정시키기 위해 오늘 정오에 서삼환 쯔주교 서북쪽에 있는 샹그릴라로 리서와 마이쯔 등을 초대하여 함께 식사를 할 예정이니 선한 마음을 함께하실 분은 누구든지 왕림해주시기 바람. 시간은 정오 12시.

그러고 나서 나는 아무 말도 하지 않고 서재에 앉아 있었다.

말로 표현할 수 없는 그 야릇한 격정과 흥분(절대로 리쫭이 도끼로 사람을 살해한 일로 인한 놀라움과 슬픔이 아님)이 나로 하여금 정신과 의사가 말한 침울과 우울증에서 벗어나 다시 격정과 흥분의 상태로 진입하게 했다. 그때 나는 무슨 일을 해야 좋을지 알지 못했다. 하지만 뭔가를 하고 싶었다. 흥분과 불안이 말로 표현할 수 없는 강렬한 조급함을 동반하고 있었다(설마 그 가운데 남의 재난을 보고 좋아하는 것 같은 요소는 전혀 없었을까?). 이런 감정 상태로 방 안을 왔다 갔다 하면서 가만히 앉아 있지를 못했다. 나 자신이 시곗바늘이 잘 맞지 않는 시한폭탄이 된 것 같았다. 쉴 새 없이 왔다 갔다 하는 발걸음과 창문 밖을 멀리 내다보고 있지만 도저히 억제할 수 없는 내 마음속 소용돌이가 곧 폭발하려는 순간, 나는 서재를 나왔다.

아내가 부추를 다듬고 있다가 말했다.

"점심에 우리 교자 먹는 거 어때요?"

"안 먹을래!"

나는 아내를 향해 손을 들어 보이며 손사래를 쳤다.

"일이 터졌어…… 큰일이 났다고. 나중에 얘기해줄게."

이렇게 말하면서 나는 몹시 궁금하고 두려운 표정을 보이는 아내를 혼자 집에 남겨놓은 채 문을 열고 밖으로 나왔다. 아내의 눈빛을 빼앗아 아무 감정이나 표정도 없는 진흙 조각상을 만들어놓은 것 같았다.

단지는 평소와 다름없는 모습이었다. 경비원들이 왔다 갔다 하고 있었다. 아이들을 데리고 나온 가정부들은 7월 중순의 무더위 속에 나무 그늘을 찾아 들어가고 아이들만 마당을 이리저리 뛰어다니고 있었다. 단지 밖의 삼환로는 여전히 차량의 행렬이 이어지고 있고 달리는 승용차들 지붕마다 거대한 불꽃이 일고 있는 것 같았다. 나는 평소처럼 인도를 따라 북쪽으로 몇십 미터 걸어갔다. 여전히 빠른 걸음으로 위로 올라가 두 번 모퉁이를 돈 나는 도로를 가로지르는 육교에 올라 좌판을 펼쳐놓고 지저분한 몰골로 앉아 있는 그 중년의 대머리 점쟁이를 발견했다. 그는 나를 보자 으레 그 과장과 놀라움, 그리고 남의 목숨을 구해주는 천직을 자랑스러워하는 표정으로 말했다.

"여보시오― 댁의 낯빛을 보니 오늘 반드시 큰일이 생길 것 같군요!"

"나는 큰일이 생기기를 기다리다가 일찌감치 지쳐 떨어진 몸이오!"

나는 이렇게 말하면서 그의 앞을 지나쳤다. 아주 멀리 가서야 다시 고개를 돌려 그에게 한마디 덧붙였다.

"아시는지 모르겠지만, 우리 둘은 같은 업종에서 일하는 것 같소. 나도 남들에게 점을 쳐주거든요. 내 점이 댁보다 더 정확할 거요!"

그러고는 그가 굳은 몸으로 얼굴에 미소를 짓고 있는 것을 보았다. 낯빛이 발효되어 노랗게 변한 두부 같았다.

나는 샹그릴라를 향해 갔다.

사랑하는 독자 여러분, 실화소설『캄캄한 낮, 환한 밤 — 나와 생활의 비허구 한 단락』은 여기서 막을 내립니다. 더 쓸 만한 것이 없습니다. 더 썼다가는 사족이 되고 말 겁니다. 단 한 가지 여러분께 밝히고 싶은 것이 있다면, 오늘 정오에 제가 초대한 사람들, 호기심에서 왔건 도덕심에서 왔건 간에 리징과 장팡저우, 구창웨이, 궈팡팡, 양웨이웨이 모두 12시 정각에 샹그릴라 호텔 2층에 있는 일본 음식점에 모였다는 사실입니다. 리징은 장팡저우와 함께 왔습니다. 장팡저우의 소개가 끝나고 저는 리징과 악수를 나누면서 왠지 모를 당혹감을 느꼈습니다. 언젠가 이미 만난 적이 있는 것 같은 느낌이었습니다. 제가 이해하고 있고 익숙해져 있는 리징이 아닌 것 같다는 느낌도 들었습니다. 그렇게 저와 리징은 서로 무슨 말을 해야 좋을지 몰라 얼굴 위의 굳은 미소를 응시하고 있었습니다. 이번에도 역시 'きくえん' 별실이었습니다. 당연히 주문한 음식도 일식이었습니다. 하지만 점심 식사로 모두가 먹은 것은 침묵과 호기심, 그리고 서로를 마주 보면서 어색하게 억지로 질문거리를 찾아서 하는 문답이었습니다. 필경 모두들 리서와 리징, 마이쯔를 처음 만났기 때문일 것입니다. 처음으로 다 함께 한자리에서 하는 식사였습니다. 게다가 마이쯔와 리서에게는 먹을 기

회도 없고 비싸서 배불리 먹을 수도 없다고 생각했던 일본 음식이었습니다. 그러다 보니 어색함과 호기심이 식사의 가장 중요한 메뉴가 되었습니다.

독자 여러분, 여기서 여러분께 제가 한마디 더 하는 걸 양해해주시기 바랍니다. 제 어머니가 말씀하신 것처럼 리서는 이해에 대학 합격통지서를 받지는 못했지만 베이징에 남아 일을 하면서 입시 공부를 계속하기로 마음먹었습니다. 입시 공부를 도울 선생님은 정말로 리징이었습니다. 독자 여러분, 여기서 제가 한마디 더 부연하는 것을 양해해주시기 바랍니다. 6개월 뒤인 연말에 위의 영화와 비허구 속의 원형 캐릭터인 리창은 12년의 징역형을 선고받았습니다. 폭행의 상대방이 사망하진 않았지만 결국 반신불수가 되어 스스로 정상적인 생활을 유지할 수 없게 되었고 하루 종일 가족의 도움을 받아야 했기 때문입니다. 하지만 그나마 위로가 되는 것은 법원에서 리창의 아내 먀오쥐안의 유골을 리창에게 돌려줘야 한다는 판결을 내린 점입니다. 유골은 판매할 수 있는 게 아니기 때문입니다. 법원에서는 유골은 생명과 사랑에 속하고 리창과 먀오쥐안이 어쨌든 간에 완전하고 원만한 부부이자 사랑하는 관계였기 때문이라고 말했습니다. 이리하여 리창은 보다 풍부하고 상대적으로 완전한 가정과 인생을 갖게 되었습니다. 그리고 저와 리징, 장팡저우, 양웨이웨이, 그리고 구창웨이 감독(그에게 미움을 사고 말았지만)은 개별적으로 가끔씩 만나긴 하지만 다 같이 모이는 일은 거의 없었습니다. 영화 「캄캄한 낮, 환한 밤」의 시나리오는 기억 속에서 휴지 조각이 되고 말았습니다.

이 작품 『캄캄한 낮, 환한 밤 — 나와 생활의 비허구 한 단락』을 마무리하면서 저는 일본의 마지막 하이쿠俳句 대가 고바야시 잇사小林一茶가 생각났습니다. 1763년에 태어난 그의 본명은 잇사가 아니라 야타로彌太郞였습니다. 전해지는 바에 의하면 그는 열아홉 살 때 자기 인생 최초의 시를 썼다고 합니다.

봄이 왔다
야타로는 잇사라는 이름으로
다시 태어났다

그 뒤로 그는 잇사라는 이름으로 불리게 되었습니다. 잇사는 두 살 때 어머니를 여의고 열네 살 때 계모에게 쫓겨나 고향인 나가노長野현의 가시와바라柏原를 떠나 에도江戶로 갑니다. 그곳에서 제대로 먹지 못하면서 유랑을 하다가 나이 쉰둘이 되어 고향으로 돌아와 스물여덟 살인 기쿠菊와 결혼하고 3남 1녀를 낳았지만 불행하게도 모두 요절하고 말았습니다. 예순하나에 아내가 세상을 떠나 예순둘에 재혼을 하지만 석 달이 안 돼서 이혼하고 맙니다. 예순넷에 세번째 결혼을 하지만 그해에 시인 자신이 쓸쓸하게 이 세상을 하직합니다. 그는 세상을 떠나면서 세번째 아내의 배 속에 유복녀를 하나 남겨주었습니다. 잇사는 평생 가난하고 외롭고 적막했으며, 사후에야 사람들이 점점 그가 하이쿠의 대가였음을 깨닫고는 그와 그가 남긴 불후의 하이쿠 걸작들을 언급하기 시작했습니다. 예컨대 저우쭤런周作人은 이런 시를 중국어로 번역했습니다.

나는 이 세상이
이슬처럼 짧다는 것을 안다
하지만 하지만

혹은

모든 것을 이미 다 말했고
다 생각했지만
때는 이미 늦었다

혹은

살아 있다는 것은, 별다른 게 없다
벚꽃 꽃그늘 아래서의
기적일 뿐이다

시인은 자신의 생명이 다해갈 때, 생명으로 자기 일생의 가
장 핵심적이고 뛰어난 한마디를 써냅니다.

생명은 고되고 짧은데
욕망은 무한히 길다
하지만 하지만

후기
옌롄커: 커튼콜을 향해 가는 글쓰기

오늘날처럼 글쓰기가 무의미하다고 느낀 적이 없었다.

심미란 나체를 감싸고 있는 비단 같아서 흐릿한 눈으로 보면 아름다운 시로 보일지 모르지만 가까이 다가가 자세히 살펴보면 누추함 자체일 수도 있다.

아무 의미도 없는데 글을 쓰는 것은 사람이 살아 있는 한 어쩔 수 없이 밥을 먹어야 하는 것과 같다. 본질적으로 말하자면 작가는 글쓰기를 통해 독자들의 필요가 아닌 자기 자신의 내면을 만족시킬 수 있어야 한다.

글을 쓰지 않으면, 정말로 죽을지도 모른다.

하지만 글을 쓴다는 것은 자신이 아직 살아 있음을 증명하는 일일 것이다.

살아 있는 한 그냥 사는 것이다. 아직 살아 있는 오늘, 글쓰기의 신성함을 논하는 것이 얼마나 허위적이고 사치스러운 일인가?

어떤 사람이 내가 죽어서 베개로 쓸 수 있는 책을 써야 한다고 말했다. 진심이었고 실제로 그렇게 말했다. 이에 대해 나는 우스갯소리라고 말을 받았다.

나는 항상 일생의 글쓰기가 그저 한차례 웃어넘기는 얘기에 지나지 않을까 하는 의심을 갖고 있다.

이 나이가 되지 않았다면 더우면 바람을 쐬고 추우면 불을 쬐거나 난방기 팬 앞에 소매를 들어 올리고 멍하니 서 있으면 된다. 그렇게 오래 서 있다가 무료해지면, 무료하고 또 무료해지면 나는 정말 더 이상 글을 쓰지 않을 것이다.

이 나이가 되어서야 글쓰기라는 것이 내가 잘못 선택한 직업이라는 사실을 알게 되었다. 알게 되긴 했지만 이미 다른 선택의 기회는 남아 있지 않다. 남은 기회라고는 계속 펜대를 잡고 나아가다가 늙어서 죽는 것뿐이다. 더 늙기 전까지는 밥을 먹고 길을 걷고 펜을 움직이는 일이 계속 나를 따라다닐 것이다.

스톄성史鐵生을 두 번 만난 적이 있다. 처음 만난 것은 그의 집에서였다. 그가 웃으면서 내게 말했다. "롄커, 내 생각에는 세계문학의 절정이 이미 지나가버린 것 같네. 20세기의 문학은 포물선의 정점에서 아래로 미끄러져 내려가고 있는 것 같네."

두번째로 그를 만난 것은 다른 사람의 집에서였다. 내가 그의 휠체어를 밀어 계단을 올랐다. 계단을 다 오르고 나서 그가 내 손을 잡았다. 아주 무겁게 꼭 잡으면서 말했다. "글을 좀 적게 쓰게!" 그는 이 말을 웃으면서 했다. 하지만 그 미소 속에는 문학에 대한 아주 진한 야유와 진심이 담겨 있었다.

문학에 대해 "글을 좀 적게 쓰게!"라는 그의 이 한마디보다 더 의미심장한 경고가 있을까?

그 뒤로 나는 걸핏하면 앵무새처럼 입을 놀렸다. "세계문학의 절정은 이미 19세기에 지나갔다." 하지만 수없이 이렇게 말하다가 한 가지 문제를 발견했다. 나 자신은 세계문학의 절정이 19세기에 지나갔고 그 이후의 문학은 전부 포물선의 하향 곡선이라는 생각을 갖고 있지 않다는 것이었다.

나는 20세기 문학도 세계문학의 절정이라고 생각한다. 새로운 절정이라고 할 수 있다. 19세기 문학의 구태의연한 패권에서 벗어난 또 하나의 절정인 것이다. 양자 가운데 어느 것이 더 높고 어느 것이 더 낮은지를 따지는 것은 사람의 성이 장張씨인지 리李씨인지를 따지는 것과 마찬가지로 담론이 불가능하다.

19세기 문학은 직접 혹은 간접적으로 글 쓰는 사람들의 영혼에 접촉했다. 그리고 20세기에는 글 쓰는 사람들의 영혼 속에서 보다 적극적으로 작가들의 제각기 다른 영혼으로 향하는 길을 비춰주었다. 20세기 문학을 가지고 인간의 영혼과 세계의 복잡성에 관해 얘기한다면 19세기 문학보다 못하다는 것을 알게 될 것이다. 하지만 19세기 문학을 가지고 영혼으로 통하는 작가들의 길을 따진다면, 어떠한 서사 구조나 풍격과 리듬, 유파와 주의든 간에 20세기 문학에 미치지 못한다는 것이 증명될 것이다. 때문에 나는 19세기 문학이 세계문학의 절정이었다는 사실에 추호도 의심을 갖지 않지만, 그럼에도 20세기 문학 역시 세계문학의 또 다른 절정이라고 말하고 싶은 것이다.

이야기의 초점이 많이 빗나갔다. 그리고 너무 거창하게 얘기했다.

우리 자신에 관해 얘기해볼 필요가 있을 것 같다. 문득 우리 자신의 글쓰기를 세계문학의 플랫폼에 놓고 비교해본다면 놀라움을 금치 못할 것이라는 생각이 들었다. 비교해보지 않았으면 몰랐겠지만 일단 비교해보면 소설 속의 영혼 문제에 있어서는 아예 19세기 문학과 비교조차 되지 않는다는 사실을 깨닫게 되었다. 그러나 모든 작가들이 바쁘게 영혼으로 통하는 길을 가면서 남들이 한 말을 치켜세우지만 정작 자신들의 창조와 영혼으로 향하는 길을 닦는 원고는 부족하다. 이 점을 생각하면 갑자기 가슴이 서늘해지고 서글퍼지는 것을 피할 수 없다. 이는 시골 사람이 10년이 넘는 긴 시간 동안 정성껏 설계하고 비용을 들여 어느 모로 보나 자신이 만족할 만한 집을 한 채 지었지만 어느 날 도시에 가보고서 고층 빌딩들이 즐비한 대로와 커다란 집들로 채워진 넓은 골목들을 보게 된 것과 같다. 게다가 그 모든 집들이 자신이 정성껏 지은 집보다 훨씬 더 훌륭하다.

중국의 당대當代문학은 아마 이런 모습일 것이다.

다행히 우리 중국은 정말로 크고 인구도 정말 많다. 중국어 이외의 문학과 비교하지 않는다면 당대문학의 훌륭한 점을 천 가지 만 가지나 찾을 수 있을 것이다.

하지만 어떻게 비교하지 않을 수 있단 말인가? 당대문학 작가들 가운데 외국문학을 읽고 외국문학으로부터 문학적 자양을 흡수하지 않은 작가가 어디 있단 말인가? 나 같은 경우만 해도 솔직히 말해 중국문학과 외국문학에서 받은 영향을 비교하자면 그 비율이 4 대 6 정도 된다. 요컨대 우리 세대 작가들이 받은 서양문학의 영향이 자국 문학 전통의 영향보다 더 크다는 것이다. 이런 나를 서양의 주구이자 한간漢奸이라고 욕하는 사람이 있을지도 모르겠지만 실제 상황이 확실히 이렇다.

두루뭉술한 얘기는 그만하고 이제 내 얘기를 좀 하고자 한다.

서두에서 오늘날처럼 글쓰기가 무의미하게 느껴진 적이 없다고 말한 바 있다. 중국문학이 무의미하다는 얘기가 아니라 갈수록 나 자신의 글쓰기가 무의미하게 느껴진다는 말이다.

이처럼 처음으로 무의미를 느끼고 갈수록 더 무의미하다고 느끼게 된 것은 장편소설『해가 꺼지다日熄』를 쓰면서부터이다.

정말로, 오늘날처럼 문학의 무력감과 무미를 느낀 적이 없었다. 여기서 나는 '문이재도'*를 강조하려는 것이 아니라 사람들이 식사를 마친 뒤나 차를 마시면서 한담을 나누는 자리에서도 소설이 화제의 대상이 되지 못한다는 점을 확인시키려는 것이다. 이는 문학이 정말로 아무런 의미도 갖지 못한다는 것을 의미한다.

생각해보면, 오늘날의 현실은 광산처럼 풍부한데 소설의 내용은 자갈 몇 개 정도에 불과할 정도로 빈약하다.

생각해보면, 우리는 무수한 이야기가 생산되는 시대에 살고 있지만, 우리의 이야기는 오늘을 벗어난 뒤의 기억 속에 있다.

생각해보면, 우리는 현실의 거대한 소용돌이 속에 처해 있으

---

* 文以載道: 문장으로 도를 싣는다는 뜻으로, 문과 도의 관계에서 도를 더 강조하면서 문학의 사회적 책임을 중시하는 문학관. 효용론적 문학관이라고 할 수 있다.

면서도 모든 작가들이 강물이 자기 발을 적실까 봐 두려워 강 건너편에서 눈을 멀뚱거리며 바라보고만 있는 것 같다.

생각해보면, 우리는 자신들의 글쓰기가 전성기에 도달해 있다고 생각하지만 4, 5년 전에, 혹은 8, 9년 전에 이미 창작의 절정은 우리를 떠나가 배시시 웃으면서 점점 더 우리에게서 멀어져가고 있는 것 같다.

디킨스는 "세계는 이렇게 크기 때문에 우리를 수용할 수 있을 뿐만 아니라 남들도 수용할 수 있다"고 말한 바 있다. 이를 중국의 문학 현실에 적용하면 "문단은 이렇게 크기 때문에 남들도 수용할 수 있고 우리 같은 작가들도 수용할 수 있다"고 말할 수 있을 것이다. 우리가 지금도 글을 쓰는 것은 우리가 글을 쓸 수 있도록 사람들이 허용해주고 있기 때문이다.

우리는 아주 왕성하게 활동하고 있는 것처럼 보이지만 사실 우리는 남들의 활발한 활동에는 관심이 없기 때문에 자신이 아주 활발하게 움직이고 있는 것처럼 느끼는 것이다.

젊은 작가들이 오래전에 등장해서 이미 무대 한가운데 서 있지만 우리는 한쪽 눈만 뜨고 다른 한쪽 눈은 감은 채 보고도 못 본 척하고 있다. 그들이 훌륭한 작품을 쓰지 못하기 때문에 우리가 훌륭해지는 것이 아니라 사람들이 우리의 훌륭함에만 관심을 갖고 있는 것이다. 하지만 우리는 여전히 젊은 작가들의 훌륭한 글쓰기에 관심을 보이지 않고 있다.

이제 정말로 한 세대의 커튼콜 시기가 다가온 것 같다.

옛정에 이끌려 아직 글을 쓰고 있긴 하지만 젊은 작가들의 글쓰기가 이미 대단히 훌륭한 수준에 도달해 있다는 것을 절대로 잊지 말아야 한다. 우리가 커튼콜을 마치고 무대를 내려가지 못하는 것은 중국이 너무 크고 문학의 무대가 충분히 넓기 때문이지, 우리가 아주 짧은 시간을 주기로 한 편, 또 한 편 훌륭한 작품을 써내고 있기 때문이 아니다.

특히 나는 이미 재능과 감정이 고갈되었다. 글쓰기의 어려움이 나이 많은 여자가 아기를 낳는 것과 같다.

나는 글쓰기의 초조와 몸부림의 단계에 도달해 있다.

초조와 몸부림의 원인이 무엇이든 간에 매번 펜을 들 때마다 손이 이마에 멈춰 호흡이 어려워지면서 펜이 움직이지 못하는 것을 느낄 수 있다. 물에 빠진 사람이 아직 헤엄쳐 가야 할 거리가 있는데도 숨을 쉬기 위해 온 힘을 다해 발버둥 치고 있는 것과 같다. 들숨과 날숨을 교체하지 못하고 그대로 물속에 빠져 죽는 것과 같다.

몸부림치고 있다.

초조해하고 있다.

통쾌함과 유창함을 추구하지 못하고 그저 호흡을 유지할 뿐이다.

『캄캄한 낮, 환한 밤 — 나와 생활의 비허구 한 단락』은 이런 호흡의 시도이자 숨을 고르기 위한 작은 호흡이다.

생명이 내게 정상적인 호흡을 허락한다면 계속 노력해서 글쓰기에 정진할 것이다. 하지만 정상적인 호흡이 허락되지 않는다면 여기서 그만 펜을 던지게 될지도 모른다.

누가 알 것인가?

하늘이 알 것이다.

나이와 생명의 한계, 그리고 감수성과 인내력, 창조력의 쇠퇴가 한 세대의 작가들에게, 아니면 나 자신에게만 커튼콜을 마지막으로 무대에서 내려갈 것을 경고하고 있다.

정말로 기꺼이 글쓰기를 그만둘 수 있을까?

다시 뭔가를 시작하는 것이 그렇게 쉬울 수 있을까?

루쉰은 "아이는 태어나는 순간부터 하루하루 죽음을 향해 다가가고 있다"고 말한 바 있다. 작가의 글쓰기도 글자 하나하나, 작품 한 편 한 편이 커튼콜과 퇴장을 향해 나아가는 것이라 할 수 있다.

커튼콜을 마지막으로 펜을 던질 준비가 되어 있다. 다시 새로운 시작을 위해 노력할 준비도 되어 있다. 숨을 돌리고 정상적인 호흡을 회복할 수 있느냐에 따라 새로운 노력을 향해 나아갈 수 있을지 커튼콜을 향해 갈지가 결정될 것이다.

커튼콜을 향해 가는 길에는 앞을 가로막는 귀타장*들이 잔뜩 도사리고 있다. 하지만 어쩌면 운명이 충분히 좋아 갑자기 새로운 무대가 나타날지도 모른다.

누가 알 것인가?

귀신들이 알 것이다.

어쨌든 커튼콜을 준비하고 있기만 하면 되는 것이다.

2017년 7월 19일
일본 이즈반도 가와바타 야스나리의 발자취 위에서

---

* 鬼打墻: 악령 때문에 한곳을 계속 빙빙 돌아 목적지에 가지 못하는 상태.

홀로 선 작가

1

소설이 현실을 상상력에 투영한 것이라면 문학평론은 소설의 텍스트를 상상력에 투영한 것이다. 역시 상상력에 다양한 미학이론이 더해져 빚어지는 일종의 가설이라고 할 수 있다. 실증되지 않는 가설이다 보니 다른 요소들이 개입할 여지가 없지 않다. 특히 국가 또는 당이 작가협회와 루쉰魯迅문학원, 현대문학관,『인민문학』잡지, 작가출판사 등 작가들을 지원하고 양성하는 일련의 인프라를 갖추고 있는 중국에서는 국가 문화정책의 '보이지 않는 손'과 작가·평론가들 사이의 '관계關係', 작가의 국가관, 국내외에서의 반응과 지명도, 그리고 이 모든 요소들이 결합되어 구성하는 이른바 '문학권력'과 시장 논리가 개입하여 작가와 작품에 대한 명징한 평가를 방해할 수도 있다. 때문에 21세기 중국을 대표하는 작가를 선정하는 일은 다분히 주관적이고 어려울 수밖에 없다. 중국 당대문학 작품이 중국 평론가들만 제한적으로 접촉할 수 있는 것이 아니라 한국을 포함한 전 세계의 광대한 독자들을 향해 자유롭게 열려 있다는 것이 다행일 뿐이다.

옌롄커는 이러한 국가권력의 지원 인프라에서 완전히 배제되어 가장 순수하고 원형에 가까운 작가의 상태에 홀로 서 있는 소설가이다. 제도권 문학의 인프라로부터 아무런 지원도 받지 못하고 오히려 제재와 견제의 대상이 되고 있어 불쌍하기까지 하다. 때문에 일부 선정적인 매체들은 그를 '반체제 작가'로 오도하기도 한다. 하지만 그는 절대로 반체제 혹은 반정부 작가가 아니다. 단지 중국 역사에 담겨 있는 우매함과 고통, 상처 등 작가로서는 반드시 관심과 책임감을 가져야 하지만 정치권력이 애써 감추려고 하는 것들을 가장 예술적인 방식과 양상으로 작품에 드러내고 있을 뿐이다. 그의 여러 작품들이 중국에서 쟁의와 금지의 대상이 되는 이유는 '높고[高], 크고[大], 완전한[全]' 것들만 강조하고 부각하려는 사회주의 리얼리즘 미학과 '중국 굴기'를 외치면서 이를 일종의 소프트파워로 행사하려는 국가 정책에 어긋나기 때문이다. 때문에 중국 국내외에서의 지명도에 따라 우리에게 소개된 모옌이나 위화, 쑤퉁, 비페이위, 류전윈, 츠쯔젠 같은 작가들이 여러 권의 번역 작품으로 중국 당대 문학을 대표하고 있을 때, 옌롄커는 이름조차 알려지지 않다가 2008년에 『인민을 위해 복무하라爲人民服務』가 처음 출간되면서 본격적으로 우리 독자들에게 소설을 통해 중국의 과거와 현재를 전하기 시작했다. 지금까지 열세 권의 작품이 출간되어 있고 앞으로 이 책을 포함하여 네 권의 작품이 출간될 예정이다. 우리가 중국을 이해하기 위해 소설을 읽어야 하는 이유는 무엇일까? 알베르 카뮈의 말을 빌리자면 우리의 삶은 이론으로 기억되거나 이해되는 것이 아니라 하나의 풍경으로 정리되고 기억되기 때문이다. 과거와 현재를 사는 중국인들의 구체적인 삶을 소설만큼 디테일하고 핍진한 풍경으로 보여주는 것이 있을까? 소설은 엄연한 허구이지만 그 허구는 현실에 바탕을 둔 현실의 거울이라는 점을 기억할 필요가 있다.

얼마 전까지만 해도 우리에게 알려진 중국 작가들은 대부분 '50후'나 '60후'였다. 다시 말해 1950년대부터 1960년대에 태어난 작가들이 중국 문단을 장악하고 있을 뿐만 아니라 세계문학으로서의 중국문학의 위상을 상징하고 있다. 옌롄커는 여기에 그럴 만한 역사적·사회적 배경이 존재한다고 말한다.

1930, 1940년대에 태어난 작가들은 대부분 특별한 거부감 없이 혁명 이데올로기를 수용했던 계층으로, 이제는 나이가 많아 오늘날 중국의 현실과 상황에 제대로 참여하기 어려울 뿐만 아니라 국가와 세계에 대한 관심을 적극적으로 투영할 능력도 없다. 다시 말해서 개혁·개방 이후 중국 사회가 노정하고 있는 정치적·문화적·미학적 변화를 역동적으로 표현해내기에는 역부족인 것이다. 한편 1980년대와 1990년대에 태어난 작가들은 중국 산아제한 정책의 결과로 형성된 '독생자녀 세대'로 경제적·문화적 풍요 속에서 성장한 대신, 극단적인 혁명 이데올로기의 지배와 그 절정이었던 문화대혁명을 경험하지 못했고, 사회변혁의 동기와 지향에 대해 비판적인 사유의 단계도 체험하지 못했다. 때문에 중국이 어디서부

터 시작하여 오늘의 상태로까지 발전한 것인지, 개혁의 중국
과 보수의 중국이 장차 어디로 나아가게 될 것인지 인식하거
나 체감하지 못할 정도로 정신이 빈곤하다.

물론 지금은 '80후'나 '90후'로 대표되는 젊은 작가들 중에도
뛰어난 작가들이 적지 않다. 쉬저천徐則臣이나 장웨란張悅然, 거
량葛亮, 추이만리崔曼莉, 정샤오루鄭小鹿, 솽쉐타오雙雪濤, 푸슈잉付
秀瑩, 왕샤오왕王小王 같은 작가들의 번득이는 상상력과 정교한
서사는 중국 스토리텔링의 힘을 증명하기에 충분하고 이들의
등장과 활약으로 중국 당대문학은 새로운 역동과 발전의 궤적
을 계속할 것이다. 하지만 전체적으로 젊은 작가들의 작품에는
과거 중국 사회가 겪었던 다양한 유형의 고통에 대한 반추와
'문혁'을 비롯한 역사 기억의 소환이 결핍되어 있다. 이 지점이
바로 옌롄커가『침묵과 한숨 ─ 내가 경험한 중국, 문학, 그리고
글쓰기』에서 지적한 집단적 기억상실 혹은 선택적 기억 거부의
결과일 것이다. 굴기하는 중국의 어두웠던 과거는 다 잊고 빛
나고 위대한 제국이 계속 전진하여 마침내 G1에 등극하는 그
날까지 공산당의 통치력을 인민들에게 과시하고 공산당에 대
한 지지와 신뢰를 불변의 잠재력으로 조성하려는 것이 인민을
상대로 하는 중국의 전략 노선이다.

2

옌롄커는 1958년에 중국 허난河南성 쑹嵩현에서 태어났다. 1978년에 군에 입대하여 25년 동안 군대 생활을 했으며, 그 사이 1985년에 허난대학 정치교육과를 졸업하고 1991년에 해방군예술대학 문학과를 졸업했다. 1978년부터 문학 창작을 시작한 그는 이미 세계 각국은 물론, 중국에서도 노벨문학상에 가장 근접한 작가이자 가장 폭발력 있는 문제적 작가로 평가되고 있다. 제1, 2회 루쉰문학상과 제3회 라오서老舍문학상을 수상했고, 체코의 카프카상과 홍콩의 홍루몽상 등 국제문학상을 수상했다. 2018년부터 줄곧 노벨문학상 후보로 이름을 올리는 동시에 맨부커상, 박경리문학상 등 여러 국제문학상의 최종 수상 후보에 선정되기도 했다.

우리나라에는 2008년에 장편소설『인민을 위해 복무하라』가 처음 출간된 데 이어『딩씨 마을의 꿈丁莊夢』과『풍아송風雅頌』,『물처럼 단단하게堅硬如水』,『사서四書』, 산문집『나와 아버지我與父輩』등이 소개되었고, 최근에는 70편의 중단편 소설 가운데 작가가 직접 고른 네 편을 수록한 중편소설집『연월일年月日』과 장편소설『작렬지炸裂志』, 중국 당대의 역사와 문학현실에 대한 비판과 고백을 담은『침묵과 한숨 ― 내가 경험한 중국, 문학, 그리고 글쓰기』, 장편소설『레닌의 키스受活』, 소설집『그해 여름 끝夏日落』, 장편소설『일광유년日光流年』등이 연이어 출간되었다. 한국의 중국문학 시장은 이미 옌롄커의 시대라 해도 과언이 아니다.

엔렌커의 첫번째 글쓰기 단계는 그의 나이 스무 살이 되던 1978년부터 1991년까지의 시기라고 할 수 있다. 이 시기의 글쓰기는 사실주의와 혁명영웅주의에 속한 완전히 정통적인 글쓰기였다. 중국 문학 시스템의 요구에 상당히 부합하는 글쓰기인 셈이다. 그러다가 1992년이 되어『그해 여름 끝』을 썼다. 이 작품이 엄청난 비판을 받고 금서가 되면서 그는 중국의 현실주의에 대해 분명한 회의를 갖게 되었다.『그해 여름 끝』에 대한 비판과 처벌 이후로 그는 군대를 소재로 한 작품을 절대 쓰지 않기로 마음먹었다. 대지를 소재로 한 문학으로 돌아온 것이다. 이 단계를 시간으로 따지면 약 12년 정도 된다.『일광유년』과『물처럼 단단하게』『레닌의 키스』가 바로 이 시기에 쓰였다. 작가로서는 대단히 만족스러운 창작 단계였다. 그러나 2003년이 되어『레닌의 키스』가 더 큰 쟁론에 휘말리면서 그는 25년 동안 몸담았던 군대를 떠나야 했다. 그 뒤로『인민을 위해 복무하라』와『딩씨 마을의 꿈』을 썼다. 이 시기는 그의 인생과 글쓰기에 있어서 어둡고 괴로운 시간이었다. 그 사이에『풍아송』과『나와 아버지』같은 작품을 쓰긴 했지만 대체로 이 시기는 그의 글쓰기와 인생에 있어서 망설임과 배회의 기간이었다고 할 수 있다.

이리하여 2012년을 전후한 시기가 되어 그는 장편소설『사서』와 문학이론서인『소설의 발견發現小說』을 쓰면서 이른바 '신실주의神實主義'라는 소설 미학을 제시했다. 신실주의는 글쓰기 과정에서 현실 생활에 나타나는 표면적 논리 관계를 포기하고 '존재하지 않는' 진실, 눈에 보이지 않는 진실, 진실에 가려진 진실을 찾는 전략이다. 글쓰기와 현실의 연관성이 삶의 직접적인 인과에 집중되기보다는 인간의 정신과 영혼, 현실적 정신과 사물 내부의 관계에 더 의존하는 글쓰기 전략으로, 중국 문단에 보편적으로 통용되고 있는 현실주의에서는 많이 동떨어져 있다. 그는 옥수수 씨앗 하나, 잎 한 줄기, 빗물 한 방울, 바람 한 줄기에 담긴 생명의 엄숙한 원리와 인간의 한계를 시어에 가까운 너무나 아름다운 언어와 메타포로 재현한다. 그 사이사이에 짐승 같은 욕망과 희열이 흩어져 있다. 초록빛으로 가늘게 솟아나는 밀과 옥수수의 작은 싹도 생명의 희열이고 성애의 환희도 생명의 또 다른 얼굴이다. 인간의 모든 것이 여기서 시작되고, 이러한 바탕이 끊어지거나 사라지면 곧 죽음이다. 죽음은 아주 단순하다. 생명의 상실 혹은 부재가 죽음이다. 옌롄커의 소설에서는 죽음이 항상 생명 옆에 따라다닌다. 생명과 죽음은 대단히 친밀한 친구 사이다. 어쩌면 생명의 또 다른 이름이 죽음인지도 모른다. 죽음을 전제하지 않은 생명이 무의미하듯이 죽음은 반드시 생명의 아름다운 완성이 되어야 한다. 그리고 이처럼 죽음 앞에 무력한 인간의 모든 조건을 아름답게 갈무리하는 장치가 사랑이다. 옌롄커의 소설에는 다양한 유형의 사랑이 처연한 모습으로 등장한다. 『인민을 위해 복무하라』에서는 사랑의 힘이 극단적 이데올로기의 위세를 압도하고, 『풍아송』에서는 사랑을 상품화하고 도구화하는 부조리한 사회와 지식인들의 허위의식이 적나라하게 파헤쳐진다. 『딩씨 마을의 꿈』에서는 과도한 물질적 욕망이 빚어낸 에이즈의 집단 발병으로 인한 곤경을 사랑의 힘이 해소하고, 『연월일』에서는 사랑이 질투와 분노, 고통 등 모든 부정적 심리 현상과 가치들을 제압한다.

2015년에 쓰기 시작한『해가 꺼지다』는 그의 인생 상태와 문학의 이해에 있어서 또 한 번의 비교적 큰 변화를 반영하고 있다. 2015년부터 홍콩과학기술대학에 상주하면서 강의를 하게 되었기 때문이다. 문화적 환경이 바뀌자 한 번도 경험하지 못한 정신적 해방감을 느낀 그는 문학에서의 '거대담론'에서 벗어날 수 있기를 기대했다. 중국 작가들은 러시아문학과 남미문학의 영향으로 거대담론에 손발이 묶여 있는 편이다. 그는 자신이 이런 것들로부터 해방될 수 있기를 원했다. 그래서『해가 꺼지다』와『캄캄한 낮, 환한 밤速求共眠』『심경心經』같은 소설과 논픽션 작품인 산문집『그녀들』을 쓰게 되었다. 물론 지금도 그는 이러한 글쓰기 상태에 매우 만족하고 있는 것은 아니라고 고백한다. 다음 단계에는 또 어떻게 변하게 될지도 확실하게 말하기 어렵다는 것이다. 그의 글쓰기 단계를 이렇게 구분하는 기준은 그의 인생의 변화이다. 문학평론가들은 이런 기준으로 글쓰기 단계의 변화와 구분을 논하지 않을 것이다. 하지만 중국의 평론가들이 옌롄커의 문학을 어떻게 구분하고 분석하든, 그들은 옌롄커 작품의 상당 부분을 읽지 못할 것이고 그의 글쓰기 변화는 빠른 속도로 이루어지면서 하나의 종결을 향해 갈 것이다.

옌롄커의 작품이 걸핏하면 금서가 되는 이유 가운데 하나는 혁명 이데올로기에 대한 불경한 묘사일 것이다. 군대를 배경으로 한 소설『인민을 위해 복무하라』에서 그는 마오쩌둥이라는 신 같은 존재와 그가 이룩한 혁명의 전통을 희화화하여 지극히 인간적인 욕망으로 대체함으로써 혁명을 해체하고 인간성을 회복하려 시도했다. 개혁·개방이 시작된 지 40년이 지난 지금까지도 중국 사회에는 혁명의 전통과 여전히 풀지 못하는 역사의 불안이 존재하고 있기 때문이다. 마오쩌둥의 유명한 연설 제목인 '인민을 위해 복무하라'는 한마디는 혁명 언어의 경전이자 무소불위의 금언인 동시에 혁명 정신의 상징이었다. 그런데 이 소설에서는 이 한마디가 혁명의 상징이 아닌 욕망의 발산 기제로 작용한다. '위대한 마오 주석'의 명언이 일종의 최음제 역할을 하는 것이다. 그의 작품은 대부분 농촌 생활과 군대 생활의 산물이자 공화국의 역사에 대한 새로운 상상과 반성, 그리고 새로운 시각을 담고 있다. 탈혁명·탈사회주의의 시대에 그는 의식적으로 역사의 현장으로 돌아와 혁명의 소용돌이가 휩쓸고 간 자리에 남은 거대한 상처와 고통의 소재를 확인하고 점검한다. 그 상처와 고통의 근원이 시공의 단절에 있든 육체적 수난에 있든, 아니면 죽음의 영원한 회귀에 있든 간에 그는 이 모든 것들을 작품 속에서 일종의 원초적 욕망의 에너지로 환원시킨다. 그의 작품에는 농촌과 군대의 정서가 가득하지만 그 이면은 욕망에 기초한 격정과 행동, 그리고 어디든지 따라다니는 죽음의 그림자가 지배한다. 그 대표적 작품이 바로 『인민을 위해 복무하라』이다. 이 작품에서 작가는 시적인 성애 묘사를 통해 혁명과 공화국의 역사를 희화화하고 있는 것처럼 보이지만, 사실은 단순한 희화화에 그치는 것이 아니라 혁명의 역사에 대한 반문을 통해 인민이 겪어야 했던 고통의 근원을 확인하고 혁명의 서사와 욕망의 동경을 대비시킴으로써 왜곡된 인간 존재에 대한 재평가를 시도하고 있다. 여전히 관방의 통제를 받고 있는 중국 문단에서 그는 제도권 안에서의 성공을 추구하는 대신, 문단의 평가나 대중적 인기와 무관하게, 오로지 작품을 통해 가장 본질적인 작가의 상태와 문학의 본원을 지향하고 있다.

중국의 다른 작가들과 마찬가지로 옌롄커 문학의 배경도 그의 삶의 현실 공간이었던 군대와 허난성 쑹현의 농촌을 크게 벗어나지 않는다. 해가 뜨면 논밭에 나가 일하고 해가 지면 집에 돌아와 쉬는(日出而作, 日入而息) 극도로 단순하고 다분히 자연친화적인 생활이 대다수 중국인들의 삶의 풍경이었지만 이른바 개혁·개방 이후 산업화와 도시화의 광풍을 경험하면서 대규모 이농 현상이 나타났다. 엄청난 규모의 농촌 인구가 도시로 밀려들면서 도시의 팽창을 가속화했고, 그 가속화로 인한 노동력의 수요를 이른바 농민공農民工이라는 이름의 이주 농민들이 새로운 계층을 형성하여 채우게 되었다. 이 과정에서 갖가지 사회적·정치적·문화적 과제와 문제가 대두했다. 그리고 이처럼 속도가 빠르고 그 때문에 문제적인 변화의 과정은 중국 당대문학 작품에 그대로 반영되었다. 개혁·개방 초기에만 해도 12퍼센트밖에 안 되던 중국의 도시 인구는 40년 만에 전체 인구의 절반을 넘었다. 그동안 우리가 접해온 중국 당대문학 작품은 대부분 농촌 서사였으나, 이제는 1980년대 이후에 출생하여 이미 도시화된 중국에서 성장한 '80후' '90후' 작가들이 대거 문단에 등장하고 모옌이나 한샤오궁, 왕안이, 류전윈처럼 이미 노장의 대열에 들어선 작가들에게도 도시의 생활과 문화가 글쓰기의 배경이 된 지 오래다 보니 농촌 서사는 급속도로 줄어들고 있고, 대신 도시 서사가 소설의 주류로 자리 잡고 있다. 이러한 중국 사회와 문단의 변화와 무관하게 탈혁명·탈사회주의의 시대에 시종일관 땅과 노동, 생존과 욕망에 천착하는 작가가 바로 옌롄커다. 그의 소설은 거의 대부분 『예기禮記』의 대명제인 '음식남녀'로 시작된다. "먹고 마시고 생식하는 것(성애를 즐기는 것)이 인간의 가장 기본적인 욕망이다(飲食男女, 人之大欲存焉)"라는 인간의 원초적 상황이 옌롄커 문학의 출발점이고, 바러우산맥이 바라다보이는 허난성 쑹현의 험준한 농토가 그의 문학의 지리적 배경이다. 자신을 철저한 농민으로 규정하는 그는, 몸은 비록 극도로 이데올로기적인 도시 베이징에 거주하고 있지만 영혼은 처음부터 그랬던 것처럼 앞으로도 영원히 고향 쑹현의 강과 밭에 가 있을 것이다. 대부분의 작가들이 농촌을 벗어나야 할 천형天刑의 공간으로 치부할 때, 그는 흔들림 없이 자신의 서사 공간을 지키면서 절대로 피할 수 없는 땅과 노동, 삶과 죽음의 고단함, 생존과 욕망의 가벼움을 섬세한 공필화工筆畵로 그려낸다. 그의 소설은 복잡한 서사와 스토리텔링에 크게 의존하지 않는다. 그의 서사는 극도로 간결하고 선이 굵다. 대신 대단히 아름답고 회화적이다. 인간의 원초적인 한계와 기쁨과 슬픔을 공감각으로 가득한 처연한 풍경으로 전환하는 것이 바로 다른 작가들이 흉내 내지 못하는 옌롄커 문학의 서사 전략이다.

또한 옌롄커는 우리 삶을 구성하고 있는 가장 중요하고 본질적인 요소인 고통과 절망을 아무런 두려움 없이 가장 적극적으로 잘 표현해내는 작가이기도 하다. 그의 작품에는 다양한 형태의 비극과 절망, 아름다운 고통들이 가득 차 있다. 옌롄커 문학의 축이 되고 있는 주제를 한마디로 규정하자면 고통과 절망의 드러내기라고 할 수 있을 것이다. 그런 점에서 그는 이 세상의 모든 부정과 불의에 대한 지상의 영약으로 신이 내려준 것이 고뇌이며, 모든 예술은 이를 기초로 존재한다는 보들레르의 명제를 가장 실천적으로 증명하고 있는 작가라고 할 수 있다. 하지만 옌롄커는 고통과 절망의 드러냄이 곧장 치유와 회복으로 연결될 것을 기대하거나 확신하진 않는다. 작가로서 그가 할 수 있는 것은 고통과 절망을 적극적으로 드러내고 이를 받아들이는 것에 국한된다. 그리고 이를 독자들에게 전이하기 위해 그가 가장 선호하는 장치가 바로 꿈이다. 고통과 절망을 희화화하거나 축소하지 않고 그 무게와 질감을 그대로 드러내되, 그 아픔과 추한 외상의 충격을 경감시켜줄 수 있는 서사의 장치가 바로 꿈인 것이다. 『딩씨 마을의 꿈』을 비롯하여 작품 여기저기에 산재하고 있는 크고 작은 꿈들은 현실을 투영하고 해석하는 장치인 동시에 중요한 서사의 도구이다. 이러한 고통의 서사를 통해 그는 중국문학이 결여하고 있는 비극 의식과 참회 의식을 집중적으로 구현해내면서 오늘의 중국 문단에서 다른 작가들과 확연히 구별되는 독보적 영역을 구축하고 있다.

3

엔롄커는 "한 시대에는 그 시대의 문학과 이야기가 있어야한다"고 말한다. 문학은 시대의 예열 속에서 먼저 뜨거워져야많은 사람들에게 알려지고 고전으로 남을 수 있으며, 따라서훌륭한 작품은 시대의 미래를 위한 무사巫師나 점술가가 되어야 한다는 것이 그의 생각이다. 그렇다면 땅과 노동, 생존과 욕망의 처연한 합주 같은 엔롄커의 소설에서 우리는 시대의 미래를 예감할 수 있을까? 미래의 시대에도 우리는 땅 위에서 열심히 일을 하면서 살아가게 될 것이다. 그 고단한 삶의 여정에서욕망의 환희와 고통이 교차할 것이고 생명의 빛 뒤에는 반드시죽음의 그림자가 어른거릴 것이다. 이것이 바로 영원한 시대의미래일 것이다.

이 작품『캄캄한 낮, 환한 밤』은 엔롄커 문학의 새로운 전환을 상징한다. 처연하고 서늘한 전환이다. 대부분의 장편소설이중국에서 발표와 동시에 금서가 되었던 관례를 깨고 2019년에발표된 이 작품은 중국에서 가장 먼저 출간되었고, 대부분의장편소설이 허구인 데 비해 이 작품은 작가 자신의 삶의 한 단락을 절반은 허구, 절반은 비허구로 서술하고 있다. 비허구 부분에 등장하는 구창웨이나 양웨이웨이 등은 역자도 잘 아는 실존 인물들이다. 이는 글쓰기에 대한 작가의 성숙한 자세와 자신감을 암시하는 변화라고 할 수 있다. 어느 날 갑자기 자신의명성을 이용하여 감독과 시나리오, 주연을 전부 자신이 도맡아영화를 한 편 제작한 다음, 이를 통해 엄청난 박스 오피스 수

입을 거두겠다는 생각을 하게 된 주인공의 욕망과 이에 수반되는 사람들과의 심리적 갈등과 좌절을 통해 허구와 비허구를 오가면서 작가 인생의 마지막 단계인 커튼콜을 지향하는 글쓰기와 책읽기에 대한 진지하고 뼈아픈 고백과 참회가 이루어지고 있다.

이 작품은 옌렌커가 처음 시도하는 실험적 작품이기도 하다. 아주 짧은 단편소설 한 편이 시나리오와 인터뷰, 각종 심문 조서로 재구성되면서 이야기의 디테일이 조금씩 달라진다. 소설 한 편에 동일한 현실에 근거한 네 가지 허구가 공존하는 것이다. 독자들은 시작은 같으나 결말이 다른 네 편의 작품을 읽는 효과를 맛볼 수 있을 것이다.

이미 어엿한 세계적인 작가로 우뚝 선 옌렌커는 일생에 걸친 고단한 글쓰기에 대한 모종의 한계를 실감한 것 같다. "오늘날처럼 문학의 무력감과 무미를 느낀 적이 없었다"고 말하는 그의 심경은 어떤 것일까? 소설가는 완벽하고 아름다운 허구를 통해 역사가들이 꿈꾸는 진실에 도달하고, 문제의 발견에 탁월한 노련한 독자들은 소설을 통해 역사의 진상을 유추한다고 한다. 우리가 정말로 노련한 독자라면 이 작품에서 작가가 원숙한 눈으로 바라본 사회와 개인의 역사를 유추할 수 있어야 하지 않을까? 작품 맨 마지막 부분에 인용한 일본 시인의 하이쿠 구절이 후기의 내용으로 연결되는 것 같아 서늘한 마음을 가눌 수 없다.

작가 연보

1958   8월 24일 허난성 뤄양시 쑹현 톈후진 톈후촌에서 출생.

1966   톈후초등학교 입학.

1968   농촌의 교육 정체와 마오쩌둥 우상화의 일환으로『마오 주석 어록』을 비롯하여「인민을 위해 복무하라」「노먼 베순을 기념하며」「우공이산愚公移山」같은 글을 외우는 것으로 교육이 대체됨.

1971   톈후중학교에 입학하면서 소설을 읽기 시작함. 처음에는 주로『금광대도金光大道』나『청춘의 노래靑春之歌』같은 혁명 소설에 심취하다가, 나중에 루쉰, 마오둔, 라오서 등 현대 문학 작가들의 작품과 외국문학을 접하게 됨.

1972   문화대혁명 시기 '상산하향上山下鄉'의 일환으로 톈후촌을 찾은 지식청년들로부터 그들의 갈망과 무력감을 실감. 옌롄커에게 이들은 아청, 왕안이, 한샤오궁 등이 묘사한 낭만적 지식청년 생활과는 동떨어진 이미지로 각인됨 (1968년에서 1973년 사이에 8백만 명이 넘는 청년들이 농촌으로 이주했으나 문화대혁명이 끝날 무렵에는 거의 모두 도시로 다시 귀환했다고 함).

1974   쑹현 제4중학교 입학. 도시와 농촌의 심각한 차별을 인식

하면서 자신의 운명을 스스로 바꾸어나가기로 마음먹음.

1975   어려운 가정 형편으로 잠시 학업을 접고 허난성 신샹新鄕
에 있는 시멘트 공장에서 노동자로 일하기 시작함. 당시의
기억과 삶의 풍경은 산문집『나와 아버지我與父輩』에 고스
란히 기록되어 있음.

1977   시멘트 공장에서 매일 수레를 끌고 돌을 나르는 생활을
2년 동안 계속함. 계급투쟁을 다룬 30만 자 분량의 장편소
설『산향혈화山鄕血火』를 씀. 형의 권유로 갓 부활된 대학
시험에 응시하나 낙방함.

1978   또다시 대입에 낙방하여 연말에 군에 입대. 처음으로 기차
와 텔레비전을 보고, 소설에 단편과 중편, 장편의 구분이
있다는 사실을 알게 됨. 아울러『인민문학』이나『해방군문
예』같은 문예지의 존재를 알게 됨.

1979   군대 내 문학창작학습반에 참여하기 시작. 군구『전투보戰
鬪報』에 단편「천마 이야기天麻的故事」를 발표하며 등단했
다. 2월, 중국과 베트남 사이의 국경 전쟁이 발발하면서 전
쟁이 어떻게 개인과 가정을 파괴하는지 실감하게 됨.

1980   단편「열풍熱風」발표. 글쓰기를 통해 자신의 운명을 변화
시키겠다는 목표가 점점 확실해짐.

1981   단막극「두 개의 편액二塊匾額」으로 전군문예공연 수상과
동시에 부대로 복귀. 단편「채소굴 속의 세 병사菜庵子裏的
三個兵」발표.

1982   부대에서 간부로 진급하며 사단의 정치문화 간사가 됨. 단
편「닭구이대왕燒雞大王」발표.

1983   허난대학교 정치교육과 입학. 단편「보조금을 받은 여인領
　　　　補助金的女人」발표.

1984   군대 생활과 관련된 단편「사병, 사병士兵, 士兵」「시집갈
　　　　여자待嫁女」「장군」「아내들의 휴가妻子們來度假」발표. 음력
　　　　11월 13일, 부친 사망. 부친의 힘든 노동을 통해 고난과 인
　　　　내, 토지에 대한 기본적인 인식과 사유가 완성됨.

1985   단편「돌아가다歸」발표.

1986   단편「구불구불한 시골길村路彎彎」「작은 마을 작은 강小村
　　　　小河」발표.

1987   소설「영웅은 오늘 밤 전선으로 가네英雄今夜上前線」발표.

1988   소설「양정고리兩程故里」발표. 잡지『쿤룬崑崙』과『소설선
　　　　간小說選刊』편집부가 연합하여 '옌롄커 문학학술대회' 개
　　　　최. 농촌 생활의 내부적 논리에 대한 뛰어난 통찰력이 인
　　　　정되어「양정고리」로『해방군문예』우수작품상 수상.

1989   「사당祠堂」과「마지막 휘황함最後的輝煌」등 여섯 편의 소설
　　　　발표.「사당」으로 또다시『해방군문예』우수작품상 수상.

1990   문학계와 비평계의 집중 관심을 받기 시작함.「투계鬪鷄」
　　　　「향난鄕難」「슬픔悲哀」등의 중편과「넷째 아저씨의 신분四
　　　　叔的身份」등의 단편을 포함해 여덟 편의 소설 발표. 제4회
　　　　『소설월보』백화중편상, 제4회『10월』문학상 등 수상.

1991   해방군예술대학교 문학과 졸업. 폭발적 글쓰기 상태로 돌
　　　　입. 장편, 중편, 단편을 포함하여 열두 편을 발표. 자전적
　　　　내용을 담은 첫 장편『정감옥情感獄』발표.

1992   「종군행從軍行」「화평설和平雪」등 군대 생활을 배경으로

한 소설 여섯 편 발표. 중편「그해 여름 끝夏日落」이『소설
월보』와『중편소설선간』『중화문학선간』에 연재되는 한편,
『중편소설선간』 우수작품상 수상. 이 작품을 계기로 '군인'
에서 '인간'의 기본적인 위치로 돌아왔다는 평가를 받음.

1993 한 해에 여섯 편의 소설을 발표하는 속도를 유지하면서,
중편 다섯과 단편 하나를 발표. 이 작품들의 등장인물은
대부분 '농민' 출신 '군인'들인데, 이 두 가지 신분의 교차
를 핵심으로 하여 군인들의 복잡한 존재 상태와 평화 시기
군인들의 영혼에 대한 탐색을 시도함으로써, 비평가들로부
터 '농민의 아들'이라는 칭호를 받음. 이 시기에 발표한 작
품들은 주로 옌롄커가 소설의 구조와 의식 면에서 전통에
서 현대로 넘어가는 과도기로 평가됨. 두번째 장편『마지
막 여자 지식청년最後一名女知靑』 출간. 이 작품 발표 이후,
몸에 심각한 문제가 발생하여 더 이상 책상에서 글을 쓸
수 없게 되자 엎드려서 글을 쓰기 시작함. 나중에는 장애
인용 의료기기를 특별 주문하여 침대에 엎드려 글을 씀.

1994 중편「즐거운 가원歡樂家園」「천궁도天宮圖」「전쟁이 평화를
방문하다戰爭造訪和平」「바러우산맥耙樓山脈」 등 발표.「바러
우산맥」으로『중화문학선간』 우수작품상과 제3회 상하이
우수중편상 수상. 베이징 제2포병 텔레비전 연속극 제작센
터로 발령받아 허난에서 베이징으로 이사함.

1995 옌롄커의 작품 활동에서 '중편소설의 해'로 평가됨. 중편
「평화로운 날들在和平的日子裏」「빛나는 지옥문輝煌獄門」「시
골의 사망보고鄕村死亡報告」「4호 금지구역四號禁區」「도시

의 빛都市之光」 등과 단편 「생사노소生死老小」 등 발표.

1996 중편 「평담함平平淡淡」 「황금동黃金洞」, 단편 「한恨」 발표.
「황금동」으로 제1회 루쉰문학상 수상.

1997 중편 「연월일年月日」로 제2회 루쉰문학상, 제8회 『소설월
보』 백화상, 제4회 상하이 우수소설상 등 수상. 타이완의
유명 평론가 왕더웨이王德威는 「연월일」과 이듬해에 발표
한 『일광유년』이 샤즈칭夏志淸이 말한 중국 현대소설의 '노
골적 리얼리즘'을 잘 계승하고 있고, 고통과 자학이 서사
를 지속하는 원동력이 되고 있으며, 서사 자체가 예지라고
평가함.

1998 10월, 『일광유년』 발표 및 출간. 건강이 극도로 악화된 상
황에서 목숨을 걸고 써낸 작품으로 전해짐. 중편 「대위大
衛」로 제8회 『해방군문예』 중편소설상 수상.

1999 중편 「동남쪽을 향해 가다朝着東南走」로 『인민문학』 우수작
품상 수상. 「바러우천가耙耬天歌」로 제5회 상하이 우수중편
소설상 수상.

2000 단편 「1949년의 문과 집1949年的門和房」 발표.

2001 장편 『물처럼 단단하게堅硬如水』 발표 및 출간. 나중에 구두
조九頭鳥 장편소설상 우수작품상 수상. 소설집 『바러우천
가』 『통과穿越』 『투계鬪雞』 등 출간.

2002 단편 「검정 돼지털 흰 돼지털」로 『소설선간』 우수단편상
수상. 두번째 산문집 『몸을 돌려 집으로返身回家』, 소설집
『세 개의 몽둥이』 『연월일』 등 출간. 10월, 문학평론가 량홍
梁鴻과의 대담집 『무당의 빨간 젓가락』 출간. 이 책에서 자

신을 본질적으로 '농민'으로 규정하면서 밭에 씨를 뿌리지는 않지만 땅으로 이뤄진 인간 내면과 영혼에 씨를 뿌린다고 천명함.

2003 중국 산둥대학과 뤄양대학 등에서 문학 강좌 진행. 10월, 장편『레닌의 키스受活』발표(원제 수활受活은 '즐거움'이란 뜻이나, 프랑스어판 번역자에 의해 '레닌의 키스'로 붙여져 유럽과 영미에 유통됨).

2004 『레닌의 키스』출간.『일광유년』이나『물처럼 단단하게』에 뒤지지 않는 기서奇書로 평가됨. 상하이대학에서 20여 명의 평론가와 작가들이 모여『레닌의 키스』에 대한 학술토론회 개최. 이 자리에서 방언을 매우 적절히 구사하여 실제 경험을 통해 행복이 없는 비극적 사회 발전을 폭로하는 '리얼리즘의 새로운 경지'라는 평가를 받음.

2005 중편「인민을 위해 복무하라爲人民服務」를 발표했다가 잡지가 전부 회수됨. 마오쩌둥의 위대한 명제인 '인민을 위해 복무하라'를 폄훼하고 혁명을 모독했다는 이유로 작품의 출판과 유통이 전면 금지되는 동시에 문단과 출판계에 커다란 쟁의를 일으킴. 2월,『레닌의 키스』로 제3회 라오서문학상 수상. 아울러 '민족의 정신사'라는 평가와 함께 2004년 중국 소설 베스트셀러 목록에 오름. 3월,『레닌의 키스』로 제2회 21세기 딩쥔문학상 수상. 이 작품 출간 후 군대에서 퇴역 통지를 받고 베이징작가협회 소속 전업작가가 됨.

2006 1월, 장편『딩씨 마을의 꿈丁莊夢』발표 및 출간. 재판 출간

금지 조치와 함께 출판사와의 소송에 휘말림으로써 '중국에서 가장 쟁의가 많은 작가'라 불리게 됨.『인민을 위해 복무하라』가 20여 개 국가 및 지역에서 번역, 출간됨.

2007   『딩씨 마을의 꿈』이 타이완 독서인상을 수상함과 동시에 『아주주간亞洲周刊』2006년 전지구 화어華語 10대 양서 가운데 하나로 선정됨. 아울러 한국, 일본 등을 비롯해 영미권, 유럽권 등지에서 번역, 출간됨.『옌롄커 문집』(전 12권)과 문학수상집『나의 현실, 나의 주의』출간. 9월 15일,『당대작가평론』에서 여러 대학과 연합하여 '옌롄커 문학학술토론회' 개최. 중국의 정상급 평론가들이 옌롄커 문학에 관한 수많은 글을 발표함.

2008   2월, 장편『풍아송風雅頌』발표 및 출간. 발표되자마자 '베이징대학을 겨냥한 소설'이라는 비판과 함께 대대적인 논쟁을 일으킨 이 작품은, 한 지식인이 수치와 억압 속에서 자아 존재의 자리를 찾아가는 내용을 담고 있음. 작가 스스로도 한국어판 서문에 밝혔듯, '옌롄커의 정신적 자서전'이라는 평가를 받음. 영국, 프랑스, 한국 등 세계 여러 나라에 초청되어 강연함.

2009   단편「샤오안小安의 뉴스」, 중편「도원춘성桃園春醒」발표. 『연월일』프랑스어판 출간. 역자 브리지트 기보가 이 작품으로 프랑스 국가번역상 수상. 장편 산문집『나와 아버지』출간과 동시에 CCTV, 중국산문협회,『신경보新京報』『광저우일보』『남방도시보南方都市報』등의 기관에 의해 2009년 최우수작품으로 선정.

2010　중국인민대학교 문학원 교수로 정식 임용됨. '글쓰기의 반
　　　도'로서 출판을 위해 함부로 책을 쓰지 않는다는 선언과
　　　함께 장편『사서四書』완성. 중국 내 20여 개 출판사로부터
　　　출판을 거절당함. 유명 학술지인『남방주말南方週末』에서
　　　『레닌의 키스』가 30년래 10대 우수도서로 선정됨. 평론집
　　　『소설의 발견發見小說』발표 및 출간. 이 책에서 자신의 창
　　　작을 '신실주의神實主義'라고 명명하고 창작의 과정에서 기
　　　존의 진실의 표면적 논리 관계를 포기하고 일종의 '존재하
　　　지 않는 존재'의 진실, 보이지 않는 진실, 진실에 덮인 진
　　　실을 찾는다고 천명함. 10월, 산문집『나와 아버지』로 제
　　　1회 시내암문학상 수상. 12월, 홍콩과 타이완에서 각각『사
　　　서』출간.『아주주간』에서 '보석 허가를 받아 치료 중인 기
　　　서'라고 평가함.『풍아송』베트남어판 출간. 장편『딩씨 마
　　　을의 꿈』이 구창웨이 감독에 의해 영화화되어 여러 차례의
　　　심의 끝에 상영 허가를 받음.

2012　1월『딩씨 마을의 꿈』이 영국 맨아시아문학상 최종 후보
　　　에 오르고,『파이낸셜 타임스』올해의 책으로 선정됨. 프랑
　　　스의 페미나상 최종 후보로 선정됨. 3월부터 6월까지 홍콩
　　　과기대학 초청으로 객좌교수로 활동하면서 장편『작렬지
　　　炸裂志』집필 시작. 3월, 장편 산문집『베이징, 마지막 기념:
　　　나와 711호 원자』출간. 4월 21일에『뉴욕 타임스』에「집
　　　잃은 개 1년」이란 제목의 글을 발표하여 비분과 무력감의
　　　감정을 토로함. 5월, 해외 강연 모음집『헛소리들』출간.

2013　『레닌의 키스』영문판 출간 이후『뉴요커』『뉴욕 타임스』,

영국의 『가디언』 등으로부터 호평을 받음. 7월, 신작 장편 『작렬지』 발표.

2014 말레이시아 '화종花踪'세계화문문학대상 수상. 체코 프란츠 카프카상 수상.『작렬지』로 홍콩 홍루몽상 수상.

2015 『레닌의 키스』로 일본 트위터국제문학상 수상.『물처럼 단 단하게』로 베트남 국가번역상 수상.

2016 『사서』로 영국 맨부커 인터내셔널상 최종 후보에 오름.『해 가 꺼지다日熄』로 홍콩 홍루몽상 최고상 수상.

2017 잡지『수확』에 장편소설『캄캄한 낮, 환한 밤速求共眠』발표.

2018 산문집『밭과 호수의 아이田湖的孩子』출간.

2019 『캄캄한 낮, 환한 밤』 출간. 한국 대산문화재단이 주최한 '세계작가와의 대화'의 첫 초청 작가로 내한, 교보인문학석 강과 연세대학교·고려대학교에서 강연함.

2020 산문집『그녀들她們』출간.

기획의 말

세계문학과 한국문학 간에 혈맥이 뚫려,
세계-한국문학의 공진화가 개시되기를

21세기 한국에서 '세계문학'을 읽는다는 것은 무엇을 뜻하는가? 자국문학 따로 있고 그 울타리 바깥에 세계문학이 따로 있다는 말인가? 이제 한국문학은 주변문학이 아니며 개별문학만도 아니다. 김윤식·김현의『한국문학사』(1973)가 두 개의 서문을 통해서 "한국문학은 주변문학을 벗어나야 한다"와 "한국문학은 개별문학이다"라는 두 개의 명제를 내세웠을 때, 한국문학은 아직 주변문학이었다. 한데 그 이후에도 여전히 한국문학은 주변문학이었다. 왜냐하면 "한국문학은 이식문학이다"라는 옛 평론가의 망령이 여전히 우리의 의식을 장악하고 있었기 때문이다. 그렇게 생각하고 그렇게 읽고, 써온 것이었다. 그리고 얼마간 그런 생각에 진실이 포함되어 있는 것도 사실이었다. 그러나 천천히, 그것도 아주 천천히, 경제성장이나 한류보다는 훨씬 느리게, 한국문학은 자신의 '자주성'을 세계에 알리며 그 존재를 세계지도의 표면 위에 부조시키고 있었다. 그런 와중에 반대 방향에서 전혀 다른 기운이 일어나 막 세계의 대양에 돛을 띄운 한국문학에 위협적인 격랑을 밀어붙이고 있었다. 20세기 말부터 본격화된 '세계화'의 바람은 이제 경제적 재화뿐만이 아니라 어떤 나라의 문화물도 국가 단위로만 존재할 수 없게 하였던 것이니, 한국문학 역시 세계문학의 한 단위라는 위상을 요구받게 되었던 것이다.

그러니 21세기 한국에서 세계문학을 읽는다는 것은 진정 무엇을 뜻하는가? 무엇보다도 세계문학이라는 개념을 돌이켜 볼 때가 되었다. 그동안 세계문학은 '보편문학'의 지위를 누려왔다. 즉 세계문학은 따라야 할 모범이고 존중해야 할 권위이며 자국문학이 복종해야 할 상급 문학이었다. 그리고 보편문학으로서의 세계문학의 반열에 올라간 작품들은 18세기 이래 강대국의 지위를 누려온 국가의 범위 안에서 설정되기가 일쑤였다. 이렇게 해서 세계 각국의 저마다의 문학은 몇몇 소수의 힘 있는 문학들의 영향 속에서 후자들을 추종하는 자세로 모가지를 드리워왔던 것이다. 이제 세계문학에게 본래의 이름을 돌려줄 때가 되었다. 즉 세계문학은 보편문학이 아니라 세계인 모두가 향유할 수 있도록 전 세계 방방곡곡에서 씌어져서 지구적 규모의 연락망을 통해 배달되는 지구상의 모든 문학이라고 재정의할 때가 되었다. 이러한 재정의에는 오로지 질적 의미의 삭제와 수량적 중성화만 있는 게 아니다. 모든 현상학적 환원에는 그 안에 진정한 가치를 향해 나아가고자 하는 지향성이 움직이고 있다. 20세기 막바지에 불어닥친 세계화 토네이도가 애초에는 신자유주의적 탐욕 속에서 소수의 대국 기업에 의해 주도되었으나 격심한 우여곡절을 겪으며 국가 간 위계질서를 무너뜨리는 평등한 교류로서의 대안-세계화의 청사진을 세계인의 마음속에 심게 하였듯이, 오늘날 모든 자국문학이 세계문학의 단위로 재편되는 추세가 보편문학의 성채도 덩달아 허물게 되어, 지구상의 모든 문학들이 공평의 체 위에서 토닥거리는 게 마땅하다는 인식이 일상화까지는 아니더라도 최소한 정당화되고 잠재적으로 전망되는 여건을 만들어내게 되었던 것이다.

또한 종래 세계문학의 보편문학적 지위는 공간적 한계만을 야기했던 게 아니다. 그 보편문학이 말 그대로 보편성을 확보했다기보다는 실상 협소한 문학적 기준에 근거한 한정된 작품 집합에 머무르기 일쑤였다. 게다가, 문학의 진정한 교류가 마음의 감동에서 움트는 것일진대, 언어의 상이성은 그런 꿈을 자주 흐려왔으니, 조급한 마음은 그런 어둠 사이에 상업성과 말초적 자극성이라는 아편을 주입하여 교류를 인공적으로 촉진시키곤 하였다. 이제 우리는 그런 편법과 왜곡을 막기 위해서, 활짝 개방된 문학적 관점을 도입하여, 지금까지 외면당하거나 이런저런 이유로 파묻혀 있던 숨은 걸작들을 발굴하여 널리 알리고 저마다의 문학을 저마다의 방식으로 감상할 수 있는 음미의 물관을 제공해야 할 것이다. 실로 그런 취지에서 보자면 우리는 한국에 미만한 수많은 세계문학전집 시리즈들이 과거의 세계문학장을 너무나 큰 어둠으로 가려오고 있었다는 것을 절감한다.

이와 같은 인식하에 '대산세계문학총서'의 방향은 다음으로 모인다. 첫째, '대산세계문학총서'의 기준은 작품의 고전적 가치이다. 그러나 설명이 필요하다. 이 고전은 지금까지 고전으로 인정된 것들에 갇히지 않는다. 우리가 생각하는 고전성은 추상적으로는 '높은 문학성'을 가리킬 터이지만, 이 문학성이란 이미 확정된 규칙들에 근거한 문학성(그런 문학성은 실상 존재하지 않거니와)이 아니라, 오로지 저만의 고유한 구조를 통해 조직되는데 희한하게도 독자들의 저마다의 수용 기관과 연결되는 소통로의 접속 단자가 풍요롭고, 그 전류가 진해서, 세계의 가장 많은 인구의 감성을 열고 지성을 드높일 잠재적 역능이 알차게 채워진 작품의 성질을 가리킨다. 이러한 기준은 결국 작품의 문학성이 작품이나 작가에 의해 혹은 독자에 의해 일방적으로 결정되는 것이 아니라, 세 주체의 협력에 의해 형성되며 동시에 그 형성을 통해서 작품을 개방하고 작가의 다음 운동을 북돋거나 작가를 재인식시키며, 독자의 감수성을 일깨워 그의 내부에 읽기로부터 쓰기로의 순환이 유장하도록 자극하는 운동을 낳는다는 점을 환기시키고 또한 그런 작품에 대한 분별을 요구한다.

이 첫번째 기준으로부터 두 가지 기준이 덧붙여 결정된다.

둘째, '대산세계문학총서'는 발굴하고 발견한다. 모르거나 잊힌 것을 발굴하여 문학의 두께를 두텁게 하고, 당대의 유행을 따라가기보다는 또한 단순히 미래를 예측하기보다는 차라리 인류의 미래를 공진화적으로 개방할 수 있는 작품을 발견하여 문학의 영역을 확장할 것을 목표로 한다. 이는 또한 공동선의 실현과 심미안의 집단적 수준의 진화에 맞추어 작품을 선별한다는 것을 뜻한다.

셋째, '대산세계문학총서'가 지구상의 그리고 고금의 모든 문학작품들에게 열려 있다면, 그리고 이 열림이 지금까지의 기술

그대로 그 고유성을 제대로 활성화시키는 방식으로 진행되는
것이라면, 이는 궁극적으로 '가장 지역적인 문학이 가장 세계
적인 문학'이라는 이상적 호환성을 추구한다는 것을 가리킨다.
이는 또한 '대산세계문학총서'의 피드백에도 그대로 적용될 것
이다. 즉 '대산세계문학총서'의 개개 작품들은 한국의 독자들에
게 가장 고유한 방식으로 향유될 터이고, 그럴 때에 그 작품의
세계성이 가장 활발하게 현상되고 작용할 것이다.

　이러한 기준들을 열린 자세와 꼼꼼한 태도로 섬세히 원용함
으로써 우리는 '대산세계문학총서'가 그 발굴과 발견을 통해
세계문학의 영역을 두텁고 넓게 하는 과정 그 자체로서 한국
독자들의 문학적 안목과 감수성을 신장시키는 데 기여할 것을
기대하며, 재차 그러한 과정이 한국문학의 체내에 수혈되어 한
국문학의 도약이 곧바로 세계문학의 진화로 이어지게끔 하기
를 희망한다. 이는 우리가 '대산세계문학총서'를 21세기의 한
국사회에서 수행하는 근본적인 소이이다. 독자들의 뜨거운 호
응을 바라마지않는다.

'대산세계문학총서' 기획위원회